不《ふ》羈《き》の王

長澤規彦

あるむ

不羈の王——目次

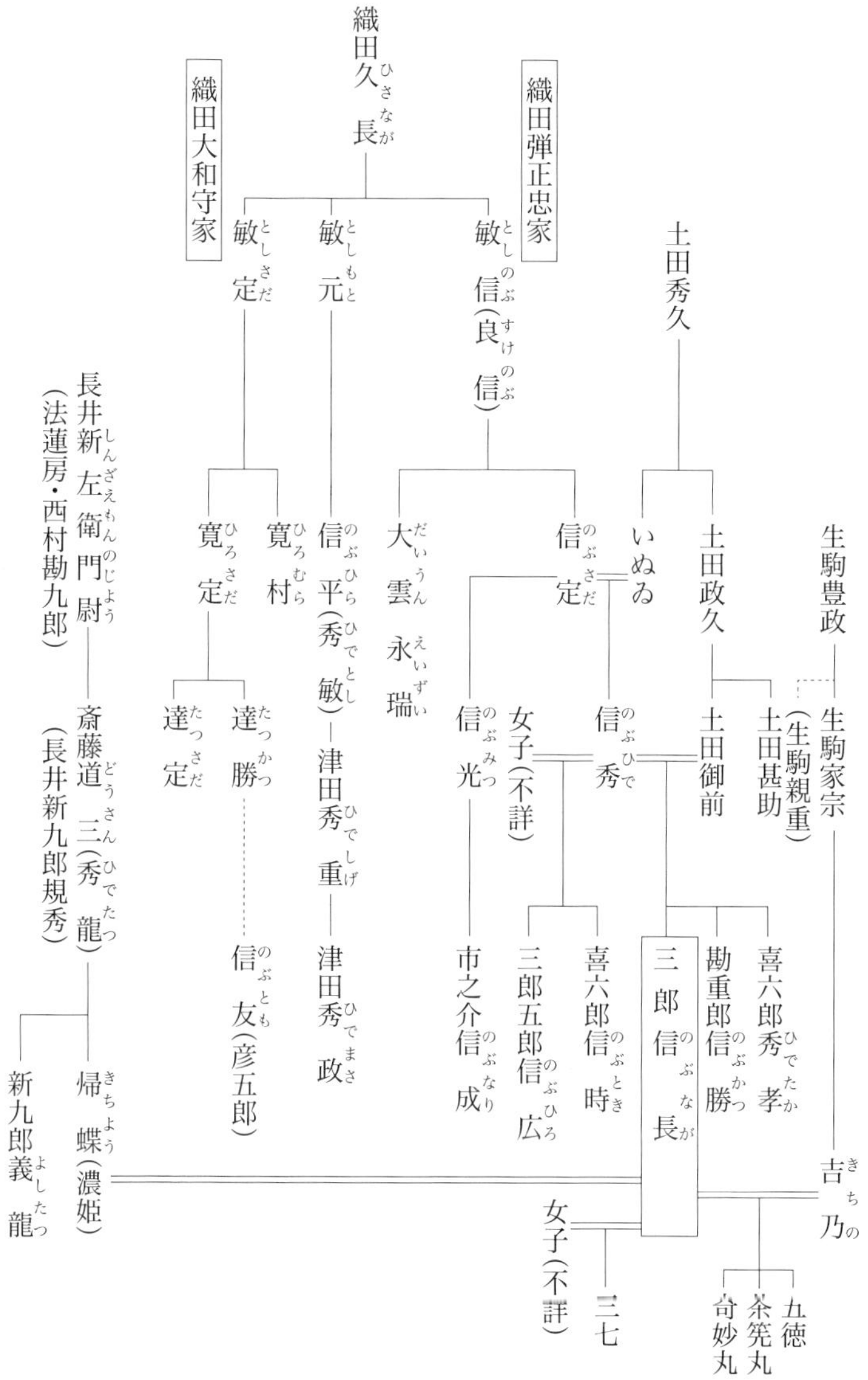
織田久長《ひさなが》
織田弾正忠家
織田大和守家
敏信《としのぶ》(良信《すけのぶ》)
敏元《としもと》
敏定《としさだ》
土田秀久
生駒豊政
土田政久
いぬゐ
信定《のぶさだ》
大雲永瑞《だいうんえいずい》
信平《のぶひら》(秀敏《ひでとし》)
寛村《ひろむら》
寛定《ひろさだ》
長井新左衛門尉《しんざえもんのじょう》
(法蓮房・西村勘九郎)
生駒家宗
(生駒親重)
土田甚助
土田御前
信秀《のぶひで》
女子(不詳)
信光《のぶみつ》
津田秀重《ひでしげ》
達勝《たつかつ》
達定《たつさだ》
斎藤道三《どうさん》(秀龍《ひでたつ》)
(長井新九郎規秀)
喜六郎秀孝《ひでたか》
勘重郎信勝《のぶかつ》
三郎信長《のぶなが》
喜六郎信時《のぶとき》
三郎五郎信広《のぶひろ》
市之介信成《のぶなり》
津田秀政《ひでまさ》
信友《のぶとも》(彦五郎)
帰蝶《きちょう》(濃姫)
新九郎義龍《よしたつ》
吉乃《きちの》
女子(不詳)
三七
五徳
茶筅丸
奇妙丸

織田氏信長関係図

不《ふ》羈《き》の王

尾張国周辺図

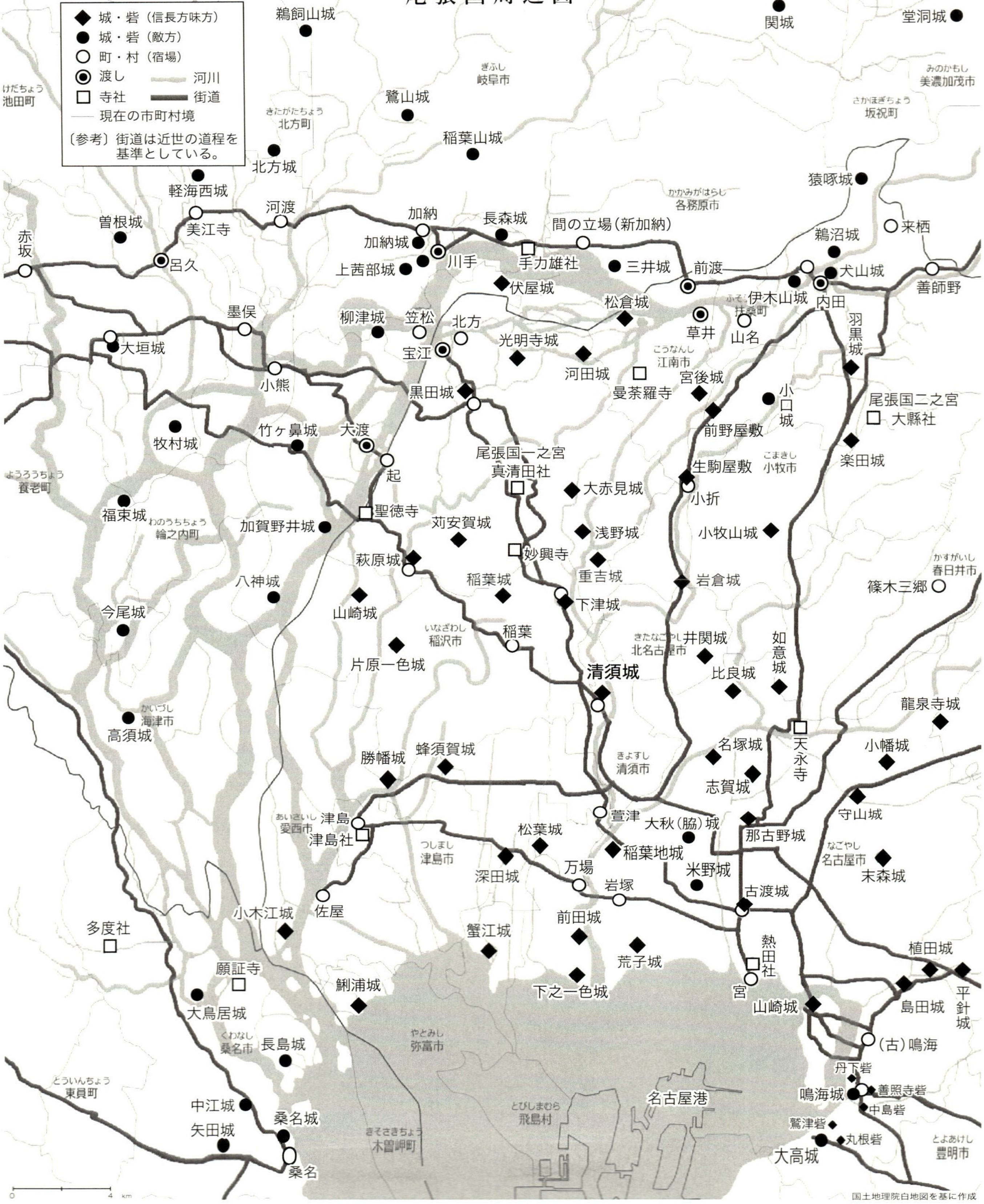
城・砦（信長方味方）
城・砦（敵方）
町・村（宿場）
渡し
河川
寺社
街道
現在の市町村境
〔参考〕街道は近世の道程を基準としている。
加治田城
堂洞城
関城
美濃加茂市《みのかもし》
鵜飼山城
岐阜市《ぎふし》
池田町
鷺山城
北方町《きたがたちょう》
坂祝町《さかほぎちょう》
稲葉山城
北方城
猿啄城
各務原市《かかみがはらし》
軽海西城
河渡
加納
長森城
間の立場（新加納）
鵜沼城
来栖
曽根城
美江寺
赤坂
呂久
加納城
川手
手力雄社
三井城
前渡
犬山城
善師野
上茜部城
伏屋城
伊木山城
内田
扶桑町《ふそう》
松倉城
墨俣
柳津城
笠松
北方
草井
山名
羽黒城
大垣城
宝江
光明寺城
河田城
江南市《こうなんし》
曼荼羅寺
宮後城
小口城
小熊
黒田城
尾張国二之宮
大縣社
牧村城
竹ヶ鼻城
大渡
前野屋敷
楽田城
起
尾張国一之宮
真清田社
生駒屋敷
小牧市《こまきし》
養老町《ようろうちょう》
大赤見城
小折
福束城
聖徳寺
輪之内町《わのうちちょう》
加賀野井城
苅安賀城
浅野城
小牧山城
萩原城
妙興寺
重吉城
春日井市《かすがいし》
八神城
稲葉城
岩倉城
篠木三郷
山崎城
下津城
今尾城
稲沢市《いなざわし》
稲葉
北名古屋市《きたなごやし》
井関城
如意城
片原一色城
清須城
比良城
海津市《かいづし》
高須城
龍泉寺城
天永寺
名塚城
小幡城
勝幡城
蜂須賀城
清須市《きよすし》
志賀城
萱津
守山城
愛西市《あいさいし》
津島
津島社
大秋（脇）城
松葉城
那古野城
名古屋市《なごやし》
津島市《つしまし》
稲葉地城
深田城
末森城
万場
米野城
岩塚
古渡城
佐屋
小木江城
多度社
前田城
蟹江城
熱田社
荒子城
植田城
下之一色城
宮
願証寺
鯏浦城
島田城
平針城
大鳥居城
山崎城
弥富市《やとみし》
（古）鳴海
桑名市《くわなし》
長島城
丹下砦
東員町《とういんちょう》
名古屋港
鳴海城
善照寺砦
中島砦
飛島村《とびしまむら》
中江城
鷲津砦
丸根砦
豊明市《とよあけし》
桑名城
木曽岬町《きそさきちょう》
矢田城
大高城
桑名
0 4 km
国土地理院白地図を基に作成

序——公　案

一

志太《しだ》郡を巡検すると称して今川義元が駿府《すんぷ》府中の館を出たのは、弘治《こうじ》元年（一五五五年）の晩秋のことである。

いつものように輿《こし》に乗ったまま安倍《あべ》川を渡り、藤枝の長楽寺《ちょうらくじ》を宿舎とした。その当時は同じ臨済宗であっても妙心寺派ではなく、建長寺派の寺であったが、今川家とは縁が深い。還俗《げんぞく》する前にも来たことがあった。

到着したその日に代官を謁見すると、翌日の巡察は人に任せて、義元はひそかに宿舎を抜け出した。供の人数は少ない。しかも、歩いている。駿河の太守が歩くなど余人の思いも寄らぬことだから、気づく者はいなかった。

武家のくせに月代《さかやき》を剃らず公卿髷《まげ》を結い、眉も落として天上眉を描いていたが、笠をかぶっているから顔は見えない。公家風の薄化粧を落とした横顔と、大柄な体格でゆったりと歩く様子は、まるで別人のように立派な侍であった。

まだ堤防がない時代なので蓮花寺の池はない。

沼地で足場が悪いから、街道を少し東に戻ってから葉梨《はなし》川沿いに上流に進むと、下の郷から花倉《はなぐら》に向かう道に入る。

勝谷《すぐりや》の最奥にある標高三九二メートルの烏帽子形山の支峰、城山の山頂に、かつて花倉城があった。下の屋敷から二五〇メートルほど登ったところである。

義元から見ると、この細長い谷のむこうだ。

――すべては、ここから始まったのだ。

と、義元は思った。


忘れもしない。その変事は天文《てんぶん》五年(一五三六年)三月一七日のことだ。日付もはっきり憶《おぼ》えている。なぜなら、その日は大燈国師二百年遠忌《おんき》、妙心寺の開山二百年だったからである。

駿河国《するがのくに》富士の善得寺《ぜんとくじ》の僧であった梅岳承芳《せんがくしょうほう》は、幼い頃からの守役にして禅の師である太原崇孚《たいげんそうふ》とともに京都にいた。

もっとも法統からすれば、ふたりは善得寺六世琴渓承舜《きんけいじょうしゅん》の兄弟弟子ということになるのだが、幼い承芳にとって太原はまちがいなく師そのものだった。

「みな、誉《ほ》めてはる。たいしたもんどすなあ」

と妙心寺三四世の亀年禅愉《きねんぜんゆ》は、子建寿寅《しけんじゅいん》に言った。

このころ、子建が作庭した妙心寺塔頭《たっちゅう》霊雲院《れいうん》の枯山水庭園をはじめて一般にお披露目したのである。子建は相国寺の僧だが、是庵《ぜあん》という雅号のほうが有名な絵描きであった。

「いやあ、まだまだ」

と答えた子建は当時五一歳。亀年と同じ歳である。

「もっと造らせておくれやす。次回《こんつぎ》は、もっと上手《あんじょう》になってます」

といって笑った。

「境内に同じ人が造るのはなあ。古法眼の作というだけで見に来はる人もおられます。思案が要るとこどすな」

と亀年は生まじめな答え方をした。古法眼とは狩野元信のことで、退蔵院の庭園を手がけることになっていた。

「ただ、境外塔頭なら、まだできるかも」

と含みを残した。

「まあ、ようあてにせいで待ってます」

と子建は笑っていたが、やがて思い直したように口調をあらためて話し出した。

「話は変わるんやけどなあ、夕巣庵《せきそうあん》さんもたいそうなご出世とか。長生きはしはるもんどすなあ。なんでも大徳寺開山、大燈国師さん以来、二百年ぶりに国師さまになるとかならんとか」

亀年は思わず子建の顔を見た。真剣そうな顔を作ってはいるが、目は笑っている。絵で有名なだけでなく、世に聞こえた茶人でもあったから、自然と大徳寺の動静に詳しい。夕巣庵とは大徳寺七六世の古嶽《こがく》宗亘《そうこう》のことであった。御年《おんとし》七二歳である。

「まだ決まったわけではあらしまへん。ただの噂」

「まあ一二月になれば、はっきりしますな。それまで生きてはるならええし、そうでのうても、もともと諡号《しごう》は死んでからもらうもんどす。大徳寺さんにとっては同じことやおへんか。そやけど、ご当人は大違いでしょうけどなあ。ここまで来たら、死んでも死にきれません。他人事《ひとごと》ながら心配で。なんとか暮れまで、おからだ大事にしてもらわんと」

特賜《とくし》という言葉は本来、特別に賜うというほどの意味だが、生前に諡号を贈るとなれば、それは特賜の最たるものであった。大燈国師の命日である一二月二二日までに、大徳寺大仙院の古嶽《こがく》和尚に国師号が特賜されるという噂は、かなり広まっている。

「なにしろ二百年遠忌《おんき》の今年は、今月の二二日から暮れまで、月命日の法要、欠かさずしますいうんですからなあ。たいそうな力の入れようで」

「坊主が月命日を大事にするはあたりまえ。わざわざ口にすることではあらしまへん」

と、亀年はにがにがしげにつぶやいた。子建に遊ばれているのはわかっているが、腹立たしい思いは隠せない。


大徳寺を開山した大燈国師こと宗峰妙超《しゅうほうみょうちょう》が亡くなったのは、二百年前の建武《けんむ》四年一二月二二日のことだが、妙心寺で五十年ごとに営まれる遠忌は三月一七日と決まっていた。

というのは、この日、宗峰は大徳寺首座《しゅそ》の徹翁義亨《てっとうぎこう》を呼び出すと、自らの正法衣鉢を付与し、住職その他いっさいの寺務を引き継いだからである。

さらに、この日をもって妙心寺は開山としていた。

開基となる花園上皇は、宗峰に参禅し悟りを得て印可《いんか》を受けていた関係があったので、建武二年一一月に法勝寺の慧鎮《えちん》（円観《えんかん》）について出家した直後から、寺の創建と宗峰亡きあとの問法《もんぼう》の師について相談していた。

宗峰が新たな寺の山号寺号として『正法山妙心寺』を示すとともに、高弟の関山慧玄《かんざんえげん》を推挙したので、彼が妙心寺を開山することになったのである。

それまで関山は、都を離れ美濃の伊深（美濃加茂市）に隠棲していた。その昔、宗峰の勘気をこうむったためだが、最期になって許されたことになる。

上京した関山は花園院の御所となった離宮の一角に迎えられ、そこが参師問法の場となった。

これが建武三年、関山六〇歳のときである。したがって翌建武四年三月の時点では、妙心寺に寺としての偉容は備わっていない。北朝の光明《こうみょう》天皇によって御所の敷地の一部が関山禅室に下賜されたのも五年後の暦応《りゃくおう》四年のことなのである。

ただし、寺とは何かと問われれば、それは土地や建物のことではあるまい。そうした気持ちが大燈国師忌をもって妙心寺開山とさせたのであろう。

「徹翁の引き継ぎは、一七日でのうて一八日の夜半や。そやから妙心の開山は一九日のはずやて。大徳寺はそないに申しておるなあ」

と子建の話は続いた。

「妙心の寺伝は違うんや」

「そやけど大徳寺の首座の話や。分が悪い。そないに意地を張らんと、いっそ三月ならどの日でもええと割り切ったらどないや」

「だいたい今月の二二日から月命日の法要始めますいうのも、妙心へのあてつけなんや。もう相手にしてられん」

と亀年は吐き捨てるように言った。

ここで、

「おかしなことは月命日だけではないぞ」

と横から口を挟んだのは太原崇孚である。別号を雪斎《せっさい》という。

「古嶽《こがく》は五七歳のときすでに仏心正統禅師の号を特賜されている。禅師の上に国師を追号する例はこれまでもあったが、重ねて特賜する、すなわち存命中に二回も諡号を賜った例はないはずだ。きわめて異例なことよ」

雪斎が口を挟めば、これはもう軽い世間話ではすまない。

「これは珍しい、善得寺さん。駿州《すんしゅう》に帰りはったて聞いとったけど」

と子建は言った。正直いって、この男は苦手だった。

「なに、すぐに帰国する」

と雪斎は言ったものの、話を元に戻した。

「大燈国師も、さきに花園院から興禅大燈、つぎに後醍醐院から正燈を追号され、吉野におられた後村上院からも高照を賜っておる。よって、正しくは興禅大燈正燈高照国師であらせられる。こんなもの、たれが憶《おぼ》えられよう。禅家が宮家の争いに巻き込まれておるだけではないか」

といっているうちに興奮してくる。憤りが抑えられないらしい。

——あいかわらずのお人や。善得寺さんは。

と子建は思った。

「そやから、みな大燈国師と、そないにお呼びしとるんどす。正しい呼び名なんて下々《しもじも》の者《もん》には関係ない。そうそう、七朝国師さんもおわしましたなあ。もっと長いお名前のはず」

「夢窓正覚心宗普済玄猷仏統大円国師だな。これも宮中の争いの賜物よ。賜った七代のうち四代は吉野と争っておられた」

「よう憶えてはったなあ。それも夢窓国師とお呼びしとるんどす。それで結構。御所も分立なんてことは、もうないはず。なにもそんな細かいことに目くじら立てんでも」

と子建は笑ったが、これでは火に油を注ぐものだろう。

「当世、分立はなくとも裏で銭が動いておるはずだ。昨秋、一条房冬《いちじょうふさふゆ》の左近衛大将《さこんえのだいしょう》の件があったではないか。公家まで銭で官位を買おうとしておるのだぞ」

「それは途中でやめて銭は返しはったんどす。御所は清廉なお人柄や。取り巻きが悪いだけ。それと、せっかくやから開き直って申しますけどなあ。御所は貧乏であらせられます。なにせ大永《だいえい》六年に位に就かれたものの、銭がなくて御大典ができきん。そのまま十年もお待ちになり、ようやく銭の工面がついたんどす。ようやく先月挙行されたばかり。官位はともかく、坊主の号など、売ったところでどうでもええこと。害はあらしまへん」

と子建は言い張った。

諡号などに興味は毛頭ないし、寺院経営などは名ばかりの仕事と割り切っているので、本気である。

ところが、

「官位を売るのだって害はない」

　と雪斎はいい放った。

「さいぜんは怒っとったではおまへんか」

　子建には、まったくわけがわからない。

「売ったところで害はない。ただし、武家は堂々と買ってよいが、公家が買えば本分にもとる。そういうことだ。たとえば昨年の夏、能州《のうしゅう》の修理大夫《しゅりだいぶ》の件だ」

　能登守護の畠山義総《よしふさ》が、修理大夫への任官を望んで銭十貫を進上すると申し出たが、拒否されたのである。結局、一の宮の去年と当年の二年分の公用費相当額、六十貫を進上することで、約一月遅れて任官された。

「御所も駆け引きがお上手だ。御礼が六倍になったのだからな」

「駆け引きとは口が悪い。迷っておられたんどす」

「そうかもしれん。ひとたび保留すれば、筋が悪いと伝えたことになる。それは確かだ。されど、それで引き下がる者はおらん。もっと銭を出すのだ。駆け引きと申し上げたところでたいした違いはあるまい。暮れにあった大内の大弐《だいに》の件も同じことよ。いったんは拒まれても、夏には勅許《ちょっきょ》されるだろう」

　大内義隆《よしたか》が大宰大弐《だざいだいに》への任官を望んで、倒壊した禁裏日華門の修理費として銭百貫の進上を申し出たところ、任命はされたものの一日で取り消されていた。

「大内は、筑前で少弐《しょうに》を名乗る一族と争っておる。敵より位が上の大弐の位が欲しいのであろうよ。武威《ぶい》を争うだけでは生害が増すばかり、官位で人の命が助かるなら安いもの。されど、京で官位を買うたところで、武威に劣れば危ういことになる。それが武家の倣《なら》いだ。公家は違うぞ。そもそも位が武家より相当上ではないか。それが土佐に下向したのだ。当世、さらに位が上になったところで役に立つものか。国衆を統《す》べる器量こそが大事であろう。武威に劣る者を左近衛大将に任じたところで、不足を補えるか。できはせん。それに、当世名ばかりになったとは言え、そもそも近衛とは洛中《らくちゅう》にあって御所を守る者ではないか。されど一条は、土佐一国ですら」

と雪斎はいうと、じろりと子建を睨んだ。

「銭を返したと言いながら、いまだ左大将の職に留まっておるではないか」

「そんなこと、拙僧に訊《き》かれても、ようわからん」

「その話、少しは」

と意外なことに、ここで亀年が話に入ってきた。

「去年、彦胤《げんいん》さんに聞いた」

「彦胤さんて、梶井院か」

梶井院とは、今でいうところの三千院門跡。当代は彦胤入道親王になる。後柏原天皇の皇子だから後奈良天皇にとっては弟になるが、九歳で出家した人である。このとき二七歳だった。

「勅許が出る前のある晩、彦胤さんは中務卿宮《なかつかさきょうのみや》さんと一緒に御所とお会いになってな。土佐一条のこと申し上げたとか」

中務卿宮とは中務省の長官を務める伏見宮貞敦《さだあつ》親王。こちらは四八歳だった。

「そしたら、その翌日、御所に左大将のことを頼んだ宮さんがおいでになってな。土佐の百貫のことは誓って知らなんだ。言語道断、曲がったことやから、勾当《こうとう》局に入った銭は返したらよい。されど大将の任は本人の心得次第なのだし、なにも無しでは身の面目も立たない。ここは口宣《くぜん》をくだされと泣きついたそうな。それで翌々日かな。御所も勅許されたとかいう話や。御所ははじめから乗り気でなかったけど、二度も三度も頼まれて、ようやく承知する気になったところに銭の話が出た。それでやめはったんやが、また泣きつかれて、とうとう終《しま》いには許されたんや。そやから、よほどの宮さんやな。名は教えてもろうてないけどなあ」

「それで、ようわかった。銭は返しておきながら職に留めたわけが」

と雪斎は言った。

「その宮さんが銭を取りはったんやなあ。けど、ちゃんと働く宮さんもおすなあ。当世には珍しい」

と、妙なことに子建は感心している。

「働けば危ないかもしれんぞ。恨みを買った」

「怖いこと言わんといて」

と子建。

「官位の話はともかく、禅林では」

と亀年は話を続けるようだ。

「南禅寺や五山なら、まだええよ。いままでも国師さんは沢山《ぎょうさん》おわす。宮さんの出家も多い。大徳寺だから困るんや。同じ林下《りんか》、そやけど大徳寺さんだけ禅師国師の号を賜り、わが妙心には音沙汰なし」

「そのことよ、崇孚が申したかったのは。人の評価は棺を覆ってはじめて定まるもの。生前に諡号を下せば、いきおい権勢門下の天下となるは必定。よって、せめて特賜はやめさせねばな」

「やめさすと申されてもなあ」

と子建はあきれている。あきれ果てて「どうやって」と訊く気にもなれない。

「せめて大徳寺さんだけ贔屓《ひいき》するのは、やめてもらいたいなあ。もそっと正しくせな。こちらにも賜りたいもんどす」

と亀年は言った。これは正直な気持ちだった。


臨済宗においては、南禅寺を別格の頂点として、京都と鎌倉にそれぞれ「五山」が幕府によって定められ、明確な序列を形成していた。

その下に位置するのが「十刹《じっさつ》」。はじめは京都と関東にそれぞれ十寺であったが、しだいに数が増えていった。最後には六十近くになったという。

さらにその下が「諸山」。

これらすべてについて、寺の寺格を決定し、住持の任免権を持ち、訴訟を処理するのが、相国寺塔頭の鹿苑院《ろくおんいん》院主が兼務する僧録司《そうろくし》、通称「鹿苑僧録《ろくおんそうろく》」であった。

足利将軍は、自ら五山の住持を任命するだけでなく、鹿苑僧録を通じて、すべての僧侶の資格を審査し住持を任免することができた。他宗もほぼ同じ仕組みで僧侶の人事権をすべて掌握していたのである。

これにたいして、大徳寺と妙心寺は後醍醐天皇と花園上皇の勅願所として開山した寺である。「林下」と呼ばれる相当な格下ながら、院宣をもって幕府に対抗し、鹿苑僧録の統制外にあった。

しかしながら、同じ林下でも妙心寺は、大徳寺の末寺のように扱われた。宗峰（大燈国師）の徒弟院《つちえん》というわけだ。

最初の百年間は没交渉のまま互いを異端視する状況が続いた後に、細川氏の力を得て、妙心寺の者は大徳寺に出世して紫衣《しい》を賜る慣例ができた。

そして二七年前の後柏原天皇の勅許によって、ついに妙心寺は紫衣の位に達することのできる修行場として認められたのである。これで、ようやく南禅寺や大徳寺と並ぶ独立した本寺となったことになる。

それが昨今では、幕府が凋落するにつれて五山の地位も低下し、

――妙心寺の紫衣衆は南禅寺の下、天竜寺の上。

などという者さえ出てきている。

しかし、それでも寺格については大徳寺とのあいだに大きな壁があった。


「それがなあ、さきに聞かされとった」

と亀年は話を続けた。

「去年の秋、逍遥院《しょうよういん》さんに呼ばれて霊雲院が御所にご挨拶に伺ってな。そしたら大仙院さんの使いの者も同席しとったそうや」

逍遥院というのは、三条西実隆《さんじょうにしさねたか》である。後奈良天皇にとっては母方の叔父にあたる人で、すでに出家して二十年近くを経て、このとき八二歳。浄土宗の信者であって禅僧ではない。

「大仙院さんから柿を二籠、霊雲院から松茸を進上したところで、そのような話が出たとか。まあ結構なことでとは申せませぬ、なぜなら云々と申し上げ、さらには大燈国師の高足、関山《かんざん》もお忘れなきようにと申し上げたところ、そのうちにというご沙汰であったそうな。まあ、大仙院がご当人ではなくて使いの者であったそうやからなあ。申し上げやすかったんや」

霊雲院とは、亀年と雪斎の師の大休宗休《だいきゅうそうきゅう》である。大徳寺大仙院こと古嶽宗亘の三歳下、六九歳であった。

「使いの者とはたれかな」

と訊いたのは雪斎である。

「名は知らんと申されたけど、大仙院の法嗣、大林宗套《だいりんそうとう》やろう。知らんはずはないんやけど」

と亀年は笑いながら言った。大林宗套なら亀年の六歳上、五七歳である。

「そやから、この春、わしを住持にしはったんや」

大林宗套は二月一四日付けで大徳寺九〇世となったが、それに続いて、亀年も大林と同じように後奈良天皇の勅旨をもって住持に任じられていた。

奉勅《ほうちょく》入寺の形式をとったのは、大徳寺と同格でありたいという思いからであったか、あるいは競争相手がいて、これを排除するためであったか、そのいずれかであろう。

「そないなことになっとるなら、夕巣庵が国師を賜る話、やっぱり決まっとるんやな。さいぜんは知らぬふりしてはったくせに」

と言ったのは子建だ。笑っている。

「決まった話ではおまへん。霊雲院が異見を申し上げたからには、ご再考なさるかも」

とは亀年。

「そやな、一度くらいはお断りになるかもなあ。そやけど大燈国師はんの月命日のたびに催促されとるようなもんや。いずれは許されるんとちゃうか」

と子建は断言した。

「なんぼ、かかるかな」

と、これは雪斎に訊いている。

「左大将、大弐の官は百貫のようだが、一条や大内は命がけだ。坊主の国師号なら、半分でどうだ」

「そらそんなとこやろな。ただし、そら大徳寺長老が進上する分。本人が生きてはれば、御礼のときに手土産がさらに十貫、合わせて六十貫やなあ」

「銭を出せば必ずくださる。そないならええけどなあ」

とは亀年である。

「わが妙心が動けばどうなることか。五山はともかく、大徳寺がおとなしくしとるとは思えん」

と続けた。


三人の話は「帰国を急ぐ」と雪斎が席をはずしたことで、唐突に終わった。

――これが差だ。

と雪斎は思った。

――これが亀年の禅とわしの禅との違いだ。

亀年の禅は物事の理《ことわり》を知り、それを静かに受け入れる禅だ。理解すれば得心する禅だ。わしの禅は違う。得心できない物事を破壊する禅だ。断じて受け入れはしない禅だ。物事の理を統《す》べる連中を理をもって打ち倒すための禅だ。

――わが師、大休宗休《だいきゅうそうきゅう》が亀年を選んだのも当然だった。

と今なら理解もできる。

亀年のほうが十歳上だから年功からすれば順当なのだが、若い時なら許せなかっただろう。

雪斎の舌鋒の鋭さは、虚仮威《こけおど》しなどではなく、論理を展開する緻密さに裏打ちされたたしかなものと自他ともに認めるところだった。これにたいして、亀年はやんわりと受け流すのが常だったから、さほど仲間内でも評価は高くなかった。それでいて言動のはしばしにまで気を遣い、ほかの考え方もあると相手に気づかせるのである。

亀年の言葉は深い考えに基づいたものだ。それは雪斎にはよくわかっている。しかし、まどろっこしい。

自分の考えを改めるような謙虚な相手ばかりではないから、そんな難敵に出会うと亀年は黙ってしまうのだった。意地でも論破してやろうというところがなかった。そのくせ、何度でも繰り返し、言葉にならない説得を繰り返そうとする。

——わしには怒りがある。それが亀年にはない。

亀年はひとことで言えば秀才だ。奈良平安朝の頃でも郷里から学僧として押し出されてくるような秀才なのである。なにしろ育ちが良かった。

一方、雪斎は、この時代でなければ、出てこない種類の人物であろう。

二

「承芳《しょうほう》、支度が整い次第、出立するぞ」

雪斎が催促すると、承芳は大急ぎで庫裏から出てきた。まだ一八歳だった。

ふたりは馬に乗り、ただちに出発する。

天文五年三月一七日、妙心寺開山二百年の法要が終わり次第、帰るところだった。

突然、雪斎が承芳に、

「なにやら不吉な予感がする。国元に戻ったほうがよかろう」と言いだしたのはついさきほどのことであったが、すでに馬を用意していた。替え馬も手配したという。

ふたりは東山道を下るのではなく、近江から八風《はっぷう》峠を越えて桑名に向かった。

京都からおよそ一四〇キロの道を走破し、翌々日の夜に桑名に着いたところで、駿府から来た急使に出会った。

驚いたことに、承芳の兄である駿河今川家第八代当主の今川氏輝《うじてる》が、一七日に亡くなったというのである。しかも、氏輝のすぐ下の弟の彦五郎までが同じ日に亡くなったという。

――大傅《たいふ》の悪い予感があたった。

というのが、承芳の頭に浮かんだ最初の思いだった。

ところが、雪斎は、

「遠忌《おんき》と同日とは、これも国師のお導きかもしれん。承芳、ただちに還俗せよ。今川家惣領の代々の名乗りを継ぐとよい。本日、ただいまより、お身は今川五郎だ。跡目相続に名乗りを上げよ」

と言ったのだった。

承芳は、ただただ仰天するしかなかったが、それでも師に従った。

それから今川五郎は駿府に戻ったが、跡目を異母兄の玄広恵探《げんこうえたん》と争って自害に追い込み、家督相続を完遂するまで三月とかからなかった。

「なにゆえ、人払いも頼まず、あのようなことまで太原和尚は申されたのですか。申さずともよかったのです。家督を譲られたあとで、よかったのです。なにかしら知を振りかざし道理を説けば、人が皆従うとでも思うておられるのですか。なんと傲慢なことでしょう」

と瑞光院寿桂《じゅけい》は、今川五郎の前で話し始めた。

五郎の実の母である。

十年前に夫の氏親《うじちか》を亡くして出家したとき、嫡男の氏輝はまだ一四歳だった。このため、寿桂は氏輝を補佐して二年ほどは自ら印判を用いて公文書を発給するなど政務を取り仕切った。

氏輝亡き今、彼女は今川家の後継ぎを指名できるだけの力を備えている。

「大傅は、こう申されました。人の恨みとは膿《うみ》のようなもの、傷を開いてでも膿を出しきる、さもなくば完治できぬと」

「傷を開くとな。家中を割るおつもりか」

雪斎は、多くの家臣の居並ぶ前で寿桂に拝謁すると、還俗した梅岳承芳《せんがくしょうほう》、今川五郎こそが今川家の次期当主にふさわしいと述べただけでなく、現下の情勢を勘案すれば甲斐武田氏との和睦を早急に成し遂げることが肝要、そのため武田家から嫁を取る、そのように五郎は考えているとまで述べたのであった。

それを聞いて、いちばん驚いたのが、じつは五郎であった。

「武田との和睦に異を唱える者あれば排すべしと、大傅は申されました。面従腹背の者あれば、どのみち事は進まぬ。家中に平穏は望めぬ。さすれば向後《こうご》の憂いの元を絶つべしと」

「そなたも同心しておるのですか」

「左様。大名の家に生まれ、俗世に戻った。ならば、生き残る所存にて、この五郎、それなりの覚悟はござりまする」

——芳菊丸《ほうぎくまる》は、あの男の言いなりだ。それに若い。武田と和睦するなどと申すものなら、北条がどう出てくるか。そこのところをなにも考えておらんのだ。そのくせ威勢のよいことを、したり顔でもの申しおって。

と寿桂は思った。

「当方から和を請うまでもない。先方から降《くだ》る、それまで待つ手もあるのですよ。そのために塩の道を抑えてあるのです。じわじわと利いているのですよ。こちらから戦《いくさ》を仕掛けることなく、勝てるのです。そのこと思案したのですか」

これは質問ではない。

寿桂は五郎の返答を待たなかった。

「家中には異を唱える者が大勢います。そなたに家督を継がせると、皆に下知《げち》したところで、もはや手遅れ。不服に思う者、少なくありませぬ。これもよけいなことを和尚が申されたため。よけいな戦は避けるべきなのです。敵は甲斐だけではありませぬぞ。身内に敵を作るなど、これぞ愚策の最たるものです」

というと、寿桂は五郎に険しい目を向けた。

権大納言の中御門宣胤《なかみかどのぶたね》の娘である。高位の公家の気位の高さは、自然と独立の気風が優った。

それだけではない。

氏輝の突然の死は、何者かの手による暗殺ではないかとの疑いが消えなかった。それが雪斎の仕業だとわかったのである。もちろん証拠はない。ただの直感である。しかし、寿桂には確信があった。

ところが、五郎に、そうした懸念はないようだ。

「おそれながら瑞光院さま、漫然と位を受け継ぎ、流れに身を任せる者は、なにも為すことなく終わる、平穏すら叶わぬと大傅は申されました。さらに、よほどの大将でも血気にはやる者を抑えるは難事、まして尼御台《あまみだい》には難しかろうと、かように申されております。これは五郎も同じ思い。あとはお任せくだされ」

と五郎は言いきった。

「たとえお味方いただけずとも結構。家中を割っての騒動など、望むものではありませぬ。されど、たとえそうなろうとも、五郎は勝ってご覧に入れまする。瑞光院さまは、どうか高みの見物なされませ」

五郎と今川家の家督を争ったのは、花倉《はなぐら》の遍照光寺《へんじょうこうじ》（現曹洞宗遍照寺）にいた兄の玄広恵探《げんこうえたん》だった。還俗して良真《よしざね》と名乗った。

擁立したのは今川氏の重臣福島《くしま》氏の一族である。良真の実母が福島氏の一族の出であった。

天文五年五月三日付けで、幕府内談衆の大舘左衛門佐晴光《おおだちさえもんのすけはるみつ》から今川五郎あてに、将軍足利義晴《よしはる》が家督相続を認め「義」の一字を与える意向だとの書状が届いたときには、戦は避けられない情勢となっていた。

「この書状、瑞光院に見せたいのですが」

と五郎は雪斎に尋ねた。

「見せてどうする」

「さすれば花倉どのにも伝わりましょう。跡目のこと、断念するやもしれませぬ」

「裏目に出るかもしれんぞ。その書状、今はただの紙切れにすぎん。五郎を亡き者にすれば公方もなにもできぬ。もっとも、これは公方の自筆あったところで同じこと。そもそも幕府に威光あれば、かくの如く世は乱れておらん。公方だとて負ける者には一筆与えたくないのだ。幕府の威光さらに地に墜ちるを怖れておるからな。晴光から返事があったゆえ御礼は進上せねばならんが、公方の直筆は、五郎が勝った後、戦勝をしかと見届けてからになろう。当世はそういった仕掛けだ」

「それではなにゆえ、今からこのような手配《てくばり》を」

「勝った後の算段よ。残党どもも、幕府が認めたとなれば大半はあきらめよう。これが大事。人は降るときも大義名分が要るのだ。よく覚えておけ。それと北条だ。多少は牽制になるかもしれん」

と答えた雪斎だったが、これでは説明不足だと思ったのだろう。

続けて、

「北条は勝手に介入してこよう。どちらに味方してもよいのだ。今川の版図《はんと》を切り取る、それが狙いだ。武田との和睦を阻むため、たとえ福島に味方したとしても、負けるとなれば福島の首を差し出す。首がなければ手柄を偽って売りこんでくる。そういう連中だ。勝ち馬に乗るだけのことよ。われらが味方した、それゆえ勝ったのだと恩を着せる、それが狙いだ。恩を忘れて武田と同盟《よしみ》を結んだと言いがかりをつけてこよう。駿州の乱れ長引けば、乗じてくるところ大である。そうはさせぬ、これが肝心ぞ」

と言った。

――武田と合力すれば防げよう。富士川を渡らせなければよいだけのことよ。たとえ失ったとしても代わりに三河を手に入れればよい。すでに手は打ってある。

と雪斎は内心思っているが、そこまで言うのは早い。

同月二四日の夜、ひそかに駿府府中の今川館を出た寿桂が難を避けて福島越前守の屋敷に入ったのが、

「花倉の乱」の始まりとなった。翌二五日未明、良真方が府中の今川館を襲撃したからである。しかし、寿桂の動向を監視していた雪斎と五郎にとって、これは奇襲にはならなかった。今川館の堅固な守りに阻まれて奇襲が失敗すると、夜になって攻城方は撤退し久能に立て籠もった。

一方、五郎方の反撃は、久能に向けてではなかった。

良真が立て籠もる花倉城（藤枝市）と駿府とのあいだには、標高五〇一メートルの高草山や満観峰など幅約七キロにわたる山塊があり、これが駿河湾までせり出して大崩海岸を形成し、静岡平野と志太《しだ》平野を分断している。

そのため、高草山の南西尾根の標高二三〇メートルにある方上城《かたのかみ》（焼津市）は、駿府から見ると山の裏側にあって、花倉城と駿府とのちょうど中ほどに位置していた。

この方上城が、五郎方の攻撃目標である。

六月八日から氏綱《うじつな》の軍事介入が始まり、駿河国に侵攻してきたので、ぐずぐずしてはいられなかった。一〇日、岡部左京進親綱《さきょうのじょうちかつな》の率いる軍勢は、方上城を攻撃した。

近世の東海道は、現在の国道一号線とほぼ同じで、藤枝からは岡部川の上流を遡り宇津ノ谷峠《うつのやとうげ》を越えて丸子川沿いに下って駿府に至る。

これにたいして中世の東海道は、現在の東名高速道とほぼ同じ、岡部川が朝比奈川、葉梨川と合流し瀬戸川の河口付近に注ぐあたりから花沢、日本坂峠、小坂を経て駿府に至る道である。

駿府からすれば、方上城はこの中世の東海道の西の入口にあって、西から東下してくる敵への備えの城であった。

だから、背後の山稜から攻められると、たちまちのうちに陥落してしまったことだろう。

方上城の城兵は、城から追い落とされるように、葉梨川沿いに、あるいは瀬戸川沿いに、約一〇キロから一二キロ上流の花倉をめざして敗走した。

これが岡部親綱の狙いだった。

親綱は迅速に兵を動かし追撃したが、逃げる敵を捕捉して殲滅《せんめつ》しようとはしなかった。逃げるに任せたのである。

そして、方上城の敗残兵が逃げ込んで混乱している花倉城に一気に攻めかかった。

攻め方は勢いに乗じて、山麓の遍照光寺を焼き払い、花倉城をも陥落させてしまう。

今川良真は城を捨てると、南西の稜線伝いに烏帽子形山を越えて、約二キロ東の瀬戸谷《せとのや》にあった真言宗高山寺（現臨済宗道場山高山寺）に逃げ込んだ。


今川氏親《うじちか》の姉は公家の正親町三条実望《おおぎまちさんじょうさねもち》に嫁いでいたが、戦乱が続き荒廃した京都を離れ、二八年前から夫とともに駿河に仮寓していた。下向したとき賄料としてあてがわれたのが高山寺のある瀬戸谷の稲葉庄である。

実望はすでに亡くなっていたが、夫人は健在であった。良真の伯母であり、味方してくれた瑞光院寿桂の義姉にあたるその夫人は、北向どのと呼ばれていた。

別邸は瀬戸川の支流、谷稲葉川左岸の御所ヶ谷にあったから、花倉とは目と鼻の先のところである。良真は子どもの頃から北向どのとは何度も会ったことがあって、親しんでいた。

寿桂が今川館を出るのと時を同じくして駿府屋形町の館を出た北向どのが、その別邸にいる。

助けてくれそうである。

また、稲葉庄の代官は福島氏であったから、良真にとっては母の実家筋だ。

敗れたとはいえ、まだ多少なりとも援兵が期待できよう。

――ここで時を稼ぐのだ。瑞光院どのや北向どのに、とりなしていただく。さすれば、なんとか和睦に持ち込めよう。

と良真は最後の望みを抱いた。

しかし、五郎方は時を置かなかった。

寺といえども躊躇することなく攻撃を加えた。

これは良真にはできない。寺に逃げ込んで一息ついていた良真には、思いも寄らぬことであった。

七堂伽藍を完備していたという高山寺も、焼き討ちにあって灰燼に帰す。追い立てられた良真は、さらに瀬戸川の上流を約一キロ半進み、高山寺の末流、真言宗普門《ふもん》庵（現臨済宗普門寺）に逃げ込んだが、そこで近習の者五、六名とともに自害に追い込まれた。

これが六月一〇日ないし一四日のことである。玄広恵探、還俗して今川良真、享年二四歳だった。

三

今、義元の眼前に花倉《はなぐら》城址が見える。

――あれから一九年たった。あの承芳が、今では、第一二代将軍足利義晴《よしはる》から義の一字をいただいて義元と名乗っている。海道一の弓取りと謳《うた》われる駿遠参《すんえんさん》三州の国守だ。

そう思うと、さすがに感慨深いものがあった。

弘治元年（一五五五年）の晩秋。

供の者は四人だけだったから、誰も目の前を今川義元が歩いていることに気づいた者はいなかった。

花倉に着けば、目と鼻の先のところに遍照光寺《へんじょうこうじ》があるはずだった。花倉城陥落の際に焼け落ちたが、再建されたと聞いている。

一度も立ち寄ったことはないが、かつては今川家の氏寺で、真言律宗の寺であった。

――もしも、ここに入寺しておれば、今頃はどうしていたことだろうか。

と義元は思わずにいられない。

遍照光寺にいた兄の玄広恵探《げんこうえたん》は還俗して義元と家督を争い、敗れて自害に追い込まれたが、恵探のすぐ下の弟である象耳泉奘《しょうじせんじょう》は、今もこの寺にいるはずだ。

遍照光寺は今川家の氏寺ではあったが、義元の父である第七代当主、今川氏親《うじちか》の葬儀は、自らが開基した増善寺《ぞうぜんじ》で盛大に行われた。

慈悲寺と呼ばれていた真言宗の古い寺を、曹洞宗に改めたものである。八歳だった義元に記憶はないが、葬儀は曹洞宗最高の法式で行われたという。

――なぜ、子どもらの宗派がみな違うのだ。

幼いときから疑問だった。父は曹洞宗なのに、兄のふたりは真言律宗、自分は臨済宗と、子どもは違う宗派の寺に入れたのである。

――駿府から遠ざけておければ、なんでもよかったのだ。

とでも思うしかなかった。

増善寺は駿府の府中からわずかに四キロしか離れていないが、藤枝の遍照光寺は約二〇キロ、富士の善得寺はその倍の四〇キロ以上離れている。

さらに、そのあいだには川があった。

駿府と遍照光寺を隔てる安倍川は、冬になると舟が使えないほど水量が少なくなり、夏でも渡渉は比較的容易で、増水時でもないかぎり軍兵は歩いて渡ることができた。

これにたいして、駿府と善得寺を隔てる富士川は、山から流出する土砂が堆積して川底は浅いが、日本三大急流と言われるほど流れが速かった。

そのうえ川幅が広くて、川筋も動く。

河口付近の東岸は、現在の田子浦港あたりまで乱流域が広がり、歩いて渡ることは危険だった。このため、古来より浮橋と渡船があり、今川氏と武田氏の時代までは無料であったほどである。銭を惜しんで歩いて渡る旅人が遭難するのを防ぐためであった。

だから、幼い芳菊丸にとって、善得寺はおそろしく遠いところだった。

とにかく、寺に来たときには、まだ四歳だったのである。剃髪していない幼子で、禅寺では渇食《かつじき》と呼ばれる身分だった。

この善得寺で、芳菊丸は守役にして生涯の師となる雪斎《せっさい》に出会った。今川家譜代《ふだい》の家臣の子で二七歳。九英承菊《きゅうえいしょうぎく》と名乗っていた。もちろん雪斎の号も当時はなかったのだが、俗名が庵原《いはら》氏としか伝わっていないので、便宜上、雪斎と呼ぶ。

雪斎が善得寺に来たときは一〇歳だったから、四歳の芳菊丸は早すぎる出家だった。

子どもを幼いうちに出家させるのは、不毛な跡目争いを避けるためだが、それにしても早い。おそらく、芳菊丸の父である今川氏親が、四歳あるいは六歳で、従兄弟と跡目争いをすることになったという経験が大きく影響しているのだろう。五〇歳近くになって没後の心配を始めた頃に生まれた子が芳菊丸であったから、なおさらである。

実際、芳菊丸が八歳のときに家督を継いだ兄の今川氏輝《うじてる》は、まだ一四歳だった。

それから四年後の享禄《きょうろく》三年、芳菊丸は一二歳のときに京都の建仁寺で得度し、承芳《しょうほう》という法諱《ほうき》が与えられ、名が変わった。

雪斎が得度したのも建仁寺であるから、このころの善得寺は妙心寺派ではなかったと考えたほうが無理がない。

駿河十刹といわれた盛時と違って、小さな寺であったろう。

芳菊丸得度の前年に善得寺六世の琴渓承舜《きんけいじょうしゅん》が亡くなってから、その七回忌に雪斎が帰って来るまで無住ではなかったかとさえ思えるほどである。

もっとも、このころの善得寺は「諸山」の寺であったから、「林下《りんか》」とされる妙心寺よりも寺格は高かった。

しかも、雪斎は京都五山の建仁寺では西堂と呼ばれる僧階に達している。だから、雪斎が妙心寺派に転派した理由となると、大休宗休《だいきゅうそうきゅう》に出会ったからだとしか考えようがない。

法諱《ほうき》と道号がともに変わって、太原崇孚《たいげんそうふ》となる。

承芳が栴岳《せんがく》、あるいは梅岳《ばいがく》という道号を得たのもこのころであろう。

しかし、その梅岳承芳も弘治元年の今は還俗して、今川義元である。

そして花倉まで歩いてきた。

――象耳泉奘とは、いったい何者なのか。

義元には、この兄の記憶がなかった。父の葬儀のときはどうしていたのだろう。善徳寺の御曹司と呼ばれていた承芳には、花倉の御曹司と呼ばれた兄の玄広恵探《げんこうえたん》（今川良真《よしざね》）の記憶しかなかった。

ふたりとも幼くして家を出たし、母が違うから知らなくても当然なのだが、ある時ある疑問が生じたのである。

泉奘は、寺に出入りする人との交通を常時監視され、遠出は許されていなかった。

それで義元は、泉奘自身、出自を隠していると知った。それも、隠す必要のない者にまで出自を隠している。

最初は用心してのことかと思ったのだが、はたしてそうだろうか。

ひとたび疑問が芽生えると、義元は訊かずにはいられなくなった。

そこで、あるとき雪斎に訊いてみた。

「泉奘は、亡くなったという兄の彦五郎ではないのですか」

「なにゆえ、そう思われる」

「ふたりが同じ日に死んだ、それがはじめから信じがたいことでありました。それゆえ、出家し俗世を捨てたことをもって死んだことにしたのではないか、そう思えて仕方ありませぬ。あの日の国元からの使い、大傅《たいふ》は符牒を合わせておったのではありませぬか。彦五郎が出家すれば死んだことにする、そう取り決めておられた。違っておりますか」

雪斎は、じっと義元を見つめていたが、やがてこう言った。

「彦五郎どのには菩提寺もあると聞いたが」

定源院を弔う円龍寺（志太郡築地の現曹洞宗円良寺）である。

「あの定源院とは彦五郎にあらず。方上《かたのかみ》の城攻めの際に亡くなった城方の者。城が陥《お》ちて川沿いに花倉まで逃げる途中、あの辺で果てた者かと」

そうでなければ兄の子だ。

元服して彦五郎を名乗るほどの年長ではなく、今川家代々の嫡男の幼名「龍王丸《たつおうまる》」を名乗っていたであろう氏輝の子に違いない。

しかし、それを口に出すのは怖かった。

「知らんのか」

「瑞光院からは聞いておりませぬ」

「被葬者はたれか知らないまま寺に寄進を許したと申すのか」

「母の頼みであれば」

義元が家督を相続して以来、母の寿桂とは疎遠なままであった。

「では、泉奘本人に尋ねて確かめてみたらよかろう。わしが太守に何を申し上げたところで信じられまい。本人の返答を、じかに聞いてみればいいだけのことだ」

――それはそうだろう。しかし……

義元は黙ってしまった。

「どちらにしたところで、太守の兄上であることに変わりはない。同じ腹から出たか否か、それだけのことよ。俗世を捨てた者に返答を強いて、それでどうされるおつもりか。よくよく考えてから、お尋ねになればよかろう」

と雪斎は言った。それで話は終わった。

今も遍照光寺に泉奘はいるはずだ。しかし、義元が会うことは今日もこれからもないだろう。

四

長慶寺《ちょうけいじ》に着くと、その門前で義元は供の者から離れ、ひとり案内を請うた。

案内されたのは僧堂ではなく、少し離れた草庵である。留守なので少し中に入って待つようにとのことであった。

中に入ると、囲炉裏が目に入った。それも床の隅にまで届くような長い薪が一本だけ火にくべてあって、その先端だけが燃えている。薪といっても、丸太ほどの太さがある。普通はこの木を適当な長さに切ってから、さらに割って薪にするはずだ。

義元は板の間に上がると、雪斎の帰りを待った。

そして、先端が燃え尽きて灰になろうとすると、床の丸太の薪を少しだけ囲炉裏のほうに押し出した。そうしないと燃える物がなくなって火は消えてしまう。

——これはいったい、なんの公案だろう。

と思ったが、自分で考えようとはしなかった。師が戻ってくれば答えはわかるのだ。

五年前の天文一九年、三河国《みかわのくに》を完全に掌握した雪斎は妙心寺に戻った。

義元が還俗し今川家の家督を継いだ天文五年から、妙心寺の住持は雪斎の兄弟子の亀年禅愉《きねんぜんゆ》であった。

このことに変わりはなかったが、師の大休宗休《だいきゅうそうきゅう》が前年の八月に亡くなったからである。

自分ではなく亀年を選んだ師に敬意を表して、亡くなるまで待っていた。

駿河の善得院を臨済寺《りんざいじ》と改め、大休を中興開山とし、自らは下って第二祖となっただけでなく、駿遠三《すんえんさん》の領国内に妙心寺派を広めたにもかかわらず、大休は雪斎を本山における後継者とは認めなかった。

大休は、天皇の問法の師の後継者に亀年を推薦したのである。

雪斎は大休が亡くなると、年が明けた天文一九年の正月そうそうから朝廷に工作を開始した。

妙心寺首座《しゅそ》の勅命を受け、これを奉じて入寺する。いわゆる「奉勅入寺《ほうちょくにゅうじ》」の形式を利用して、亀年の後任の住持となることが目的であった。

亀年が就任したときと同じやり方である。

しかし、これは難航した。

首座は住持に次ぐ弟子の筆頭であるが、師から弟子へ本法を伝え受け継ぐ相承《そうじょう》の精神からいっても、それこそ亀年が指名すべきであった。亀年は後継者について、直指宗諤《じきしそうがく》ら自らの法嗣を考えていたに違いない。

また、首座でなくても上堂から説法をさせるとなれば、勅命とはいえ、住持である亀年の同意が必要であったのだが、雪斎について亀年は同意を渋った。

他方、雪斎は自らの奉勅入寺だけでなく、師の大休にたいしても国師号を賜るよう運動した。もちろん亀年を懐柔するためである。

大休は寺務を亀年に委ねてから御所に通うようになっていた。

後奈良天皇の参禅の師となり、悟りを開いたと認めて天文一一年には印可《いんか》を授けていたほどだから、朝廷として国師諡号に異論はないはずだった。

ところが、すんなりとはいかなかった。

今川義元の母である寿桂の姉が父の正室だった縁で、権中納言の山科言継《ときつぐ》は今川家とは深い関係だった。

その言継の話である。

参議の五条為康《ためやす》や高辻長雅《たかつじながまさ》によると、言語道断だという「一門の儀」があるとかで、先例に従えば、誰にしたところでどのみち差し支えるというのが「首席」の判断だという。

一門とは何を指すのか不明だが、言継から話を聞いた雪斎は、批判は大徳寺からに違いないと思った。

それもそのはずで、開山以来、妙心寺から国師は一人も出ていないのだ。

ところが、前任者は先例を記録していないから、「首席」もあえて先例を示すことなく下僚の調整に委ねたというのだ。これは私心が働いたようだった。

私心とはすなわち今川家の後援が利いたのであろう。

新たに属国に加わった三河国に、中央官庁の知行である寮領《りようりよう》を回復し、近侍の下級女官である采女《うねめ》の国役《くにやく》を課すことで話がついた。

そうして、日付ははじめて朝議に付され奏上された天文一九年二月七日付けではあるが、じっは一月後の三月初旬になって、大休は「円満本光国師」の諡号を賜ったのである。

後奈良天皇は、これを直筆の勅書、いわゆる宸翰《しんかん》にして宣下した。このなかで、国師号を生前に与えようとしたが大休本人が固辞したので没後になったのだと説明を付けて「特賜」と表記している。

この大休の国師号「特賜」は妙心寺初の快挙であったが、じつは三月九日付けで大徳寺九〇世、七一歳の大林宗套《だいりんそうとう》にも口宣《くぜん》があり、「仏印円証禅師」が特賜されていたのだった。

そうすることで朝廷は両寺の均衡を図ったのである。

――大徳寺の優位は揺るがないということか。

と亀年は思った。

国師より一段下の禅師の号ではあるが、妙心寺初例となった大興心宗禅師こと悟渓宗頓《ごけいそうとん》以来、五十年以上、妙心寺の者で生前に禅師号を賜った者はいない。

――本物の特賜、それも国師号を得たい。

亀年がそう思ったのは、このときであろう。

存命している者に限るとすれば、妙心寺においては彼自身しか候補者はいない。大林《だいりん》にその資格があるのなら、自分にないとは言わせない。


ともあれ、こうして三月二九日、雪斎は奉勅入寺した。

幕府が弱体化して怪しくなってはいたものの五山の寺であれば足利将軍に任命権があるが、妙心寺の住持の任命権は朝廷にあった。

ただし、それは形式にすぎない。

そのため奉勅入寺は、入寺式に勅使を迎えて上堂から説法をするのが本来の仕事で、通常は三日で退山する。

だから、雪斎も慣例にしたがって三日で退山したとされている。

ただし、なかなか帰国しなかったようだ。

四月九日には国師号を賜った大休のために諸山の長老を集めて一大斎筵《さいえん》を営むなど、実力を誇示していた。


このため、さきに雪斎に勅命を下した朝廷が両者の調停に入った。

朝廷では朝議にさきだち、非公式の会議の場として禁裏和漢連歌会を利用することがあったから、同月二五、二八日の歌会には、亀年、雪斎の両当事者のほかに、相国寺の仁如集尭《にんじょしゅうぎょう》、天龍寺の江心承董《こうしんしょうとう》、鹿苑院の惟高妙安《いこうみょうあん》らも招かれ、ここで調停が行われた。

その結果、ようやく雪斎は妙心寺三五世となった。

ただし、雪斎は退山し、駿河の臨済寺に居住する。他方、亀年も亡き大休が住持を退いたのちに住まいとした境内塔頭の霊雲院に移るという条件であった。これで両者の争いは決着した。

そのころ、五山では住持の辞令を「公文《くもん》」と呼んでいたが、その中でも「居成公文《いなりのくもん》」と呼ばれる入寺を前提としない辞令が常態化していた。幕府と寺は礼銭を目的として、僧は寺格の高い寺の住持経歴を誇るために、両者は居成公文を必要としていたからである。

雪斎の奉勅入寺の法的解釈も、これと同じようなものだった。幕府の統制下にない大徳寺や妙心寺も、居成公文の御礼として一回につき五、六貫を朝廷に進上していた記録があるから、形式的な辞令は両寺にも存在していたのだろう。

しかし、形式的な辞令に満足することなく実権を求めて争ったことで、雪斎は退山した後も本寺にたいして妙心寺三五世としてふるまうことができた。

一方の亀年も本山本寺の経営について、限定的ながら権限が残ったと思われる。山門仏殿の普請は、彼の事業だからである。

妙心寺三五世となった雪斎には、やりたいことがあった。

五

武田晴信《はるのぶ》（信玄《しんげん》）の参禅問法の師は、岐秀元伯《ぎしゅうげんぱく》と快川紹喜《かいせんしょうき》だと言われている。

岐秀元伯は永禄《えいろく》二年の剃髪の導師となり、晴信に信玄の道号を授けているが、甲斐国《かいのくに》における妙心寺派の拠点である恵林寺《えりんじ》の一七世、鳳栖玄梁《ほうせいげんりょう》の同門である。快川紹喜は恵林寺二〇世で再住、三住するなど、晴信が最も深く帰依したという。

恵林寺一八世の月航玄津《げっこうそうしん》は雪斎と同じく大休の弟子であり、後継者に快川紹喜を指名した一九世の天桂玄長《てんけいげんちょう》は晴信の叔父であったという説がある。

天文一九年は、この天桂玄長の時代である。この年の六月二日、今川義元の正室（定恵院《じょうけいいん》）が病死したのであった。一三年前に今川家に嫁いできた武田信虎の娘である。

長く病床にあったから、義元にも雪斎にも準備はできていた。

定恵院の輿入れの際は北条氏の妨害工作があった。義元は北条の力を借りて家督を継いだのだと甲斐国中に風説が流布されたために、要らぬ不信を招いて難航したのである。そのため今回は、妙心の僧たちが念入りに準備を重ねていた。

天文二一年一一月、義元の娘（嶺松院《れいしょういん》）が、母の兄にあたる武田晴信の嫡男、武田義信に嫁いだことで同盟は継続強化された。

さらに天文二三年八月、北条氏康の娘（早川どの）が今川義元の嫡男、今川氏真《うじざね》に嫁ぐと、同年一二月には晴信の娘（黄梅院）が北条氏康の子、北条氏政に嫁いだのである。

こうした今川、武田、北条の三氏が相互に結んだ婚姻関係を基礎として、いわゆる「甲相駿《こうそうすん》三国同盟」が成立した。

これは「善得寺の会盟」と呼ばれることがあるが、もちろん、今川義元、武田晴信、北条氏康の三者会談があったわけではあるまい。

実際は、雪斎の働きかけによって、三国同盟が成立したことを表現しているのだろう。

それは、雪斎が「駿州僧善得寺崇孚《そうふ》」であったからかもしれないし、大名家の内情を踏まえつつ下工作をした使僧たちの会談場所が善得寺だったからかもしれない。


しかし、「甲相駿三国同盟」を実現するうえで困ったことが一つあった。相模国《さがみのくに》には妙心寺派の拠点がない。

禅宗の大寺となると、鎌倉五山に加えて、足柄に曹洞宗の最乗寺、小田原に臨済宗の早雲寺があるが、この早雲寺こそ北条氏の菩提寺であり、大徳寺派であった。

そこで雪斎は、今川家から大徳寺に寄進することで、早雲寺の協力を取り付けることを考えた。

早雲寺を開山した大徳寺八三世、以天宗清《いてんそうせい》が健在であった頃のことである。

今川家には、二百年近く前の宋末元初の画僧、牧谿《もっけい》作の三幅対の水墨画「観音猿鶴図《かんのんえんかくず》」があった。元は足利義満が所有していたものである。

そこで雪斎は、これと永禄銭五十貫のいずれか一方を妙心寺に、他方を大徳寺に寄進することにして、京都にいて妙心寺を預かる亀年禅愉《きねんぜんゆ》に選ばせることにした。

亀年は山議を開いて、衆議一決、銭五十貫を選び、水墨画は大徳寺に進呈した。

異論がなかったのは当然で、議事に預かる寺務方、都寺《つうす》たちなどは皆、亀年の弟子たちであった。というのも、雪斎には本寺の人事権がなかったからである。

ともあれ、それで現在に至るまで、「観音猿鶴図」は大徳寺所蔵の国宝になっている。

「われらは、和睦を買ったのだ。戦《いくさ》になれば生害が増すばかり。それを防ぎ、人の命を救った。失った書画銀銭など安いものではないか」

と雪斎は義元に言った。

「この乱世に、山門仏殿を普請し、手間暇かけて作庭し、高価な書画骨董を馳走しては賞賛する。これが寺の役目であろうか。在家のまま修行もせず、一念発起の信心定まれば、それで極楽往生できるとする、これすなわち一向門徒の教えだ。そんな世迷い言を信じて、身代が傾くまで喜捨する、これこそ愚かなことよ。されど、信心だけ見れば、そうした一向門徒ども、よほど優っておる。美しいではないか」

とも言ったが、ここには論破すべき相手がいない。聞いていたのは義元ひとりだけだった。

その「甲相駿三国同盟」が実現する前年、天文二二年のことである。

大徳寺九一世の徹岫宗九《てつしゅうそうきゅう》が七四歳にして「普応大満国師」の号を特賜された。徹岫はすでに「仏徳大用禅師」の号を賜っていたから、生前に二度も諡号を授与されたことになる。一七年前の大徳寺七六世、古嶽宗亘《こがくそうこう》以来であった。

これについて雪斎は知らなかった。

まったく注意を払っていなかったのは、関心がなかったからである。

他方、亀年は自ら国師号を受けるべく運動を始めた。

奔走したのは宗詮こと但馬国《たじまのくに》守護の山名祐豊《すけとよ》である。

祐豊から式部省の長官であった式部卿宮の伏見宮邦輔《くにすけ》親王に働きかけがあり、朝廷は内々、亀年に国師号を特賜する意を固めたので、天文二三年三月、祐豊は朝廷に白銀三百枚を献上している。

本格的な採掘が始まったばかりの生野銀山の銀であった。

ところが、権大納言の四辻季遠《よつつじすえとお》が反対した。

すでに謚号を特恩した者が現存するのに、重ねて特賜するのはいかがなものか、という意見をかつて円満本光国師こと大休宗休《だいきゅうそうきゅう》が後奈良天皇に言上したことがあった。さらに、大休本人は生前に謚号を賜ることを固辞していた。それにもかかわらず、その大休の現存する弟子に国師号を特賜するのはいかがなものか、というのが理由である。

季遠が反対する理由にしては奇妙だが、季遠はかねてから今川義元や雪斎と交友があったので、その関係であろう。季遠本人は先例についてまったく知らなかったに違いない。

後奈良天皇は自ら直筆の書簡、宸翰《しんかん》を季遠に送り、先例があることに加えて祐豊が馳走すべきとの奏上があったことを教え、妙心寺の亀年の弟子の珍庭秀實に国師号宣下の旨を伝達するように命じた。

こうして、妙心寺三四世の亀年禅愉は、天文二四年四月、七〇歳にして「照天祖鑑国師」の号を特賜された。

妙心寺で生前に国師号を賜った者は、彼がはじめてであった。

雪斎からすれば、師の遺戒であったはずのことが同じ師の弟子によって破られたのを見たことになる。唾棄すべきことだが、妙心寺三五世である彼にしても、どうにもならない。

「亀年は賢い。自ら国師号が欲しいなどと、かつて一度も口にしたことがない。寺の金銀を動かしてもいない。宗詮も銀を進上したのは、宣下の前年だ。御礼であれば宣下のあとにするのが慣例、ゆえに特賜とは無関係ともとれよう。亀年は周りの者が勝手に奔走したことと申すはずだ」

と雪斎は、このとき義元に言ったものだった。

「その昔、洞家にも似たようなことがあってな。国済国師をご存じか」

国済国師こと孤峰覚明《こほうかくみょう》は、比叡山に受戒した天台僧であったが、心地房無本覚心《むほんかくしん》に師事して禅宗に転じただけでなく、入元帰国後、能登の永光寺に参学して瑩山紹瑾《けいざんじょうきん》から曹洞《そうとう》禅も学んだ。

「国済国師は瑩山の最晩年の弟子であったが、特に優れていてな。ほかの弟子の妬みを怖れた瑩山が、門下から遠く離れた出雲に忍ばせたという。転派しなかったのもそのためだ。その出雲で隠岐島に配流の後醍醐院と出会って国済国師の号を賜り、のちに吉野で後村上院から三光国師の号を賜った。南方と縁が深い方だ。それゆえ、弟子の自分が国師の号を特賜されておるのに、師の瑩山になにもないのは寂しいと思われたのだろう。あるいは、師への諡号下賜を手土産に念願の転派を果たし、永光寺に入寺しようとされたか。いずれにせよ、国師は吉野に働きかけたのだ」

没後三十年近い正平《しょうへい》九年(一三五四年)、瑩山は南朝の後村上天皇から仏慈禅師の号を賜った。曹洞宗史上初である。

「ところが、同じ瑩山の弟子であった峨山韶碩《がさんじょうせき》は断ろうとしたと聞いておる。開祖永平寺道元は、叡山に非難され弾圧されたが、それを御所も後押ししておった。それで京を離れて越前の山中に移り、のちに御嵯峨院から賜わった紫衣さえ一生納めて用いることはなかったという。その道元以来、洞家は諡号を賜ったことがなかったのだからな。師亡き今となっては瑩山の意も量《はか》れぬからと、韶碩は断ろうとしたのだ。同じ師に学んだ兄弟弟子でも、思案には大きな相違があった」

と雪斎は話を続けた。

――京に戻れぬまま滅んだ南方ゆえに後村上院を哀れんだのだ。これが幕府の威を借りて京におわす後光厳院であれば韶碩は断ったに違いない。

と雪斎は思う。

しかし、

――これは、わしがそう思いたいだけだ。確証はない。

とも思う。

だから、義元には、

「そこで何があったか知らんが、結局のところ断り切れなかったようだ」

とだけいって、話を結んだ。

それから半年が過ぎた。

天文二四年は一〇月二三日に改元され、弘治元年の晩秋となっている。

ここでようやく、義元の長い回想は終わった。

六

今川義元は長慶寺の草庵にいる。

雪斎は、まだ帰ってこなかった。待たせるだけ待たせるつもりであろう。ことによると、目の前の囲炉裏で燃えている薪の丸太が、燃え尽きるまで待つことになるかもしれない。

――馬がありません。遠出されたようです。

と、案内した者が義元に気を遣って声をかけた。

続けて、

――いつも行き先は、決まっています。馬で追いかければ、一本道ですから行き違うことはないでしょう。駻馬《かんば》でよろしければ、ご用意できますが。

と尋ねてきた。

葉梨川の上流だそうだ。

義元が若い時、雪斎の訓練は厳しかったから馬には自信があった。

――おとなしい馬しか乗れぬようでは、ものの役に立たんぞ。気性荒く癖の強い馬を遠ざけてはいかん。駻馬を怖れるな。乗りこなせ。これは人使いも同じことぞ。面倒な者を上手に使いこなしてこそ、その者の器量のほどが知れよう。

と雪斎は言ったものである。

もう十年以上、馬に乗ったことはないが、まあ大丈夫だろう。

しかし、馬で追いかければ、囲炉裏の火は消えてしまう。

――さて、どうするか。

これも師が与えた問いの一つかもしれない。

悩んだ末に、義元は待つことにした。たとえ夜になったとしても、ここで帰りを待つ。

――大傅《たいふ》とは、今生の別れになるかもしれない。

と思うからである。

囲炉裏に一本だけくべてある長い丸太は、その先端だけが燃えている。義元は、丸太の先端が燃え尽きて灰になろうとすると、床の丸太を少しだけ囲炉裏のほうに押し出して、火が消えないように番をしていた。


日が暮れようとした頃になって、ようやく雪斎が帰ってきた。

義元を見ると挨拶するでもなく、ただひとこと、茶を入れようと言いながら、お湯を沸かしにかかったが、それだけだった。この突然の来訪の意図を尋ねるでもなく、黙っている。

「大傅、この公案、承芳《しょうほう》には解けませぬ。教えてくだされ」

と義元は訊いてみたが、雪斎はそれには答えず、まったく別なことを言いだした。

「妙心寺開山、関山《かんざん》和尚の二百年遠忌が近い。亀年は国師号が欲しいはずだ。こたびも山名氏を頼みにするに違いない。されどなにゆえ、宗詮は、あれほどの銀を差し出すのか」

「それだけ深く帰依したから、では不足ですか」

「坊主であれば、それで足りる。亀年も深くは考えまい。されど、山名の行く末は国衆の動向次第、尼子に抗していくのも難儀しておる様子。その領国、盤石《ばんじやく》とは言いがたい。山名が妙心を頼りにしておるのは、ゆくゆくは治世に参与し、武威の礎石としたいがためではあるまいか」

「今川で大傅が妙心を使ったようにですか。まさか……」

「わしも、まさかとは思うがな。亀年の徳に打たれた。それならよいが、さもなくば厄介なことになる。あれほどの銀だ。そもそも宗詮の一存で出せるものかどうか。一族郎党の中に不満を抱く者があっても、おかしくないのだ。狙いを別に抱く者、おるやもしれん。あれは寺を通さずとも、寺へ喜捨したと同じことであろう。要するに、もらいすぎだ。過ぎたるは危うい」

というと、雪斎は一息ついた。

――かなり衰弱している。話すことも苦しいのではあるまいか。

と義元には思われた。気のせいか、少し会わないうちに師の姿が小さくなったように見える。

「万一のことがあってはいかん。亀年を守ってやれ」

と雪斎は言った。

これはもう遺言であろう。

義元が了解したしるしに深く肯いたのを確認すると、雪斎は話を続けた。

「さて、太守」

というと雪斎は、義元を促して場所を替わった。

こんどは雪斎が囲炉裏の番をする。

「戦《いくさ》は普通、一日二日で終わるものだ。またそうでなければならん。いかな強者《つわもの》でも、長く城を留守にすれば、何が起こるかわからん。それに雑兵の多くは百姓。田仕事のかさむときは戦に出られぬ。よって遠くの地で長い戦はできぬ。これが常じゃ」

雪斎は丸太をずずっと囲炉裏のほうに押し出した。

「だがな、この木のように動ければ、話は違うてくる」

木の先端が炭になり、赤く光っている。

「元に戻らぬ覚悟で大軍を押し出していくのだ。少しずつゆっくりと、足元を固めながら、駿府を丸ごと動かしていく。さすれば遠くまで版図を広げ、その間に広がる敵をことごとく平らげることができよう」

雪斎は義元を見ながらにやりと笑った。

「幸いにも太守、東は安泰じゃ。当分の間だけだがな。これは千載一遇の機会ぞ。西に出られませ。三河まではなんの心配もなかろう。さらに西へ、尾張を平定できれば、やがては京も夢ではありますまい。たとえ太守一代ではかなわぬ夢でも、子の代には夢でなくなる」

義元は、

――駿府を丸ごと移すなど、そんなことが可能だろうか。

と思った。

しかし、それを見越したかのように、雪斎は続けた。

「国衆は、国を離れたくないもの。いやがるに決まっておる。されど野心をもつ者は少なくない。そこを使うのだ。駿河者を駿河に、三河者を三河に、そのまま安堵してはいかん。知行から切り離し、新たな地で大身《たいしん》を育てるのだ。それが成就すれば、太守は天下に号令する者となろう」

そういうと、雪斎は義元に立ち去るように言った。

その別れ際、

「こののちは民から慕われるように心がけられよ。武威に頼るな。おのが力に溺れてはならん」

とも言った。

雪斎は笑っていた。

そして、それが最期の別れとなった。

——天下か。

それまで義元は考えたこともなかったが、雪斎に言われてみれば、夢物語でもないように思われてくる。それが不思議だった。

それからほどなくして、雪斎は亡くなった。

弘治元年(一五五五年)閏一〇月一〇日のことである。六〇歳だった。

1――吉法師《きっぽうし》

一

勝幡《しょばた》は、元は「塩畑」と呼ばれていたらしい。

現在も愛西《あいさい》市勝幡町塩畑と地名を遺しているが、尾張国《おわりのくに》の海東《かいとう》郡、海西《かいさい》郡と中島郡が接するところ、三宅川と日光川が合流するあたりに勝幡城があった。

もっとも当時の三宅川は、江戸末期に開削された現在の河道のようには一直線に南下せず、勝幡から南西に転じて緩やかに流れていた。

川幅も一〇〇メートル近くあり、それが約二キロ下流の名鉄尾西線町方駅近くで萩原川（旧日光川）と合流して天王川（津島川）と名を変え、さらに津島の先で佐屋《さや》川（旧領内川）と合流し、佐屋《さや》、小木江《こきえ》を経て伊勢湾に注ぐ。

木曽川、長良川、揖斐川という現在の木曽三川も、下流域に堤防がないから区別は付かない。いわば湾内に島と水路が入り組んでいるような状態であったから、津島から桑名までは川を旅するようなものだった。

このことは、この物語の百数十年後、江戸時代もさほど変わらなかった。東海道は熱田の宮から桑名まで七里の船旅であったが、「間遠《まどお》の渡し」と呼ばれた沖を通る航路では欠航もあれば船酔いを嫌う旅人も多かったから、佐屋まで陸路を六里進み、桑名まで船旅は三里という佐屋路もさかんに利用されていた。

ただし、このころになると、津島は水深が浅くなって湊《みなと》としての機能を失い衰退している。津島に替わって繁栄していたのは下流の佐屋だった。

勝幡城のあった時代、津島は最盛期を迎えていた。

近世の佐屋路はまだなく、陸路は津島を経由している。

清須城下の須ヶ口から三宅川左岸堤防を利用して津島に至る津島上街道《うわかいどう》、東海道に連絡する古渡《ふるわたり》から於多井《おたい》川（庄内川）の万場の渡しを経て津島に至る津島下街道《したかいどう》がそれであった。

津島の天王川の川沿いには蔵が建ち並んでいた。

上流の一宮、稲葉は尾張国の中心として古くから栄えていたし、佐屋川の上流からは東山道（中山道）の美濃赤坂、川手、鵜沼《うぬま》あたりからも舟が下ってくるから、津島湊は数千艘の出船入船で活況を呈していたという。

いったん津島に集められた物資は、そこで取引されて尾張国内、伊勢湾岸の各地に運ばれていくのである。

このあたりになると天王川の川幅は三〇〇メートルほどもあったが、西岸の津島の町内から津島天王社（津島神社）が鎮座していた東岸の「向島」まで、参詣者のために天王橋が架かっていた。

社僧坊が橋賃を徴収していた天王橋は、その長さが三町もあり、琵琶湖に架かる近江の瀬田の長橋よりも長かったという。

　この津島の経済力が、織田家に天下統一の基礎を与えた。

　織田弾正忠《だんじょうのじょう》信定は、尾張守護代を務める織田一族であったが、守護代の配下で清須城に出仕する三奉行の一人にすぎなかった。

　しかし、この織田弾正忠の家が津島を掌握することで、ついには主家をも凌ぐ力を得るようになる。

　信定は津島に居館を構えていたが、永正《えいしょう》年間に勝幡城を築城し、大永年間には拠点を移したという。

　そして、天文《てんぶん》のはじめには当時二十代前半だった嫡男の信秀に家督を譲り、勝幡城を与えた。

――塩畑ではどうも字面が悪い。「勝ち旗」の意で「勝幡」ならどうだ。これなら縁起が良かろう。

ということだったという。これは信定でなければ信秀の発案である。

　そして、天文三年（一五三四年）五月、その勝幡城に織田信秀の子が生まれた。三男で幼名を吉法師《きっぽうし》という。

　母は土田《どた》下総守《しもうさのかみ》政久《まさひさ》の娘である。

　土田氏は美濃国《みののくに》可児郡土田《どた》村の発祥であり、東山道土田《どた》宿の名で、その本貫の地を知られていた。

　尾張国の南の主要道が東海道で、その要所が津島であったころ、北の主要道は東山道で、その要所は犬山であった。

美濃国の御嶽から土田を経由して尾張国に入り、善師野《ぜんじの》から犬山へ、そして現在の犬山橋下流付近にある内田の渡しで木曽川を渡って、ふたたび美濃国鵜沼に入り西上する。

というのも、木曽川の渡河は東山道の難所であって、瀬と淵が混じりあい川面に岩が出ているような早瀬を渡れるものではないから、川の流れが緩やかになる下流まで待って渡河した。

それで、その昔は必ず尾張国犬山を通過していたのである。

ところが、ある時期から内田の渡しを使わず、土田宿から土田の渡しで木曽川を渡り、うとう峠を経由して鵜沼に入るルートを使う者が多くなった。

もちろん、尾張国に用があれば、善師野から犬山、小折《こおり》、岩倉を経て於多井《おたい》に至る岩倉街道があった。善師野から犬山に向かわず、楽田追分《がくでんおいわけ》、小牧を経て、那古野《なごや》に至る上街道《うわかいどう》が使われるようになるのは、さらに後のことである。

ともあれ、東山道を西上する者は、これまで必ず犬山を通過していたが、土田の渡しが開発されたことで、尾張国に特に用がないかぎり、土田宿から鵜沼宿に行ってしまうようになったのである。

この理由はさまざまあったろうが、一つには国境越えの問題があった。

乱世になると戦《いくさ》が起こりそうなところは避けて通るしかなかった。それに加えて、国境には必ず関所がある。関所では関銭を納めなければならない。だから、できるだけ関所の少ない経路を選ぶのは旅人の知恵であった。

関所役人の任務は、往来を監視して不審者を入国させないようにする、などといったものではなかった。しょせん不審な者を見分けることなどできないのだ。任務は、旅人から関銭を徴収することである。

そもそも旅人にとって関銭は、安全な通行を領主が保障するという意味があったはずだが、乱世になって警察力が弱体化して顕著になったように、盗賊には旅人自身が自衛して対抗するしかなかった。

それが現実であった。

だから、関銭はただの通行税、流通税でしかなかった。

関銭は、人馬の数に応じて、あるいは荷物の種類や数量に応じて課されていた。

国人と呼ばれる在地領主や寺社の大事な財源であり、関所の設置や関銭の徴収などは国主の統制外、それが普通であった。

なぜなら、麾下《きか》の国人衆に命じる軍役その他諸役の財源について国主は無関心であったから、国人衆は年貢のほかに独自財源を探す必要があった。

関所だけでなく、川があって橋があれば橋銭を取る。橋がなければ、渡銭とか津料《つりよう》を取った。津料も、船に積まれた米一石にたいして一升を取る升米《しようまい》、舟一艘ごとに徴収する艘別銭《そうべつせん》など課税方法はさまざまであったが、実態は関銭と同じ通行税、流通税であった。

この橋銭とか渡銭とか津料とかも、本来は運賃とか使用料であって施設整備費の一部を利用者が負担する意味があったはずだが、実態からすれば一般財源にほかならなかった。

江戸時代に尾張藩営となった内田の渡しは、武士や僧侶からは渡銭を取らなかったというから、課税方法は多少政策的ではあったが、取れるところから搾り取るという基本に変わりなかった。

話を土田宿に戻す。

結論から言えば、織田弾正忠家は、土田氏と同盟《よしみ》を結ぶことで、東山道を往来するすべての荷を掌握しようとしたのである。

土田氏が決めている土田の渡しの渡銭のさじ加減ひとつで、土田の先にある内田の渡しを使うか使わないか、すなわち尾張犬山に荷が入るか入らないかが決まってくる。

さらに、土田で関銭を納めれば、尾張犬山の関所で関銭を納めなくていいことにした。犬山の先の街道に関所はないから、土田で関銭を納めれば遠く津島まで往来自由になる。

この時代の陸運業は、馬借《ばしゃく》とか中馬《ちゅうま》と呼ばれた駄賃馬稼《だちんうまかせぎ》である。中馬の語源には、賃馬、通馬、中継馬、手馬、自分馬など諸説あるが、要するに荷主との直接契約により荷を付け通しで遠くまで運ぶ長距離貨物運送業である。

他方、この中馬にたいして区域内貨物運送業者がリレーして遠くまで荷を運ぶ伝馬《てんま》もあった。各駅（宿場）に設置された人馬を継ぎ立てて遠くまで運ぶ仕組みである。

古代から続く伝馬だが、このころは室町幕府が衰退して機能しなくなっていた。

このため北条氏や今川氏などは領国内外の伝馬制の整備を進めていたが、その利用は軍事を中心とする公用物資の輸送に限られていた。というのも宿場や郷村が供出する伝馬は領民の義務であって、駄賃で稼ぐ運送業ではなかったからである。

もっとも、江戸時代になって街道が整備され、需要の少ない宿場にも伝馬が設置されて運送業として成立するようになると、その他の運送業は規制の対象となった。伝馬の継ぎ立てで仲介手数料を取る宿場問屋の権益が侵されれば、伝馬制が維持できなくなるからである。

ところが、そうした頃でも中馬は付け通しのために運賃が安く、しかも早く着いた。

中馬が幕府によって公認されたのは、江戸時代末期のことだったという。

吉法師の生まれた頃は、そうした規制がなかった。

お上に運上金《うんじょうきん》とか冥加金《みょうがきん》を納めて、国主や奉行の赦免状とか道中手形を手にすれば、尾張国内は往来自由、免税になるから、土田で中馬を稼業にすれば儲かる道理であった。

言い換えれば、運輸交通行政と通行税の徴収に関するかぎり、尾張国は土田まで広がっていたことになる。

もちろん土田は美濃国《みののくに》であるから、尾張国主や清須奉行が土田の民百姓に年貢諸役を課すことはできないが、封建領主としての分限さえ守っていれば美濃国は文句を言わなかった。

吉法師の母が土田《どた》下総守政久の娘であるように、同盟の基礎は婚姻関係である。

では、土田《どた》氏と織田弾正忠家の同盟は、いつから始まったのかというと、じつは吉法師の父、信秀の母も同じ一族の娘だとする説がある。

織田弾正忠信定の室で名はいぬゐという。

いぬゐは、菩提寺の含笑寺《がんしょうじ》が尾張国海東郡土田《つちだ》村に建立されているように尾張土田《つちだ》氏の出であり、この尾張土田《つちだ》氏も美濃土田《どた》氏の流れだというのだ。

いぬゐの姪を吉法師の母とする系図も遺されているが、いぬゐの兄弟が土田《どた》政久だとすれば、織田信秀は母方の従兄弟と結婚したことになる。

他方、いぬゐの父を織田筑前守良頼《ちくぜんのかみすけより》とする説もあるが、良頼は弾正忠家とともに清須三奉行を務める藤左衛門《とうざえもん》家の当主で信定と同世代のようだ。だから、いぬゐが土田氏の娘なら、輿入れにあたって養女にしただけかもしれない。

つまり、土田氏の家格は低く、そのまま織田弾正忠家の正室に迎えることはできなかったということになる。吉法師の母も正室ではなかったと考えたほうが無理がないだろう。

信定の結婚相手をいぬゐと決めたのは、父の織田弾正忠良信《すけのぶ》である。

備後守敏信《びんごのかみとしのぶ》と同一人物だという説があるが、その場合、さきに越前、尾張、遠江の三国の守護であった斯波義敏《しばよしとし》から一字を賜った敏信が、のちに守護職を継承した斯波義良《よしすけ》（のちの義寛《よしひろ》）から、あらためて一字を賜り、良信と改名したと考えたほうが自然であろう。この逆ではない。改名してもなお、世間では古い名のほうが通用し、本人もあえて訂正しなかったのである。

なぜなら良信は、新たに尾張守護代となった大和守敏定《やまとのかみとしさだ》の弟であったから、同じ通字《とおりじ》の敏信のほうがとおりがよかったのだろう。さほど年の違わない兄弟であったはずである。

斯波家の家督争いが尾張の国中を巻き込んでいた文明《ぶんめい》一〇年（一四七八年）九月のことである。焼け落ちた下津《おりつ》城に代えて新たに守護所が置かれた清須城に、在京していた大和守敏定が守護代として入城すると、犬山の城を占領した弟の敏信が従前の兄の地位を引き継ぎ、守護代の代官たる又代として尾張上四郡を領するようになった。

このとき兄の敏定は二七歳で、嫡男の寛定《ひろさだ》が跡目を継ぐには幼すぎたからである。

ところが、もともとの尾張守護代の家である伊勢守《いせのかみ》家の織田敏広《としひろ》が勢力を盛り返し、わずか四か月で形勢が逆転すると、翌文明一一年一月には和睦が成立。大和守、伊勢守両家で尾張を共同統治することになった。

このときから大和守家は尾張の下四郡の守護代を出すようになり、他方、上四郡は伊勢守家が守護代を出すことになった。

敏広が岩崎城を築いて居城にしたのも、このころである。

こうして伊勢守家が斯波義良に帰順したことで、斯波家の家督争いは決着した。

織田敏信は、遅くとも文明一四年までには犬山の城を明け渡して清須城に移り、下四郡守護代配下の三奉行の一人となった。良信と改名したのもこのころであろう。

当時の犬山の城は木ノ下城で、犬山市役所の西にある愛宕神社のあたりにあった。

築城は伊勢守家の織田敏広の弟の広近《ひろちか》である。

木ノ下城は、和睦によってふたたび伊勢守家の支配下に復したと思われるが、詳細はわからない。伊勢守家の記録は、ほぼ一世代ほどが欠落してしまっている。


その後、良信は永正年間に楽田城《がくでん》（犬山市）を築城した。

この楽田城主であった時代に、織田良信は政久の父である土田秀久《ひでひさ》と同盟《よしみ》を通じたのだろう。そして、それが子や孫の縁組みに繋がったに違いない。

三代にわたって織田弾正忠家が土田《どた》を重視していたとしても、なんら不思議ではない。

尾張国の東北の土田と西南の津島を支配する両氏の同盟によって、それだけの利益が生じていた。

二

天文八年（一五三九年）、吉法師は数え年六歳にして勝幡城から那古野《なごや》城に移り、その「城主」となった。

信秀は那古野城の南約四キロのところに新たに築城した古渡《ふるわたり》城に移った。

古い那古野城よりも、自らの手で新築した古渡城を好み、それを居城としたためである。

那古野城には家老四人を置いていた。

筆頭家老　林佐渡守《さどのかみ》秀貞《ひでさだ》
二番家老　平手中務丞《なかつかさのじょう》政秀《まさひで》
三番家老　青山余三右衛門尉《よざえもんのじょう》
四番家老　内藤勝介《かつすけ》

この四人のうち内藤勝介は、当時「長《おとな》」ではなく、若輩であったかもしれないが、いずれにせよ、吉法師に付けたというより、正しくは那古野城に配置したというべきであろう。

なぜなら那古野城は、交通の要所としては新たに築城した古渡城に劣り、狭くて住みにくいものの、那古野今川家の旧城であって、約七キロ弱北西に清須城を見おろす高台にあったからである。

格の高さという点では、清須が手に入るまでの間、織田弾正忠家にあっては主城というべき城であった。

家老のうち吉法師に付いたのは守役である。

二番家老の平手政秀、このとき四八歳。人生五十年の時代だから、六歳の子の子守にしては歳を取りすぎていた。

おそらく信秀は、最初に主城の那古野城に据えるべき家老四人を能力で選んだ後、その中から吉法師の守役にふさわしい者を人格識見で選んだのだろう。

信秀の考え方は変わっていた。

子どもの躾《しつけ》や教育にまったく関心がなかった。自ら手を出し口を出すというところが微塵もない。守役に任せっ放しである。

「わしがあれこれ指図すれば、わが子は皆、わしの真似するだけの愚息ばかりになってしまうぞ。わしを越える逸物が欲しいのだ。一人《いちにん》に守役一人《いちにん》。これなら同じ畑《はた》でもいろんなのが採れるというものよ」

という調子であった。

これには、いちばん出来の良い子に跡目を継がせるという含みがある。

だから、守役となった者の負担は大変なものだった。

もしも「手を焼くことかぎりなく」という事態が始めにわかっていれば、信秀も二十代、三十代の者を吉法師の守役に選んだに違いない。そうしていたら後の悲劇も避けられたかもしれないのである。

六歳の吉法師は修学のため天王坊《てんのうぼう》に通うことになっていた。

那古野城の近くにあった真言宗亀尾山安養寺《あんようじ》天王坊（名古屋市中区）で、神仏習合によって那古野神社の別当だった寺である。

那古野神社は、この前年に社殿を焼失していたが、信秀によって再建されたばかりであった。

というのも、信秀が那古野城を奪取する際に神社に火がかかったのであってみれば、寄進したというより賠償したというべきであったろう。

吉法師の弟である勘重郎《かんじゆうろう》（信勝《のぶかつ》）など土田御前《どたごぜん》の子どもたちも、吉法師と同様、この天王坊に通ったと思われる。

他方、兄のふたりは、そのまま津島の天王社（津島神社）に通ったかもしれない。

吉法師とは母が異なるから那古野城や古渡城には移らず、それで転校しなかった。あるいは転校を避けるために、弟たちと同じ城に移さなかったのかもしれない。

いずれにしても、三男の吉法師が、名目だけのこととはいえ城を譲られた理由は、そんなところであったろう。

少なくとも吉法師は、出生したときから後継者と決まっていたわけではなかった。

信秀にとって、吉法師は三人目の子である。

ところが、長男の三郎五郎（信広《のぶひろ》）、次男の喜六郎（信時《のぶとき》）の経験が、吉法師の場合、まったく役に立たなかった。

どういう理由であったか吉法師は寺に通うのをいやがった。

泣きわめいて柱にしがみついて離れない。通学時間を過ぎるとおとなしくなる。その繰り返しだった。

守役の政秀は、まさか若君に手を上げるわけにもいかず、ほとほと困り果ててしまった。

そこで信秀に窮状を打ち明けた。

じつは信秀もいままで自分の子に手を上げたことはなかったのだが、癖になるといけないと思い、吉法師を打擲《ちょうちゃく》した。

ようやく引きずるようにして輿《こし》に乗せて送り出したが、こんどは寺の前で一騒動になる。輿から離れないのである。寺に入ってしまえば、あとは坊主がなんとかするだろうが、そこに行き着くまでが大変であった。何度か信秀自ら寺に連れていったが、ついに根負けしてしまった。


そこで、一計を案じて「学校」を変えることにした。

新しい学舎は、臨済宗妙心寺派の凌雲寺《りょううんじ》（名古屋市中村区）で、稲葉地《いなばじ》城に隣接していた。

信秀の弟の孫三郎信光《のぶみつ》が開基したという伝承のある凌雲寺だが、墓誌銘からすると開基は信光の祖父である織田弾正忠良信《だんじょうのじょうすけのぶ》（初名は敏信《としのぶ》）の弟、豊後守敏元《ぶんごのかみとしもと》であろう。「天文五年一〇月二八日没、前豊州大守泰翁玄凌禅定門」とある仏塔は敏元のものである。

敏元は、稲葉地城に隣接する廃寺を復興するにあたって、永正年間に南溟紹化《なんめいしょうか》を招き開山とした。

主城の隣りにあった廃寺を放置しておきながら晩年になって突如として再興したというのも奇妙な話だから、主城は別にあったのだろう。おそらく中村三郷のどこかにあった主城を敏元は嫡男の織田玄蕃允《げんばのじょう》信平《のぶひら》（秀敏《ひでとし》）に譲り、自分は稲葉地に隠居したようなものであったに違いない。

そして、敏元が亡くなったとき、稲葉地を受け継いだのは信光だった。

おそらく、かなり手を入れて城の構えを整えたことだろう。信光の築城と今に伝わっているのは、そのためだ。

信光の居城は守山城である。だから、那古野城が吉法師の城であるのと同様、稲葉地城は信光の嫡男の市之介《いちのすけ》（信成《のぶなり》）の城であった。

それで、城に隣接する凌雲寺に市之介が通っているので、彼と一緒に吉法師も通わせることにしたのである。

つまり、信秀は厄介なことを弟の信光に押しつけてしまったのだが、同年代の従兄弟と一緒にいるのが楽しかったのか、吉法師はこの寺には通った。

しかし、天王坊には子弟の教育のために平手政秀が京都から招聘した先生がいたはずだから、それに比べると教育内容に見劣りがするのは否めなかったろう。要するに、一年生の段階で吉法師はエリートコースから脱落してしまったようだ。

まあ手習い程度の初等教育ならここでもいいだろうと、信秀は考えるしかなかった。

凌雲寺時代の吉法師は、とにかくよく手習いに励んだと伝えられているが、それは少し違うと思う。

ある日、庫裏《くり》にいた吉法師は、自分たちが手習いに使った紙を屑屋が引き取るところを見ていた。するとあまり墨の付いていない紙、それも白い部分が多ければ多いほど、紙くずが高値で引き取られることを知った。

それで吉法師は、

——先生は、少し書き損じただけでもすぐに取り替えて新しい紙を出してくれた。だけど、これは自分が儲けたいからなんだ。

と思ったのである。

——儲けさせてなるものか。

と吉法師は市之介に宣言した。

市之介は何かちょっと違うような気はしたのだが、それでも吉法師に従った。

ふたりで、庫裏に忍び込み、書き損じの紙という紙を墨で真っ黒に塗り始めると、やっているうちにおもしろくなった。終《しま》いには新しい紙を出してきて真っ黒に塗ってしまう。先生の見ていない隙を狙ってやるのだが、これもスリルがあっておもしろく、やめられない。

字を書いているのではなく、墨を塗っているだけだから、とても素早くできる。ふたりで競争しているうちに、あっという間に墨でべたべたの紙が部屋中いっぱいになった。

そこで庭に出て、庭の松とか塀とかにいっぱい紙を貼りつけて乾かすことにした。

そこにちょうど住職が通りかかり、「なんとまあ勉強熱心な」と大いに感心したという。

偉人の伝記というのは、このように都合良くできあがるものである。

三

この「自分が儲けたいからなんだ」とか「儲けさせてなるものか」といった金銭感覚を大名の家に生まれた吉法師が持っていたのは不思議と言えば不思議なことだが、大名といっても江戸期と比べれば庶民との垣根は低い。

織田家には良い講師がそろっていた。

吉法師の場合、生駒甚助《じんすけ》（親重《ちかしげ》）という。吉法師の母である土田御前の兄弟で生駒家の養子になった人である。

ある日、吉法師は市之介と一緒に津島に行った。

吉法師は馬が好きだから、輿は使わない。ただし、まだひとりでは乗れないので、ふたり乗りである。

多くの場合、守役の平手政秀の長男、五郎右衛門《ごろうえもん》久秀《ひさひで》が騎手となり、自分の前に抱えるようにして吉法師を乗せていた。

そうやって前に乗ると、吉法師はまるで自分ひとりで馬に乗っているように思える。

これは吉法師がひとり乗りを許されるまで続いた。

ちなみに政秀が守役を拝命した時点で久秀は一五歳であった。

この日、市之介も同様に馬に乗せてもらうと、前後を小姓衆が併走して二十騎ほどで移動した。

津島に着くと、一行は生駒家の津島屋敷に入った。

生駒甚助が出てきて、奥の間に案内する。すぐに控えていた侍女たちが吉法師と市之介を手伝って、村の小童のように衣装を着替えさせ、前髪を上げ茶筅《ちゃせん》に立てて細紐で巻き上げた。あまり顔や手の色が白いときは、顔料を塗って日焼けしたように見せることもあった。

そうして支度を終えたら、裏口から表に出る。

ここからは甚助ひとりで吉法師と市之介を連れて歩くのである。

この日は侍女のお初も一緒に連れていったが、小姓衆は一人もいない。

もっとも、生駒屋敷の食客たちが数人いて、甚助一行を取り巻き護衛しているのだが、よくよく注意してみないと、それとはわからない。

そうやって吉法師は、はじめてのお買い物をした。

元服するまでのわずか数回にすぎなかったのだが、よほどおもしろかったのだろう。のちのちまでよく憶えていた。

「吉ちゃん。お初と飴を買うてきな」

と甚助がいうと、お初は吉法師を連れて飴売りの前に立った。

「この段は皆一文。好きなの選び」

と売り子に言われて、吉法師は一つ取った。お初も一つ取ると、合わせて二文、吉法師は銭を取り出して売り子に渡した。

そのとき、

「こらちぃとも欠けとらんがね。光っとろう。もう一つおまけしてちょうだいな」

とお初は言ったのである。

「そやね。じゃもう一つ」

と売り子はいうと、小さいのを一つくれた。

つぎに市之介が団子を買ってからお昼を食べに屋敷に戻ると、甚助が解説してくれた。

「銭はたれが触ったものかわかりません。汚いもんですから。若旦那さんのために酢で磨きました」

「なんて書いてある」

「えいらくつうほう。永楽の世に通じる宝というんですかな。永楽は今生の天文《てんぶん》と同じ。むかしむかしの唐《から》の国の御代《みよ》のことです」

「きれいじゃ」

「そうですか。こんなもん、きれいと言うた御方ははじめてですな」

と甚助は笑った。

そして、

「ただ、きれいなもんだけではありません。これをご覧あれ」

といいうと、袋に入れていた銭を出してずらっと並べて見せた。

字が見えないどころか、ほとんどが潰《つぶ》れたり欠けたりしている。金属のかけらにしか見えないものもある。

「銭も壊れるのか」

と吉法師が訊くと、

「違います。これはわざわざ拵《こしら》えとるんです」

と甚助は答えた。

「ほれ、これなんか、溶かしたところが見えますでしょ。鋳潰《い》せば一枚から二枚造れます。銭のきれい汚いで、一枚が一文で通じるとは限らんのです。これが大変なんです」

「こういうことをする奴をやっつければいいんだ」

「そうなんですけどなあ。どこで造ったかわからんので。海を渡ってくる前から鋳潰してあったり、渡ってから潰したり」

「みんな渡来ものか」

「もともとは全部渡来、のはずなんですけどなあ。ようわかりません。なにせ永楽銭いうのは唐《から》の本国では通用しない銭ですからなあ。最初《はな》から余所《よそ》の国に売るために拵えたものです。きちんとしておりません。今の国は明《みん》ですな。その明銭と、亡くなった国の元《げん》とか宋《そう》とかの銭と、ごちゃごちゃでしてな。そのどちらにしても、悪い銭ほどよく出回っておりますな。よく動きます。きれいな銭は皆貯め込みますからな」

「一枚は一文で通じさせる。守らない奴はやっつける。それなら、壊す奴はいなくなる」

「それはいろいろとありましてな。力の弱い者ほど汚い銭を押しつけられる。そう案じておられるでしょ。悪い銭を押しつけられても断れんから。それが大違い。悪い銭をたんと持っておるのは、じつは公方さまですな。弱い者の味方だぞと、一枚は一文だと刀を振り回す。裏では悪い銭を安く仕入れておく。これで大儲けできますな」

幼い吉法師には難しすぎる話になったが、じつは大人になった信長もこの問題には苦労することになる。

「いちばん銭を貯めておるのは公方さまか」

「そら叡山でしょうなあ」

「なにゆえ叡山が。坊主であろう」

「京の町衆にすれば、叡山の坊主とは、これ山門の荒法師ですな。先年も法華《ほっけ》の寺を焼き討ちしては数千の人を殺《あや》め、下京《しもきょう》などは丸焼け、上京《かみきょう》も三ヶ一が焼けたとか。応仁《おうにん》、文明《ぶんめい》の乱より酷いと申しますな。まだ何年もたってませんよ。それと酒屋に土倉《どそう》、これの本所が叡山。要は金貸しですわ。年貢未納のときは立て替えますんで、百姓のところまで取り立てにゆく。えげつない連中ですわ。中でも公方さまの台所をまかなう納銭方の衆、公方御倉と呼んでますな。これが銭を貯め込んでおります」

と甚助は断言した。

「つぎは市ちゃん。こんどはこれで買おう」

と甚助は、用意してきた袋を三つ出すと、それぞれに米を枡《ます》できっちり量って同量を入れ、子どもたちに持たせた。

つぎは銭でなく米で買う。

「あれがいいでしょう」

と甚助は言った。

これから豆を買うのである。

「袋から二合だけな。それで買うてきて」

というと、三人をそれぞれ別の店に行かせた。

店といっても地面に筵《むしろ》を敷いての商いである。

屋敷に戻ってから調べると、袋に残った米の嵩《かさ》は同じ二合を引いたはずなのにまちまちだった。買った豆の嵩《かさ》もまちまちである。

それぞれ枡《ます》の大きさが違うのだという。

同じ店でも、米を量る枡と、豆を量る枡が違う。それがあたりまえだという。だから、どの店で買えば得か損かは、それぞれの店について残った米の嵩《かさ》と買った豆の嵩《かさ》を比べてみないとわからない。

「同じ枡《ます》を使わせればいい」

と吉法師がいうと、甚助は、

「そうですな。それは天下に号令をかけないけませんな」

といって笑った。

「ただし、座《ざ》があれば、同じ市《いち》で同じ枡《ます》を使わすことは今すぐできますな」

「ざ？」

「同業の仲間でございます。仲間内で決めてしまえばよいので。そしたら、違約した者は商いができません。尾張の豆売りには座がありませんな」

「では、その座を拵えるとよい」

「ですが、豆などは、どこの家でも作りますからなあ。豆座など拵えては面倒で仕方ありませんな」

「では、天下に号令する」

「おおなんと勇ましい。お助けしますぞ。若旦那さま」

と甚助は大いに笑った。


また、あるとき吉法師は瀬戸にいた。

生駒甚助率いる一隊は、荷駄を載せた馬二〇頭。もちろん武装している。護衛しているのは、風体の良くない浪人者、と言えばまだましなほうで、野伏《のぶせり》とか夜盗の類が獲物を載せてご帰館といった態《てい》であった。

この一隊が子どもをふたり連れている。吉法師と市之介である。織田の家中の者は誰もいない。

「津島や清須はよほど変わっておりましてな。これであたりまえと思うては世の中はわからんだろうと大旦那さまの仰《おお》せですよって、若旦那さんらを余所《よそ》にお連れいたします」

と甚助が言ったのは今朝のことである。

今日は瀬戸物大市の日であった。

甚助が運んできたのは白俵物《たわらもの》と呼ばれる白塩と塩相物《あいもの》、海産物で、塩付《しおつけ》街道の終点である出来町（名古屋市千種区古出来）の集荷所で積み込んだものである。

集荷所は那古野《なごや》城の東約四キロにあって、ここから塩付街道は南へ約一〇キロ、山崎川に沿って松巨島《まっこしま》の南端の星崎まで続いている。

星崎は、現在の名鉄本星崎駅の南、天白川《てんぱく》と東海道新幹線が交差するあたりで、当時は海が広がり、浜は天日干しの塩の産地となっていた。そこから街道を北上して、塩を運び、他の海産物とあわせて俵に詰めていたのである。

出来町の集荷所で吉法師たちを乗せると、瀬戸街道を東に約一六キロ進めば瀬戸である。

甚助は瀬戸物大市《おおいち》の中には入らず、荷を横道に停めると近くの商家に入った。市《いち》は大変な賑わいで、商家の中まで外の喧噪が聞こえてくる。

吉法師と市之介はうろうろと市を見て回った。

筵《むしろ》を敷いて陶器が並べてあるが、小売りの店は少なく、ほとんどは見本を並べているのであろうか。大きな商談は商家の中でするもののようであった。

「おかげさまで塩は売れました」

と甚助が声をかけてきた。

「瀬戸物を買うのだろ」

と吉法師。

「そうです。それが大変でしてな。手間がかかります」

というと甚助はふたりに謎かけをした。

「津島とどこが違うか、わかりますか。なんでもいいですから、仰《おっしゃ》ってみてください」

「銭が少ない。米で買う者がたくさんおる」

と言ったのは市之介だ。

「そうですな。ここらでは役人も役銭を取らずに、市枡《いちます》を使いますな。支払う米のうち枡いくつで納めます」

「瀬戸物しか売ってない。ほかの物は横道で売っておる」

と吉法師も、ここでようやく気がついた。

「ご明察、見てのとおりです。瀬戸物市ですからな、まずは本座が第一、それはわかりますがな、諸口商《しょこう》人も座に役銭を出さんと、市に入れんのです」

「しょこう？」

「瀬戸物を焼くには、薪《まき》とか釉薬《ゆうやく》とか要りますな。できた物を包むにも筵とか。それらもろもろの商いを諸口と言いますな」

「銭を惜しんでいるのか。それで市に入らんのか」

「それもありますが、いくら銭を積んでも新儀は座に入れてくれません。それで横道で商いをします」

「持ってきた塩はどこへ売った」

「この街道のずっと先、信州の塩座の者ですな。塩は塩座の者でないと売れません。生駒の家は塩座の株は持っておりますんで、そこはよいのですが、瀬戸物がね、本座の株を持ってませんので、市に入れんのです」

「それでは、どうするのだ」

「まもなく大市は終《しま》いになります。さすれば横道で売る者も出てきます。内緒ですが、みな知っておる次第で。多少物は悪く、高くもなりますが、空荷で帰るよりはまだましということでございます」

と甚助がいうと、むこうから手招きする者がいる。瀬戸物を売ろうとする者であろうか。

――塩は塩、瀬戸物は瀬戸物、品物ごとに売り買いの相手が決まっているのか。なんのためだ。誰の得になる。

と吉法師は思った。


「座などやめてしまえばよい」

と戻ってきた甚助に吉法師は言った。

「座はあってもいいのです。新儀の者でも入れてくれさえすれば」

と甚助は答えた。

そして、こんな説明をした。

たとえば塩。塩は不正をしやすい商品である。俵の底のほうだけ混ぜ物をすれば、なかなか発覚しにくい。水で薄めた酒とか、油のように品質の善し悪しがただちにわかる物ではない。それに塩は遠隔地に運ぶ。近くで消費する酒や油と違って、塩は生産者の顔が見えない。塩の製造、販売、輸送は、信用のおける同業者仲間でないと安心できない。

「されど、瀬戸物はどうでしょうなあ。物の善し悪しは一目でわかりますな。座は要らんとなれば要らんでしょう。まして諸口など。いくら瀬戸物に使うと申したところで薪は薪、しょせん薪ですわ。ほんとに座が要る物などは、そうはありませんな。あとは鋳物ぐらいですか。鋳物の善し悪しは素人には難しいので」

と甚助はつけ加えた。

「ただ、座をやめさすとなると大変ですからな。新儀の者、新儀諸役無しで、たれでも拒まずであれば、まあよいですな。津島や清須のように」

「瀬戸も津島と同じにすればよいのか」

と訊く吉法師に甚助は答えた。

「尾張も上四郡は、大旦那さまの御威光、届きません。なんとかしたいものですな」

四

「無理だな」

と信秀は言った。

「小童《こわっぱ》の物見遊山ではないぞ」

信秀の妹、お直《なお》の輿《こし》入れに吉法師も同行したいと言いだしたのだ。

婿となるのは東美濃を支配する岩村遠山氏の惣領、遠山景前の息である。遠山景任《かげとう》という。

「輿を一挺、よけいに仕立てるつもりはない」

「輿には乗らん」

と吉法師は宣言した。

「馬にも乗れん小童のくせに。どうするつもりだ」

「五郎右《ごろうえ》の馬に乗る」

――やはり、子どもだ。なにもわかっていない。

「たわけ、そんな行列があるか。当家の格式にかかわる。許されん」

「されば歩く」

「小童が歩いてなど行けるものか。どれほどの遠出かわかっておるのか」

輿入れ先は、東美濃の岩村城（恵那市岩村）である。三、四日かけて約八〇キロの道を行くことになる。

「知っておるぞ。瀬戸から科野《しなの》を抜けて、東山道の大井の宿《しゆく》あたりまで行くのだろう。およそ二〇里と聞いた」

「そうだ。歩くなどとうてい敵《かな》わぬ遠出よ」

「では、歩ければよいのだな。津島まで五里、これを行って帰って、行って帰ってくれば同じことだ。やってみる。歩ければよいのだな」

――多少は知恵がついてきたか。

「では訊《き》こう。歩けたとして、行ってなんとするつもりだ」

「わしはお父の名代《みようだい》だ。口上を申し上げる」

「なんと。小童の出る幕ではないぞ」

「口上など、たれが何を申したとて、たれも聞いておらん。されど、わしが出れば、これも一興。なんとまあ、たいした数寄者よとお父の株が上がるぞ」

信秀は、かすかに平手政秀が笑ったのを見逃さなかった。

「これも一興などとふざけたことを。婚礼の大事がわかっておらんな。直《なお》がいやがるに決まっておる」

「おつやがよいと申せば、よいのだな」

と吉法師が言った。顔が笑っている。

――こいつ、さてはさきに話を通していたな。

と信秀は思った。

吉法師が妹の直に懐《なつ》いているとは聞いていた。

躾けようとして母の土田《どた》御前が小言を言いがちなのにたいして、若い叔母の直は気楽なものだから吉法師への接し方が違う。

それと信秀の妹たちの中では群を抜いて利発な性質《たち》であった。打てば響くようで、そこがまた吉法師とウマが合うのだろう。

――それにしても、なにゆえおつやなどと呼ぶのだろう。

自分で勝手に人に名前を付ける吉法師の感覚は、信秀にはとうてい理解できない。吉法師は人の名前を覚えることが苦手なのかと思ったりする。

「直《なお》がよいと申してもだめだ。よく思案したが」

というと、信秀は吉法師をじっと睨んだ。

「おまえのような小童が行列に混じっておれば、やはり当家の格式にかかわる。どうせ、その風体《なり》なのだろう」

吉法師は今では茶筅《ちゃせん》まげが大のお気に入りである。大名の子がこれでは、みっともないことこのうえない。

「これは」

と吉法師は頭に手をあて、胸を張った。

「着いた先で直せばよいのだろう。清須でそうしたように。口上もちゃんとできたぞ」

信秀が清須城で尾張守護の斯波義統《しばよしむね》に息子を披露したのは、三男の吉法師が最後になった。四男となると、さすがに気が引けたのである。三男も異例のことであったが、信秀は話好き、社交家であったから、守護に会って話をする機会は失いたくなかったのだ。

まだ信秀は考えている。

そこで吉法師は断言した。

「それに、わしは行列のかなり後を歩く。傍《はた》から見れば、同じ一行とは思うまいぞ」


こうして、吉法師は直《なお》の輿入れに付いて岩村城まで行くことになった。

足慣らしは、那古野《なごや》城から津島まで一往復しただけで終わった。

それは吉法師の供をして歩く警固役の手配が面倒だったこともあるが、本番で歩けなくなったときのために平手政秀が中馬《ちゆうま》を頼んだからである。

したがって、花嫁行列のはるか後方を吉法師と中馬が並んで歩いているところは、まるで駄賃稼ぎをしている馬方の親子のようだった。

中馬の荷は吉法師を乗せられるように按配して減らしてあったから、ずっと馬の背に揺られていくこともできたのだが、吉法師は意地を張って歩き通した。

行列の先頭を行く騎馬は平手五郎右衛門久秀。侍烏帽子を付け、織田家の家紋である五つ木瓜《もっこう》を背中と両胸に入れた大紋に袴姿という正装であった。

つぎに道具類を運ぶ歩荷《ぼっか》の一群が続く。道具類も織田家の家紋が入り、五つ木瓜を染め抜いた白絹で覆われている。

そのつぎの騎馬が平手政秀。そのあとに輿が続く。

先頭から大上﨟《じょうろう》、小上﨟という格上の侍女の輿のうしろに、花嫁の輿が続き、そのうしろに御局《おつぼね》、中﨟頭《ちゅうろうがしら》、以下格下の侍女の輿が続いた。侍女の輿は計一二挺《ちょう》にもなった。

花嫁に終生従う侍女は四、五人だけだが、婚礼の三日目に侍女房その他配膳と酌をする侍女は嫁方から出すと決まっていたから、人数がいる。

そのため一二挺は最小限の人数と考えられ、侍女は多ければ多いほどよかった。

行列の人数は三百人を超えていたが、これでも少ない方であった。

人数を絞ったのは、坂が多く悪路が続いたからである。

そのため、平手政秀は、輿入れするにあたって道普請から始めた。

街道を支配する在地領主、国人たちと交渉し、道路を整備するために沿道の村々から人足、普請役を徴発させたのである。

領民に労役を提供させる夫役《ぶやく》であるが、これもまったくの無償というわけではない。相当に安い賃金ではあるが、日当を支払うのが慣例であったから、織田家が資金を提供した。それも通常の日当を支払うという気前の良さであった。

そのかわり、村役たちに織田家からの見舞金を直接支払うという形で、動員の基礎となった村ごとの石高など、国人衆の経済基盤を詳細に調べ上げてしまった。

また、花嫁行列の賊難を避けるためと称して、国衆に街道の治安強化を要請し、盗賊たちの根拠地を討伐させた。

これも織田方から援兵を出すことにして、在地領主たちの軍事力を調べてしまった。

さらに宿泊所も準備した。

国衆に城郭の一部を提供させて、新棟をいくつか建築した。

織田、遠山の両家が街道を通行する際に優先的に使用するほかは、自由に使ってよいという条件であった。

尾張国から派遣された番匠（大工）の手になる豪華な建物は、織田家の財力を誇示するのに十分なものであった。

こうして遠方への輿入れを契機として、街道沿いの小勢力を手なづけてしまったのである。


「この縁組みが大事であること、わかっておるのか」

と信秀が吉法師に質《ただ》したのは、出発の前日であった。

「岩村でも、紙や木っ端を売るのだろう」

「紙や木っ端ではないぞ。尾張領内往来勝手の赦免状、通行手形と申すのだ」

「そうそう、それじゃ」

と吉法師は、にやりと笑った。

「そうやって、馬方の上前を刎《は》ねるのだろう」

「上前を刎ねるなどと、人を盗人みたいに申すでない。荷駄の取り扱い高に応じて寄進を受けると申すのだ」

と信秀は大声で叱ったが、顔は笑っていた。

「途中の関所は取り払うことにするが、その関銭の代わりとして銭を国衆に配るのだ。関所がなくなり、道も普請しておるからには、荷駄は増えよう。われらに従えば国衆も潤うことになる。山賊とは違うぞ。人からむしり取るだけではない」

というと、信秀は最後に言い渡した。

「いざとなれば、援兵を送る道ともなるのだ。縁を結んだうえは遠山を見放すこと、決してあってはならん。そのように心して道中を見てまいれ」

そういって、信秀は吉法師を送り出したのだった。

――直《なお》も他国へ嫁げば、将来どうなるかわからない。桜井の松平もそうだった。

と信秀は思ったが、そのことは吉法師に言わなかった。


岩村城に着いた吉法師は、服装を整えると教わったとおりに口上を述べ、信秀の名代の役目を無事に果たした。

そうすると、もうやることがなかった。

そんなとき、遊び相手として紹介されたのが、苗木勘太郎である。

吉法師よりも少し年上の少年であった。

遠山の一族ではあったが、勘太郎を婚礼にわざわざ招いたのは、吉法師と同じ年頃の子がほかにいなかったためである。平手政秀、久秀親子は婚礼で忙しく、その間の吉法師の守役として同じ年頃の少年を手配するよう、遠山氏に依頼してあったのだ。

吉法師と勘太郎のふたりがともに過ごしたのは、わずか数日のことであったが、よほど印象深かったのであろう。

苗木勘太郎こと遠山左近直廉《なおかど》は、永禄《えいろく》三年(一五六〇年)の桶狭間の戦いに参戦したと伝えられている。

天文年間末に信長の妹を娶っていたとはいえ、よほどの覚悟がなければできることではなかった。

2――三河物語（前編）

一

「今日は道見《どうけん》どのの話をしよう。三回忌になるし、この夏は安祥《あんしょう》の城も手に入ったことだしな」

と織田孫三郎信光は話し始めた。

天文九年（一五四〇年）一一月のことである。

場所は守山城。

「道見どのは俗名を松平内膳正《ないぜんのしょう》信定と言うてな。市之介の母の父御《ててご》じゃから、市の爺さんにあたるお人じゃ。わしの舅《しゅうと》どのじゃ」

と語り始めた信光の前には吉法師と市之介が座っている。

内膳正、官位は「ないぜんのかみ」と読むのが正しいのだが、本人は気にしていなかった。「ないぜんのしょう」のほうが音の響きがよい。たいていは「ないぜん」とだけ称している。

「桜井のお爺じゃ」

と市之介が言った。

「そうじゃな。今は桜井と申す。だが元は安祥の家の出じゃ。三男と伝える者もおるが次男であったはず。その安祥の家、今でこそ松平宗家じゃと威張っているが、本来、惣領は岩津の家であった」

松平一族の伝承によれば、諸国を遊行しては念仏を唱えて食を乞う時宗の遊行僧、徳阿弥《とくあみ》が三河に流れ着き、長逗留して奥三河の松平郷と西三河の酒井郷とを行き来するうちに両家の娘にそれぞれ男の子が生まれた。

松平信光と酒井広親《ひろちか》である。

徳阿弥は親氏《ちかうじ》と名を改め松平家初代となり、同時に松平・酒井という氏族連合が誕生したという。

もちろん、そのまま史実ではないだろう。

数ある重臣たちの中から酒井の家が最も古い縁戚だとするあたりも怪しい。

ただし、子が母の姓を名乗って一族を増やしていったという伝承は重要である。

いずれにしても、一四二〇年代に松平信光は、岩津（岡崎市岩津町東山）の在地領主であった中野氏から岩津城を奪って、もしくは買い取って、本拠地を移したという。

松平一族は、信光の嫡男の岩津親長が京都の室町幕府で活動した記録も残るほど繁栄したが、岩津城は永正《えいしょう》三年（一五〇六年）八月、今川氏の侍大将、早雲庵宗瑞《そううんあんそうずい》（北条早雲）による三河侵攻を受けて落城し、岩津松平家は壊滅状態になった。

「岩津の城が陥ちた永正のはじめというのはな、わしも三郎も生まれる前だが、吉の守役の中務《なかつかさ》が一五、六の頃じゃ。さほど遠い昔の話ではないぞ。安祥の家を継いでいたのは内膳どのの兄の信忠《のぶただ》どのであったが、これは中務の二つ上ぐらい。まだ父御の長親《ながちか》どのも健在でな。最初はご隠居が安祥の家を切り盛りしていたのであろうが、永正の戦《いくさ》の後始末が大変であった」

とここまで語った織田信光は、一息入れて吉法師に問いかけた。

「戦の後始末、何が大変なのかわかるかな」

「つぎは負けない。そのための備え」

「それも大変だがな。まずは恩賞じゃ」

戦に勝って他国の領地を切り取ったならば、話は簡単だ。戦功に応じて新たな領地を配分すればよい。戦に負けて領地を失った場合も、話は簡単である。なにもできないことは誰にでもわかる。誰も不満を言わない。

ところが、戦には負けたが領地を失わなかったとしたら、どうだろう。

戦死した者の遺領の配分が問題になる。

必死で戦って敵を追い払ったのだから、戦功に応じて加増を願う者がいる。戦死者の遺族は養子をとってでも家を存続させ、遺領を他人に渡すまいと願っている。そうした一族郎党の利害を調整するだけでも大変なのに、遺領は滅亡した惣領家の直轄領だ。どうすればいい。

「器用な大将のいる家にやればよい」

と吉法師は言いきった。

「そうだな。家来に分けてしまえば家が弱くなる。まとめて預かるしかない。それで預かったのが安祥の家じゃ。されど当主の信忠どのは不器用だと評判であったのよ」

この場合、信忠の「不器用」とは、軍事行動における作戦指揮の巧拙ではなく、領土的な野心の有無であったかもしれない。

信忠からすれば松平一族の惣領的な立場になってからの十数年間、今川の再侵攻はなかった。それでなんの不満もなかっただろう。惣領家の直轄領の経営は、いざというときの備えであり、戦がなければないほうがいいに決まっている。

ところが、先の合戦で恩賞にあずかれなかった者たちからすれば、明日の備えではなく今日の果実が欲しい。

もっと露骨に言えば、強大な敵国、駿河今川氏との勝ち目の薄い戦に備えるよりも、確実に勝てる弱い相手と戦うほうがいい。

たとえは悪いが、盗人の目で周囲を見わたせば、楽に忍び込める戸締まりの悪い家があるのに、なぜ盗みに入らないのか。盗賊の頭がそれで務まるのか。そうした不満であったかもしれない。

これにたいして、信忠は信仰心の篤い人であったろう。

信忠が発給した同時代の文書には俗名と法名が交互に出現し、しかも法名が道忠、太雲、祐泉と変化するという。そのため出家と還俗を繰り返したという説がある。

そうでなくても、法名の変更は、それだけ複雑な内面を抱えていたということかもしれない。宗旨替えを繰り返したということだって、あったかもしれないのだ。
いずれにしても、侵略戦争向きとはいえない人であったろう。

「ひとことで言えば豪儀《ごうぎ》な人であったそうな。反対する者を手討ちにしたとも聞く」
と信光は続けた。

これは言い換えれば、家臣の困窮に気がつかない主君だったかもしれない。先の戦の戦費に加えて今川の再侵攻に備え重税を課していただろう。だが、武士といえども、下は農民と大差ない暮らしである。

皆の不満は高まり、ついには松平郷松平家の太郎左衛門勝茂《たろうざえもんかつしげ》が、一門の評定の場で信忠を隠居させ後継者を立てるべきだと発議し、一同の同意を得て連判状を作成。宿老の酒井将監《しょうげん》を使者として信忠に伝達するまでになった。勝茂は五十代、一門の年長者であったろう。

信忠にとっては最後通告である。

やむなく信忠は、これを承知し、評定で後継者を選ぶことになった。

これが大永《だいえい》三年(一五二三年)のことで、信忠は三四歳である。

後継者候補は長男の清康《きよやす》だが、まだ一三歳にすぎない。

この早すぎる家督譲渡には当然のことながら一族郎党の中に反対があり、信忠の弟の信定を推す者が少なくなかった。

これらの者はおそらく、最初は信忠を擁護しようとしたが、守りきれないと見て信定の擁立に踏みきったのであろう。

これにたいして、清康を擁立しようとする者たちは、善く言えば家臣のために働いてくれる主君を、悪く言えば操り人形を選んだということなのだろう。家臣による主君の否定は乱世においては珍しくない。珍しいのは、この家がのちに江戸で幕府を開いたことである。それで、戦国大名の生き残りを賭けた戦いの記録を堅固な倫理観をもって改竄してしまったようだ。

このとき、清康派と信定派の争いは戦になりそうな気配だった。

「能を見物するときなども、内膳どのの桟敷に腰かけておる家来がおってな。使いの者を出して早くおりるよう促しても、居座ったまま動こうとせん。そんな姑息なやり方で挑発してくる始末だ。清康は、そんな者にまで褒美を出しておった」

と信光は言った。

結局、武力衝突を避けるために、信定は逐電《ちくでん》したのである。それで後継者は清康になった。

「清康はな、吉の父御《ててご》と同じくらいの歳じゃ」

と信光は話を続けて、

「信忠どのは癇癪《かんしやく》持ちであったのだな。息《そく》の清康もよう似ておる。もっとも信忠どのは癇癪を起こしたあとで毎回、慚愧《ざんき》の念に駆られては鬱々《うつうつ》としておったと聞いた。そこが清康とは大違い。清康は強気一辺倒でな。少なくとも傍目《はため》にはそう映る、されど虚勢を張っておったのだろう。武田に大軍を送られ使者との対面を強要されたときなども、齢《よわい》五〇まで存《なが》えれば三遠《さんえん》を伐《う》ち従え甲州に討ち入り武田の所領を併呑《へいどん》するのも難しくはないと強がりを申してな。近侍の者を震え上がらせたそうだ。清康は気宇壮大であるなどと評する三河者は多いが、要は大言壮語するだけの小心者よ」

と笑った。

「それはともかく、内膳どのはそれで尾張にやってきた。弑《しい》されそうになって逃げてきたのじゃ。そして今川家に仕えた」

「今川と戦おうと申しておった者が、今川の家来になったのか」

と驚く吉法師に信光は答えた。

「同じ今川でも、那古野《なごや》の今川は駿府とは別の家じゃ。このころは人畜無害になっておったわ」


那古野今川氏の祖は、今川国氏《くにうじ》の娘の子である那児耶《なごや》三郎である。建武年間になって戦功があり、母系の血筋ではあるが今川家の祖の国氏の孫ということで、特に今川の一門と認められるに至った。

のちに台頭してきた斯波《しば》氏を牽制するために、足利将軍家に直属する奉公衆として尾張国内の那古野荘を領し、守護の指揮下には入らず独立した勢力を保っていた家である。

しかし、しだいに那古野今川氏は衰微していく。

他方、尾張守護の斯波氏は失った遠江を回復するべく、その覇権を駿河今川氏と争い、たびたび遠征していたが、永正一二年（一五一五年）、斯波義達《よしたつ》は今川氏親《うじちか》との戦に大敗。自分自身も捕虜となり、剃髪、墨染めの衣という僧形に「安心」の法名を付けられて尾張に送還されるといった屈辱的な扱いを受けて、隠居に追い込まれた。

後継者たるべき嫡男（義統《よしむね》）はわずか三歳であったから、このとき織田一族の尾張支配は確立したといってもいいだろう。

その後、大永年間に今川氏親が清須を監視する拠点として、熱田台地の西北端に「柳ノ丸」を築城した。これが那古野城の起源である。


「この守山城も同じころに氏親が造った城じゃ」

「お爺が勝幡《しょばた》の城にいた頃か」

と吉法師が訊いた。

「そうじゃ、まだ隠居する前であった。わしだって元服前、小童《こわっぱ》の頃の話じゃ」

「だいぶ昔じゃなあ」

「戦に負けた武衛《ぶえい》さまはな、その動静を今川に厳重看視されるという起請文まで書かされておった」

と信光は笑った。「武衛」とは兵衛府《ひょうえふ》の唐名で、代々の斯波家当主が左兵衛督《さひょうえのかみ》などに任ぜられたことに由来する。

「されど、その武衛さまも当代に替わってからは、この城も用無しじゃ。最初は駿河から来ておった者もみな帰りおった。残ったのは皆わしのような尾張者じゃ。駿河者はわずかしかおらんかった」

と信光の話は続く。

「そのあと、わしは守山の城の留守居役《るすい》のようなものでの」

「いつお父の城になった？」

と訊いたのは市之介である。

「天文七年（一五三八年）。内膳どのは亡くなるまで、ここ守山の城主であった」

「那古野の城と同じころか」

「そうじゃ、守山は那古野を守るための城だからな。吉が城持ちになったのと同じころじゃ。もっとも、那古野の城はいつでも獲れたが、内膳どのが健在のうちは遠慮しておった。舅どのの名に傷を付けたくなかったのじゃ。それで手を付けなんだ」

「那古野を盗った信秀は卑怯者、と申す者もおるな」

「それこそ負け犬の遠吠えよ。たんと人を殺して誉めるのもおかしなものだ。人をさほど生害せずに城が獲れるなら、そのほうがよい」

というと信光は一考した。

「さて、那古野の城を獲った話をしようかとも思うたが、やはり内膳どのの話が先じゃな」

二

戦《いくさ》を回避するために松平内膳正信定は逐電したのであったが、そのころ、三河では戦が始まっていた。

岡崎の家が、清康を松平一族の惣領とは認めず、従わなかったからである。

当時の岡崎城は現在の明大寺《みょうだいじ》にあった。明大寺東城あるいは平岩城ともいう。城とは名ばかりの居館であったが、この居館と居館の主に付与されていた所領は西郷弾正左衛門尉《だんじょうざえもんのじょう》頼嗣《よりつぐ》の妻のものであった。

松平光重《みつしげ》の娘で、親重《ちかしげ》の姉または妹である。名前がないと不便なので、仮に「於徳《おとく》」と呼ぶ。

光重、親重の親子が永正五年(一五〇八年)頃に相次いで亡くなったので、父と兄弟の遺領を於徳が相続していた。

そして、於徳の子が明大寺の居館で生まれると、父の西郷頼嗣の通称である弾正左衛門尉を引き継ぎ、母の於徳の実家の松平姓を名乗っていた。

これが松平弾正左衛門尉信貞《のぶさだ》で、亡くなった親重の甥にあたる。

西郷一族の惣領となり父の遺領を継いだ信貞は、母の於徳が亡くなれば、その居館と所領をも相続するはずであった。

ところが、於徳の居館と所領は「松平宗家」に返還すべきものだと「宗家」は主張する。

しかし、元を正せば明大寺城は西郷氏が築城したものである。

それを松平光重がわが物のようにできたのは、彼、あるいは父の信光が城を奪ったからでもなければ、光重が西郷氏の娘を娶《めと》ったからでもない。

父の松平信光が西郷氏の女の元に通ってできた子が光重であって、彼が明大寺城に暮らす母の元で生まれ育ったからである。

西郷氏からすれば、一族の娘の子である光重に与えたものを、その娘の於徳が相続したにすぎない。

それを松平一族のものだというのなら、西郷氏だって当代の信貞《のぶさだ》は於徳の子であるだけでなく、松平姓を名乗っている。同じ一族の一員ではないか。「宗家」の言い分は横暴である。たとえ百歩譲って「宗家」に返すにしても、所領はともかく、明大寺の城郭内にある居館まで渡すわけにはいかない。

古くは通い婚か入婿婚で、家屋敷の相続は女系が普通であって男子に相続権はなかった。それがしだいに男子にも相続権が発生し、やがて嫁取婚が一般化して女子の相続権は完全に消滅してしまう。

この時代は、その変化の過程にある。

それを認めることなく、当時からすでに女子の相続権が消滅していたことを前提にすれば、系図を改竄《かいざん》するしかない。

江戸時代に編纂された家譜は、松平光重の子である親重（親貞《ちかさだ》）の実弟を信貞（昌安《まさやす》）としているが、これだと一世代上に繰り上がってしまうから信じるに足りない。

しかし、仮に事実だとすれば、所領返還を要求する「松平宗家」の判断基準は、もっと厳しかったことがわかる。兄から弟への家督相続も許さなかったということになるからである。判断基準だけを論じるのであれば、これはこれで事実であったかもしれない。


「清康が松平ではなく、世良田《せらだ》と名乗ったのを知っておるか。世良田次郎三郎」

「知らん。なぜだ」

と吉法師は尋ねた。

「清康の父の信忠、これのひい爺さんの次郎三郎は子だくさんでな。男女合わせて四八人いたという。話半分としてもすごいものだが、これが全部、あの狭い岩津の城で生まれ育ったと思う者はおらんだろうな。あちらこちらの家に入り込んでは子をなした。有徳の士と申すものであろうな」

と言いながら、織田信光は指折り数えて見せた。

「岡崎、長澤、大沼、佐々木とそのほかにも、それぞれ妻妾がおってな。その子らは父の姓を名乗るとは限らん。ときには母の姓を名乗った。そのときどきの都合次第よ。そもそも、この次郎三郎爺さんだって母方の血筋を引いて賀茂朝臣《かものあそん》と名乗ったこともあるそうな。それで時には、爺さんの娘だって、嫁ぎ先で生んだ子に松平性を名乗らせることもあった。そうやって一族の者が増えたのだ」

といって信光は笑った。

――この子も和歌をやればわかるのだがな。古い昔のことも。

と思ったが、吉法師はその方面には関心がないようだ。これは残念なことだった。

「されど清康は当世風でな。よその家に嫁いだ女の血筋なぞは論外のことよ。岡崎の松平が他人にみえるわけじゃ。だから滅ぼせる。だから身《み》は松平を名乗れん。わかるか。諸国を遊行しておった徳阿弥と申す坊主、古今の和歌に通じた風雅な人であったそうな。これが三河に流れ着き、松平郷の娘に男の子が生まれた。それが次郎三郎の始まりで、そのとき徳阿弥は松平と名を改めた。これが初代だそうな。さすれば入り婿に入った家の姓じゃな、松平は。それでは名乗れん。ところが、嘘か誠かわからんが、じつは初代徳阿弥、父の性を質《ただ》せば世良田だったそうな。それで世良田次郎三郎よ。清和源氏、新田氏の流れを汲む名家だそうな」

「それが戦の役に立つのか」

と吉法師は言った。

「さすがに戦の役に立つとは思うまい。同じ松平姓を名乗っておっても、父の血筋を辿《たど》れば世良田になる。それこそが宗家の証《あか》し、宗家は格が上だと申したいのじゃ。それにな、成り上がり者が綺羅《きら》を飾りたい、それだけじゃ。要所《かなめ》の城が欲しい。これが本音でも、取りあげるには、それ相応の大義名分が要る。そこで道理を説けば、わが身《み》も道理に縛られる。これを申しておきたかった。よく覚えておけ」

さて、岡崎と安祥の両松平家である。

同じように松平を名乗る一族内の争いだが、父系の血筋で示せば、西郷弾正左衛門尉信貞と世良田次郎三郎清康の争いであったと言い換えることも可能だ。

明大寺城のような岡崎の居館では戦えない。

劣勢となった西郷信貞だったが、岡崎を捨てて東海道を約一〇キロ東に後退し、山中城に立て籠もった。

山中城は、南から北に流れていた山綱川《やまつな》が東海道に沿って西に向きを変えるあたりにある標高一九六メートル、比高一〇〇メートルほどの山城である。

独立した山塊に築城された城郭は東西四〇〇メートル、南北一五〇メートルあって、現存する遺構としては愛知県下で最大級だという。

城は容易に陥ちなかった。

しかし、世良田勢に包囲されていた大永四年(一五二四年)五月二八日の夜、風雨が強くこんな日に夜襲はあるまいと城方は油断していたのだろう。

宇津左衛門五郎忠茂《うつさえもんごろうただしげ》は、屈強の者数十名を城内に忍び込ませ、要所の番人を一人、また一人と殺してから、城外の若干の伏兵と時を同じくして突然鬨《とき》の声を上げ鼓具を鳴らした。

この突然の夜襲に驚いた城方は、素裸のまま走り出る者もあれば、城内に裏切り者が出たと騒ぎ同士討ちする者もありという有様で、大混乱に陥った。

この隙に寄せ手が城戸を破り塀を乗り越えて侵入すると、もはや防ぐこともできなかった。

こうして、城は陥落した。素裸で落ちのびた者も少なくなかったというが、討ち取った首の数は八九という。

世良田（松平）清康の大勝利だった。

降伏した信貞は、山中城を明け渡し、もともと西郷氏の所領であったところも含めて領地の大半を差し出して和議が成立。信貞は明大寺城に隠遁した。

ところが翌大永五年四月末、謀反の疑いありとして清康は明大寺城に短兵急に攻めかかった。

信貞自身も打って出て命をかぎりに戦ったが、城方の大半は山中城の落ち武者だからか士気は上がらず大勢は決した。

ついに信貞は降参。

自分の首と娘の於波留《おはる》を清康の室に差し出すことで、嫡男七郎昌久《まさひさ》は助命された。

明大寺城を明け渡した信貞は西郷氏発祥の地である大草城（額田郡幸田町）に移り、ほどなくして亡くなった。七月二三日のことである。

法名、泰叟昌安禅定門。のちに江戸幕府が編修した系譜集『寛政重修諸家譜』は松平昌安《まさやす》と記している。西郷でなく松平姓であった。

三

四月に明大寺城を陥《お》とした清康は、五月一四日、二千余の軍勢を率いて足助城《あすけ》（豊田市足助）に押し寄せた。

足助は、岡崎から九久平《くぎゅうだいら》を経て足助にむかう足助街道の終点であり、飯田を経由して東山道（中山道）

の塩尻に達する伊那街道（三州街道）の起点であった。
攻め込まれた足助城主の鈴木雅楽助重政《うたのすけしげまさ》は、最後には清康と和睦し、同盟《よしみ》を結ぶことにした。清康の姉を重政の嫡男、越後守重直《えちごのかみしげなお》の室に迎え入れたのである。

山中城と明大寺城を陥とした清康は、のちに明大寺城（岡崎古城）に移るが、はじめの頃は山中城を居城としていた。

足助城攻めの際、松平勢の先鋒を務めたのが、岡崎松平家の旧臣たち、つまり山中城と明大寺城の陥落後に清康に従うようになった者たちであった。これが、いわゆる「山中譜代」である。

これにたいして「安祥譜代」とは、山中攻め以前からの家臣をいう。さらに、そののちに帰属した家臣は「岡崎譜代」と呼ばれた。

「織田の家中とは違うな」

という吉法師は、とうてい理解できないという顔をしている。

「くだらんことだ。されど、これが三河者よ。燕雀《えんじゃく》、鴻鵠《こうこく》の志を知らん。内膳どののことを、帰り新参などと見下す者までおったそうな」

と信光はにがにがしげにつぶやいた。

松平内膳正信定が三河に帰還したのは、このころである。

大永六年（一五二六年）、松平一族から見ると、信定は今川左馬助氏豊《さまのすけうじとよ》の元を辞して、甥の松平清康に仕えたということになるが、身分は那古野今川家の被官のままであった。扶持米《ふちまい》は尾張で換金し織田家が桜井に送っていたのである。

松平では、形だけは連枝衆《れんし》の扱いながら実際には家来のようであった。

後継ぎのいない叔父の松平親房《ちかふさ》の所領であった三河国碧海《へきかい》郡桜井を拝領したので、桜井を称するようになる。

「桜井に行くとき、新地の知行のお祝いとお別れを兼ねて千句をしてな。宗長どのをお招きしたものよ」

と信光は言いながら、吉法師をじっと見た。

――吉は歌をやることはなかろうな。残念なことよ。

と信光はまたしても同じことを思うのだ。和歌を趣味にして連歌師や公家と交際すれば他国の情報も入るようになるのだが。

「なんで三河に帰った」

と訊いたのは吉法師である。

「やはり生国《しょうごく》を案じておったのだな。身内同士の戦《いくさ》がいやで国を出たものの、結局は戦になった。逃げずにあのとき戦うべきだったかと悔悟の念があったのであろうよ。それに守山におったのでは歌と蹴鞠《けまり》しかやることがない。才があるのに用いられぬ。これほど辛いことはなかろう」

と信光は答えた。

「三河者の評定というのは風変わりでな。広溜まりとかいう大台所の板敷きの間で二、三十人で雑談しては、その様子をあとで殿さんに聞かせるというやり方もあるにはあるそうじゃ。だがな、このときばかりは違っておった。殿さんを入れて、いきなり大広間での評定。たれもものも申さず、殿さんだけが大声で怒鳴っていたそうな」

というのは、三四歳の信忠が隠居に追い込まれたときの話である。

いつのまにか松平信定が尾張に来る前の話に戻っている。

「こういうときはな、評定の前の二、三人のひそひそ話が物事を決めるそうじゃ。内膳どのなどは、そのひそひそ話の中に入れてもらえずじゃ。沙中の偶語とはこのことよ」

「さちゅうのぐうご？」

「謀反の談合のことじゃ」

ここで大事なことが決まった。

殿さんを隠居に追い込んだだけではないと信定は言ったという。

「評定の場では表向きたれもなにも申しておらんが、今川との戦に備えよ、戦を怖れるな、断固降ってはならんと仰せの殿さんを降ろしたからには、今川とは戦わず従うものと決まったのだ。いつ決めたんだなどと今になって不平を漏らす者は、もはや松平一党では生きていけない。そう内膳どのは申しておった」

それにもかかわらず松平信定が三河に戻れたのは、父の松平長親《ながちか》が健在で信定の帰還を望んでいたからだろう。

それに那古野の家とはいえ今川の禄《ろく》を食《は》んだことが大きい。

もはや屈したとみなされたのだろう、惣領の清康は反対しなかった。

築城したばかりの尾張守山城の城主に信定を据えたのも、今川氏親《うじちか》には理由があってのことであったろう。

那古野今川家に信定を監視させることが目的であったに違いない。野に放つよりも、手近なところに置いたのである。それで大丈夫と判断したから、氏親も反対しなかった。

「誰の差し金かはともかく、わしらにとっては三河国に内膳どのを見つけたのはめでたいことじゃった。わしも娘をもらい、妹も内膳どのの息に嫁いだのだ。わしにとっては大事な舅どのじゃ。織田とは縁の深い人じゃった」

と言いながら、信光は市之介をそばに引き寄せた。

面影が祖父の信定に似ているのであろうか。


享禄二年(一五二九年)五月二七日、清康は軍勢を率いて岡崎を出立し、赤坂に布陣した。先手は御油《ごゆ》の国府《こう》に達した。


ここで、信光は筆を取り出すと、絵図を書き始めた。

「三河の東は、口だけじゃわからんと思うてな。これが豊川。牧野、瀬木《せぎ》、牛久保、それに今橋。赤坂、岡崎、山中はこのへんかな」

「なにゆえ、この城だけ、川のこっちに」

と、吉法師は豊川東岸の今橋城(吉田城)を指さしている。

「おう、それはな、この守山、那古野の城と同じ道理よ。尾張を見張るために今川が造った城じゃ。尾張と申しても織田じゃのうて、先代の武衛さまじゃがな」
と、それを機会に信光の話は享禄二年から二十数年の昔にまで遡ってしまった。

今橋城は、永正二年（一五〇五年）に今川氏親の命を受けて、牛窪《うしくぼ》城（一色《いっしき》城）城主の牧野古白《こはく》（成時《しげとき》）が築城したが、翌年八月には早雲庵宗瑞《そううんあんそうずい》（北条早雲）を総大将とする一万余の今川勢に包囲されていた。

牧野氏は、今橋を通過して東三河に侵攻した今川勢を、松平氏と協力し挟撃しようとして失敗したのである。

迅速に展開して正面突破を図る今川勢にたいして、松平勢は緒戦から総崩れの状態で、ついには岩津城が陥落して惣領家が壊滅してしまった。

挟撃するどころの話ではなかった。

さらに宗瑞は西三河に留まることなくただちに撤退を開始し、追撃してきた東三河勢を逆に追い回して今橋城に牧野氏を追い詰めた。

安祥松平家の長親は、今川勢撤退の報に接して追撃を開始し、東三河の八幡にまで達したが、五百の寡兵にすぎず、今橋城を包囲する今川勢を崩すだけの力はなかった。

包囲された今橋城主の牧野古白は弁明し和睦を試みたが、今川方はこれを許さず、九月から攻城戦が始まった。

二か月を過ぎた一一月三日、残兵わずか六、七十人を率いた古白は城を打って出て戦い、皆ことごとく討死《うちじに》した。

このとき古白の嫡男、田三《でんぞう》左右衛門尉《さえもんのじょう》成三《しげかず》は幼い息子を連れて家臣とともに城を脱出。下地に落ちのびた。

　そして、「先代の武衛さま」こと尾張守護斯波義達の家臣である佐治氏の居城、大野城（常滑市金山）で暮らした後、大永の初年の頃、今橋城に帰還した。


「よく帰れたな」

　と吉法師は言った。

「古白どのは最期まで帰順の意を示しておったし、ほかの一族の者も今橋の城には入っておらん。牧野は東三河の総代の家でな。今川に叛旗を翻したことなどないのじゃ。表向きだけのことじゃがな」

　東三河の在地領主たちは今川氏に服しているとはいえ、今川の代官が今橋城にいて直接統治しているわけではなかった。

　たとえば牛久保では六人衆と呼ばれる氏族連合体による評定で物事を決める、そうしたある程度の自治が認められていた。それが今川の制法でもあった。

　牧野古白の後、今橋城には戸田氏が入っていた。

「今橋は今川の城じゃ。東三河の総代が入る。だがな、今川の代官なぞ誰もやりたくないのが本音よ。ろくに宛行《あてがい》もくれん。それに戸田には目と鼻のさきに二連木《にれき》の城がある。だからそうそうに今川の城を牧野に返した。ただの城番じゃ。城の周りは戸田の所領、このことに変わりはない」

　と信光は説明した。

　そして、

「ただしタダではない。戸田だって銭は取ったはずだ。それに今川、内心不満であったろう」

とつけ加えた。

帰国した牧野成三《しげかず》は家督を嫡男の田三信成《でんぞうのぶしげ》に譲り、信成が今橋城主となった。

松平清康が攻めてきたのは、このころである。

信成の祖父の古白と清康の祖父の長親は協力して今川氏と戦ったのだが、その二三年後、孫たちは互いに争うことになった。


「漁父の利という言葉を知っとるか」

と信光は、吉法師たちに言った。

「鳥が貝の肉を啄《ついば》もうとしてな。嘴《くちばし》を入れたら貝が挟みおった。互いに離すに離せずもがいておるところに、漁父がやってきて両方とも獲ってしもうた。それよ。田三《でんぞう》は戦はしたくないと何度も口入れしたが、清康は聞く耳を持たん。されど、東の総代を務める牧野の家だ。松平に降るなど、できんことでな」

享禄二年(一五二九年)五月二八日、清康は赤坂の陣を出て、小坂井《こざかい》に進み、御油や下地《しもじ》に放火して挑発を繰り返した。

「今川、織田の大国に挟まれ、わずかに残る三河の国、ここでわれら牧野と松平が争うは心外のことなり。されど、寄せられて籠城し居負けるなどあってはならん。そうなっては他国自国の物笑い、屍《しかばね》の上の恥辱なり。馳《は》せ向かい一戦の鉾先《ほこさき》にて雌雄を決すべし」

と、ここで牧野信成も出撃を下知した。

今橋城に守兵を置かず、老人病者七十人あまりを残しただけの総攻撃である。

梅雨で豊川は増水していたが、用意の舟筏を使ってたやすく対岸の下地に渡ると、乗って来た舟筏をすべて川に流した。

松平勢の反撃に備え、城攻めに利用されることを警戒したのだが、退路を絶って背水の陣を敷くことで味方の兵を鼓舞する狙いもあった。

ほぼ戦力は互角と信成自身は見積もっていた。小坂井に布陣した松平勢を北の牛久保方面と南の下地方面から挟撃する作戦であったろう。

ところが、松平方による調略、切り崩し工作が進んでいた。

牛窪城（一色城）の牧野出羽守《でわのかみ》保成《やすしげ》は動かなかった。

保成の弟の牛窪新城（牛久保城）の牧野右馬允《うまのじょう》貞成《さだなり》、正岡城主の牧野成敏《しげとし》は清康方に付いて布陣し、前線を南下させて防御した。

これで今橋方は前進を阻まれ、下地の豊川沿いの低地帯に押し込められてしまった。

そのため、半日ほどは互いに川堤の草付きに伏したまま念仏を唱えて心を静め、相手から攻めかかってくるのを待っていた。

さきに動いたのは松平勢だった。

馬廻り衆の制止を振りきって清康と信定は自ら先頭に出ると、敵の中に駆け入り采配をふるった。

信定は兜を投げ捨て顔をあらわにして、大将首を討ち取ろうと出てくる敵を引きつける。

それで双方とも堤に駆け上がり、互いに槍を投げ入れた。

激戦が続いたが、数に劣る今橋方は徐々に押されて川岸に追い詰められ、当主の田三信成以下、父の成三、弟の成高《しげたか》、新次、新蔵の兄弟ともに討死《うちじに》した。

勝利した清康が今橋城に入る頃には、城にいた女たちは戸田氏の居城である田原城に逃げ込んでいた。松平勢は川を渡るのに手間どり、対岸から逃げ出すところを見ているしかなかった。

今橋城から田原城まで、直線距離にして約一六キロ弱である。

しかし、清康は逃げた者たちを放っておかなかった。

このときの田原城主は戸田弾正少弼《だんじょうのしょうひつ》康光《やすみつ》（宗光《むねみつ》）であったが、対外的には隠居した父君の仁崎《にさき》どのこと左近丞政光《さこんのじょうまさみつ》が実権を握っていた。

清康は一両日のうちに戸田政光との和議をまとめると、田原城に入城し、そのまま三日留まった。牧野の残党を戸田氏が匿《かくま》っていないか検分したのであろう。

そして、清康は今橋城に戻ると十日ほど在城して、東三河の在地領主たちを招集した。招集に応じた者を接見し、その服属を確認したのである。

それから岡崎に帰城した。

清康によって今橋城の城代に任命されたのは、かねてから松平氏に内通し戦功のあった牧野右馬允貞成である。

「さて、国衆が服しておるかどうか、どうやって見分ける。呼び出しに応じた。これで真に服しておるのかな」

と信光は訊いた。

「戦に兵を求める。出すかどうか。それで、わかる」

と吉法師は答えた。

「そうだな。それは確かだ。だがその前に」

と重ねて訊かれて吉法師は答えに詰まった。

「コメを差し出すかどうか」

と信光は答えを教えた。

「そうか。では、出さなかったのだな」

「そのとおりじゃ。今川に上米を出しておるのに、これをやめて松平に出す者はおらん。田三の家の遺領を手にした右馬允たちだけよ、コメを出すのは。それだって今川が先、松平は二の次だ」

「では、なんのために戦をしたのだ」

と吉法師は疑問に思った。わけがわからない。

「それは少し思案するとよかろう。今橋の城代が替わったこと、今はこれだけ憶えておけばよい。さきに話を進めよう」

と信光は話の続きを始めた。


このとき田原城に逃げ込んでいた女たちの中に、牧野田三信成の妻がいた。

一説に妊娠七か月と伝えられるが、懐妊していた彼女は、尾張国智多郡の舅の家に落ちのび、そこで出産した。牧野田三成継《でんぞうしげつぐ》である。

「この子も、いずれは三河に帰る日が来る。吉の四つ上じゃ。そろそろ元服する頃よ」

と信光は言った。

「今橋の城に入った右馬允じゃが、この返り忠は評判が悪くてな。それで右馬允を改め、民部丞《みんぶのじょう》を名乗っとる。兄の出羽守はなんと田三郎。正岡の牧野も田兵衛と、両人とも牧野宗家の名乗りを横領しておる。宗家の血筋は絶えたと思うて安心しとるのじゃ」

四

今橋城攻めと同じ享禄二年（一五二九年）、松平清康は尾張国の岩崎城（日進市岩崎）と科野《しな の》城（瀬戸市上品野）を攻略した。

岩崎は伊那《い な》街道（飯田街道）の要所、同じく科野《しなの》（品野）は瀬戸街道の要所にあった。ともに信州に通じる街道である。

科野で先鋒を務めたのは、松平内膳正信定・清定《きよさだ》の親子だった。

「織田と松平と同盟《よしみ》を結んで今川に対抗するのが、わしらの願いであったがな。敵もさる者よ。内膳どのが織田と縁を結んだとみるや、喧嘩させてくれよった。ただし、内膳どのが褒美に科野城をもろうたので、わしらに差し引き損得はなかった。死んだ者は可哀想だがな。困ったのはそのあとよ」

と信光は言った。

科野は尾張と信州を結ぶ物資の集積地であり、科野郷から上がる年貢米よりも、関銭や運上金、冥加金《みようが》のほうが巨額であった。

科野郷が三河領となっても物資の多くが尾張に運ばれることに変わりはないから、科野の商家の便宜を図るために、信定は織田方の徴税役人を科野に置くことを許した。

そうでもしなければ、科野の商人たちは三河松平家に運上金、冥加金を出し渋る。

科野城を陥《お》とした清康は、つぎに矢作川《やはぎ》（矢作古川）東岸の尾島城《おじま》（西尾市小島）を攻めた。

当時の矢作川は、八ツ面山《やつおもてやま》にさえぎられて大きく屈曲し、その下流域は網状に乱流し南下していた。西の海岸線に直進する「新川」の開削は江戸時代の事業だから、当時の尾島城は川幅が広くなる上流部の出入口として廻船の要所にあった。

尾島（小島）城主の鷹部屋鉾之助《たかべやほこのすけ》は、城が陥《お》ちると矢作川（矢作古川）を泳いで渡り、対岸の荒川城に逃げたという。

鉾之助は、東条吉良氏分家の荒川城主、荒川甲斐守義広《かいのかみよしひろ》の家臣であった。

この戦で荒川義広も降伏した。

また、東条吉良家当主の持広《もちひろ》は、荒川義広の兄であったが、清康の妹を室に迎え入れた。家格の高い吉良家のことだから、この縁戚関係は屈辱的なものであった。すなわち同盟ではなく、松平氏への服属を意味する。

翌享禄三年（一五三〇年）、清康は菅生川《すごう》（乙川）北岸の竜頭山《りゅうとうざん》にあった明大寺城の北の砦に城を築き、本拠地を移転した。これが現在に至る岡崎城である。

そして東三河、八名《やな》郡の宇利《うり》城（新城市中宇利）を攻めた。

宇利城は三河と遠江《とおとうみ》の国境である弓張《ゆみはり》山地の宇利峠、瓶割《かめわり》峠、陣座《じんざ》峠などに面して、これらの峠から三河に入る街道の要所にあった。

もっとも遠江との交通は、東海道を第一として、その脇街道である姫街道、豊川から新城《しんしろ》を通り鳳来寺《ほうらいじ》から峰峠を越えて秋葉神社に達する秋葉街道が主であったろう。宇利城はその南北の主要路のあいだにあって、さほど大事な要所というわけでもなかった。

だから、宇利《うり》城主の熊谷氏は、このとき松平氏にも今川氏にも服さず、なかば独立状態にあった。

清康は岡崎を出ると八幡《やわた》に布陣し、翌日には野田《のだ》城主の菅沼織部正定則《おりべのかみさだのり》が先導して東上《とうじょう》で豊川を渡った。そして、八名井《やない》の今水寺《こんすいじ》に陣を取ると、次の日、宇利城に向かった。

この宇利城攻めでは、一門衆が大手口《おおてぐち》から寄せ、旗本衆は搦手口《からめてぐち》上の高所に押し上げた。

松平内膳正信定は、嫡男の清定を伴い、甥の右京亮親次《うきょうのすけちかつぐ》とともに大手口の寄せ手として戦った。

信定の弟にあたる親次の父、親盛《ちかもり》は、清康が惣領の座に就くと、自分もそうそうに引退して家督を譲っていたのだろう。福釜《ふつかま》と東端《ひがしばた》を所領としたので、福釜の松平家と呼ばれる家であった。

大手口では打って出た熊谷勢に押されて松平勢は苦戦したが、城内には清康の勘気をこうむり浪人していた岡崎譜代の岩瀬庄右衛門《しょうえもん》がいた。

かねてより菅沼定則と内通していた庄右衛門が、定則の狼煙《のろし》を合図に城内に放火すると、搦手口《からめて》から奥平監物貞勝《けんもつさだかつ》が城戸を押し破って突入。

一番乗りを果たした貞勝に続いて松平勢が一挙に乱入して、激戦の末に宇利城は陥落した。

しかし、松平親次も従者一二人とともに討死《うちじに》してしまったのである。

その討死した従者の中に天野源兵衛忠俊《げんべえただとし》がいた。享年二八。

この様子を搦手《からめて》口の高台から遠望していた清康は、信定が救援を怠ったと面罵《めんば》した。

「内膳はなぜ助けない」

清康は、拳を握りしめていた。あまりのことに怒りを抑えかねて、ただちに信定を呼び出したのである。

「ただいまの源兵衛の不運な成り行き、助けなくば敵《かな》わぬところをよそに見て、国にも替えがたいほどの弓取り、源兵衛を討たせた」

清康は目を見開き顔を赤らめている。

「助けなくば敵わぬところをよそに見て、国にも替えがたいほどの源兵衛を討たせた。助けなくば敵わぬところを」

怒りのあまり、清康はくどくどと同じことを繰り返した。両腕が震えている。

「よそに見るところなぞない。弓矢の神よ。八幡大菩薩も御照覧あれ。われらが手前において一門の剛の者を討たせたとは、もはや顔も見たくない」

と言い捨てるなり、清康は立ち去った。

叱責された信定は抗弁するでもなく、押し黙ったまま立ち尽くしていた。誰も声をかける者はなかった。

「清康は大将の器ではない、ということよ。戦目付《いくさめつけ》もおるのだし、首の検分をすませてから、講評は麾下《きか》の者にさせ、しかるべきのちに裁断を下すべきじゃった」

と信光は断言する。

宇利城が陥落したのは日暮れ時で、宇利の八幡山《はちまん》（新城市中宇利八幡）の本陣に引き上げた頃には夜になっていたが、清康の怒りは治まらなかった。

「今日の戦、右京亮を見殺しにして救わず、兵を退くは不義の至り。人の危《あぶ》なきを見ては道行く人さえ救うもの。いわんや肉親の死地に墜ちるを救わぬことがあるか。われもしそこに在れば、その身を弑《しい》されても助けん。なにとて惨《むご》く捨てられたか」

と、清康はふたたび信定を呼び出して非難した。

昼間は天野忠俊、こんどは松平親次についての叱責である。

さらに岡崎に帰城した後も、

「このたびの戦場《いくさば》において右京亮を目前に討たせて見殺しにするさま、逆心の働きか、あるいは臆病の至りか。弓矢八幡も照覧あれ。われらは向後《こうご》においても、一門を目の前に討たせて見物するなど有るべからず」

と、諸兵を前にして非難を繰り返した。

当主を失った福釜松平家では、亡くなった天野忠俊の嫡男の盛次《もりつぐ》を、隠居していた右京亮親盛の養子に迎えて後継者とした。

亡くなった当主の親次には親俊《ちかとし》と元秀《もとひで》という幼い子がふたり遺されていたから、これは異例の措置である。

もっとも、親盛の母は天野氏の娘であったから、天野一族からすれば、同族の家とみるところがあったのだろう。

これも西郷氏と似たような例で、父の姓を継いで松平を名乗ってはいても、その実態は母の姓を継いで天野を名乗っているのと大差ないのである。

言い換えれば、天野宗家の惣領と思われる岡崎の重臣、天野縫殿助遠房《ぬいのすけとをふさ》などは、清康をして福釜松平家に源兵衛忠俊の遺児を据えさせるほどの実力者であったことになる。

「殿さんの御勘気凄《すさ》まじきものにて、ここのところは御辛抱を」

とでも親盛には言ったかもしれない。

庶流とされた松平家の者などは、世良田次郎三郎を名乗る惣領、清康の言いなりになるしかなかった。

余談になるが、のちに江戸幕府が編修した系譜集『寛政重修諸家譜』は、松平親盛の養子となった（天野）盛次を、じつは松平親次の三男（親俊と元秀の弟）と記している。しかし、実の孫を養子にする者などいない。嫡男が亡くなれば、孫に家督を譲るだけだ。だから、これは兄のふたりを飛び越しての家督相続を正当化するための苦肉の策である。

また、親盛の項には「福釜東端両村を賜りしかば福釜に在し、天野源兵衛忠俊を附属せられ家長とせり」とある。

これだと福釜松平家を興したときの家長が天野忠俊かと読んでしまいそうだが、もちろん「福釜に在し、その後、親次の代に天野忠俊の遺児を附属せられ家長とせり」が正しい。

他方、『三河物語』は清康が戦死を嘆いた相手を「右京亮」とする。

しかし、この「右京亮」は親盛でも親次でもない。

家伝が伝えるように二八歳で亡くなったならば、年上か年下になってしまって、親子ふたり、ともに歳が合わないのである。

『三河物語』には子孫に遺す人生訓のような意味合いがある。その思いが強すぎて作者大久保彦左衛門《ひこざえもん》忠数《ただかず》は誤ったのかもしれない。

従兄弟である福釜松平家の当主の死よりも、当主とともに亡くなった従者の死を嘆き、叔父を叱責するという清康の感覚が、おそらく彦左衛門には理解できなかったのだろう。

清康が戦死を嘆いた「一門に並ぶべき者もない優れた武者」とは天野忠俊のことである。不自然な養子縁組と戦死者の没年齢が、それを示している。

ところが、清康が亡くなり、親盛も宇利城攻めの十年後の天文九年一〇月六日に亡くなってからのことである。

おそらくは永禄年間のことであろう。当主の（天野）盛次は「故《ゆえ》あって出家」したという。

そして、福釜松平家の家督を継いだのは親次の子の親俊であった。

親俊の母は久松肥前守定俊《ひぜんのかみさだとし》の娘であったから、これも天野氏と同様、あとになって母の実家の力が利いてきて逆転したことになる。

「三郎が家督を継いで、弟のわしが臣下の礼を取るのはあたりまえのことじゃ。あとで三郎の子が家督を継いでも同じこと。甥っ子であろうが、主従のあいだに長幼の序などあろうはずがない。だがな、吉よ。わしら連枝の者は、兄のため、甥っ子のためだと思うて戦をしよる。これも誠じゃ。血の繋がりは隠せんし、これはこれで大事なことじゃ」

と信光は、吉法師と市之介に教えた。

「されど大将は、連枝衆じゃからと贔屓《ひいき》してはいかん。用兵も論功も正しくせねばいかん。さもなくば、ほかの家来が動かんぞ。だから、家来の前で連枝の者を叱ってもよいのだ。それが正しければな」

宇利城は標高一六〇メートルほどのところにある山城である。

北の風越峠から標高二七〇メートルの山へと連なる主稜線から南に続く尾根がいったん下がり、それから二〇メートルほど上がったところに本丸がある。

南の大手口から攻めると、尾根に取り付くところから比高七〇メートルほどを登らなければならない。もう一方の寄せ手は東の搦手口上の高所に押し上げたというから、これは風越峠方面から主稜線伝いに南下したかもしれず、それなら登りは本丸直下の二〇メートルほどになる。

どちらの寄せ手も取り掛かれば互いに見えなくなるから、宇利城の南西にある別の尾根に本陣を置かないと、全体の戦況を見通すことはできないだろう。

冨賀寺《ふかじ》の寺伝によれば、裏山の四十九院が清康の本陣になったという。

宇利城址大手口の「右京亮（親次）の墓」のあるところと同じ標高一二〇メートルほどの小山であろう。墓のあたりで激戦があったとすれば、本陣からの距離は四〇〇メートルほどもあり、かなりの遠望を強いられる。

山の斜面を上から襲ってくる敵と違って、山を登る寄せ手は迅速に動けなかっただろうから、遠くから見ていた清康が、なぜ早く助けに動かないのかと苛立つのも無理はない。

「論功は難儀なものでな。よく働いても報われるとは限らんし、落ち度がなくても叱られる。それは詮ないことじゃ。内膳どのも、それはご承知であったろう。大将が、不器用な連枝衆より、器用な家来を可愛がる。これもよくあることよ。だがな、そうした本音を家来の前で見せてはいかん。さすれば、家来どもは連枝衆を軽んじる。松平の家、というか世良田の家は、家来どもがわれこそは直参じゃと威張っておる妙な家じゃ。連枝衆は又者《またもの》（陪臣）と同じ。そう信じておる」

というと、信光はさきほど描いた今橋の絵図を広げた。

「今橋の戦は、内膳どのと清康、ともにさきにたって敵と組み合った。されど科野から宇利の戦は違う。清康は陣中におって、内膳どのは毎度、先手を仰せつかっておった。こうなると、いずれ討死するは必定。清康を推戴せず跡目を争った連枝の者、しかも尾張と縁を結んだ舅どののことだ。ここで清康を始末しなければ舅どのは殺される。そこで、わしらは一計を案じた」

というと信光は立ち上がった。

「今日はここまで。この続きはおまえたちが元服してからじゃ。市之介、起きろ。風邪を引くぞ」

3——清　玉

一

「どこだ」

　と信秀は訊いた。

「物見を二人付けてある。動けば一人が注進申す。動いておらん。もうすぐだ」

　と吉法師は答えた。

「落ちてある銭など、たれか拾えば、それまでのこと。人を置いておくまでもあるまい。いくら小童《こわっぱ》ばかりとはいえ三人で拾えんほど多いのか」

　——まったく、おかしな奴よ。わが子ながら何を考えておるのやら。拾えんほどの銭が落ちているから、見に来いと言いおった。

　それでも信秀がやって来たのは、久方ぶりに機嫌良く、のんびりと過ごしていたせいだ。戦《いくさ》に勝ったのである。

もっとも、正確に言えば「勝った」のではなく「負けなかった」のだが、今川の大軍を相手に一歩も退かなかった戦は、大勝利に値する。

やれ海道一の弓取りよ、やれ七本槍よと、諸国の宿場で触れ回り大宣伝している。いずれは京にも自然と伝わろうから、良い気分であった。

しかし、

「あれだ」

と吉法師が指さしたほうを見て、信秀はいやな感じがした。

蒼白い顔をした小さな男の子が、祠《ほこら》の陰で夏だというのに震えている。どうしたわけか着物がなく裸だ。下帯しか着けていない。とてもきゃしゃな子だった。

「捨て子か」

「知らん」

「着物はどうした」

「知らん。見つけたときから裸だ」

無性に腹が立ってきたが、信秀はちゃんと訊いた。

「あれを銭に替えろと言うのか」

語調に怒気が混じった。

「そうだ」

「わしは人買いではないぞ」

「二〇歳過ぎた盛りの下人の男、一人米一四俵だと聞いた。それで、買うた男から生まれた男の子もわが物にできるそうだ。あれは小童ゆえ、米七俵かそこらか。それより安いか。されど今拾えば一銭もかからん。安いぞ。拾って帰ろう」

「拾ってどうするつもりだ」

「大きくなれば、足軽にでも何にでもできよう。見るからに賢そうな子ではないか」

「たわけ者めが。下人など役にたたんわ」

「なぜだ」

信秀は大きく息を吸って、怒鳴りたいのを堪えた。これはきちんと説明しなければ。

「一度、下人に墜ちれば、ふきの性根をなくすからじゃ」

「ふき？」

信秀は小枝を拾うと地面に字を書いた。

不羈

「人にとって大事なものじゃ」

小枝で字を指し示して説明を始めた。

「これは馬に付ける革と書いてな。これがみな不《あらず》で、くつわのない馬じゃ。馬が生まれたときのままでおる、本性の姿よ」

信秀は吉法師の目を見つめるが、幼い子にはまだわかるまい。しかし、説明を始めた以上は、全部話すつもりだった。

「されど、当世ではな、こんな野馬など、どこにもおるまい。馬に生まれれば、すぐにくつわを付けられ、責めかけられて、一生を人に飼われて送る。それが生計《たつき》じゃ。さもなくばすぐに飢えて死んでしまう」

——馬の話はわかるだろう。この子は。

「だがな。人も同じことよ。主《あるじ》のない者など天下のどこにもおらん。わしやおまえとて同じことよ。されど、だからこそ人は不羈の性根をなくしてはいかんのだ。下人に墜ちれば、不羈の性根をなくす。一度なくせば、取り戻せん。だから兵は務まらん。申しつけられたことはできる。されど、申しつけられたことしかやろうとはせん。それで足りると信じて疑わぬのだ。よって、おのれの力で身を守ることすら敵わぬ。将の目の届かぬところで、おのれの裁量で働けるか。できはせん。だから下人など、買うてきても役にたたん。しょせん下人は下人じゃ」

と信秀は断言した。

吉法師は黙って聞いていたが、やがてこう言った。

「たとえ下人でも、逃げ出した者はどうだ。逃げ出す。それができれば不羈の者ではないのか」

「だがな、逃げ出せばすぐに行き詰まる。盗みをせずに生きてはおれん。盗みをやれば人を殺す。それも女子どもばかり、弱い者を殺す。これも兵にはできん。当世、人殺しを楽しみにする輩《やから》までおるのだぞ。いくら武辺が達者でも、そういった者を兵馬の権に近づけてはならん。大名の家に仕官したくて、いくらでもすり寄ってくる。だがな、そのような者は断じて家中に抱えてはならん」

信秀はだんだんと大声になり、気がつくと怒鳴っていたが、吉法師は平然としていた。

「あの小童、下人の子かもしれんぞ。逃げ出して来たのかもしれん。ここで拾わんと、人殺しを一人拵《こしら》えることになるぞ」

と吉法師は言った。

ここで信秀は、わが子に負けたと知った。気がつけば、自分で自分を説得してしまっている。

「それに可哀想だろ。あの小童」

と最後に吉法師は言った。

二

信秀は拾ってきた子を自分の馬のうしろに乗せると、吉法師と一緒に那古野城まで帰った。

その子は抵抗するかと思ったが、吉法師が腰に付けた袋の中から握り飯を差し出すと喜んで食べた。

今日にかぎって干飯ではなかったから、事前によほど計画したようだった。

吉法師は、その子に竹筒の水も飲ませた。それを見ていると、吉法師の奇妙ななりも、それなりに役立っているらしい。袋をいくつも腰にぶら下げているのだが、その一つには石つぶてが入っていると信秀は知っている。

子ども同士で乗せてもよかったのだが、自分の馬で連れていかなければならないように信秀は感じていた。

信秀の小姓衆が六騎ほど従っている。親子の会話が聞こえるほど近くに寄らせなかったから、事情は理解できなかったろう。

ことによると、彼らの目には信秀の子の一人のように映ったかもしれない。

――目立つところに入れ墨はないな。下人の子にしては、整ったきれいな顔をしている。

と信秀は思った。

身体は小さいが吉法師と同じ、あるいは年上ではないだろうか。ひょっとして、長男の三郎五郎信広と同じくらいだろうか。

――さて、この子をどうしたものか。

成り行きで拾ってきてしまったが、正直いって始末に困る。はじめに扱いをきちんと決めておかないといけない。

――それにしても、犬猫ならともかく人の子を拾ってくるとはな。たわけはたわけでも、存外に大物じゃ。

と思うと、なんだか嬉しくなってきた。

信秀は楽天的なのである。難しいことは考えても仕方がない。なるようになれだ。

那古野城に着くと、その子に湯を使わせた。水浴では凍えてしまいそうなくらい衰弱しているようだった。

「あれの使い途《みち》、もう決めているのだろう」

信秀は吉法師に訊いた。

「わしの代わりに天王坊に通わせる」

「なに、あれを天王坊にだと」

「坊主は性に合わん。あれに通わせ、わしはあとで要ることだけあれから聞く」

「何が身に要るか要らぬか、小童の分際で偉そうに申すでないぞ。わからんのが道理だ」

「小言があれば、坊主があれに申せばよい。それでわかる。とにかく、わしは天王坊には行かん」

――偉そうに。

と信秀は腹が立ったが、かろうじて言葉に出すのは抑えた。言うだけむだである。

「いつまでも、あれでは不便だ。名を付けてくれ」

と吉法師は言った。

「わしが」

「ほかにいない。親代わりだ」

「名乗りは考えておくが、同朋《どうぼう》衆の扱いじゃ。僧形にする。さもなくば素性の知れぬ者を城に置いておけん。それで城に仕えるか、本当の坊主になるかは、あれに決めさせたらいい」

「それでいい。ありがたい」

――こいつが人に礼を言ったのをはじめて聞いた。

信秀はびっくりした。

「だが、名乗りは今決めてくれ。あれが風呂からあがる前に。でないと不便だ」

その子は「清玉《せいぎょく》」という名が与えられた。

どことなく清々《すがすが》しい印象があり、いまだ世の悪に染まっていない。そんな宝物のような子だと信秀は感じたのである。

――はたして、吉に人を見る目があったのだろうか。

と、そう思わざるを得なかった。


こうして清玉は誕生した。

しかし、吉法師の学習計画は、あっという間に破綻した。

吉法師は清玉を拾ったが、すぐに関心をなくしてしまい、清玉が天王坊で何を勉強しているかいっさい質問しなかった。清玉もまた、何かを吉法師に報告するでもなかった。

だから清玉は、遊び相手でも話し相手でもなく、吉法師と一緒に過ごしていただけだった。

吉法師付きの児小姓や同朋衆たちにしても、清玉は特別な存在である。同輩ではなく、立身出世の競争相手ではないから、交渉もなければ関心を寄せる者もいなかった。

清玉は、静かに遠くから吉法師を見守っていただけだ。


その後、清玉は京都の建仁寺に入ったといわれるが、その前半生は伝説にすぎない。

史実として確からしいのは、清玉上人が天文年間に近江国《おうみのくに》坂本に阿弥陀堂を創建し、それがのちに京都に移り、織田家の庇護を受けて西ノ京蓮台野芝薬師西町に八町四方の境内と塔頭十一か寺を構える阿弥陀寺となったことである。

古くから京都の墓所であった蓮台野の近くにあって山号を蓮台山と称するなど、阿弥陀寺は墓所に建てられた寺院として京の市中から行き倒れの人その他無縁のひとびとの遺体を引き取り、その葬儀や埋葬を行っていた。

そして、清玉上人は本能寺から信長の遺体をひそかに持ち出し阿弥陀寺の境内に葬ったと伝えられている。

明智の軍勢は、それとわかる信長の首を探していて、誰の者ともわからない焼死体には関心がなかったに違いない。だから、清玉上人は信長の遺体を持ち出すことができたのだろう。

そして、信長の遺体は、ともに死んだ近侍の者たちと一緒に荼毘に付され、誰が誰の遺体か判別できないまま合葬された。

それは、あたかも京の市中から引き取られた無縁のひとびとと同じような葬儀であったが、信長がそのようなことを気にするはずがない。

そのことは、清玉上人もよく知っていたのである。

4――三河物語（後編）

一

「さて、どこまで話したか、憶えておるか」

と信光は尋ねてみた。

「清康を始末するところからだ」

と吉法師は応じた。

さすがに忘れていないようだった。

場所は同じ守山城だが、市之介はいない。今日は吉法師ひとりだけだった。「元服したら続きを話す」という約束だったが、待ちきれなかったのである。

「そうであった。わしらは一計を案じた。天文四年（一五三五年）のことだから、もう十年近くも前の話よ」

信光の考えた計画は簡単なものだった。

清康を尾張まで誘《おび》き出し、そこで雌雄を決する。

「そのための餌が、この城じゃ」

謀略でもなんでもない。正直な話をもちかけた。

享禄二年(一五二九年)に松平勢が尾張国に侵攻し岩崎城と科野城を攻略したことで、三河国とは交戦状態になっている。

ついては、織田弾正忠《だんじょうのじょう》信秀は、松平内膳正《ないぜんのしょう》信定から守山城を没収することにした。

守山城城代の織田孫三郎信光にたいしては、「期日までに城を明け渡し、小幡《おばた》城に移動せよ」との命令を下した。

この兄の信秀の命令を、信光は前もって舅《しゅうと》の信定に示したのである。

信定への手紙において、信光は「数日を残し、期日前に守山城を退去する。退去の際は受け渡しに備えて城兵を置くべきところを置かず、完全に無人にする」と約束した。

そのうえで「空けた城なれば取られよ」とつけ加えたが、「ただし、ひとたび入城されたうえは、織田家中の者、総力をあげて戦い必ずや奪い返す所存」として、「身どもは舅どのと相争うは心外のことにて、遠慮されるならば、それはそれで結構なこと」とも書いて、「次郎三郎どのには必ず御一報されたい」と念をおしておいた。

「清康なら必ず出てくると思うたのよ」

と信光は言った。

信光の予想どおり、松平家中の評定では「織田方の罠だ。行くべきではない」という者が少なくなかったが、清康はそれを押しきり挑戦を受けて立った。

「内膳どのは上野の城に居残り、こたびのお供無用の沙汰はいかがなものでありましょう。虚病は明白ではありませぬか。織田弾正忠と通じ別心あるのでは」

と心配する者が少なくない。

「内膳に別心あればあったとして、それで何ほどのことがあろう」

と清康は意に介さない。

「守山を預かる孫三郎は内膳どのの婿。弾正忠を引き入れておれば、退却口《のきぐち》はいかがしましょう」

「守山の城に籠もるならば、付け入って城を焼き払え。弾正忠が向こうてくるなら、願いの如く一合戦果たすべし。弾正忠と合戦するなら、内膳などは踏みつぶすに及ばず。独《ひと》り転《ころ》びにならん」

「退《ひ》くなら、大給《おぎゅう》の源次郎《げんじろう》（親乗《ちかのり》）どのも内膳の婿、妨げに出てくるやもしれませぬ。そのときは」

「なかなかのことを申すが、弾正忠さえなんとも思わぬに、源次郎づれがなんで退却口を禦《ふせ》がん」

「小河《おがわ》（水野信元）も内膳どのの婿なれば、小河より加勢あるかもしれませんぞ」

「それもなかなかのこと。面々は何を案じておるか。百万の人数持ちたればいざしらず。小河などが出て太刀を合わせるか。出るならば満足、討ち果たしてくれようぞ」

という清康は、あくまでも強気であった。

家臣たちの心配事は、退路の確保である。

尾張の奥深くに侵入して退路を断たれ、包囲されて殲滅《せんめつ》されるのを怖れているのだ。

さすがに清康も、うまく守山城に無血入城したところで、そのまま城を守りきれるとまでは思っていない。

かつて早雲庵宗瑞（北条早雲）率いる今川勢が、三河の奥深く侵入し、岩津城を陥落させてただちに撤退したことを念頭に置いていたのかもしれない。この際は、守山城を焼き払えればそれでよいという考えである。

清康は天文四年（一五三五年）一二月四日に岡崎を出て岩崎城に布陣し、その夜のあいだに進軍して翌五日の早暁には守山に到着。守山城の近くに陣を張った。

付近を放火して敵の出方を見たが、織田方の抵抗はまったくなかった。

しかし、問題の事件が起こったのは、この時である。


この少し前、阿部大蔵定吉《さだよし》は息子弥七郎正豊《やしちろうまさとよ》にこんな話をしていた。

「わしは逆心を持っておると噂されておる。されど、それは違うぞ。二心はない。そのこと殿さんが、じかにお尋ねになれば申し開きもできようが、それも叶わず成敗されるやもしれん。なにせあの激しいご気性じゃ、その時は、弥七郎、この誓書を差し出して父に逆心はまったくなかったと申し上げろ」

と申し聞かせていたのである。

そのころ、阿部大蔵は逆心を抱いている、内膳正信定と親しい、織田方と通じているのではないかとの噂があった。

まったくの濡れ衣であったが、近頃では威勢のいいことばかりを言う家臣が重用され、大手を振って権勢をふるい、万事に慎重な性格の阿部定吉のような者は家中でも敬遠されていたから無理はなかった。

この日、たまたま清康の本陣で馬離れの騒ぎがあった。

陣中でひとびとが大騒ぎするのを聞いた弥七郎は、父親の定吉が清康に成敗されたと思い込んでしまったのである。

普段から人の言うことを聞かず激しやすい性格の清康だから、風聞を信じて手討ちにしたとしても不思議はない。

怒りに駆られた弥七郎は、馬離れの騒ぎを鎮めようと陣頭で指図していた無防備の清康を背後から斬り殺してしまった。

弥七郎も、その場でただちに斬り殺された。

殺ったのは近くにいた植村新六郎氏明《うじあき》である。このとき一六歳。阿部弥七郎はもっと若かった。

周りにいた者は腹立ちまぎれに、弥七郎の遺骸を近くにあった肥溜に蹴落としてしまった。

遠征中に当主を唐突に亡くしてしまった松平勢は途方に暮れた。

結局のところ守山城には手も付けず、主君の亡骸を奉じて三河へ帰還したのである。


「これを三河では、守山崩れと申してな。清康の独り転びじゃ。若くして跡目を継いで、気張っておった。それで転んだ。わしらはなにも手を下しておらん」

という信光は笑っていた。

とはいえ、敵国の奥深くに侵入した松平勢が、極度の緊張状態にあったことは確かである。

どこかに伏兵はいないか。行軍中に隊列から離れ、敵に内通する者はいないか。絶えず味方にも気を配っていなければならなかった。

それに加えて清康は常に暗殺の脅威にさらされていた。

清康の代になってからというもの、これまで味方であった三河の国衆をも敵に回して戦争を始めていた。

そうなると直参の家来といえども、時には親類縁者との合戦になるから、いつ敵に寝返るかと不安に駆られる。安祥《あんしょう》譜代、山中譜代、岡崎譜代といった被官化した時期で家来を差別する家風も、その不安感の裏返しであろう。

「織田の家中と比べて風通しの悪いことよ。身近に仕える者なら気心も知れておるだろうに」

と信光は言ったが、

――はたして、人の心の内がわかるものだろうか。

と吉法師は思った。

しかし、信光は、

「逆心あるか否かは、その者の性根次第よ。古参であろうとなかろうと同じこと。人には目に見える色など付いておらん。それで、大勢に従わず異見する者をことごとく疑う。愚かなことよ」

と言いきった。

二

「清康が死んだこと、わしらにはわからんでな。わざわざ寄せておきながら、なにゆえ、守山の城、手を付けなんだかと思案しておった。そのうちに三河で跡目争いが始まってな」

と信光は話を戻した。

天文四年（一五三五年）一二月のことである。

「清康を跡目にしたとき、松平一党は評定した。ところが、こたびはなし。それで清康の嫡男、千松丸を跡目にしようというのだからな。いまだ元服前の小童《こわっぱ》だ。もめるわけよ」

はじめから戦《いくさ》になりそうな情勢だった。

というのも、息子の大罪を知った阿部大蔵はいち早く逃げ帰ると、

――殿さんは敵に倒された。今にも織田方が攻めてくる。若君をお守りしよう。

と偽り、守兵を募って岡崎城に立て籠もってしまったからである。

阿部大蔵は、まだ三十代はじめの歳である。彼自身、息子のしでかしたことで死ぬには若すぎると思っていた。命が惜しい。

これにたいして、尾張から帰還した諸将は、

――大罪を犯した弥七郎の父、阿部大蔵は若君を人質にして誅《ちゅう》を免れようとしている。すみやかに大蔵を捕らえて刑殺し、若君を護れ。

という怒りに燃えていた。

こうして最初に軍勢が対峙し、それが跡目争いに変わった。

清康が二五歳で亡くなった時、嫡男の千松丸（広忠）は一〇歳であった。

年端もいかぬ子を主君にいただくことで岡崎の重臣たちは松平家を横領しようとしている、他の松平一族の目にはそう映った。

重臣たちからすれば、なにかと言えば一族で寄りあいをして物事を決める、そうした古くさい氏族連合体から脱却したい。あくまでも惣領家は世良田の家であって、松平を名乗るほかの家は、連枝だろうが従者にすぎない。いちいち意見など聞いていられない。そうした気分が充満していた。

清康の嫡男、千松丸を擁立する者は岡崎城を本拠地とした。その数約八百。

――敵の大将、内膳は織田方と内通している。敵の正体は織田の軍勢だ。岡崎を失えば一国は敵のものとなるぞ。

と、阿部大蔵は味方に檄を飛ばした。

これにたいして反千松丸派は安祥松平家の菩提寺である大樹寺《だいじゅじ》に布陣した。岡崎城の北約三キロに位置する浄土宗の寺である。その数約八千余。たとえ誇張があったにしても、岡崎方に比べれば圧倒的な多勢であったろう。

ただし大樹寺方は、数こそ優っていたが、誰を跡目にするかまでは決まっていなかった。清康の次弟である蔵人佐信孝《くらんどのすけのぶたか》を推す者もいれば、清康の叔父である内膳正信定を推す者もいた。候補者の一人である信孝は、表向き中立を保って居城の三木《みつき》城を動かなかった。清康の祖父である道閲《どうえつ》（松平長親）も千松丸の擁立には反対であった。

「このとき織田が兵を出して大樹寺に旗を立てたという者がおってな。ひと昔前のことじゃからと思うてでたらめを申しておる。舅どのから援兵を頼んでくれば、必ずそうしたであろうが、その用はなかった。それに、援兵を送るのでなければ、あんな三河の奥深くには入れん。だいたい松平の菩提寺ではないか。そんなところに尾張者が陣を敷こうとすれば、それは坊主を殺し、寺を焼くしかないのだ」

といって信光は笑った。

岡崎方の侍大将は、清康の末弟の十郎三郎康孝《やすたか》。大樹寺方は内膳正信定である。

これを井田野《いだの》合戦という。

双方合わせて数百の戦死者を出したが、大樹寺方の御隠居こと道閲が岡崎方に和睦を申し入れて終戦に至った。

和議の約定は次のようなものだった。

清康の跡目は道閲の裁定に委ねることになり、叔父の信定と決まった。

ただし和議によって、岡崎城への入城は控えることになったので、信定は大樹寺から矢作川を越えて桜井城に戻った。清康の居城であった岡崎城には、次弟の信孝が入ることになった。

阿部大蔵は、息子弥七郎が清康を殺害した責めを負うことになったが、一命は助けられ召し放ちとなった。

その弟の四郎兵衛定次《しろべえさだつぐ》は清康が死んだ翌六日に大樹寺で剃髪、父の四郎右衛門定時《しろうえもんさだとき》は二四日には自害していたから、阿部家は断絶である。

他方、嫡男の千松丸は配流することに決まった。

配流先は、伊勢の神戸。知多半島の東南約三キロの三河湾口にある離島、篠島《しのじま》である。尾張国に属しているが、伊勢神宮領であり、守護使不入の地であった。

ところが、翌天文五年(一五三六年)三月一七日、千松丸は篠島を脱出し、遠江国《とおとうみのくに》の掛塚《かけつか》に上陸した。

阿部大蔵定吉も同行していた。大蔵は岡崎の重臣たちと謀《はか》り、千松丸を助けて、自らも復権しようと企てていたのである。それは大蔵の弟の四郎兵衛定次（もしくはその子孫）がのちに著した一書の題名のとおり『阿部家夢物語』であった。

他方、この掛塚上陸の日、駿府では大事件が起こっていた。

今川家当主の今川氏輝と弟の彦五郎が同日に亡くなったのである。

これで今川家は、氏輝の跡目を巡って、先々代氏親の三男で花倉《はなぐら》の御曹司こと玄広恵探《げんこうえたん》と梅岳承芳《せんがくしょうほう》のあいだで争いが起きる。

いわゆる「花倉の乱」である。

しかし、傍目《はため》には承芳が跡目を継ぐものと思われていた。氏輝、彦五郎と同じく、氏親の正室である瑞光院寿桂《じゅけい》を母に持ち、寿桂は幼くして家督を継いだ氏輝の後見役として権勢をふるっていたからである。

同月二二日、千松丸は、早くも還俗して今川家惣領の代々の名乗りである五郎を自称する承芳に会った。のちに一二代将軍足利義晴から一字をもらい受け、義元と名乗る人物である。

この席で千松丸は、岡崎城に帰って亡父の跡目を継ぎ松平一族の惣領になりたい、協力してほしいと述べた。

――亡くなった兄にも同じ年頃の子がおるはずではないか。このような小童に跡目を継がせる家があろうか。

と義元は思った。

もっとも、これは本音ではあるが、すでに話はついている。

千松丸を使って松平一族を分裂弱体化させ、あわよくば三河を乗っ取ってしまう算段である。

「その心がけ、天晴れである。助太刀いたそう。されどいまだ若輩の君なれば、よき後見役を持たれるがよい。子細はこの雪斎《せっさい》と相談されよ」

今川義元の軍師である太原崇孚《たいげんそうふ》、雪斎《せっさい》は、前もって岡崎城の重臣、石川安芸守《あきのかみ》清兼《きよかね》、酒井雅楽助《うたのすけ》清秀《きよひで》、酒井左衛門尉《さえもんのじょう》忠親《ただちか》、天野甚右衛門尉《じんえもんのじょう》景隆《かげたか》らと折衝を重ねており、千松丸の当面の後見役を吉良左兵衛佐《さひょうえのすけ》持広《もちひろ》にすることが決まっていた。

東条吉良氏の持広は、すでに岡崎方に降っていて、清康の妹を室に迎え入れていたからである。また、吉良氏は井田野合戦に加わっていないので、和議に反することでもないという事情もあった。とにかく家格の高い名家だから、後見を務めるには都合がよい。

千松丸は義元との会見を終えるとふたたび掛塚に戻った。

そして八月四日に掛塚を立つと、今橋（吉田）、瀬木、形原を経由して、九月一〇日に室《むろ》城（西尾市室町）に入った。

室城は、永正年間に東条吉良氏の被官であった冨永氏によって築かれた城である。

しかし、閏一〇月七日、その室城が千松丸の帰国を察知した信定の軍勢に包囲されると、城に火を放って脱出した千松丸の一行は、今橋まで戻って今橋城に立て籠もった。

同月一〇日、千松丸に同行していた阿部大蔵定吉は、駿府でふたたび今川義元に会って支援を要請した。

六月に「花倉の乱」に勝利した義元は盤石《ばんじゃく》の体制を敷いていた。

「廃《すた》れたる名門を興《おこ》す、これ武門の面目である。千松丸の亡父清康は今川と同盟《よしみ》を通じ、駿州三州両国の兵は互いに助勢することになっておる。よってそのまま千松丸にも同盟《よしみ》を忘れず、また後見役吉良持広存命の間は、千松丸を岡崎に帰すこと、堅くこれを約す。これに相違ない」

という義元の回答を聞いて、大蔵は感激した。

千松丸が帰還できなければ、彼も三河に帰れないから、必死の思いで懇願していたのである。

しかし、その翌年、今川家傀儡の今橋城主、牧野民部丞貞成《みんぶのじょうさだなり》が不在で、留守居役を牧野成敏《しげとし》が務めていたときのことである。

田原城主の戸田弾正少弼康光《だんじようのしようひつやすみつ》（宗光《むねみつ》）の叔父、大崎城主の戸田金七郎宣成《のぶなり》は、成敏の家人となっていた戸田新次郎、戸田宗兵衛尉《そうひようえのじよう》と協力して今橋城を奪った。

東三河の在地領主たちにとっても、清康の再来を意味する千松丸の家督相続は脅威だったのである。

今橋城を追い出された千松丸の一行は、駿府に舞い戻った。

こうして三河に戻れないまま、天文六年（一五三七年）の冬に駿府で千松丸は元服した。

加冠役は今川義元が指名した後見人の吉良持広であった。

持広から一字をもらって千松丸は次郎三郎広忠《ひろただ》と名乗った。このとき一二歳。後の徳川家康の父である。

三

「阿部大蔵、その子弥七が大罪その身にかからんことを怖れ、罪なきわしに悪名を負わせ、道閲入道どのを仇として駿府を頼み、岡崎を奪わんとしておる。大蔵は不忠者ぞ。この道理を知らで当家一門譜代の面々、大蔵にたぶらかされ、今川に内通し岡崎を攻めんとする。これぞ不忠の極みぞ。入道どのに弓を引く所存か。たれか主君を捨て今川に内通する者はおるか」

と内膳正《ないぜんのしよう》信定は家臣たちに申し渡した。

そして、大蔵に味方して広忠を国に迎え入れることなど決してしないとの誓いを立てさせ、その言葉に偽りなしとの起請文を取っていた。

「岡崎の重臣《おとな》たちが広忠を立てようと裏で動いておったこと、舅《しゆうと》どのは承知しておった。よって、せめて若い者はと道理を説いて、誓紙を出させもしたが、慰めにしかならん。なぜなら岡崎の主は蔵人信孝じゃ。これが大うつけでは、どうにもならん。蔵人め、欲に駆られておったのだ」

と信光は言った。

「それで、じつのところ広忠の三河入りをとどめておったのは戸田の一族でな。今川も義元の代になると、松平との同盟《よしみ》を隠そうともしない。それで戸田や水野は広忠を怖れておった。今川の後ろ盾を得て、こ奴が岡崎に戻れば三河は今川領よとな」

「昔あった清康の今橋攻め、牧野を調略したのも今川か」

と吉法師は訊いた。

「今となれば、そうかもしれんと思うところはあろう。もっとも、死ぬまで清康は、今川と同盟を通じたなどとは思うておらんかったろう。駿府から援兵の来ない相手を選んで攻めておるだけだ、今川との戦を避ける工夫、これと同盟を通じるは別じゃとな。されど、そうは申せど同じことじゃないか、そう思案しておった家来ども、これは少なくなかろう。さすれば、昔の今橋攻めも、今川の手を借りてやったことかもしれんな」

といううと、信光は何か思いついたようだった。

「その昔、清康が攻めたところを憶えておるか。順番に申してみよ」と吉法師に質問した。

「山中、足助、科野、今橋、尾島、宇利」

「岩崎が抜けておる。科野と同じころだ」

——よく憶えておったな。

と信光は感心したが、もっと難しい質問を重ねた。

「さて、これらは、どういった城だ」

「そんなことはすぐにわかるぞ。みな街道の要所《かなめ》にある」

「では、それを攻めたてたわけを、なんと心得る。良田なら余所《よそ》にいくらでもあるのに、なぜここだ」

「織田であれば、まずは関銭だ。されど松平、関所のことは国衆任せにしておる。よって国の守りだ。三河の国境《くにざかい》を堅固にする」

「では、そこにある今川の狙いは。わかるかな」

ここで、吉法師は考え込んでしまった。

降参したくはないが、わからない。しかし、人にわからないとは言えない性分だから、押し黙ったままだった。

さきに降参したのは信光である。答えをいってしまった。

「吉良の塩と申せば、甲州でも有名でな。この塩の道を抑えるのが今川の狙いだ。荷留めはせんまでも、関所を抑えれば、値を吊り上げることはできよう。なにせ、すべての塩の道を抑えてしまったのだからな。吉良が松平に降ったのは、これが苦しかったからよ。難儀《なんぎ》しておったのは武田も同様だ。じわじわと利いてくる」

「そうやって武田が降るのを待ったのか」

「そうだ。武田も業腹であったろう。数千騎で岡崎まで直談判に来たことがある」

天文二年一二月、信州の諸将が一説には八千余騎でもって押し寄せ、井田野で戦闘になり、松平では本多弥八郎忠正《ただまさ》と十三郎助俊《すけとし》の親子と大河内左右衛門佐元綱《さえもんのすけもとつな》が討死している。

清康は岡崎城内で武田信虎《のぶとら》の使者である金丸若狭守虎嗣《わかさのかみとらつぐ》と会い「盟約を成す」こととなった。

「この年は凶作でな。甲《こう》州では五月から八月まで大雨。翌年の春には餓死する者が出て疫病も流行ったというくらいだ。武田も堪えかねたのであろう。そのころは塩だけでなくほかの荷も滞っておったはずだ」

と信光は言った。

「されど若狭守は仰天したであろうな。武田を苦しめておること、肝心の清康が知らんのではな」

「承知していなかったのか」

「そうだ。関所は国衆、要は今川任せだからな。向後は武田と合力《ごうりき》しようと約したものの、清康にとっては口約束にすぎん。金蘭《きんらん》の交わりなどと申したところで綺麗事よ」

「きんらん？」

「両者合力すれば、その利《と》きこと金を断ち、同心の言の臭《にお》い蘭の如く香《かぐわ》しいという」

ところが、故事成句の類は吉法師の心を動かさないらしい。

――まったく。感心するどころか聞くそぶりすら見せん。

「元は今川氏親の策よ。あるいは寿桂だ。これに氏輝も従った。戦はせんので生害もない。とはいえ、じつに気の長い話よな」

「されど、それで武田が降るのか」

「そうだな。吉良は生計《たつき》のほとんどを塩に頼っておったゆえ降参したが、武田は違う。苦しむのは民百姓ばかりよ。松平を恨む者はあっても、武田を相手に謀反を企てたりはせんだろう」

「ならば荷の流れを妨げる手はだめだ。戦で決するほうがよい」

と吉法師は言った。

「雪斎和尚も同じことを案じたのだ。されど、戦で決するのでなしに武田と和睦した。器用な者よ、雪斎は」

——長い話だが、しておかねば。

と信光は思っている。

「そうこうしているうちに、舅どのが亡くなってな。さてさて、ようやく左馬助《さまのすけ》どのの話だ。前に申したとおり、同じ今川でも、那古野の今川は駿府とは別の家じゃ」

今川左馬助氏豊《うじとよ》は、連歌と蹴鞠《けまり》が好きな少年だった。

今川氏の一族だが傍流の出といわれ、那古野今川氏の養子となって尾張に来たときにはまだ元服前で、幼名を竹王丸という。

のちに那古野城と名付けられた柳ノ丸の城主となったが、その最大の任務は、遠江での戦に負けて駿府の今川氏親の捕虜となり引退を余儀なくされた尾張守護の斯波義達《よしたつ》の娘を娶《めと》ること、娘を人質に取ることであった。これが斯波家の降伏の証《あか》しであったといっていいだろう。

だから、尾張清須城を監視する駿府今川氏の最前線といったような緊張感はまったくなかった。

柳ノ丸の防御力というものも、さほどではなかったのだろう。

——しかし、良い場所にある。手に入れたいものだ。

と、織田信秀は思っていた。

ただし手を出せば、今川氏との戦を覚悟しなければならない。もちろん那古野の今川氏ではなく、問題は駿府である。

駿府との戦は避けたかったが、それも当面ということである。いずれ戦は避けられないだろうと、信秀は思っていた。

なぜなら、東海道を東に進出し、拠点を造る必要があると信じていたからである。いわば東山道の土田《どた》のように岡崎とも同盟《よしみ》を通じたい。

しかし、そうなれば駿府が黙っているはずがなかった。だが、それでも拠点を造る。それは津島の旦那衆の期待でもあった。

——ともあれ、戦は先の話だ。今は柳ノ丸だ。そのための布石は打っておかねば。

と信秀は考えた。

そこで城を手に入れるために一計を案じた。

信秀にとって連歌は、趣味と実益を兼ねた社交の道具であって、謀略の手段ではなかった。

連歌を通じた竹王丸との交際も、この歳は若いが駿府をも代表する立場の少年と親密な関係を築いておきたかったからにほかならない。

他意があったとすれば、城を盗ろうということではなく、懇意になって手なずけてしまおうということであった。

しかし、これが柳ノ丸を攻略する手段にもなることに信秀は気づいた。

竹王丸が開催する連歌の会に信秀は足繁く通った。

そして、柳ノ丸に何日も逗留するようになり、ついには城郭内に館を建てるまでになった。

ところが、この館、本丸に向けて矢狭間《やざま》が開けてある。

さすがに「城攻めの意図があるのではないか」と、那古野今川家の者も怪しんだが、「夏の風を入れるため」という信秀の説明を竹王丸は疑わなかった。

とにかく長い時間をかけて工作したことであった。

那古野と清須のあいだを使者が往復する際、増水した於多井川（庄内川）を渡るのに難儀して扇箱に入れた懐紙を川に流してしまう、といったような小細工もした。

そのうえで信秀は逗留を重ね、館を普請するまでに至っている。

——この人にかぎり、別心あるとは思えない。歌のために館を普請するほどの風流の人だ。

と、竹王丸は信じきっていたのである。

館を建てたのは、天文元年（一五三二年）のことだったかもしれない。

竹王丸が元服し、左馬助氏豊と名乗り、新たに尾張守護となった斯波義統《よしむね》の妹を娶ったのは、そのあとのことである。

事が起きたのは、もっと遅く、今川家中の誰もが矢狭間を怪しんだことを忘れていた頃、天文七年一一月二七日に守山城主の松平内膳正信定が亡くなった後のことであった。

足利将軍家に直属する奉公衆として守護の指揮下に入ることのなかった那古野今川家であったが、このころには守護代が勝手に城普請の夫役を免除してしまえるくらい、威勢が衰えていた。

大病を発して那古野で床に就いた信秀の元に清須城や勝幡城から家臣が多数駆けつけてきたと『名古屋合戦記』は記している。

その晩、今市場のほうに火事があり、南風が激しく、若宮社、天王社、天永寺、安養寺などが焼けて城に火の粉がかかるようになった。その火事のなかを、東南の方角から甲冑を着けた勝幡城の兵十が鬨《とき》の声を上げて攻め寄せてきたのである。

鬨の声は信秀の館からも聞こえる。

今川家中の者たちは、内外の敵に囲まれてしまったうえに、はじめは火事だと思っていたので戦う装備もない。

ことごとく追い詰められて討ち取られてしまった。

氏豊は一命を助けられ、母方の縁を頼って京都に落ちのびていった。

「左馬助どのが義元の末弟などとは、今になって言い始めておることよ。那古野の城を盗れば、駿府との一戦、覚悟しておった。同じことじゃ」

と信光は言った。

「舅《しゅうと》どのを生害したは今川か」

と吉法師は尋ねた。

「知らん。病死と聞いておる。たれも教えてくれんな」

と信光は答えたが、言葉が足りないと思ったのであろう。吉法師には自分の見立てを話しておくことにした。

「生害されたとすれば、たれの仕業か。敵は多い。されど身近な者であろうよ。弟の甚太郎《じんたろう》（義春《よしはる》）どのかもしれん。道を歩くときでも抜き身を下げ、家来衆も（刀がすぐに抜けるように）反りを返してまかり通ったそうじゃ。同じころに病死しておるが、兄と弟で殺し合うたことを隠しておるやもしれんな。わしはそう睨んでおる。されど三河衆に尋ねたことはない」

と信光は言った。

四

安城市歴史博物館のある安祥城址公園から、県道七八号安城幸田線を東に、幸田方面に約四キロ弱進んで矢作川に架かる美矢井《みやい》橋を渡ったあたりに青野城があった。

青野城は松平右京亮《うきょうのすけ》義春の居城である。

そして、この矢作川東岸の青野城のあったあたりから、さらに七八号線を約二キロ進むと下和田《しもわだ》になる。下和田はもともとは松平内膳正信定の知行であったが、天文四年以降、義春に横領されてしまっていた。

というのも、「守山崩れ」の際の跡目相続をめぐる抗争と、そののちの和議によって、信定が岡崎城入城を断念して矢作川西岸の桜井城に引き上げると、自然と矢作川が東西に松平一族を分ける停戦ラインのようなことになったからである。

桜井城と青野城は約三キロ離れているにすぎないが、そのあいだには矢作川がある。

和議の約定によって一族の惣領と認められた信定ではあったが、甥の広忠を支持して戦った弟の義春から下和田の知行を取り戻すことはできなかった。

なお矢作川の東岸には上和田《かみわだ》、西岸には安祥があり、これらは互いに停戦ラインの外に突き出た敵の拠点であったが、これらの城もしだいに攻略されていくことになる。


天文七年一一月に信定が亡くなると、同じころに義春が亡くなったようだ。

また、遅くとも翌年の一〇月には広忠の後見役であった吉良持広も亡くなっている。

そのころには、なお健在であった道閲（長親）の裁定によって、岡崎城主の蔵人佐信孝が松平一族の惣領に指名されていたと思われる。

ただし、惣領になったとはいえ、信孝には「次の惣領は甥の広忠に譲る」という密約があったに違いない。

また、そうでなければ、広く一族の支持を集めることができなかったに違いないのである。

駿府と連絡を密にしていた岡崎城の重臣たちから見れば、信孝は惣領ではなく、広忠の後見役にすぎなかったろう。

広忠は、この少し前にひそかに岡崎城に入り、信孝の後見を得たという既成事実を造っている。

広忠の岡崎城入城について、『三河物語』に日付はなく、通説では『松平記』等にしたがって天文六年の五月または六月とする。

しかし、『御年譜付尾』『治世元記』『御先祖記』『三河記大全』『西尾古老傳』の天文一〇年(一五四一年)が正しいかもしれない。

なぜなら、天文六年とする記録も、その多くが岡崎帰還時の広忠の年齢を一五ないし一七歳としているので、大永六年生まれで換算すれば天文九年ないし一一年ということになるからだ。

広忠派は城主不在の時に広忠を岡崎城に引き入れた。

もちろん、この時の城主は信定ではなく信孝である。

城主が有馬温泉に湯治に出かけた留守中を狙ったなどというのは、もちろん口実にすぎない。

口実を必要とした理由について、天文一〇年帰還説を載せる各史料は、いずれも信定の許しがなかったためとしているが、このとき信定はすでに亡くなっているから、一族の合意の象徴として道閲の裁断を待つという状況だったのだろう。

事実は、広忠の岡崎入りに反対していた「信定が天文六年に和睦した」のではなく、「道閲が天文一〇年に和睦した」と思われる。

つまり、和睦に至るまで松平一族は、「守山崩れ」から約五年半の間、交戦状態にあった。

そして、この三河松平一族の内戦に織田信秀は介入した。

清康が本拠地を岡崎に移した後、安祥城は松平左馬助長家《さまのすけながいえ》が守っていたが、和睦の前年の天文九年六月六日に織田信秀が攻撃して、城代の長家、広忠の弟で一四歳の源次郎信康《のぶやす》以下おもだった者五十人あまりを討ち取り、城を奪ったのである。

「援兵を頼んできたのは舅《しゅうと》どのの息、與一清定《よいちきよさだ》どのじゃ。妹が嫁いだので、わしの義兄弟でもある。この援兵の依頼は道閲どのの御内意でもあった。安祥の城の左馬助どのは道閲どのの弟君、ゆえによほどのお覚悟のうえであったろう。なにせ同族同士の争いだ。手を血で汚すのは尾張者に任せる。そういうことであったはず。だから、今川の手を借りて惣領になろうという広忠の魂胆、よほど気に入らなかったのだな。重臣《おとな》どもが主家を乗っ取る企みだとみておられた」

と信光は言った。

「戦《いくさ》にかかった銭はどうした」

と吉法師は尋ねた。

「境川から安祥の城まで、三河の関所を廃してもろうたのだ。関銭と尾張行きの荷馬の運上金で尾張者の恩賞はまかなえる。わしらに知行は要らんでの。上米を取られるとわかっておって、今川の手を借りるは愚かじゃ。されど、そこがわかっておらん三河者は多い。哀れなものよ」

天文一〇年の道閲の和睦が成っても、織田信秀は安祥城から撤退しなかった。

要するに、尾張勢の駐留継続は松平一族にとって和睦の条件の一部であり、紛争当事者間の均衡を維持するために必要とされたのであろう。道閲にしてみれば、織田によって今川を牽制する狙いもあったはずだ。

もちろん、信秀としても利権を手放すことなどできない相談である。

そのためには、松平だけでなく、西条吉良氏も利用していた。

刈谷城主の水野下野守忠政《しもつけのかみただまさ》の娘である於大《おだい》が、松平広忠に嫁いだのはこのころである。

広忠の後見人となった信孝は、今川義元とあらかじめ相談のうえ承諾を得ておく必要があるとは思ってもいなかったようだ。

なぜなら、さきに重臣の石川安芸守清兼《きよかね》の元に於大《おだい》の姉が、おそらくは継室として嫁いでいる。それほど松平との縁は深かったからである。

他方、水野忠政としては、広忠が松平一党の正統な後継者となり、松平が織田今川のどちらか一方のみに与《くみ》することのできない状況に落ち着いたのを見計らったうえで縁談を進めたと思われる。

織田信秀としては、松平が水野と同盟《よしみ》を結ぶことで松平領を中立化できれば、矢作川東岸まで勢力圏を拡大するうえで好都合であった。

この年、信秀は伊勢外宮仮殿の造替費を負担することで朝廷から三河守の官位を得ていた。朝廷と良好な関係を維持したかっただけでなく、三河国に駐留する大義名分を得る狙いもあった。

ただし、効果のほどは疑問である。裏を返せば、それだけ信秀も必死であった。

翌天文一一年(一五四二年)八月、この状況を不服とする今川義元は大軍、公称兵力約二万を発して、三河国生田原（岡崎市東部）に布陣し、先鋒の足軽衆が同月一〇日、小豆坂にて尾張勢と交戦するに至った。

安祥城を出撃して矢作川を渡り小豆坂に布陣した尾張勢は約四千。寡勢であったがよく防戦した。足軽大将の由原某が討死するなど苦戦を強いられた駿河勢は、坂の途中で前進を阻まれたまま日没となり撤退する。

尾張勢は織田信秀の弟の与次郎信康《のぶやす》、孫三郎信光、四郎次郎信実《のぶざね》が出陣するなど総力を傾注した。敵が多勢であったので、負けなかった尾張勢の勝ち戦とされている。

しかし、今川方の総大将の雪斎にしてみれば、動員した三河衆の士気を測るための小手調べであり、それと同時に織田方の武備を知る威力偵察でもあったろう。このときは全軍を投入しないで引き上げているが、尾張勢に対する牽制としては十分な戦果を上げることができたはずだ。

他方、このとき松平一党は参戦しなかった。

この小豆坂の合戦は松平領内で行われた織田今川の戦いであり、松平は中立を維持し、傍観していたのである。

なぜなら、仮に岡崎勢が今川に味方して参戦すれば、それは織田方の駐留に異を唱えることであり、和議の約定を破ることになるからである。和議の約定を破れば、松平一党の内戦を再開することになりかねない。

ただし、三河衆では松平郷松平家の松平隼人佐信吉《はやとのすけのぶよし》と伝十郎勝吉《かつよし》の親子が戦死しているが、これは例外である。他の三河の在地領主と同様、今川家に直接動員され、雪斎の指揮下に編入されたからであろう。

天文二年の岩津城外の戦で太郎左衛門勝茂《かつしげ》と嫡男の弥十郎信茂《のぶしげ》の親子が戦死すると、信茂に子がなかったために遺領は岡崎に召し上げられた。三十を過ぎてすでに独立していた弟の信吉は相続できなかったのである。それで信吉の代から松平郷松平家は岡崎の「宗家」を離れたと思われる。

松平郷の家を「十八松平家」の一つとして一括りに考えるのは、江戸時代以降の感覚であろう。

他方、勝ち戦だと大いに喧伝した織田信秀であったが、安祥城に置いた兵力では、矢作川東岸に展開して拠点を確保することはできない。それは敵の目にも明らかだった。

そこで、尾張勢の援兵がないのを見越して、矢作川東岸で松平一族の内戦が再燃した。

松平広忠は次期後継者であり、叔父の信孝の後見を受けることになっていたが、その和議の約定は破られた。

小豆坂合戦の翌年、天文一二年（一五四三年）六月、信孝が駿府を訪問していた留守を狙って、広忠は兵八百余を率いて三木城を襲った。

このときは城方も危機を察しており、千五百余の兵で守りを固めていたので三木城は陥とせなかったが、これで信孝は岡崎城に戻れなくなった。

次いで信孝の家臣団の切り崩し工作が始まり、広忠方に降る者が出始めると、八月二八日、城方から出た内通者に手引きされ、夜襲を受けてついに三木城は陥落する。

こうして、信孝は、岡崎城に戻れなくなっただけでなく、広忠方に所領の三木郷と三木城を奪い取られてしまった。

このとき信孝の祖父の道閲（長親）は八九歳。亡くなる前年のことであり、これを止める力はなかった。

「阿部大蔵は、その子弥七が兄の清康を殺した不忠者、これを許して起用し、忠義の臣とひとしく権を執らしめるは、けしからん。そう信孝は日頃から申しておったそうな。当然であろうよ。されど、それなら叔父上の内膳どのと力を合わせて戦えばよかったのだ。それを合力もせなんだ。それでいて広忠を助けたわけでもなし。戦うは弟の康孝任せ。要するにうまく立ち回って岡崎の城に入りおったのだ。そのうえ岡崎に広忠を入れた張本人ではないか。何をいまさら……」

と吐き捨てるように信光は言った。

「うまく立ち回って大利を得た。それだけの者だ。とうてい信じられぬ。これは道理であろう。ともに戦った康孝が亡くなり、阿部大蔵らは不安になったのだ。それで信孝を追放した」

信孝の岡崎城からの追放と居城所領の没収は「前年の天文一一年三月一八日に亡くなった弟、十郎三郎康孝の旧領や岩津松平氏の所領を侵すなど、専横なふるまいが目立ったため」と広忠方は説明したが、これらのふるまいは一族の惣領として信孝が執りうる当然の処分行為、仕置きであったはずだ。

つまり、信孝を惣領の座から追い落とし広忠を擁立しようとする岡崎の重臣たちによるクーデターである。

背景としては、惣領の信孝の直轄領が拡大して家来の数も増えたことで、広忠にとって潜在的な脅威となるとみて、今のうちに信孝を排除しておく狙いがあった。

もちろん今川義元とは事前に連絡し、承認を得ていたに違いない。

しかし、このとき信孝は「今川義元に直訴し、義元は岡崎の重臣たちの意見を聴取したうえで訴えを退けた」と伝えられているから、義元が関知しないまま自分は追放されたと思っていたのだろう。

裏を返せば、自分は義元の信頼を得ていると信じていたし、その信頼さえあれば地位を保てるものと信じていた。

「松平一族の宗家だ、惣領だと威張っておったところで、このざまよ。義元が親任してくれんと務まらん、そう信じ込んでおったのだ。駿府詣《もう》でを欠かさず、義元の覚えめでたくさえしておれば御身《おんみ》安泰と信じておった。おのれの武威に頼むところがないとは、情けないことよ。しょせん大将の器ではなかった、そういうことじゃ」

といって信光は笑った。

「されどわれらは今、その情けない者と手を組んでおるのだろ。知っておるぞ」

と吉法師がいうと、信光は苦笑するしかなかった。

「背に腹は代えられぬ。ほかにいないのだ。やむを得ん」

今川義元への訴えも退けられ本拠地を失ったことで、以後、信孝は矢作川西岸の山崎城を本拠地として織田信秀と手を組むようになっている。

そして、同年一〇月三日に松平清定が亡くなると、反広忠派の旗頭は信孝ひとりになった。

松平一党はふたたび内戦状態となっている。停戦は天文一〇年から同一二年までの二年間にすぎなかった。

「まあ、ざっとこんなところじゃ。これでようやく長い話も終わりじゃ。しょうもない話ばかりで、さぞや退屈であったろう」

と信光は話を締めくくった。

5——美濃大乱

一

「お父、人の烏帽子親となって嬉しいか」

と吉法師が訊いたのは、天文一〇年（一五四一年）のことであった。

この年の五月五日、織田信秀は、隣国美濃の守護である土岐頼芸《よりのり》の嫡男、太郎法師の烏帽子親となった。

太郎法師は一二歳で元服し、実父から一字、烏帽子親から一字を賜り、小次郎頼秀《よりひで》（頼栄《よりひで》）と名乗りを上げた。吉法師の四歳年上である。

「人から頼りにされとるうちが花じゃからな。仲裁を頼まれて和睦にこぎつけた。そりゃ嬉しいわい。親子兄弟の戦がなくなり、頼秀どのも一安心じゃ」

このとき頼秀こと太郎法師は、守役で重臣の村山越後守芸重《えちごのかみもりしげ》の居城である鵜飼山《うかいやま》城に立て籠もり、斎藤山城守秀龍《やましろのかみひでたつ》の軍勢五千と対峙していた。

父の頼芸が秀龍の讒言《ざんげん》を入れ、嫡男の太郎法師と弟の揖斐《いび》五郎光親《みつちか》の殺害を決意したからである。太郎法師方の軍勢は約二千であった。

この親子兄弟の戦を防止するため、織田信秀のほか、太郎法師の母方の祖父である近江守護の六角定頼《ろっかくさだより》、越前守護の朝倉孝景《たかかげ》が仲介に入った。

朝倉孝景は、頼芸が兄の二郎政頼《まさより》と家督を争った際にも軍事介入し和議に持ち込んだことがあるから、仲介は二度目である。

こうして、三月二〇日から続いていた戦は、ようやく終結した。

和議の条件は、頼秀が守護所の大桑城《おおが》には戻らず、その南南西約一〇キロにある鵜飼山城に留め置かれること、頼秀が叛意なきことは烏帽子親の織田信秀が保障すること、ならびに斎藤秀龍が出家することであった。

頼秀はひとまず廃嫡を免れたが、その地位は不安定なまま、その将来は越前、近江、尾張という隣国が握っている。

秀龍は六月に日蓮宗常在寺《じょうざいじ》（岐阜市）において出家した。

常在寺は、秀龍の父の峰丸（長井新左衛門尉《しんざえもんのじょう》）が得度を受けて法蓮房の名で修行していた京都妙覚寺《みょうかくじ》の末寺であった。

妙覚寺には法蓮房だけでなく、船田合戦に敗れて失脚した守護代、斎藤利藤の末子の毘沙童が修行していた。

この学生《がくしょう》が南陽坊で、長じて日運となり常在寺の住職を務めていた縁で、法蓮房こと還俗して松波庄九郎、すなわち秀龍の父は美濃国にやって来たという。

秀龍は法号を道三《どうさん》とした。

その意義は不明だが、六道の三、常に争乱の中にあるという修羅の道に生きるという宣言ではなかったか。つまり、仏門に入って平穏な余生を過ごすつもりなど毛頭ないという意志表示である。

これが斎藤道三である。このとき三十代の後半であったと思われる。

翌天文一一年(一五四二年)五月二日、斎藤道三は突如として一万余の軍勢を率いて守護所の大桑《おおが》城に押し寄せた。

後継者を追い落としたつぎに守護の土岐頼芸を直接狙ったのだから、一貫した行動である。非常にわかりやすい。

前年に父の頼芸と戦った長男の頼秀と弟の揖斐五郎光親も加勢したが及ばず、頼芸と次男の一郎頼充《よりみつ》は追放されてしまう。

頼芸は尾張に落ちのびた。

こうして、美濃国は守護不在となるが、名門の土岐一族を追放して国主の座に付いた斎藤道三に対する国衆の反感は強かった。

天文一三年(一五四四年)八月一五日、弟の頼芸に追われて一乗谷に亡命していた土岐政頼が越前国《えちぜんのくに》の加勢を得て兵七千余を率いて根尾板所から侵入し美濃入りを企てると、九月三日、頼芸も尾張国の加勢を得て兵五千余を率いて美濃に乱入する。

しかし、結果からすると、この隣国の介入は各個撃破されてしまったようだ。

織田信秀は尾張から出撃。国中の軍勢を頼んで、およそ一か月の間、美濃国を転戦した。

緒戦は、小口《おぐち》城主の織田与十郎寛近《とおちか》が瑞龍寺山の西南の広野で道三方と戦って過半を討ち取ったほか、大垣《おおがき》城を陥《お》とすなど、戦況は織田方に有利に展開した。

ところが、九月二二日、稲葉山城下の村々へ軍勢を押し出して焼き払い、井ノ口《いのくち》の町の近くまで取り付いたときのことである。

夕暮れを迎えて、信秀方が撤退し半分ほど引き上げたところに、道三の軍勢がどっと南へ向けて斬りかかってきた。

不意を突かれて尾張衆は総崩れとなり、信秀の弟の与次郎信康《のぶやす》をはじめ、織田因幡守達広《いなばのかみたつひろ》、青山余三右衛門尉《よざえもんのじょう》、千秋紀伊守季光《せんしゅうきいのかみすえみつ》など侍大将十人あまり、雑兵も含めて五千人あまりが戦死してしまう。

信秀は六、七騎を連れてようやく脱出し、帰城したときには単騎であったともいう。

古渡城で信秀を迎えた妻子は皆青ざめ、こわばった表情をしていた。

小姓らが甲冑をはずしている間、信秀もなにも言わなかった。

だが、ふと目を上げたとき、吉法師と目が合った。

足を広げて仁王立ちしているが、床几に腰かけた信秀と目の高さは違わない。

吉法師は腕を組んで、こころもち顎を上げ下目で睨んでいるようだった。

――こいつ、偉そうに。

と信秀は思った。

吉法師が何を思い何を考えているのか、その表情からは読み取れない。と言うより、読み取られないようにすると、そんな表情になるのかもしれなかった。信秀のことが心配で那古野城から駆けつけたに違いなかった。

それで、

「馬が大事ぞ。朝夕よく責めておけ。逃げるときに差が出る。怠れば命はないぞ」

と吉法師にいってやった。

織田信秀の大敗北であった。


余談になるが、ちょうどこのころ、連歌師の宗牧《そうぼく》が京都を出発していた。連歌の興行をしながら東海道を下り、熱海の湯で湯治して江戸で浅草観音を見て白川関に至るという旅の途中だが、織田信秀に女房奉書《ほうしょ》を伝える役目を託されていた。

女房奉書とは女官が仮名交じり文で「と申し伝えよとのことです。かしこ」の形式で天皇の意を伝える文書である。

信秀が前年二月に内裏の修理費用を献上したので、後奈良天皇より感状を賜ったのである。献金額は四千貫。戦国大名による天皇への献金一件の額としては、未曾有の最高額であったとされる。

宗牧が桑名から平手政秀に連絡すると、「濃州に於いて不慮の合戦、勝利を失いて弾正ひとりやうやう無事に帰宅。無興さんざんの折ながら」そうそうに来られたいとの返事が来た。

津島を経て一一月五日に那古野に着いた宗牧一行は、

「今日の寒さよ。まずは手を温めなされ。口を温めなされ。湯風呂石風呂、お食事ありますぞ」

と、政秀の歓待を受けた。

信秀の長男、三郎五郎信広らが宗牧の盃に酒をついだ。

もちろん、こうした席に吉法師の出番はない。

翌朝、衣服を典侍の局より頂戴した御服に改めた宗牧は、勅使代理として朝食前に織田信秀に会って、女房奉書と古今集などを手渡した。

「このたびは思いもかけず命を存《なが》らえましたが、これもこのためでありました。家の面目、これにすぎるものはありませぬ」

といって信秀は喜んだ。敗戦で気落ちした様子は見えなかった。

「濃州の件は、ひとたび本意を達することあれば片づきますするゆえ、重ねて御修理のことも仰《おお》せくだされますよう内々に申し上げてくだされ」

という信秀にたいして、

「なんともはや、武勇の心際《こころぎわ》の見えたる申されよう。それは、それは何より」

と宗牧は応じた。「面目身にあまれる」大事なお役目を果たして、「老後満足なり」といった満ち足りた気分だった。

連歌の会は、さすがに敗戦直後なので、信秀ではなく平手政秀が催すこととなった。

色かへぬ世や雪の竹霜の松

と宗牧が発句を付け、最後に霜台《そうだい》こと信秀が結句を付けて散会した。

ちなみに霜台という信秀の雅号は弾正台に相当する唐の官署の名からとったもので、弾正台の判官《じょう》が弾正忠《だんじょうのじょう》になる。

宗牧は発句に霜の一字を入れて、敗戦に変わることなき信秀の隆盛を言祝《ことほ》いだのであろう。

庭の萩などは宗牧の下向を知って刈り残したものだと、亭主の政秀が説明した。

滝坊こと織田丹波守寛維《たんばのかみとおふさ》も興行したかったのだと宗牧は聞かされたが、熱田大宮司が美濃で戦死したために遠慮したとのことであった。

このあと宗牧は、いったん津島から伊勢に戻ったが、伊勢湾を渡って知多半島の大野に着くと、大野からは陸路常滑《とこなめ》を経て、再び舟に乗り衣浦湾を渡って北浦の鷲塚《わしづか》に上陸し、三河国に入った。陸路を避けたことで、紛争地域を回避したことになる。

翌閏一一月一三日に岡崎に到着すると、知人の阿部大蔵は尾張の国境まで出陣していて留守であった。信秀は美濃に攻め込むと、こんどは三河に出撃していたのだった。


大敗北を喫したにもかかわらず信秀は強気だったが、道三の発言が尾張まで伝わってきた。

「尾張者は、これで足も腰も立つまい。この間に大垣を取り囲み、この際、攻め滅ぼしてしまおう」

といい放ったというのである。

――マムシの奴め。虚勢を張っておるだけよ。

と信秀は見てとった。

大垣城は包囲されたが、斎藤方の攻撃がなかったのも事実であった。

しかし、信秀が頼みとする尾張の国衆が動揺した。

なにせ大敗北の直後である。それにもまして、大義名分となる旗頭《はたがしら》の土岐頼芸に戦意がなかった。これでは戦えない。

こうして斎藤道三は、尾張・越前を後ろ盾として攻め込んできた土岐政頼、頼芸兄弟と和睦した。

政頼は川手城を修復、頼芸は新たに北方城を築城して、それぞれ居城を美濃に構えることとなり、頼芸は美濃守護に復帰したのである。

二

そのころ、大垣城の城主は織田播磨守《はりまのかみ》で、『増補大垣城主歴代記』の注釈に織田秀盛《ひでもり》とあるが、それさえも「是なるかと一本にあり」という書き方で、はなはだ心許ない。

城主でさえ記録がないくらいなので、その家来となると名が伝わっていないが、和睦が成立する少し前、弓衆の某《ぼう》の話である。

弓にかけては自信があったから、「俺の弓を引ける奴はいない」と某《ぼう》は豪語するほど強弓が自慢だ。

そこで、退屈しのぎに敵陣まで矢を射かけてやろうと思いついた。

美濃衆の本陣は牛屋山大日寺遮那院にあった。東に四〇〇メートル。大垣城との高低差はほとんどない。風は吹いていなかった。一一月上旬、快晴である。

「届くものか」

「いや、俺ならできる。たれかほかにやってみる者はいないか」

「遠慮申し上げる」

「無理、無理」

と誰も参加する者がいない。

ところが、

「それじゃ銭を賭けよう」

と誰かが言いだし、皆その気になった。

五射して一つでも敵の陣幕の中に入れば成功とみなす、ということになった。

某《ぼう》は両足を肩幅にそろえて立つと、左に矢を継ぎ、体を大きくそり気味みにして射角を決め、弓をわずかに伏せ、矢尺いっぱいに引き絞り、切り放した。

放たれた矢は、射線に沿って一直線に飛び、やがてそのまま平行線を描くように飛翔していった。始めの射角は四二度くらいだったが、一度、二度と伸びを加えて、はるか遠くで四五度くらいになり、やがて放物線を描いて落下していく。

上空は風があったのか少し流されたが、飛距離は十分であった。

歓声が上がった。

「これはお見事」

「いつのまに遠矢まで習いおったか」

皆が感心するのも道理である。遠矢などは、およそ実戦的でない。せいぜい火をかけるか、矢文に使うくらいの技術である。しかも矢文などは、敵に渡ることのないよう可能なかぎり接近してから放つもので、飛距離は二の次だ。

結局、三射目に敵陣に入った。自慢の弓の腕前を披露しただけでなく、思わぬ収入まで入ることになったから、彼は大満足であった。

と、そこへ組頭がやって来た。

「ろくろく働きもせず、遊んでばかりおって。そんなもので戦になるか。弓の大事は、矢継ぎ早や、当て続け、貫き通しと決まっておる。矢をむだにすな。いざというときに矢が尽きて泣いてもしらんぞ。弓は袋に太刀は鞘《さや》と申すは先人の知恵、平時の心得じゃ。そんな暇があったら矢場で稽古しろ」

というわけで、稽古を命じられてしまった。

皆が矢場に歩いていこうとするなかで、彼はあと二射あると思い実行した。

それこそ矢継ぎ早やの連射だった。

「俺は、遠矢だって、矢継ぎ早や、当て続けぞ。組頭などと威張っておっても、矢の見分けもつかんくせに」

と独り言したものの、そのまま皆の後を追いかけていった。

貫通力を重視して普段は重い矢を使っているが、遠矢用の矢は飛距離を重視して軽く、矢羽根を小さく切ってあった。

こうして彼は歴史に名を残す機会を失った。この遠矢が戦果を上げたことを知らなかったからである。

他方、大日寺遮那院の美濃勢本陣にいた不運な男は『信長公記』に記録されている。

伊自良《いじら》城主の陰山掃部助一景《かげやまかもんのすけかずかげ》である。

先の大桑城の戦いで頼芸側に荷担して負けた伊自良一族が、本貫の地を捨て越前で朝倉氏に仕えていた同族を頼りに落ちていったが、そのあとに伊自良城に入ったのが陰山掃部助であった。

この日、床几《しょうぎ》に腰をかけていた掃部助の左の眼に、大垣城内から空に向け強弓をもって射かけてきた木鋒《きほう》（木竹製の鏃《やじり》）の矢が当たった。

結果からすれば、このままじっと堪えていたほうが良かったのだが、さすがにそれはできない。

掃部助は反射的に立ち上がると、その矢を引き抜いた。そこへ二の矢が来て、右の眼をも射潰したのである。これで両眼を潰されてしまった。

このような不幸に遭遇すれば、人はこれを何かのせいにしないではいられない。この場合、それは刀であったかもしれないという話である。災難にあった掃部助は「痣丸《あざまる》」という刀を所持していた。

痣丸は、元は藤原兵衛尉景清《ひょうえのじょうかげきよ》の刀である。

景清は通称上総《かずさ》七郎、「悪七兵衛《あくしちびょうえ》」とおそらくは死後に悪霊化された異名をもつ荒武者であり、平氏に従って都落ちしたので平景清として世に知られていた伝説の人である。

その伝承には、ほとんど史実は含まれていないのだろうが、晩年には盲目になって出家し、平家物語を語る琵琶法師の一派の祖と伝えられている。

少し長くなるが、平家物語の後日談となる幸若舞《こうわかまい》の『景清』は、こんな話だ。

壇ノ浦での平氏滅亡後も生きのびた景清は、大臣殿から賜った痣丸《あざまる》を手に、源氏に復讐すべく活躍する。

敵は源頼朝だが、父の忠清が烏帽子親となり一字を与えた畠山重忠も狙っていた。重忠は一門の手飼いの者であったが、源氏方に付いたのである。

しかし、景清は三七回にわたって頼朝暗殺を企てるが、重忠に見破られるなどして、ことごとく失敗する。

景清には清水坂片原の阿古王御前とのあいだにふたりの男子があったが、京白河のつじつじに立てられた高札に心を動かされた阿古王は金三十枚で景清を源氏に売って、わが子の立身出世を果たそうとする。討手に包囲される中、阿古王は子に最期の別れをさせようとするが、景清は「浅ましき母に添わんより、死で三途を嘆き越し閻魔《えんま》の帳にて父を待て」とわが子をふたりとも殺して逃亡する。

のちに事の次第を訊いた頼朝は、九年連れ添った夫を、最後になって逃がしてしまったとはいえ一度は裏切り、それがわが子を殺すことにも繋がった阿古王を前にして、「あな恐ろし、心の内の憎さよ」と言い、約束の金を出すどころか、鴨川と桂川の落合の深い淵に沈めて殺してしまう。

京を脱出した景清は、熱田大宮司の舅を頼って尾張に落ちのびる。景清は熱田の三の姫とのあいだにもふたりの男子があったのである。

そこで、頼朝は熱田大宮司を京へ呼び出すと牢に入れ、景清を引き渡さなければ大宮司の命はないと告げる。

景清は、いったんは大宮司の勧めに従い奥州に落ちて兵を集め再起を図ろうして遠江まで下るが、しょせんはかなわぬ夢と悟り、京に引き返し捕らわれることで大宮司の命を救おうとする。

捕らわれた景清は超人的な力を発揮して、いったんは逃げ出すが、清水寺に詣《もう》でて祈るうちに現世への執着がなくなり、舅に憂き目を見せてはならぬと思い直して牢に戻る。

そうして、景清は捕らわれてから七五日目に六条河原で首を刎ねられる。享年三七歳。

ところが首実検まで終えたはずの景清は生きていた。

頼朝の下問に、畠山重忠はしばし返答しなかったが、やがて「首は景清の首ではないが、さりとて余人の首にも見えない」と、不思議なことを言う。

重ねて頼朝が問うと、「この首は千手観音の御首《みぐし》に見える。光り輝いている」と重忠が答えたので、頼朝は「うらやましいものだ、景清は。いかなる善根《ぜんごん》を仕り、かかるご利益《りやく》を」と言った。

そのころ、清水寺では蓮華の上に首のない観音像が血を流していた。

頼朝が景清を召し出すと、景清はすべて清水寺の観音さまのおかげだと言う。

すると頼朝は「それなら二度と観音の御首《みぐし》を切ることはできない。このうえは助ける」と言った。それで従前の二万町に加えて、さらに二万町を加行することとなった。

景清は「頼朝を見るたびに、それこそ主君の仇だ、一太刀あびせてくれようといままでは思っていた」と正直に明かした。「しかし、そうした気持ちは、もはや塵ほどもない」と、忠誠の証しに両眼をくりぬいて見せた。

頼朝が妻子のいる尾張に下るかと尋ねると、景清は西国を希望したので、宮崎の日向が給された。途中、清水寺に詣でると、景清の両眼は元に戻り視力は回復。最期は日向の地で、景清は八三歳にて大往生する。

めでたし、めでたし。

話が長くなったが、こういう話だから、陰山掃部助の災難の前に「痣丸の所有者は必ず目を患う」という伝承が存在していたとは思えない。

幸若舞の『景清』からわかることは、伝説上の景清が失明したとはいえ、それは自らの意志で為したことであって、しかも一時的なものであったということだけだ。

付言すれば、幸若舞のあらすじには、懐疑的な聞き手のために裏話も用意されている。

すなわち、景清の脱獄と復活は、敵となった畠山重忠ら旧臣が、主筋であった景清をひそかに助けたもので、頼朝はそれと知りつつ情けをかけたという合理的な解釈である。だから、『信長公記』の作者である太田牛一も、『景清』を旧恩ある主筋の者を巧みに救援した話として読んだかもしれない。

もっとも、熱田との関わりはあった。

能の謡曲では熱田大宮司の娘ではなく、熱田の遊女とのあいだにもうけた娘が盲目を羞じて隠れ住む父の景清を訪ねてくる話に変わるが、いずれにせよ、熱田に縁があるという話に違いはない。

ただし、どちらの話も熱田大明神に景清の失明を癒す霊験はないというのが、おもしろいところである。盲目の法師たちからすると、清水寺より人気がなかったらしい。

事実らしいところは、およそ次のようなものだろう。

熱田は源頼朝にとっては祖父の神社であり、景清社があって、痣丸はさきに戦死した大宮司の千秋季光が最期に持っていた刀であった。

その痣丸を陰山掃部助が手に入れ、大垣城攻めに参陣していたが、失明して手放した結果、それが廻り廻って、丹羽五郎左衛門尉《ごろうざえもんのじょう》長秀《ながひで》の元に来た。

それは早くても斎藤龍興《たつおき》との戦に勝って美濃を支配した後、あるいはもっと遅く、惟住《これずみ》の姓を賜った後のことかもしれない。

『信長公記』によれば、「この刀を所持している者は必ず目を患う」という話を聞いた長秀は、「熱田へまいられるべし」との意見を容れて熱田大明神に痣丸を奉納したという。

しかし、このときだって、痣丸に「必ず目を患う」伝承が生まれていたとは限らないし、奉納によって長秀の目が良くなったかどうかとか、そもそも眼病を患っていたのかとか、その真偽のほども不明である。

たしかなことは刀が元の大宮司の家に戻ったことである。そして、長秀は機知に富んだ人物であったことがわかる。

要するに刀を元の持ち主に返そうとしたのであろう。黙って返そうとすれば千秋氏も受け取れないので、受け取りやすいように一工夫したうえで、新たな刀の持ち主にも付加価値をつけた。

なぜなら、この『信長公記』の新たな話では、刀の魔力を鎮めるだけの眼疾を癒す霊験が、あたかも熱田大明神にあるかのように話が作り替えられているからである。

そして、この話が盲目の法師たちによって語り継がれていくためには、熱田も相当努力したのだろう。おそらく、よほどの待遇改善があったに違いないのである。

6——武者始め

一

天文一五年(一五四六年)、吉法師は一三歳で元服し、織田三郎信長と名を改めた。

元服の儀は古渡城《ふるわたり》で行われ、那古野《なごや》城から、林佐渡守秀貞、平手中務丞政秀、内藤勝介が御供をした。

——このときの酒宴と祝儀はひとかたならぬものであった。

と『信長公記』は記しているが、じつは客人と呼べるような人はほとんどいなかった。

特に、たんまりと祝儀をくれるような津島や熱田の豪商たちとなると、長兄の三郎五郎信広のときとは大違い。本人の出席はなく、代理が届けに来た贈り物も控えめだった。

こうなると、いやでも自分の立場に気がつくというものである。

世間に対する十代の反抗は、言葉遣いや服装に表れる。

まず、三郎信長という立派な名乗りがあるにもかかわらず、サンスケと自称した。

三助などは卑賤の者の名であろう。

だが、語感が小気味よい。きびきびとよく働く小者か雑人《ぞうにん》であれば、ちょうどよい名だ。

実際、その身なりも小者のようだった。

方肌脱ぎの小袖に判袴《はんこ》を穿き、石つぶてやら火打ち石、栗や干し柿などを入れた袋を五つ六つと水を入れた瓢箪《ひょうたん》を腰にぶら下げ、茶筅《ちゃせん》まげを紐で巻いている。大小の差物は、盗賊のような品の悪い真っ赤な朱鞘《しゅざや》であった。

なるほど、これなら織田家の若さまを名乗るよりは、サンスケと言ったほうが、ピンとくるであろう。

その風体だけでなく、行動も奇妙であった。

三助殿は鴨の子か水鳥か
ときどき川の瀬に落とやる

と唄われるほどに水泳が好きであった。

城下を歩くときも、近習の者の肩にぶら下がるようにして斜めに歩き、柿などを食い散らかしては種をはき出す。

そんな有様だった。

この若者は、他人が自分をどう見るかなど、まったく考えていなかったのである。

そもそも人目を気にして生きなければならないほど、弱い立場に生まれたわけではない。むしろ恵まれた立場にある。

そのうえ強烈な強い自我の持ち主だった。自分の美意識だけを信じ、およそ世間などは愚かなものと馬鹿にしきっていた。

普通、こうありたいという願望を持って、人は形をつくるところから始める。なぜなら、その内面などに他人の理解は及ばないが、形は目に見えるからである。言い換えれば、他人にこう見られたいと思って人は形をつくるものであろう。

だから他人から見れば、貴人のくせに無頼の徒のようにふるまう信長は、よほどの阿呆か狂人の類《たぐい》、うつけ者のようにしか見えなかった。

もちろん、そのように見られることで他人の目をくらます、油断させようなどといった考えけない。これは敵を欺く戦略などではなく、自然体なのである。自分をうつけ者と見るほうが、よっぽど愚か者なのだと、信長は心底信じていた。

翌天文一六年（一五四七年）、信長の武者始めは、平手中務丞政秀が支度を手配した。

紅筋の頭巾、馬乗り羽織に馬鎧《うまよろい》の出で立ちで、手勢を率いて、駿河勢が駐留している三河国の吉良と大浜に出撃した。

ほうぼうに放火し、その日は野営をして、翌日、那古野に戻った。

明日は帰城という野営地での夜のことである。

「小左《しょうざ》、美濃者ではあるまい。なにゆえ、西尾と名乗る」

と信長が訊いた。

——存じておられるのだ。もちろん、そうに決まっている。

と西尾小左衛門義次《しょうざえもんよしつぐ》は思った。

自分の素性を誰に話したわけでもないが、知っているのだろう。美濃者と同じ櫛松紋を使っているが、そうでないのは、とっくの昔にご承知なのだ。それが訊きたくて、自分ひとりを残したのだ。

「あの城の名を頂戴した次第にござりまする」

「あの城とな、西条の城ではないのか」

「西尾と申しまする」

と答えたのは平手政秀である。

小左衛門が続ける。

「そもそも吉良は、足利義氏の息、長氏が三河国吉良荘《きらのしょう》を領したことを始めといたしまする。ですが、その吉良荘の名、八ツ面山《やつおもてやま》からキララを産したからと伝えられておりまする」

「キララか」

「雲母にございます。身どもは雲母など欲しくありませぬが、あの程度の城なら持ってみとうございます。それゆえ、あの城の名をもって家を興そうと、名乗りを決めた次第にござりまする」

「で、あるか」

と信長は言った。

「あの城、それなりの縁があろう。存念を申せ」

「本気でかかれば、すぐ陥《お》ちましょう。されど要路《かなめ》の城なれば、焼くことなく、無傷で手に入れたい。かように存じまする」

「あの城が欲しいか」

「身どものそれなりの縁などより、西条どのを故地に復せしむと申すほうに分がありましょう。あの城、生まれてこのかたはじめて見た城なれば、執心するところなどいっさいありませぬ」

と小左衛門は言いきった。

嘘ではない。

ただし、言わなかったことがある。あの城は、会うこともできずに亡くなった父の形見であったのだ。なにも感じることがなかったと言えば嘘になるだろう。


じつは、西尾小左衛門義次、西尾城主として八年前に亡くなった吉良左兵衛佐持広《さひょうえのすけもちひろ》の嫡男であった。

享禄二年（一五二九年）、松平清康は今橋城、科野城に続いて、東条吉良氏の尾島城（小島城）を攻略した。この戦《いくさ》で、対岸の荒川城主の荒川義広も降伏。その兄で東条吉良家の当主であった持広も、清康の妹を室に迎え入れ、以後、松平氏に服属した。

この時、小左衛門の母は懐妊していたが、清康の妹を室に迎え入れるにあたって、持広は離縁した。母子の身を案じてのことであった。

なぜなら、清康の正室の春姫（於波留）には良くない噂があって、人は皆怖れていたからである。

嘘か誠か定かではないが、清康の寵愛を受けた宮仕えの女房に嫉妬して、春姫は彼女を縛り付け、その肌に焼火箸をあてて責め殺したという。

室に迎え入れるのは清康の妹だから、清康の閨房《けいぼう》とは無関係だ。

しかし、清康の周辺でそのような恐ろしいことが起きたという噂が、どうしようもなく持広には不安だった。

――その殺された女房は懐妊していたのではなかったか。跡目を継げぬだけならまだしも、無事に生まれるだろうか。たとえ生まれたとしても安心して育てることができるだろうか。

と持広は思った。

それで小左衛門の母を離縁した。

離縁すれば、清康とその配下の者どもは安心するだろう。追手のかからないところに逃がそう。そう思ったのである。

こうして翌享禄三年、尾張国で小左衛門は生まれた。

信長の四歳上になる。元服したときは養父の姓を継ぎ小三郎と名乗ったが、織田家に出仕するのを機会に独立し、西尾小左衛門と名を改め今日に至っている。

他方、天文九年(一五四〇年)六月に織田信秀が奪った安祥《あんしょう》城の城主は、名目上のことではあるが、当時わずか五歳の男の子だった。

西条吉良氏の当主であった吉良義尭《よしたか》の次男である。長男の義郷《よしさと》が早世したために後継者になっていたが、のちに元服して上野介義安《こうずけのすけよしやす》と名乗るようになる。

この西条吉良氏、名門であった。

ところが、京都を拠点として室町幕府中枢で活躍しているあいだに、東条吉良氏に所領の吉良荘の矢作川(古矢作川)以東を奪われ、のちには遠江国引馬《ひくま》荘(静岡県浜松市)も駿河守護の今川氏に侵入されるようになった。

そのため、尾張守護の斯波氏と結んでこれに対抗したが、斯波義達《よしたつ》が永正一二年（一五一五年）に今川氏親との戦いに大敗し、永正一四年に引馬城が陥落すると、西条吉良氏は遠江の所領も失ってしまう。

その後しばらく、西条吉良氏は本貫の地である吉良荘の矢作川以西を支配していたが、大永に入った頃から、今川氏と結んだ東条吉良氏に領国を奪われ、天文のはじめには西尾城も失った。

ところが、その東条吉良氏も、松平氏に領国経営を実質的に支配されるようになったのである。

そのころになると、当主の持広も、家の将来について悩むことが多くなっていた。

――今川も先代までは東条の家格を重んじてくれたが、当代の義元はあてにならん。松平など、どこの出ともわからぬ卑賤の者を娶《めと》らされ、妻を離縁しただけでも口惜しいのに、当家を下に見ての専横、がまんがならぬ。

と思っていた。

それでも反逆することまでは考えていなかったが、天文五年に室城が焼かれたときは、さすがに堪えかねた。

松平の廃嫡された子の後見など、自ら望んで引き受けたわけではない。それなのに戦に巻き込まれたのである。いい迷惑だった。

――他家の跡目争いに口出しするなど、やっていいわけがないのだ。

と、いまさらながら思った。

松平の跡目争いに今川が介入する。それを助けた自分はどうだ。それで松平を支配できるわけではないのだ。それどころか、今まさに吉良家が松平に乗っ取られるところではないか。

翌天文六年の冬、千松丸の加冠役を務めた後のことである。

——これで約束は果たしたぞ。後見は終《しま》いだ。向後、当家はいっさい関わりを持たぬ。

と思うとせいせいした。

それで、ようやく決断できたのだった。

遅くとも天文八年八月までのあいだに、東条吉良家の当主であった左兵衛佐持広は、東条城に正室である清康の妹を残して、近侍の者だけを連れて矢作川対岸の西尾城に移ってしまったのである。

実質的な離縁であった。

そして、持広は尾張の斯波氏と同盟《よしみ》を結んだ。

今川義元はただちに軍勢を三河に送り、持広の弟である荒川甲斐守義広の居城である荒川城に布陣した。荒川城も西尾城と同じ矢作川東岸の城である。

こうして尾張と駿河の軍勢は、八ツ面山《やつおもてやま》の北にある大郷山の近くで数回にわたって戦った。

天文八年八月二日、吉良持広は「馬駆け出し敵中に入る」と『岡崎城主古記』にある。

これは馬の暴走だったのだろうか。あるいは覚悟の自殺だったのだろうか。このとき討死《うちじに》したと記されている。

しかし、行雲院過去帳によれば、同年一〇月二二日没と記されているので、負傷してしばらくのあいだは生きていたのかもしれない。

ともあれ、死期が近いことを悟って準備してのことだろう。吉良持広は東条吉良家の家督を西条吉良家の当主（義郷または義安）に譲るとの遺言を遺して亡くなったのである。

持広の正室である清康の妹は「瀬戸の大房」と呼ばれていたが、その遺言を聞いて大いに激怒した。

吉良持広と瀬戸の大房とのあいだに子はなかったとされているが、あるいは子があったのかもしれない。

瀬戸の大房の従兄弟である青野城の松平甚二郎《じんじろう》も、東条城では今川氏派遣の代官のようにふるまっていたから衝撃を隠せなかった。

持広の弟の荒川義広は失望した。

——松平の専横は許せんが、これでは今川まで敵に回す。無謀だ。

と思った。

持広の臨終の場に立ち会った者は堅く口止めされていたが、事が広まるのは早かった。

あらかじめ持広は遺言書を何通も作成していたのである。

そして、その一通が織田信秀の手に渡った。

西条・東条に分裂して争っていた両吉良氏を再統一する。そのために正統な後継者たる幼君（吉良上野介義安）を安祥城に置き、敵を平らげ吉良荘に帰還させる。

これが、織田信秀の掲げた大義名分である。松平広忠を岡崎に帰還させるという今川義元に対抗してのことであった。

もちろん今川に対抗するのであれば、松平の跡目は広忠でなく、叔父の信孝だと主張してもよかったのだが、じつはこれが問題だった。

信孝については、

——あいつは、ただのたわけ者よ。

と信秀は思っている。

今は亡き松平清定の要請に応じて援軍は出したが、跡目争いに直接介入したくはなかった。

それから四年。

天文一三年（一五四四年）八月二二日に道閲が亡くなった。享年九〇歳だった。

先の道閲の裁定に違約して後見人を追い出した広忠である。彼に跡目を継ぐ資格があるかどうかは、当の道閲でなければ判断できないことだろう。

その道閲が亡くなった。

後見人である叔父の信孝でなければだめだと言いきるのは、もはや微妙なところだった。なにしろ既成事実は重い。反広忠派は劣勢である。

ただし、よその家のことながら、それでよいのかという思いも信秀は持っている。

——広忠など、今川の操り人形だ。

としか思えない。

尾張の利害を考えれば、なんとしても隣国三河を今川に渡すことなどできなかった。

そこで当年一二歳の吉良上野介義安である。

今川義元が岡崎の重臣たちと謀《はか》ったうえで配流先の篠島から広忠を脱出させた用意周到なやり方と比べれば、織田信秀は準備不足だった。東条吉良家の旧臣たちの人心掌握は、これからが正念場であった。

そのため、西尾城には義安の弟（義昭《よしあきら》）を入れるべく、圧力をかけている。この信長の初陣《ういじん》もそのためだ。

しかし、信長の考えは信秀とは違っていた。

――滅んだ家は、しょせん滅びるべくして滅んだのだ。跡目を押し立て旧臣を頼んだところで、どれほどのことがあろう。

その良い例が、西尾小左衛門義次と同じ年に生まれた牧野田三成継《でんぞうしげつぐ》である。三河から落ちのびた母の実家《さと》で育てられ、今も智多郡の祖父の家に寄食しているが、それだけのことである。なんの力もない。

滅亡したといっても過言ではない牧野宗家に比べれば、東条吉良家はまだ頑張っているほうだが、肝心の後継者の実力が問題であった。

――あんな小童を吉良荘に戻すなど、お父も物好きなことを。あれがどれほどの者かわかりはしない。

と信長は思っている。

信長は吉良義安と会ったことはない。会ったところで、若すぎるから、その器量のほどまではわからないだろう。それでも、血筋が大事、嫡男が第一という考えは気に入らない。しかし、跡目を決めるなら、当主の遺言で決めるしかないのも事実だ。

「西条どのに分があるかどうか。それは吉良の家来どもの出方次第。あの城であれ、どの城であれ、獲れる獲れぬは、おまえの器量次第。それだけのことだ。されど新たに家を興《おこ》さんとする気概、気に入ったぞ」

と、信長は西尾小左衛門義次にいってやった。

「織田の家中は氏素性を問わぬ。励むのだ」

と平手政秀が続けた。

そして、西尾義次を下がらせると信長は政秀に言った。

「たれもなにも申しておらぬが、お父の跡目は五郎兄《ごろにい》なのだよな。そのくらいはわかっておるぞ」

「お屋形さまの存念一つにて跡目は決まるもの。むやみやたらと当て推量してはなりませぬ」

と政秀は答えた。

しかし、これで終わらない。

この人の誠実さが出た。嘘を言うことなどできない。

「ただし、この政秀、愚考いたしまするに、殿は後詰《ごづ》めにございましょう」

と政秀は続けた。

「わしは後詰めか」

「左様。先手は高名を上げる好機なれど、万一のこともござりまする。その時は後詰め次第でありましょう。さすれば後詰めも精進が肝心ですぞ。さもなくば、いざというとき役に立ちませぬ」

そのとき、信長の長兄である三郎五郎信広は安祥城にいて、いわば最前線で戦っていた。

二

同じく天文一六年(一五四七年)のことである。

この日、信長は小牧山の山頂にいた。

泳ぐだけでなく、高いところに登るのも好きであったからだが、自分の目で確かめたいことがあったのである。

発端は一枚の地図だった。

およそ八百年も昔に書かれたという古地図を売りに来た者があったのである。

父の信秀は書画骨董その他珍しい物には金を惜しまなかったが、その反面、出所来歴が定かでない物には目もくれなかった。だから、どこかの神社から出たという古図を古渡城に持ち込んだ者はすぐに追い返され、信秀は実物を見ていない。

ところが、その評判を聞いた信長は興味を持った。

買いはしない。そこは吝《しわ》いのである。真贋《しんがん》を確かめるためと称して、祐筆に簡単な写しを取らせると、

「しばし待て」と申し渡して、売り手を下がらせてしまった。

その写しを持って、信長は小牧山の山頂にいる。標高八五メートル。麓からは比高六五メートルほどである。

古図によれば、小牧山は犬山から続く岬の突端になる。太古の昔は、そこまで大きく海が広がり、北は美濃国の稲葉山《いなばやま》、赤坂まで、西は養老山地のあたりまで海が続いているのだ。尾張国一之宮神社のある中島郡は、その名のとおり中島という島の一つにすぎない。

「いかに」

と、信長は古図を平手政秀に手渡すと尋ねた。

「大きな嘘ほど、露見しにくいと申しまする」

と政秀は答えた。

「うむ」

「されど、地の高い低いは相違ないかと」

「それよ。大水が出れば、この画のごとく水没するやもしれん」

と信長は言ったが、何か考えているようだった。

――本当は、あれくらいの高さが欲しいところだが……

小牧山の北東七キロ半のところにある二宮山《にのみやゃま》（本宮山《ほんぐうさん》）である。標高二九三メートル。小牧山から見ると、二宮山の反対方向、南西一一キロのところが清須になる。信長は清須と二宮山とを何度も見返していた。

しばらくして、

「決めた。わしはここに城を持つぞ」

というと、信長は政秀を睨みつけた。返答が気になるのだろう。

「まずは上《かみ》の半国を」

「みなまで申さずとも、それは承知のうえよ。されど、尾張一国の主なら、ここに城を持つべきだ。この眺めは気に入った」

信長は、はるか遠くに見える美濃の稲葉山を見ていた。北西に二〇キロである。

こういう場合、政秀は即座に否定したりはしない。

「城下の町衆は難儀するやもしれませんな。清須も古渡も街道の要所《かなめ》にあればこそ、その城下も栄えます る。小牧の山は天然の要害、難攻不落かもしれませぬが、その城下は自然と栄えるものではありますまい」

「ここに城を造るは愚策と申すか」

「とも限りませせぬ。美濃の道三は、麾下《きか》の国衆を一所《ひとところ》に集めて住まわし、もって城下の井ノ口の賑わいを造り出した由《よし》にて、要は城主のご威光次第でありましょう」

と政秀は答えた。

政秀は漠然と「城主」と言い、信長本人を指して「ご威光次第」とは言わなかった。憎たらしいほどの正確な物言いである。尾張一国の主はおろか、織田弾正忠《だんじょうのじょう》家の次期当主でさえ誰になるかわからないのだ。

わからないのは信長も同じである。確信もなければ、このときすでに尾張統一の野心を持っていたわけでもない。だが、不思議なことに、すでに自分が尾張一国の主であるかのような思考を備えていたのだから、これは守役の政秀の教育の成果であろう。


一方、美濃国では、土岐頼芸《よりのり》・政頼《まさより》兄弟が大桑《おおが》城に立て籠もっていた。明らかに戦支度をしている。そこへ土岐兄弟が織田と朝倉の加勢を得て稲葉山城に攻め寄せてくるとの知らせが入ったから、斎藤道三は驚いた。

「先の和議を反故《ほご》にする気か。正気の沙汰とは思えぬ」

道三はすでに美濃の国守の地位を確立している。いままで跡目を争っていた土岐兄弟が結束するとは信じられない。それに、いまさら尾張や越前が介入してくるとは思えなかった。

しかし、

——先んずるは人を制するの本分。敵のそろわぬを幸い、こちらから逆寄せに押しかけ、この際、根を断って枝葉を枯らすべし。

と即座に決断し、同年八月一五日、一万三千余の軍勢を率いて大桑城に攻め寄せた。

城方は不意を突かれ防戦しかねた。兄の土岐政頼は、敵《かな》わざるを知って、打って出て血戦を遂げ戦死した。城内は混乱し逃げ出す者も出て、弟の頼芸も自害を覚悟したが、

「ここはひとまず越前に落ちのび、再度軍勢を催して、道三を退治して然るべき」

と近習の山本数馬芸貞《かずまのりさだ》ら七人が口をそろえて数時間にわたって諫言《かんげん》したので、ついに落ちゆくことに同意した。

城の北面の青波から山伝いに移動し、本巣郡と大野郡の境の長瀬川（根尾川《ねお》）を渡り、山本数馬の在所の岐礼《きれ》（揖斐川町谷汲）まで逃げた。わずかに主従八騎であったという。

斎藤道三は頼芸を討ち漏らすまいと、林佐渡守正道《さどのかみまさみち》と川村図書良秀《ずしよよしひで》に命じて手勢六百余で追撃させたが、何を思ったか林正道は途中で行方をくらましてしまう。川村良秀は追撃を続けて、岐礼の対岸の神海《こうみ》に備えを設けると、伊野の河原で戦った。

しかし、三代相恩の主君に弓を引くのに嫌気がさした良秀は、矢文を対岸の山本方に送って自分の計略を伝えると、近習七人は岐礼の山に柴を積み火を放って頼芸の火葬を偽装した。

「あれを見よ。すでに御生害召され、山上にて火葬を営んでおる。されば退陣すべし」

と対岸から望見していた川村良秀が叫ぶと、家来どもはいっせいに勝鬨《かちどき》を上げ、引き上げていった。

こうして、頼芸一行は、さらに北上を続け、板所、大河原を経て越前に落ちていくことができた。

他方、頼芸の後継者となっていた二郎頼充《よりみつ》は、道三方が寄せてきたときは鷹狩りに出ていて不在であったが、大桑城落城を聞いて一戦を志し軍勢を集めようとした。

ところが、美濃衆の多くは道三方に付き、譜代の臣もことごとく落ちていったという有様である。従う者もない。

それで、やむなく頼充は神戸の渡しまで落ちて、舟に乗った。

他方、追跡してきた道三方には舟がなかった。

そこで川辺に立って、

「船頭、漕ぎ返せ。さもなくば一類の者、子も咎めを受けるぞ。罪科受けていかに。船頭、漕ぎ返せ」

とおのおの叫び始めた。

これを聞いた頼充は、船頭に引き返すように命じると、岸に飛びおり刀を抜いた。

叫んでいた追手八人を相手に家来が奮戦して追い散らしたが、舟に戻ろうとすると、船頭は逃げたあとだった。もちろん舟もなくなっている。

――船頭の家族を案じて引き返したのに、わしを裏切るとは。なんと浅ましい。下賤の者はこれだから。

頼充は怒りを抑えたまま岸辺に立ち尽くしていたが、これを見た追手は四方から矢を射かけると多勢で押し寄せてきた。

もはや為す術《すべ》はなかった。

頼充は討ち取られ、道三方は土岐頼充の首を取った。

「哀れとも、愚かなり」

と『江濃記』は記している。一一月一七日、頼充は享年二四歳であった。

同じ日、織田信秀は尾張を進発していた。

一一月上旬から、「大垣城を包囲し、斎藤道三が攻め寄せてくる」との報告が再三届いていたのである。

――その儀においては打ち立つべき。

と考えた信秀は尾張国内に援軍を頼んだが、天文一三年の大敗北の後だけに反対する者が多く、援軍はさほど集まらなかった。

だから、大垣にむかって進んで、真正面から道三方と対峙しようとはしなかった。

竹ヶ鼻に火を放ち、茜部口《あかなべ》に攻め寄せては放火するなど、井ノ口方面を目標に陣を敷いた。そのため、道三は城攻めを中断して大垣の陣を引き払い、信秀方に応戦すべく稲葉山城に戻った。

ところが二〇日になって、尾張国内では清須衆が信秀の居城である古渡《ふるわたり》城下に軍勢を出し、町の出入口を放火したという報告が入った。

その動きを見て信秀は急ぎ帰城した。

このままでは、古渡城を離れることができなくなる。もちろん大垣城に援軍を送ることなど不可能だ。

清須方の重臣は坂井大膳亮《だいぜんのすけ》・甚介《じんすけ》兄弟と河尻左馬允《さまのじよう》与一、織田三位《さんみ》である。彼らが実権を握っている。

――美濃との戦、それほどまでにいやか。そうではあるまい。この機会にわしを追い落とす算段であろう。

と信秀は見当をつけたものの、ここで清須衆と争っている暇はない。

そこで、平手政秀は和睦の意見を数通清須方に送った。

しかし、なかなか折り合いがつかないまま月日だけが流れていった。

7――竹千代

一

「とうとう人買いに成り下がりおったか、お父」

と信長に言われて、信秀は狼狽した。

「どこで聞いてきた」

「どこでもよい。その小童《こわっぱ》に会わせろ」

「だめじゃ」

「なにゆえ」

「おまえが何をしでかすか、わからんからな。小童も怖がる」

と信秀がいうと信長は黙ってしまった。

本当のことを言えば、次男の喜六郎信時に世話をさせようと思っている。才気煥発とは言いがたいが、それゆえに優しいところがあって、子守にはちょうどいい。もっとはっきり言えば、信長は悪い影響を与えそうで怖い。ただし、それを本人にいうと面倒なので、内緒にしておくつもりだった。

信秀は信長に訊いてみた。

「奥の者は皆知っておるのか」

「たれも知らん。わしだけじゃろう」

「それはよい。たれにも知られるな」

「教えないつもりか」

「そうじゃ」

「羞じておるのか」

「羞じてなぞおるものか。妙なことを。どこが悪い」

と言ったが、これでは言葉が足りない。

思いきって断言してしまおう。

「会えば情がわく。事と次第によっては殺さねばならんのだぞ。会わんほうがいい、おまえも奥の者も」

信長は黙っている。

――少し話をしたほうがよいかもしれない。

と思った信秀は、人払いをした。

すると信長は、

「お母には会わせてやれ」

と言った。

「離縁され岡崎を出された後、母御とは会うておらんはずじゃ。小童は慣れるしかなかろう」

――だから、わしのせいではないぞ。

と信秀は思っている。

「で、あるか」

と言い捨てると、信長は立ち去ろうとした。

「待て。話を聞け」

と信秀はひきとめた。


天文一六年(一五四七年)一二月、松平竹千代が尾張に来た。

織田家の人質であった。

熱田羽城の富商、加藤図書助順盛《ずしよのすけよりもり》の屋敷で預かっている。

竹千代の母である於大《おだい》は、天文一三年に松平広忠から離縁されて実家である水野氏の居城、刈谷城に送り帰されていた。母と別れたとき、竹千代は数え年で三歳だった。

離縁の理由は、於大の兄である水野信元が家督を継ぎ、織田氏と同盟関係に入ったためとされていた。

もちろん戦国の世だから、嫁ぎ先と敵対関係になれば、実家に送り返される妻は珍しくなかった。

しかし、水野氏は松平氏の敵である織田氏と通じたとされただけで、水野と松平が交戦状態にあったわけではない。

だから、とても奇妙な話だったのである。

「広忠というのはな。重臣《おとな》どもの言いなりよ。水野から松平に手は出さん。だから、松平から手を出さなければ戦《いくさ》にはならん。さすれば広忠は水野に戦を仕掛ける覚悟があったか。どうだ」

「なかったのだな」

と信長は応じた。

「そうだ。今川が水野に戦を仕掛けそうだと聞かされ、岡崎の重臣《おとな》どもが震え上がってしまいおったのよ。それに広忠は振り回されただけだ」

「それで離縁したのか」

「離縁だけでなく、竹千代も廃嫡して、水野と義絶する含みもあったな。次の女に懐妊の兆しがあったと、わしは睨んでおる。舅の後ろ盾は不要と割り切れば、下目の女でよいのだ。男子が生まれたら、竹千代を廃嫡する。そうした筋で進めておったはずよ、広忠はともかく、重臣どもは」

「そうならなかったのか」

「広忠に迷いが出た」

と信秀は笑いながら、

「なぜ、広忠は重臣どもの言いなりなのか。わかるか」

と訊いた。

「わからんな。肝が小さいのか」

「重臣どもの申すことは、駿府の意を受けてのことだからだ。要は今川の言いなりだ」

「義元が離縁しろ、廃嫡しろと下知しておるのか」

「それは違う。義元も雪斎和尚もなにも指図はしとらんだろう。駿府の意を推し量って重臣どもが思案したことであろうな。小心のあまり先手を打とうとしたのだ。小者の考えそうなことよ」

「広忠も、それに気がついたのか」
「それも違うな。ただ嫌気がさしたのであろうよ。ふらふらと迷うばかりで、まっすぐに事を運べんのだ。どのようにすべきか、わかっとらんようだ」

於大が刈谷に送り帰されたとき、激怒した兄の水野信元は、供の者が領内に入ったならば全員残さず討ち果たせと命じていた。

実際、同じころに於大の妹の於丈《おたけ》を離縁した形原松平家の又七郎家広《いえひろ》は、刈谷まで送った供の者を残らず討ち取られてしまった。

しかし、岡崎の家では、事態を察した於大が国境《くにざかい》の手前で供の三河衆二十人弱を帰したため大事には至らなかった。人質同然の状態で岡崎城に残されたわが子、竹千代の将来を気遣ってのことであったという。

不思議なのは、松平一族にまったく備えがなかったことだ。政略結婚の相手を一方的に離縁して送り帰すようなことをすれば、先方と戦になることぐらい予想できそうなものである。

それができなかったのは、駿府のほうだけを見て世の中を推し量っていたからであろう。供の者を返して事なきを得た。それは於大の美談として伝えられている話だが、岡崎の外交感覚に問題があった証拠だ。

そして、同じころ、広忠は寵愛していた女を嶋田久右衛門景信《かげのぶ》に預けている。一説には広忠の侍女であった小野次郎右衛門の娘だという。

この女が預けられて三月後の天文一四年(一五四五年)五月五日、男子を出産した。

はたして、離縁された於大が産んだ竹千代は、嫡男の地位を維持できるかどうか。

これは、そういう問題である。

岡崎の重臣たちの思惑はともかく、広忠は竹千代を廃嫡することにためらいがあったとしか思えない。

逆に言えば、竹千代を廃嫡して新しい女に男子が生まれれば、その子が自動的に後継ぎとなるから、それを怖れて身重の女を城の外に追いやったのかもしれない。

あるいはもっと単純な話で、女を外に出したのは、離縁した於大に未練が残ったためかもしれない。

いずれにせよ、もしも自分の子に愛着があったのなら、生まれる前に外に出してしまうことなど、できるはずがなかった。

「やはり肝が小さいのだな」

と信長は言った。

そして、

「小童に会えぬなら、言伝《ことづ》てを頼む」

と偉そうにいい放った。

「なんと申し送るつもりだ」

「空いた城を取れる大将になれ」

「なんだ、それは」

「小童の爺も肝が小さい。空いた城を取れずに死んだ」

——守山の城のことか。

と信秀は気がついた。

「清康は取ろうとしたのだぞ。家来どもが臆したのだ」

「敗軍の将、勇を語るべからずと聞いた。それは大将のせいだ。大将の腹が据わっておらんから、家来どもが落ち着かんのだ」

と信長がいうと、そのたいそうなものの言い方に信秀は笑い出しそうになった。

二

その竹千代が熱田に来る前の話である。

天文一六年（一五四七年）、竹千代は数え年六歳。そんな秋の日のことであった。

岡崎城から石川安芸守《あきのかみ》清兼《きよかね》と天野甚右衛門尉《じんえもんのじょう》景隆《かげたか》が駿府に出てきた。対する今川方は岡部次郎右衛門と太原崇孚《たいげんそうふ》、雪斎《せっさい》である。

「かねてよりのお申し越しの若君駿府ご修学の件、お受けいたしたく存じまする」

と石川安芸守は回答した。

「それは広忠《ひろただ》どのご承知のうえであろうか」

と言ったのは雪斎だ。

「これは和尚には正直に申しまするが、殿はいまだ踏ん切りがつかぬご様子。ただし道理はわかっておられまする」

「さすれば、和尚には殿にご決断いただくための方便をお願いしたい」

と天野甚右衛門が続ける。

「さて、方便とな」

天野甚右衛門の話はこうだ。

このほど松平三左衛門忠倫《さんざえもんただとも》を謀殺した。一〇月一九日のことである。

織田方と内通して謀反を企てたというのが表向きの理由だが、かねてより執政に批判的で重臣に敵することの多かった忠倫のところに、話のわかる賛同者を装って刺客の筧《かけい》平三郎重忠《しげただ》を送り込んだ。

平三郎は、

「忠志虚《むな》しく上に達せず。殿さんに恨みはないが、阿部酒井石川ら奸臣《かんしん》は許せん」

と言葉巧みに忠倫に取り入った。

そうして、ある夜、平三郎は自ら立案した謀反の計画を開陳すると偽って、忠倫の屋敷を訪れた。

「深夜ふたりきりになったところを見計らい、三左衛門の脇腹に短刀をふた刺し。平三郎、石壁を飛びおりたはよいが、息が切れ腰が抜け、動けずにおったところを、門外で侍しております弟の平十郎政重《まさしげ》、兄を背負いて、あまた出てくる追手を振りきり、ともども無事逃げおおせた次第、このとき背中の兄が弟に、褒美の半分はおぬしにやると申したとか」

「それで」

と雪斎が先を促す。とにかく甚右衛門は話が長い。

また、一一月九日未明には、本宿城《もとじゆく》（岡崎市本宿町、山中古城）を攻め、松平権兵衛重弘《しげひろ》を敗走せしめている。これも織田方と内通したという理由だが、もちろん反岡崎派を一掃することが狙いであった。

権兵衛重弘は、謀殺された三左衛門忠倫の弟だとする所伝もあれば、松平（西郷）信貞《のぶさだ》の子で、嫡男の七郎昌久《まさひさ》の弟だとする説もある。城攻めの時期からすれば忠倫の弟でもおかしくはないが、城の位置からすれば西郷氏の一族であろうか。

いずれにしても、岡崎の重臣たちからすれば、織田方との謀議があろうがなかろうが、敵に違いはなかったのだろう。

「かくなるうえは、織田方が攻めてくるは必至との風聞、岡崎ではしきりに流れておりまする。ここは駿遠《すんえん》から援兵を賜りたい」

「という次第で、本日まかり越しました」

と石川安芸が締めくくった。

「いつでも要るときに援兵は遣わす。されど先の話の様子では、本当のところ織田と通じておらんのだろう。仮に通じていたとしても、さきに仕掛けておいて今になって援兵を請うとは。あまりに泥縄ではないか」

と岡部次郎右衛門は不審に思った。

戦略がなさすぎる。

「それが方便でござりまする」

「援兵は遣わすとの仰せくだされませ。そのうえで、松平を疑うべきにはあらねども、当世の倣《なら》いもあり、御嫡子竹千代君を人質に差し出されよと、かように治部大輔《じぶたいふ》さまが仰せのことと申し上げれば、殿もご英断くだされましょう」

「人質と申されるか」

と雪斎は考え込んだ。

「それで、岡崎の御家中のかたがた、得心されるのかな」

「背に腹は替えられぬの道理。われらが説得いたしますれば、心配ご無用にござりまする」

「異見を申す者など、もはや生き残っておりませぬ」

と笑いながら、天野甚右衛門が答えた。

雪斎は、じっと考え込んでいたが、やがて意を決した。

「では、治部大輔そのように申したと、広忠どのに申し伝えよ」

「承知いたしました」

「その修学の件、いや人質であったな、これも当世の倣《なら》いにより、かたがたの息も預かり置くことになるが、よろしいな」

「当然のことと心得まする」

「では、そのように」

と、これで会談は終わり岡崎の重臣たちは帰って行ったが、岡部次郎右衛門はなにか納得がいかないようだった。

それを見てとった雪斎が、

「岡部どの、忠義とはいかに」

と尋ねた。

「忠義でありまするか」

これは自分には難しすぎると次郎右衛門は思った。

「その公案、身どもには解けませぬ。教えてくだされ」

「古来より、諫言《かんげん》入れられず主君に首を刎《は》ねられたる忠臣数知れず。されど佞臣《ねいしん》に如《し》かずじゃ。あのふたり、どちらと思う」

「その例で申すなら忠臣ではありませぬな。されど佞臣《ねいしん》と申すものでもない。なにやら私利私欲がないような」

「たしかに悪意はない。大国今川に頼り、その庇護の元、身は平穏無事に暮らしたい、それだけを願っておる。されど主家への忠義を問うたなら、室を離縁させ息を質に出す所行はいかに。これが忠義かな。国への忠義を問うたなら、おのれの手で守る気概もなく隣国にすがるのみ、その存念ひとつで国を守るとはいかに。これが忠義かな」

「何か違うと感じておりましたが、そこでありまするか」

「あれなら今川家中の者を岡崎に置けば執政は務まろう。さすれば今の岡崎の重臣《おとな》ども、すべて用無しである」

「要らぬと仰せか」

「左様、われらに味方する者は、悲しいかな、能無しにて用無し。世の乱れの元は、あのような者どもが権をふるっているからじゃ。さすれば今川の手で無用の者ども、一人残らず磨《す》り潰《つぶ》してくれよう。どうせ悪者にされるなら、悪者になればよい」

と雪斎はいうと、大声で笑った。

三

岡崎城では、竹千代の異母弟の運命が決まろうとしていた。

嶋田久右衛門景信に預けた女が一昨年産んだ男子の処遇についておもだった家臣らが異見を述べ、それをのちに伝え聞いた主君広忠が断を下すという仕組みである。

最初に阿部大蔵定吉《さだよし》が、評定の内容は余所《よそ》に漏らすなと念をおしたうえで、自分の考えを述べた。

「この御子《みこ》は、御鞠《おまり》を見つけると、それを取って竹千代君に捧げられた。それほどすでに賢《さと》い御方だ。族譜に加えて竹千代君の輔翼《ほよく》となすべきである」

というのは、あらかじめ聞いていた広忠の内意である。これをあたかも阿部大蔵個人の考えであるかのように話した。

ところが、

「五月五日生まれの男子は、父母兄に害をなし、家の子を減らし、その身をも傷つけると伝えられ、おうおうにして和漢を通じ忌み嫌うものだとご承知か」

「当家では清康公のご不幸以来、御家領《かりょう》が漸減している。これは祝えるような話ではない。かえってそのままに。当家の得はない」

「賢慮めぐらされ、御思惟あれば捨て置かれるべし」

などの厳しい異見が出た。

三河は貧しい国だ。

家来の多くも武士を専業にしているわけではないから、半分百姓の気分を反映している。

これらの異見はすべて広忠に上がり、それを踏まえて広忠は決断を下した。

内藤弾次右衛門清長《だんじえもんきよなが》の妻が、昨年産んだ幼子の金一郎を残して亡くなっているので、その後添えに嶋田久右衛門に預けた女を入れ、彼女の連れ子を内藤家の養子にするというものである。

これは、実を言えば、阿部大蔵の筋書どおりであったろう。

広忠にとっては厳しい決断であった。

主君である自分の子が、これでは家来の内藤の家ですら継げなくなる。

成人した子であれば嫡男を押しのけて家来の家を継がせることもできるが、幼子となると嫡男のいない家に入れなければ跡目を継ぐことはできないだろう。

実際、後日のことになるが、内藤家を継いだのは金一郎こと内藤家長であった。

要するに広忠は、この幼子を自分の一族に加えたいとの希望を持っていたにもかかわらず、家臣団に翻意させられたのである。

ここで、そもそもの話になるが、自分の子の認知や処遇を家臣に諮る主君がほかにいただろうか。

おそらく広忠だけだろう。

なぜなら、広忠には子飼いの側近がいない。

普通は自分と同じ年頃の小姓たちが身の回りにいて、同じように成長し、その中から重臣となるべき者を引き立てていくものなのである。ところが、広忠には祖父と孫くらい年の離れた阿部大蔵のような人物しかいなかった。

また、専断すべきことと評定すべきことの区別が付いていないということも関係している。

普通は父君のやり方を見て学んでいくべきものだが、広忠にはその機会がまったくなかった。

要するに、いったん廃嫡された子を、隣国の力を借りて主君の座に据えると、こうなるという見本であろう。

あるいは、こうも考えられる。

いったん手を付けたなら女を城内に留め置くべきであり、奥で出産させれば表の者は誰も文句を言えない。そうした仕組みのはずである。

それができずに女を外に出したのは、離縁した妻に未練があったか、新しく生まれてくる子を認知したくなかったからであろう。

はっきりした決断があったわけでもなかった。

だから迷う。

あとになってから、自分の子として認め、それなりに処遇することも考えた。しかし、それもできなくなった。

これで広忠は後悔しなかったと言えば、それこそ嘘になるだろう。

その後ほどなくして、こんどは嫡子竹千代を駿府に人質に出す評定が行われた。

はじめの頃こそ、交渉の子細を聞かせろとか、どういう折衝をしていればそうなるのかとか、ほかに手立てはないのかといった声が上がり、使者のふたりは本当にまじめにやっていたのかといった非難さえ出たが、石川と天野のふたりが声を荒らげて反論し、時には涙を浮かべて謝罪すると、しだいに場は落ち着いてきた。

結論から言えば、若君を人質に出すべきではないという異見は出なかった。今川が援軍を出す条件だと聞いて、憤りはするし悲しむ者もいたが、やむを得ないことだと従う者しかいない。

「援軍など要らぬ。われらだけで戦おうぞ」

などと言いだす者もいなければ、織田方が攻めてくることを疑う者もいなかった。

このころ、清須方に攻められた織田信秀は、遠征して古渡城《ふるわたり》を留守にすることなどできなかったのだが、皆は信秀が松平忠倫《ただとも》と謀議して岡崎城を陥《お》とす計画を立てていたと信じていたし、忠倫のほかにも織田方に内通する者がいるはずだと信じていたのである。

「織田方につけ込まれぬよう御一同、結束が大事ですぞ」

「万が一にも二心ありと駿府の疑心招くことなかれ。それこそ若君の一大事。ご油断召されるな」

「何があろうとも若君を取り戻すまでは辛抱が大事。肝に銘じましょうぞ」

といった声を聞いて、阿部大蔵は渋面を保ちながらも、内心ほくそ笑んでいた。

こうして後継者は一人だけになった。

遠く離れた駿府に送った竹千代のほかに後継者候補がいないとなれば、阿部大蔵らによる岡崎の執政は盤石である。

——もはや、逆らう者はおるまい。

と阿部大蔵は思った。

その昔、広忠に岡崎城から追放された広忠の叔父、蔵人佐信孝《くろうどのすけのぶたか》は、浅井某に広忠暗殺をもちかけられ、

「広忠に恨みはないが、阿部大蔵を斬ってくれれば相応の恩賞を与えよう」

と語ったと伝えられている。

じつは、この浅井某、阿部大蔵の手の者であったらしい。

信孝が広忠暗殺の話に乗れば、逆心ありとして上意討ちにしようと謀《はか》ったのだが、暗殺すべきは阿部大蔵だと言われて失敗したのである。

それほど阿部大蔵は憎まれていた。

しかし、もはや彼を倒せる者はいなかった。

四

六歳の竹千代は駿府まで修学に行くことになった。

竹千代を廃嫡して異母弟に跡目を継がせても、三歳だから修学に出るのは早すぎる。逆に言えば、修学に出て人質となる必要があったから、竹千代は廃嫡を免れたともいえる。

竹千代には同じ年頃の児小姓たちが同行することになった。竹千代の供として駿府で学び、人質となる子どもらである。

石川与七郎（数正《かずまさ》）一五歳
天野又五郎（康景《やすかげ》）一一歳
榊原平七郎（忠政《ただまさ》）八歳
阿部徳千代（正勝《まさかつ》）七歳
平岩七之助（親吉《ちかよし》）六歳

七人小姓とも伝えられるが異説が多く、七人と確定することはできない。

竹千代は、遊び相手に選ばれた阿部徳千代と同じ輿《こし》に乗って岡崎城を出発した。

屋形の四方に板を張った板輿《いたごし》で、左右二本の轅《ながえ》を前後左右の八人の輿舁《こしかき》が肩に担いでいく。

第二の輿には天野又五郎、榊原平七郎、平岩七之助の三人。

年長の石川与七郎は馬に乗った。

道中を差配するのは金田与三左衛門《よそうざえもん》正房《まさふさ》で、前年に上野城の戦で次男正祐《まさすけ》（二二歳）を亡くしているから、四十代から五十代前半であろう。

一行は総勢二八人で、雑兵五十人あまりを従えていた。

早朝に岡崎城を出発し、西郡《にしごおり》（蒲郡）で一泊し、翌日は舟で今橋（豊橋）に渡り、今橋城で今川方に引き渡されることになっていた。当時の今橋城は東三河の国人衆の人質を置いていたところであり、そこから先は駿府まで陸行しようとしたのである。


今橋城は築城以来、東三河の国人衆の総代が城代を勤めてきた。それが今川家の定めた法であったからだが、これを一方的に義元は破棄し、直参の者を城代に任命したのである。

つまり、国人衆による合議制を改め、東三河を直接統治しようとしたのだった。

これまでも今川に年貢の上米を取られてはいたが、それは仲間内、総代の仕事だから手ぬるかった。それが今川の直参になると、当然取り立ては厳しくなり、検地も細かくなる。

それで、東三河の国人衆は激しく反発し抵抗したが、遠江国奥山郷の天野安芸守《あきのかみ》景泰《かげやす》らに攻められて、昨年一一月に今橋城は陥落。

今橋城代の戸田金七郎宣成《のぶなり》らは討死したが、かつての牧野宗家と同様、田原城や二連木《にれき》城にあった戸田一族は戦うことなく今川氏に降伏し生き残りを図った。

しかし、世継ぎの男子を今橋城で修学させるように要求されると、戸田氏はこれを拒否した。戸田氏からすれば、修学とは名ばかり、今川に人質を差し出せと言われたと同じことである。断じて認められない。

それで、今年の夏から田原城攻めが始まり、九月になってついに戸田氏は降伏した。

田原城主の孫四郎尭光《たかみつ》は今橋城に人質を差し出し、数年前に家督を譲ってはいたものの対外的には当主のようにふるまっていた父君、宣成の兄の弾正少弼《だんじょうのしょうひつ》康光《やすみつ》（宗光《むねみつ》）は幽閉された。

そうした情勢であったから、

――陸は敵地が多い。

と岡崎の重臣たちが判断したのも無理はない。

東三河の国人衆にしてみれば、竹千代の駿河行きは悪しき先例となる。人質として差し出している妻や娘に替えて、嫡男を出せと言われかねないし、その人質も今橋城ではなく駿府に送られるかもしれない。

そんなことにならないように、竹千代一行を実力で阻止しようとしていた。

西郡で舟の手配をしたのは康光の三男、戸田五郎正直《まさなを》である。松平広忠の継室である田原御前こと真喜姫の弟だから、竹千代の叔父にあたる。この旅は奥の差配に属するものであるから、与三左衛門以下、誰も継室の実家である戸田家の手配について怪しむ者はいなかった。

そもそも、娘を嫁がせた康光にしても、松平と同盟《よしみ》を結ぼうとしただけで、水野氏のように織田家と結ぶとか、今川から離反しようというつもりはなかったのである。今川の治政のありようが変わったことで、それが戸田氏をして織田のほうに押しやってしまったと言ったほうが事実に近い。

舟は四丁櫓《ろ》舟が一艘、二丁櫓舟が二艘の計三艘あった。

竹千代が乗る四丁櫓舟は、いわゆる「半垣造り」の舟で、漕ぎ手の足を隠すくらいの低い側壁（垣立）が矢や鉄砲を防ぐ装甲になっているところは、小型軍船の造りである。中ほどに屋形が作ってあって、その中に竹千代のほか、輿に乗ってきた児小姓三人と遊び相手の徳千代が乗り込んだ。

「金田どの、こちらへ」

と戸田正直が与三左衛門を案内した。屋形の前、舟の舳先《へさき》に大人ふたりで乗るつもりだった。ところが、

「助右衛門《ますえもん》、こっちへ来い」

と与三左衛門が、平岩助右衛門親長《ますえもんちかなが》を引き入れてしまった。

与三左衛門は、正直が躊躇したのを見逃さなかったのであろう。

「船頭が、まだ乗れると申すのでな」

と言った。

残り二艘の二丁櫓舟は、半垣造りは同じだが、屋形はない。それに荷物を載せ、馬で来た小姓の石川与七郎ほか供の者が乗り組んだ。もちろん弓衆を乗せて武装しているので、これが護衛船になる。

与三左衛門は空になった二挺の輿と雑兵たちを岡崎に帰すと、さきに護衛船を出発させた。船脚が遅いので先行させて、沿岸に近い航路を取り、不審な舟が出て来ないか監視させるのである。戸田正直に教

わったとおりのやり方だった。

「さて、そろそろ本船も出しましょうぞ」

と言いながら、正直が船頭に合図すると、舟はそろそろと湊を離れていった。

垣立が邪魔で周囲が見えない。

「座っておると隠れてしまいますからな。屋形も四周は板張りなれど、小窓がありますゆえ、若さまは海が見れましょう」

と正直はいうと、ほどなくして居眠りを始めた。

それからしばらくたってからである。

与三左衛門は不安になってきた。

——時間がかかりすぎている。

立ち上がって周囲を見ると、ほかの舟が見えない。遠くを横ぎる船や左右の半島を見ると、これは三河湾の入口ではないのかと思った。

「ここはどのへんだ」

と与三左衛門は平岩助右衛門親長に訊いた。

助右衛門は、小姓として同乗している七之助の叔父だから、まだ二十代であったろう。

「さて、わかりかねまするが、西郡《にしごおり》と今橋のあいだでは」

とわかりきったことを言う。

「船頭、ここはどのへんだ」

と与三左衛門は訊いてみたが、船頭の答えが聞こえない。

舳先《へさき》と艫《とも》のあいだには屋形があって近づけない。

正直を起こそうと思ったところ、目が合った。

「金田どの、座られませ。舟が覆れば一大事ですぞ」

と強い調子で指図され、おとなしく与三左衛門は従った。

「あと、どのくらいでござろう」

「半分ほど来ましたな。あとは潮に乗れますので、早い」

「そうか。わしは……」

「休まれませ」

それからまた少したった頃である。垣立の狭間から外をうかがっていた与三左衛門、気がつくと寝ていたはずの正直がじっとこちらを見ている。

「金田どの、平岩どの、大事なお話がありまする」

と正直はいうと、十分すぎるほどの間を取り、

「もうじき着きまするが、そこは今橋ではありませぬ。熱田でござる。お覚悟なさいませ」

と言った。

――アツタとはどこだ。

と考えつくまで時間がかかった。それほど穏やかな正直の物言いだった。

「尾張ではないか。舟を戻せ」

と叫ぶなり、与三左衛門は反射的に立ち上がろうとしたが、刀の鞘が伸びてきて鐺《こじり》で腰のあたりを制止された。正直はすでに刀を取っている。

出遅れた。

助右衛門を見やると、手も足も出ないようだ。気押されている。その刀を見れば、なんと鞘袋に入れたままではないか。

「ご両人とも、まずは話を聞いてくだされ。それがしを斬ったところで舟は停まらぬ。停まらぬどころか漕ぎ手が海に飛び込めば、どうなさる。若君を生害したるはかたがたになりまするぞ」

「おのれ、謀《はか》ったな」

「されど、ここが思案のしどころですぞ、金田どの。若君のご修学、駿府でなく熱田に替わった、それだけのこと」

「阿呆ぬかせ。駿府に送り届けよと殿が下知された。尾張なぞではないわ」

「されど、お家のためを思えば、尾張でござるよ」

「織田の質《しち》に取られるなぞ、許されん」

「それそれ、そこに難があろう。なにゆえ、若君を今川の質に出される。ご修学でござろう」

「修学など方便、建前にすぎん。内実は質である。今川とは同盟《よしみ》を通じておるが、織田は敵。敵に質を取られてどうする」

「織田は敵ではござらんよ、戸田にとっては。同盟を通じてはおらんが、それだけのこと。今川と織田、さほど違いはない」

「戸田のことなど知ったことか」

「それそれ、そこにも難がある。わしも松平のことなど知ったことかと申し上げたいが、姉が輿入れしたとなれば、身内じゃ。竹千代君は甥になる。この子の向後を願ってしたことぞ」

「勝手にぬかせ。実の親父どのが決めたことじゃ。口出し無用」

「実の母御はどうじゃ。異見もできぬのか」

「離縁されておる。もはや縁のない方じゃ」

「当世の北の方も同様か。子ができれば離縁して今川の質にするつもりか。返答次第では許さんぞ」

というと正直は与三左衛門を睨みつけた。いままでの穏やかな口調とは違った。

「大国には逆らえん。殿だって苦しいお立場だ。それがわからんのか。たれが好きこのんで、幼子を質に出す。かかる所行は、ますます殿を苦しめる。それがわからんか。駿遠《すんえん》の兵を請うたがゆえの質入れなのだ。お頼み申す。舟を今橋に戻してくれ」

と与三左衛門。こんどは情に訴える。

「大国には逆らえん。是非もないことよ。戸田もほかの国衆と同様、今橋の城に妻子を取られておる。それも惣領の妻だけではないぞ。それがしのすぐ上の兄、甚五郎の妻まで留め置かれておるのだ。だがな金田どの、戸田は一戦に及び、負けた。その末のことだ。そこが松平とは大違いだ」

と正直。与三左衛門には言い返す言葉がない。

「それに東では、戸田だけでなくほかの国衆も、たれも質とは申しておらん。妻《さい》はお城に出仕、息は龍拈寺《りゅうねんじ》にて修学、あるいは修行と申しておる」

「建前じゃ。方便にすぎん」

「いや、事ここに至れば建前こそ大事であろう。こちらから質と言いきってしまえば、それこそ本当に質に成り下がってしまうぞ。それがわからんのか。建前を大事にすればこそ、あとは談判次第」

与三左衛門には話がわからない。

それを見てとったのだろう。正直は続けた。

「会えるのか。文は出せるか。差し入れはできるのか。遠出できるか。実家《さと》に下がれるか。それは年に何回か。これが談判じゃ。国衆が怒っておるのはな。松平が質だと言いきって、なんの談判もなく、今川に任せ切り。それで若君を質入れしてしまいおったことよ。遠い駿府にまで送るのも同様。これは悪しき先例となろう。回りまわってほかの家の者まで苦しめるのだ。そもそも今すぐ援兵が要るわけでもなかろう。それこそ口実ではないか。そんなことをすれば、向後は先方の頼みごと、なんであろうが断れなくなるぞ。若君の命には替えられんと、今川に申しつけられたことをなんでもやる。それは下僕も同然ではないか。わしの所行が広忠どのを苦しめるなら、それで結構。いい気味ではないか。自業自得よ」

与三左衛門は黙ってしまった。

――岡崎の評定では、そうした質問を誰も発しなかった。

そう考えて、ふと気がついたことがある。

「戸田どの、こたびの一件、北の方もご承知のうえであろうか」

「さきに於大《おだい》の方よりお預かりした大事な若君、それはそれは案じておったのは確かじゃ。されど、この一件、すべてわしの一存でしでかしたこと。織田から銭をもらって若君を売り飛ばしただけのことじゃ。それだけ心得られよ」

「なんと」

と与三左衛門は言葉も出ない。

「わしは逐電いたす。二度と三河には戻れん身じゃ。されど金田どの、平岩どの、おふたりは違いまするぞ。ここ熱田で若君の成長を見届け、岡崎に帰られませ。その大事なお役目、果たされよ。ここで死んでは犬死《いぬじに》ではないか。よいな。もうじき着きまする。刀はお預かりいたしますぞ」

というと、正直は与三左衛門の刀に手を伸ばそうとした。

だが、反射的に与三左衛門は自分の刀を取ると立ち上がった。

「金田どの」

「お話は承った。されど忠義でござる。このままでは」

と言ったきり与三左衛門はなにも言わなくなった。

「舟が着いたら、織田方が若君をお迎えする手はずになっておる。皆さまが舟をおりられるまで動かれるな。よいな。考え直されよ。お願い申し上げる」

と最後に正直は言った。

この間、平岩助右衛門はなにも言わずなにもしないまま、立ち上がりもしなかった。

正直が船頭に合図すると、舟は廻り、艫《とも》から桟橋に着岸した。

舳先《へさき》の三人は動かなかった。

しかし、それも若君の一行が舟をおり遠ざかるまでのことだった。

突然、正直が海に飛び込み、与三左衛門が屋形を駆け上がり織田方に斬りかかっていくのが、ほぼ同時だった。

与三左衛門を海に落とすことは造作もないことだったが、正直はそうしなかった。それでは助右衛門まで海に落ちる。

正直が海に浮かんだまま船内をうかがっていると、助右衛門は立ち上がり、船縁から手をさしのべてきた。

「ここで死んでは犬死じゃ。貴殿の申されるとおり。わしは残る。戸田どの、あれが三河武士《ざむらい》でござるよ。されど、わしはいやじゃ、あんなのは。わしが若君をお守りしようぞ。貴殿は銭をもろうたら、とっとと逃げられよ」

と助右衛門は言った。

余談だが、この平岩助右衛門親長、「東照宮、今川義元がもとに入らせたまう途中において、織田家に通ずる者ありて奪いたてまつり尾張国に渡御のとき従いたてまつる、時に六歳」との所伝もあるというから、「成人していたと記すのは都合が悪い」と判断した子孫もあったようである。

五

「ご幼息竹千代君は、織田弾正忠信秀、たしかにお預かりしておりまする」

と使者の山口惣十郎《そうじゅうろう》弘孝《ひろたか》は口上を述べた。

竹千代が尾張に連れ去られたことは、一一歳の天野又五郎（康景《やすかげ》）の書簡が岡崎に届いたことで判明していたが、翌天文一七年になって、正式に織田家の使者がやって来たのである。

険しい顔をした松平広忠が正面、そばには重臣たちが控えていた。

「つきましては、すみやかに織田と和睦され、向後末永く水魚の交わりを賜りたくお願い申し上げまする。もしまた、そのこと叶わぬときは、ご幼息の一命賜らんこと、念のため申し添えまする」

と続けた。

重臣たちが睨みつけているが山口惣十郎は意に介さない。じっと広忠の返答を待っている。

「松平一党が小勢《こぜい》をもって織田の多勢にたいし、これを破ること数知れず、ついに一度も雌伏《しふく》せざるところ、然るになんのためか、愚息、事子細《ことこ》ありて今川へ質に送りたるを大欲無道の戸田五郎中途にて盗み取り、その方へ送りしなれば、心より出《いだ》せし質にはあらず。われら今川と多年の恭好《きょうこう》変ずべからず。一子の愛に溺れて不義のふるまい、すべけんや。愚息の存亡、信秀の心に任せらるべし。いささかも恐るるところにあらず」

と広忠は答えた。

山口惣十郎が持参した信秀の親書に対する返書をそのまま読みあげただけである。

「しかと承りまして、ござりまする」

と惣十郎が受けると、広忠の手元にあった返書を小姓がさし渡してきた。

「水魚の交わりなど、よくも言えたものだ」

と口火を切ったのは阿部大蔵定吉である。

「水と魚は切っても切れぬ仲。どちらが欠けてもなりませぬ。両者に上下《かみしも》はなく、対等互恵の間柄。これを望んでおりまする。織田に服せと申すものでは決してありませぬ。ご再考をお願い申し上げまする」

「ただいまの思《おぼ》し召しきったる殿のご返答、聞いたであろう。再考などあり得ぬと、信秀にしかと伝えよ」

と言ったのは天野甚右衛門尉景隆である。

「これは天野どの、又五郎君の父上でありましょうか」

このとき景隆は四六歳、竹千代に同行して尾張に来ている又五郎は四男であったろう。あるいは養子だったか。

「さきほどのご返答。この山口惣十郎弘孝、そのお覚悟のほど感じ入ったる次第でござりまする。もしもこれが天野どののご返答であったなら、わが主君《あるじ》信秀、良き御家来を持たれましたなと岡崎の殿に申したことでございましょう」

というと、惣十郎は正面を向いて居座《いずまい》を正した。

「されど松平一党の惣領たる殿は、今川の被官ではありますまい。三河の御領も今川から拝領したものにあらず。今は亡き御祖父の頃まで、今川は岩津宗家を滅ぼしたる怨敵であったはず。織田も同じこと。いつまでも敵であり続けるものではありませぬ」

「今川との同盟《よしみ》は海の底より深きもの。水魚の交わりなどという浅い川や池の話ではあるまいぞ。織田の付け入る隙などどこにあろう」

と石川安芸守清兼がおどけた調子でいうと、ことさらに大声で笑い、ほかの重臣たちもそれに応じた。

「されど、それほどまでに深い間柄でも質を取りまするか、今川は。なにやら……」

というと、惣十郎は後を濁した。

「なにやらとは、なんだ」

「思わず語り出《いで》たるものにて、なんでもありませぬ」

「気になる。申してみろ」

と口々に重臣たちが騒ぎ立てた。

「使者として礼を失するかと思案いたす次第。ご勘弁を」

「構わぬ。申してみよ」

と最後に広忠が言った。

「なにやら、哀れなことであろうと。失礼いたしました」

というと、惣十郎は大げさに平伏して見せた。

――広忠の顔が見えないのは残念だが。

と惣十郎は思った。

このとき床に目が付いていたら、惣十郎のにやりと笑った顔が広忠にも見えていたことだろう。

六

惣十郎の復命を聞いた信秀は上機嫌だった。

――今は揺さぶりをかけるだけで十分だ。惣十郎とのやりとりは岡崎の家中に知れわたったはず。今川に服従していればいいという考えの者ばかりではない。相当に動揺するだろう。広忠め、今川に人質を出すといったところで、これまでのいきさつからしてぬるい気分でおったはず。ところが織田に取られてみて、はじめて事の重大さに気がついたろう。なにしろ子どもの命がかかっているのだ。これで、よくよく考えるとよい。

と信秀は思っている。

北条氏康《うじやす》から三月一一日付けで届いた書状も嬉しかった。誉めてもらったのである。

書状の内容はこうだ。

三州（三河国）のことですが、駿州（駿河国）に相談なく、去る年に三州にたいして軍事行動を起こして安祥城を即時に陥落させたこと、毎度ながらの御戦功、すばらしいことであり、これで岡崎城は駿州との押し合いの場となりましたが、駿州にたいしても今橋にて本意を示されました。その後、駿州に変化はありましたでしょうか。これで三州は追い詰められたこと承知しました。やむを得ないことでしょう。お尋ねの当方と駿州とのことですが、近年、いったん和睦はしていますが、駿州より疑心やむことのない状態で、迷惑しています。

たったこれだけである。

書状を持参した使者が詳細を語ることで、ようやく内容が理解できたのだが、「今橋にて本意を示した」とは、信秀が竹千代を奪い取ったことを指しているのである。

また、相手に疑心を持っているから人質を取るといった今川義元のやり方には迷惑していると、北条氏康はいっている。

三年前の天文一四年一〇月に今川と武田との和睦が成立、北条は天文六年二月以来占領を続けていた富士川以東の地（河東）を返還し、相駿《そうすん》国境の長久保城からも撤退していた。

東三河の在地領主たちは今橋に妻子を差し出すように強制されているが、河東はどういう状況なのか。それを信秀は知りたかったのだが、そうした情報よりも、自分の戦功を認めてもらったことのほうが嬉しかった。

これまで松平広忠は、今川との同盟関係に疑問を持ったことがなかった。

寄らば大樹の陰で、尾州か駿州かどちらか一方を選べというなら、駿州を選んでまちがいはない。

問題は、この同盟の質である。

今川に服従しているかどうかで言えば、戸田をはじめ東三河の在地領主のほとんどが今川に服従している。ただし、実態は面従腹背に近く、ときには公然と反逆する。

あるいは『牛窪記』にあるように、牛久保六人衆が東三河の掟を出し仕置きもする、つまり在地領主の合議制による自治を尊重することが今川の法であるかぎり今川氏に背かない、だから松平氏には服さないという判断があった。

ところが奇妙なことに、ほかの在地領主からすれば当然のことが、このときの松平一党には欠けていたのである。広忠が一族内の抗争を勝ち抜き今川の手を借りて惣領の座を獲得する過程で、側近も含めて自立した判断基準を失い、いわば属国の地位に自らを陥れていた。


同じころ、竹千代の運命を家臣の評定に委ねてみようと思ったのは、信秀である。

もちろん短兵急に殺してしまおうとは思っていない。それどころか、大事にうまく育てて竹千代に跡目を継がせ、同盟《よしみ》を結ぼうとまで考えている。しかし、そうした気配が岡崎に伝わってはまずい。評定をさせることで、竹千代が危険な状況にあることを岡崎に伝えたかった。

最初に山口惣十郎弘孝が、岡崎の回答を皆に披露した。

家臣だけで評定してその内容を主君に言上するのが松平の流儀なら、織田の流儀は評定の場に主君も出ることであろう。

尾張の南半分、尾張半国の守護代の被官にすぎない織田信秀が権勢をふるえたのは、こうした評定の場を取り仕切る力、指導力があったればこそである。

清須城内における立場は失ってしまったが、竹千代を手にした今、三河との交渉の切り札を握っている。

口火を切ったのは、意外なことに信長の弟、勘重郎信勝だった。

「岡崎どのの回答、天晴れなほどに覚悟を決めておられまする。当方も覚悟を決めねばなりますまい。さもなくば敵に侮られまする。いくら幼いといえども武士《もののふ》の子、これも当世の倣《なら》いにあれば、存分にお覚悟ありましょう。生害やむなしと存じまする」

さすがに幼子を殺すとなれば、荒武者どもも言いだしにくいのだろう。そこで言いだしにくいところを主君の子に発言させた。

――誰の入れ知恵か知らんが、知恵者がおるわい。

と信秀は思った。

人の言うことをよく聞く良い子だが、あたりまえすぎておもしろくないのが難である。

だが、もっと驚いたことに、つぎに発言したのは信長だった。

「これは強がりだ。うわべだけよ。殺すのはいつでもできる。まだ早い」

とだけ言った。

まだ続きがあるのかと思ったが、それだけだった。

――あれだけ本を読めと言ったのに。言葉が出てこないのは、本を読まんからだ。使えない奴だ。

と信秀は思う。

物事の本質はよくわかっているようだが、人に説明する能力に欠けている。

「矢作川の西を見て、織田と結ぶも悪くないと思案しておる岡崎衆は少なからず」

と言ったのは、長男の三郎五郎信広である。

広忠の擁立をめぐって松平一党が分裂し、矢作川が事実上の軍事境界線となって久しい。

「されど、織田と結ぶなど公言できる者はおらなんだ。阿部酒井石川ら重臣《おとな》どもの専横を咎《とが》めただけでも、織田と通じたと難を付けられ、排され追われてしまいおった。これが竹千代を取ったとたんに一変し、おおっぴらに織田と結ぶ話ができるようになっておる。あの小童を生かしておけば、まだ揺さぶれる。それともう一つ、国衆の妻子を質に出せと今川は求めておったが、これが沙汰やみになっておる。というのは、今川も様子見しておるからよ。早く竹千代を生害してほしい、これが今川の本音じゃ。今川の思うつぼにはまってはならん。とりあえず生かしておけば、今川と岡崎、三河の国衆、この離間策になろう」

――やはり、わしの跡目はこいつしかおらんな。

と信秀は思った。

七

一方、今川義元は雪斎を大将とする公称二万の軍勢を三河に送った。竹千代が織田方に奪われた以上、もはや人質を出す必要はなく、ただちに援兵を出すという今川氏の意思表示であったが、それは三河の国中が叛旗を翻し、不安定化するのを阻止しなければならなかったからである。

最初に標的となったのは戸田氏だった。

朝比奈肥後守《ひごのかみ》元智《もととも》が田原城を接収し、城主の戸田孫四郎尭光《たかみつ》は自害に追い込まれた。

その間、尭光は、竹千代の尾張行きにはいっさい関与していないと主張して、今川に恭順の意を表しつつ裁判を願い、無血開城して一族の者に戦支度をさせなかった。

人質を取られているので戦はできなかったのだと言い換えても同じことだが、戦争は外交の手段にすぎない。自分ひとりが犠牲になる道を選ぶことで、父の弾正少弼康光《やすみつ》をはじめとしてほかの者の命を救い、多くの領地を守ったのは事実である。

義元は尭光の遺領の相続を戸田氏に認めず、これを召し上げた。主城を失った戸田氏は弱体化し、仁崎や野田など所領が侵食されたところも少なくなかった。

しかし、尭光の弟の甚五郎丹波守宣光《たんばのかみよしみつ》などは加治《かじ》（田原市加治町）を守り、同族の二連木《にれき》城主、伝十郎吉光《よしみつ》を脅かすだけの勢力が残った。

ちなみに加治については、宝飯郡中條郷鍛治村に比定する説がある。牛久保周辺の地だとする家伝を受けてのことだが、その伝は神君を織田に売り飛ばした戸田氏が相応の報いを受け滅亡の危機に陥ったことにしておきたいがための偽装であろう。


――武威をもって国衆を完全に制圧するのは無理がある。家来どもを直参にするのも時を要する。やはり、幼子の頃より後継ぎを育てるのがいちばんよい。

と雪斎は思っている。

在地領主と言ったところで、その家来どもを今川の直参にしてしまえば、根を失ったも同然である。年貢を取り立てる立場から、扶持米をもらう立場になれば、今川には逆らえなくなる。

現に一昨年の城攻めの戦功によって、犬居城主の天野安芸守景泰《かげやす》を今橋城代にしているが、城も戸田氏の旧領も天野氏に与えるつもりはなかった。それどころか本貫の地である犬居三か村を除いて、遠江国奥山郷の家来どもはことごとく今川の直参にしてしまうつもりだった。

こうした今川の被官化は、遠江の天野氏に限ったことではなく、東三河の牧野氏についても先行しているが、戸田氏はそのあとになるだろう。まだまだ先の話である。

例外的な成功例が西三河の松平氏であった。

自ら年貢を取り立てる在地領主といっても、岡崎の松平広忠は今川の被官と、なんら変わらない。だから雪斎にとっては、領主の世継ぎの教育こそが大事なのであった。

戸田氏をはじめ東三河の国衆が、これだけ強く抵抗するなどとは、思ってもいなかったのである。はじめのうちは、逆らえば人質を殺すぞという脅しの道具などではなかった。

しかし、一戦交えた後の和睦の条件となれば、修学などと甘いことをいってはいられない。公然と人質を要求するしかなかったが、世継ぎではなく、妻や娘や次三男を差し出されたのでは本末転倒である。

そこで、あらためて仕切り直し、松平竹千代の駿府修学の件を進めたのだが、うまくいかなかった。裏目に出たのだ。

——継室を通じて、岡崎の評定の様子を知ったゆえに、不安になったのであろう。無理もない。やはり、岡崎の重臣たちの申し出を容れ、世継ぎを人質に出せと要求したのがまちがいの元であった。さりとて、いまさら取り消せるものではないが、ここは多少なりとも修正が要るだろう。

そこで、松平方の加勢は不要として、今川だけで織田と雌雄を決することにしたのである。織田の人質となった竹千代の身の安全を考えてのことだと雪斎は公式に表明した。

これには松平家中で公然化している織田と結ぶ話を牽制する狙いもあった。

三月一九日、今川、織田の両軍は矢作川東岸の小豆坂で交戦した。六年前に織田方が善戦して、今川の進軍を阻止した場所である。

しかし、前と違ってこの合戦では、雪斎は全軍を投入して織田方を粉砕し、その勢力を矢作川東岸から駆逐してしまった。

織田方は西岸の安祥城に逃げ込んだが、雪斎は深追いしなかった。

そのかわり、東岸の上和田を占領した。今は亡き松平三左衛門忠倫《ただとも》の城であり、松平家中における反今川派の拠点でもあった。こうして忠倫の一党は壊滅的な打撃をこうむった。

余談になるが、このとき松平方で数十人が戦死したと記す史料は、翌天文一八年同月同日の安祥城攻めの記録を混用したもので、戦場も矢作川東岸の小豆坂ではなく西岸であったと思われる。少なくとも小豆坂合戦の戦死者ではない。

ともあれ、このとき雪斎は軍勢を引き上げている。


「これぞ妙案と愚考いたしました次第で」

と酒井雅楽助《うたのすけ》正親《まさちか》が広忠に説明を始めた。

「要は、竹千代君の替わりに質を出せばよいのでござりまする」

「質だと、たれを質に出せと申すのだ」

「おそれおおいことながら、叔父上の蔵人《くらんど》さまを」

「たわけたことを。質になってくだされなどと、そんなことを叔父上に頼めるものか」

「問答無用、生け捕りにすればよいのでござりまするよ」

と石川安芸守清兼が口を挟んだ。

「生け捕りだと。どうやって。いや、その前に叔父上は織田にとっての大事であろうか。竹千代と引き替えにするほどか。なんの得になる」

「織田の得にはなりませぬ。されど必ずや、信秀は引き替えに応じまする」

「さて、わからんな」

「蔵人さまは川向こうの衆の旗頭、それゆえにござりまする」

と阿部大蔵定吉が、そもそもの話を始めた。

天文四年に松平清康が殺された後、一族の惣領の座を嫡男の広忠と叔父の内膳正信定で争った。その抗争は信定の死後、天文一〇年に双方が和議を結んで決着したが、その内容は、清康の弟の蔵人佐《くらんどのすけ》信孝を惣領と定め、広忠の後見人とするというものだった。

ところが、広忠を支持する重臣たちが和議の約定を破り、信孝を岡崎城から追放してしまったのである。

信定の居城桜井城が矢作川西岸、岡崎城が矢作川東岸にあったことから、天文四年以来、矢作川が軍事境界線のようなことになって、松平一党は東西に分裂してしまっていた。

追放された信孝も、もともとの居城の三木城は東岸にあったが、今は西岸の山崎城を居城としている。

「川向こうの衆は、蔵人さまを取り戻せと織田方に談じましょう。織田方も川向こうの衆の力がなければ、安祥の城を保てませせぬ。必ず信秀は竹千代君との引き替えに応じまする」

——たしかに一理あるな。そうかもしれない。

と広忠は思った。

「して、どうやって生け捕るのだ」

「計略を用いまする」

と酒井雅楽助が説明した。

竹千代が織田方の手にある。この事態を打開するために話しあいたいと信孝にもちかける。場所は明大寺の館、旧岡崎城である。信孝からすれば矢作川を渡って来なければならないが、広忠も菅生川（乙川）を渡らなければならない。

「川向こうの衆は織田を頼っておりますれば、織田との和睦を勧めてきましょう。しょせん談合はむだな骨折り。されど必ずや談合の場には出てまいりましょう。そこを狙いまする」

「はたしてうまくいくものであろうか。生け捕りとは生害するより難儀なことであろう。叔父上に万一のことなど、決してあってはならんぞ。もともと内膳などと違うて、わしの味方をしてくれた御方ぞ。わしが追い出すようなことをせなんだら、織田に通じることなどなかった御方ぞ」

広忠は迷っていた。

だが、

「お約束いたしまする。蔵人さまには傷ひとつ付けぬように計らいまする。身どもが約束を違えたことなど、ありましたでしょうか。ご安心くだされませ」

と阿部大蔵が確約すると、ようやく広忠は承諾した。

天文一七年(一五四八年)四月一五日、五百騎余を率いて山崎城を進発した松平信孝は、渡村から矢作川を渡った。

当時の菅生川（乙川）は、現在の合流点の上流から南に転じて矢作川に注いでいたから、明大寺に行くには菅生川も渡らなければならない。

信孝は三百騎を残して菅生川を渡った。

互いの兵力は二百とあらかじめ取り決めていたからである。

他方、岡崎勢の中には、石川安芸守の孫の与七郎改め伯耆守数正《ほうきのかみかずまさ》がいた。

隣りの本多肥後守忠真《ただざね》と話している。

「蔵人どのだが、わずか五百で岡崎を陥《お》とせると本気で考えておられるのだろうか」

「それに南から寄せてくるとはな。驚いたわ」

「川を渡って甲山《かぶとやま》に出てくるらしいというのも、解せんことよ」

「さすがにその一報、誤りかもしれん。東から寄せるなら甲山に布陣してもおかしくはないが」

「そうだな。山崎なら北から寄せてくるのが普通であろうな」

そんなふうにふたりが話していた頃、約束の刻限よりも早く明大寺に到着した信孝は、台地に上がって岡崎城を進発した広忠の軍勢が菅生川を渡河するところを見ようとしていた。

明大寺北端の耳取縄手《みみとりなわて》まで移動すると、北岸を移動している軍勢が遠望できた。

そのときである。

突然、さんざんに矢が射かけられた。雨がふるようであった。しかも相当な腕前で、ばたばたと兵が斃《たお》れていく。射手の数はおよそ三十。背後の小塚の上に木の枝を立て、これを目隠しにして伏せていた。

「謀《はか》られたか。退《ひ》け」

と叫ぶと、信孝は坂を駆けおりた。しかし、坂の下にも伏兵がいた。同じく三十人あまりの弓衆である。あわせて七十人あまりの伏兵に挟撃された。

「火をかけろ」

と信孝は下知した。

明大寺表の町に放火すると、黒煙が上がった。これを煙幕にして菅生川の河原まで退却しようとしたのである。

伏兵は追撃してきた。走っては矢を射かけ、走っては矢を射かけてくる。

ここで不運なことに、馬に矢が当たった。脚が止まり、馬が倒れようとする。それとほぼ同時に二の矢が来て、左の脇腹を射かけられた信孝は落馬した。

ほぼ即死であった。

大将を失って潰走し始めたところに、菅生川を渡ってきた岡崎衆三百余が襲ってきた。


弓に優れた伏兵七十余を手配したのは、大久保新八郎忠俊《ただとし》と石川新九郎である。信孝の首を取ったのは大橋源五左衛門であったという。

首実検の場で、信孝の首と対面した広忠は声を上げて泣いていた。

「なにゆえ、生け捕りにしなかったか。わしは叔父上に恨みなどないぞ。殺せなどと命じておらんぞ。恩賞などやるものか」

「申し訳ございませぬ。馬に矢当たりした由《よし》にて、落馬されたところに、たまさか流れ矢が当たった次第で、決して狙ったわけではありませぬ。されど戦功は戦功、これはご承認くだされ。大将たる者、かくあらねばなりませぬ」

と阿部大蔵定吉が諭《さと》すと、ようやく広忠は承認した。

石川新九郎は、ただただ驚いていた。まず主君が泣き出したことに驚き、殺せと命じていないと言ったことに衝撃を受け、恩賞はやらぬと言われて落胆し、自分の放った矢はまぐれ当たりと言われて憤慨していた。

大橋源五左衛門は何がなにやら最後までわからなかった。

大久保忠俊は冷たい目で主君を見ていた。

――敵は殺すしかあるまい。敵に回したくないなら、岡崎を追い出さなければよかっただけの話だ。なんと腰の定まらぬ大将であることか。とても頼りにならんな。

と思った。

このとき忠俊は五〇歳。本来、三津を名乗る一族の一員であった。それが自ら大窪を名乗るようになり、近頃は大久保と改めている。祖先の血筋よりも自らの力を頼む彼の忠義は、忠節を尽くす相手にたいしても要求するところが厳しかった。

西郷氏がそうであるように、三津氏の中には松平を名乗る者もいたのではないだろうかと思っている。たとえば、どの系譜にも記されていない松平三左衛門忠倫《ただとも》である。

はたして三津氏でない者が上和田に砦を築けるだろうかといった疑問もあれば、忠倫が一族の惣領として上和田城にいたから忠俊たちは三津姓を捨てて羽根西城に移ったとも考えられるからである。

ともあれ、のちに大久保彦左衛門忠教《ひこざえもんただたか》が『三河物語』に描いたようには、無条件で主君を礼賛したりはしていなかっただろう。

石川数正は、じつのところさしたる働きもしていなかったが、重臣の孫だからだろう、褒美を賜ったようでもあり、首実検の場にも同席していた。

ただし、それだけで数正に裏の事情までわかるわけもない。

しかし、主君広忠の本音にはじめて接したことで、彼のものの見方は変わった。

「殿さんは、骨肉の情に厚い心優しい御方、それゆえ、混乱しておられるのだ。ここで見聞したことは他言なきように」

と、最後に阿部大蔵は一同に申し渡した。なぜなら、彼自身も広忠に不安を感じていたからである。

8――華燭

一

松平竹千代が尾張にきた頃、信秀と清須方の重臣、坂井大膳亮《だいぜんのすけ》らとの和睦は難航していた。

しかし、翌天文一七年の秋も末になると互いに譲歩し、尾張国内における和睦が無事成立した。

要するに、斎藤方と早急に和議を結び、今後は美濃国に手を出さないという趣旨である。

この時に政秀は、清須方の重臣三人に「和睦珍重の由」という旨の礼状を出した。

その端書きに古今和歌集から紀貫之の古歌を一首、

袖ひぢて結びし水のこほれるを春立つけふの風や解《と》くらん

と付けた。

政秀はささいな物事にも風雅な心遣いを見せる人であった。

また、多少焼けた古渡城は、修復して使い続けることもできないではなかったが、信秀は思いきって破却した。

便利だが守るに弱い平城ではなく、要害の地の末森に新しい山城を造り居城としたのである。

次いで、平手政秀の才覚により斎藤道三との和議も整った。

織田三郎信長と道三の娘、帰蝶《きちょう》との婚儀が成立し、翌年に帰蝶が尾張へ輿入れすると同時に、信秀は大垣城を道三方に明け渡すこととなった。

「去年《さるとし》の土岐次郎どのとの婚儀の一件、履行されておりませぬ由《よし》にて、ご息女が尾張に入るまで、ご油断召《め》されまするな」

と政秀は言ったが、これは建前である。

帰蝶の母である小見の方の兄、明智光安の媒酌だから心配していなかった。それに稲葉山城に出入りする商人や職人たちの動向から嫁入り道具の準備状況を観察していたから、こんどは本気だとわかっていた。

翌天文一八年(一五四九年)正月一七日。

上郡の犬山城、楽田城から出た軍勢が春日井原を駆け通り、竜泉寺下の柏井口へ出て、あちこちに放火して煙が上がった。

ただちに末盛城から信秀の軍勢が駆けつけて交戦。敵を切り崩し、数十人を討ち取った。犬山・楽田勢は崩れ、春日井原を逃げ去った。

このとき、何者の仕業か不明だが、

遣縄《やりなわ》を引きずりながら広き野を遠吠えしてぞ逃ぐる犬山
という落書《らくしょ》を書いた立て札があちこちに立てられた。遣縄《やりなわ》は犬のリードだが、逃げた軍兵の槍をかけた言葉になっている。

「犬山、楽田、奴らの不服は和議か、婚儀か」

と信長は平手政秀に訊いた。

「両方でありましょう。清須方とは逆のお立場。一戦あってしかるべしとの由でございますな」

「落書はお父か。それとも」

「それは、どちらでも。秘すれば花と申しておきまする。されど、犬山衆も楽田衆も、連枝の皆さま。戦いたくはありませぬ」

と政秀が答えると、

「是非もない」

と信長は言った。


それから一か月後の二月二四日、婚礼の日を迎えた。

「姫はよほど評判が悪いな」

と信秀は平手政秀に言った。

「左様。仰せのとおりにござりまする。姫は出戻りにあらずと、これだけは触れ回りましたが、信じぬ者が多い。あとの風聞は、推して知るべしでして」

「さもあらん。嫁いだ先で夫を毒殺したと申す者もおる」

と信秀は笑った。

「吉はどうしておる」

「輿入れは日が暮れてからになりましょうと申し上げましたが、昨日から早うマムシの子が見たくて待ちきれぬご様子」

「そうであろうな。これが喜六や勘重なら、おろおろするだけぞ。わしの子の中でもマムシの姫さまを妻にできるのは、あれだけよな」

と信秀はまた笑った。愉快でたまらないようだ。

信長の次兄である喜六郎信時はすでに婚儀をすませ、弟の勘重郎信勝もすでに婚約している。信秀は上から順番に片づけていくつもりだった。

「さて、吉乃《きちの》は、その後いかがした」

と信秀は訊いた。

「吉乃」とは「吉法師の女」のことで、名ではなく一種の符牒である。

新婚初夜を迎えるについて、平手政秀は慣例にのっとり、信長に絵双紙でも見せておくかと思ったのだが、

「要らん。それなら稽古した。何ほどのこともない」

と意外な答えが返ってきた。

相手は生駒の家に出戻ってきた年上の後家だという。

政秀の報告に、

「あのたわけ者が。一人前に色気づきおって」

と怒ってみせた信秀であったが、

「甚助は、そんなことまで手ほどきしおったか」

と愉快そうであった。

手が付いたとなれば女を城に入れなければならない道理であったが、なにしろ間が悪い。

信長の母である土田《どた》御前にも報告しなければならなかったが、夫である信秀は当然のようにそれを政秀にやらせた。

土田御前は露骨にいやな顔をした。

自分の兄の生駒甚助が手引きしたに違いないと思ったから、まずそれがいやだった。

加えて、信秀が最近若い女を城に引き入れたのを知って、これも内心は嫌気がさしていた頃である。感情の転移というものであろう。夫のいやなところを息子が引き継いだと思うと、信長のこともいやになった。

それらの怒りが政秀のところに廻ってきたから、

「守役のそなたの監督が悪いからじゃ」

と政秀は大いに叱られた。

「甚助、誓ってそのようなことはしておりませぬと申し上げておりますれば、これは信じてよろしいかと。ついては、この次第、美濃衆に知られてはならんぞと生駒（家宗《いえむね》）に申しつけ、よって吉乃は両三年ほど屋敷内に留め置くがよかろうと申し渡してござりますれば、とりあえずは屋敷内に新造いたし、奥と同じく警固することとし、城中からは侍女《おんな》を遣って体裁を整えてござりまする」

と政秀は答えた。

婚礼の支度だけでも大変なのに、なんとも手間のかかる若さまであった。

稲葉山城を出発した花嫁行列は、川手で舟に乗り、境川（当時の木曽川本流）を下って、尾張国の津島に上陸した。隊列を整え津島の町中まで進んだところで、織田方に受け渡す段取りである。

花嫁行列を見るために、町衆が多数集まってきていた。

先頭の騎馬は堀田道空である。津島在住の彼にとっても、これは晴れの舞台であった。

次の騎馬は媒酌を務める明智兵庫頭光安《ひょうごのかみみつやす》。花嫁の伯父にあたる。

光安は受け渡し場所のあたりで馬を停め、輿を待つ。

つぎは道具類が続く。

道具の先頭は貝桶《かいおけ》である。二枚貝の片方を地貝《じがい》、他方を出貝《だしがい》として、同じ絵柄の貝殻を組み合わせる「貝あわせ」という遊びが夫婦和合に通じるということで縁起物であった。地貝用、出貝用の二つ一組の蓋付きの桶に、絵塗りしたハマグリの貝殻が合計三六〇枚入っている。

この貝桶のあいだにお色直し用の長持が通る。あとは厨子の黒棚、担唐櫃《にないからびつ》、長櫃《ながびつ》、長持、屏風箱など、五十荷ほど。

道具類は、みな斎藤家の家紋である青の二頭波《にとうなみ》を付けた白絹で覆われている。

そのあいだを二騎、櫃《ひつ》奉行と器物《うつわもの》奉行が通る。

つぎは輿。

輿は三列で、中央は花嫁、左右は侍女の輿が六挺《ちょう》ずつ計一二挺。官位で示すと、右列先頭が大上臈《じょうろう》、そのうしろが小上臈、御局《おつぼね》、左列先頭が中臈頭《ちゅうろうがしら》、そのほかは中臈《ちゅうろう》という格の侍女になる。

花嫁は牛車を模した網代輿《あじろごし》で、左右二本の轅《ながえ》を肩に担ぐ輿舁《こしかき》が前後左右に計八人。

そのほかは屋形の四方に簾《す》をかけた四方輿《しほうごし》で、輿舁が四人。

御神輿と違って十分に大きいので、輿舁は内側に入って担ぐことになる。

輿は、それぞれ屋形の金物の数が一二、九、七、五と異なるほか、細工の華麗さで輿主の格を示していた。

網代輿の側面には物見の小窓があるが閉じられているし、前簾《す》も下げているから、見物人から花嫁の姿は見えない。

四方輿も同じだが、下位の五つ金物の輿は簾を上げ中の侍女が見えるようにしていた。これけサービスである。

最後尾に三騎、計七騎であった。

輿を担ぐ輿舁《こしかき》、物持ち人夫はみな十徳を着て白帯という出で立ちで衣装を統一している。


明智光安が待っているあたりに輿が来ると、行列が停止する。

輿の中から左右の轅に付けた綱のうち、左を引けば進め、右を引けば止まれの合図である。

そこへ受取方がやってくる。

先頭は受取役。平手政秀ひとりである。花嫁の輿の一〇メートルほど手前で停まり、

「それがしは、織田上総介が家来、平手中務丞政秀と申す。ご婚儀にあたり、お輿受け取りにまいりましてござりまする」

と名乗りを上げ、受渡役の明智光安に一礼して、持参してきた太刀折紙《たちおりがみ》を渡す。

光安も一礼して、同様に太刀折紙を受取人に渡す。

太刀折紙とは、本来は献上もしくは下賜する太刀と馬の目録のことだが、実際には太刀や馬を渡すのではなく、その日あるいは後日に銀何枚を渡すというやり方もあった。

花嫁の輿は、衣の裾を少しだけ前簾の下から出す。これが答礼になる。

このとき行列の先頭のあたりでは荷の受け渡しが行われる。

貝桶の受渡人のところに受取人が来るから、同様に口上を述べ互いに太刀折紙を渡して一礼する。

輿のほうでは、受取方の輿舁《こしかき》が行列の左右をいったん通り抜け、うしろから輿に近づく。まずは右の轅《ながえ》から。右後方に受取方が膝を地に着けてかしこまると、受け渡し方はその顔を確認する。受取方は立ち上がりながら、右の轅を右手に載せて左手を添え、轅の内側に入って轅を右肩に載せる。受け渡し方は轅を肩からはずして、轅の外側に出る。

次いで、左の轅で同様に輿舁を交代する。

要するに、輿を地に下ろすことなく担ぎ手を交代させるのである。

政秀は輿舁たちを訓練して、合図を決めて左右片方の全員がいちどに交代するようにしていた。片側の輿舁、二八人が号令一下いっせいに動くさまは、見物人から歓声が上がるほど見事なものだった。

行列の前のほうでは、荷物についても同様に、荷を地に下ろすことなく物持ち人夫が交代する。

これで受け渡しの儀は終わり、ただちに伝令が大垣城に向かった。

大垣城では、織田播磨守が斎藤方の竹越摂津守《せっつのかみ》重吉《しげよし》に城を明け渡すことになっていた。これで天文一三年以来五年にわたる織田方の占領が終わることになる。

二

津島では行列が動き出し、こんどは平手政秀が先頭に立って那古野城に向かった。街道を約二〇キロ、東にゆっくりと進む旅である。

輿や荷を渡した後も行列に従うから、行列の人数は倍になる。那古野城に着けば、美濃から来た輿舁や人夫にも、祝儀が渡されることになっていた。

那古野城では、門の右側に門火を焚いている。

すでに日が暮れ、大垣城から戻った伝令は、無事に引き渡しが完了したことを報告していた。

那古野城に到着した花嫁の輿は、そのまま玄関を上がって二の間、三の間まで進み、輿寄せの儀が執り行われる。

三の間に入った輿舁は、轅を肩からはずして轅の外側に立つと、腰の位置まで輿を下ろし、次の奥の間の左右の妻戸が輿の幅だけ開いているところへ轅の先端を押し入れていく。あらかじめ三の間に置かれた式台の位置まで来ると、輿を下ろして式台に載せ、輿舁は膝を床に着けてかしこまる。

奥の間では迎えに出た婿方の中臈が、一礼して輿の前簾を上げ、花嫁の手を取って輿からおろし、控えの間へと導いていく。

花嫁が去ると、婿方の介錯の中臈が出て、妻戸を開き、輿を叩きながら一回りする。綱の一方を左の轅に掛け下げ、他方を右の轅に掛けて、輿を重囲する態を作ると輿寄せの儀は終わる。

これは花嫁が本国に戻ることを忌み、帰らぬことを良しとする所以《ゆえん》だという。

実際のところ、花嫁の輿は、婚礼をすませた後も、日常外出する際に使用される。行列の作法も輿入れのときと変わらない。細い道では一列になって進み、供の者も荷物も少なくなるだけだ。

帰蝶に終生寄り添うのは五人くらいで、ほかの侍女は美濃に帰っていった。

幸菱《さいわいびし》を浮織にした白の小袖と打掛姿に着替えた帰蝶は、祝言の間に入った。

そして、座についたところで、はじめて織田信長を見た。

一六歳である。

信長は白の直垂《ひたたれ》姿であったが、話に聞いていたとおりの茶筅《ちゃせん》まげだった。もっとも想像と違って端正な細面の顔立ちは美しく、猛々しさは感じられなかった。

しかし、視線は鋭い。穴の開くほどという形容が嘘でないと思えるほど、花嫁を見つめている。

帰蝶は恥ずかしくてたまらなかった。

さきに媒酌を務める明智光安が入室していて、花婿に挨拶をすませていた。三人のほかには婿方の侍女房その他配膳と酌をする白装束の侍女たちだけである。

そして、「式三献《しきさんこん》」の一の膳が三人の前に運ばれてきた。

鯛の切り身、塩盛、椒《はじかみ》（山椒）盛の三品である。

これを酒肴に大中小のかわらけ（素焼きの盃）で一杯ずつ三杯の酒を飲み干し、二の膳、三の膳とあわせて計九杯を飲む。

普通は酒肴に箸はつけないのが慣例だったが、信長が一つひとつに箸をつけているのを見た帰蝶は、なんだか彼がいとおしく思えてきた。

続いて饗《きょう》の膳が出てくると「嫁迎えの酌」である。初献の盃は嫁、次の盃は婿、三献目は嫁、四献目は待女房、五献目は婿の計五杯してから食事となる。

ここで会話があってもよかった。

明智光安は気詰まりさえ感じていた。

姪の帰蝶と話をするわけにはいかないから、婿の信長と話がしたいが、何を話せばよいのか見当もつかない。

「風流はわかりませんし世間話も苦手でございます。ご配慮ご無用のこと」

と、あらかじめ平手政秀に言われているが、無言のまま飯を食っている信長を見ているのは苦痛だった。

なにもしゃべれない愚鈍な男。それに引き替え、帰蝶は古今、新古今はもちろん和歌に明るく、打てば響くのたとえどおり、客を飽きさせるようなことはあるまい。

光安は、このとき五〇歳、従五位下兵庫頭である。自称上総介《かずさのすけ》の信長と違って、社交の術は心得ている。

跡目を継ぐのは長兄の三郎五郎信広だろうと光安は思っていた。信広なら知っている。この席で客を気詰まりにすることもあるまい。京でも通用する。

——あれでは帰蝶が不憫《ふびん》でならぬ。あんなうつけにやらねばならんとは。

そのとき、

「味が足らん。薄い。これは何かわからん」

と信長が言った。

叫んだと言ったほうが近い。あまりの大声に帰蝶と光安は縮み上がった。だが、侍女《おんな》たちは慣れているのか驚いたふうでもなく、

「膳部《ぜんぶ》に申し伝えます」

と問題の皿を下げただけのことだったが、そのとき侍女がちらっと帰蝶を見た。

「いかに」

と、侍女の仕草を察した信長が帰蝶に尋ねたが、なんと答えていいか帰蝶はわからない。緊張しすぎていて、料理の味などなにもわかっていなかった。

「それがしには、よい塩梅《あんばい》と」

と光安が助け船を出した。

「で、あるか」

と信長はいうと、何事もなかったように食事に戻ったが、

「大垣の城に入る重吉は、竹ヶ鼻城主重綱《しげつな》の息か」

と訊いた。

「左様」

と光安が答えると、信長は肯いた。

会話はこれだけだった。

翌日、明智光安が退出し、新郎新婦だけで同じことを繰り返す。違うところは、嫁迎えの酌が婿から始まるということだけだった。

信長はまったく興味を失っていた。逃げ出したくてたまらないという態度が、帰蝶にも見てとれる。

三日目、新婦はお色直しをする。白装から色物に衣装を着替えると、待女房その他の侍女も嫁方の者と交代した。

寝所では、新床《にいどこ》の準備が行われる。

茣蓙《ござ》を敷くときは妻が先、夫が後。たたむときは夫が先、妻が後になるが、箱にしまうときけ夫の茣蓙を上にする。したがって、いったん出した夫の茣蓙を横に置いて、妻の茣蓙を敷くことになる。たたむときは、たたんだ夫の茣蓙を横に置いて、妻の茣蓙をたたみ、箱に入れる。

男の左に女が並ぶように、枕は東、あるいは南向きにする。

新床の準備が整うと、それまで寝所に飾ってあった箸始めの箸が、待女房によって祝言の間に運ばれていく。これは熨斗《のし》に削り花を添えたものである。

この日、祝言の間に入った帰蝶は、二日目にしてはじめて婿方の家族に対面し、挨拶した。

信長の父の信秀と、母の土田御前である。叔父の孫三郎信光、孫十郎信次、弟の勘重郎信勝、従兄弟の信成（市之介）も来ていた。各人を信秀が帰蝶に紹介する。

次いで信長が入室して三度目の式三献《しきさんこん》が始まり、やがて饗の膳に変わった。

明智光安に信秀が何か話しかけていたが、帰蝶には聞き取れない。信長の親族同士でもさかんに何か話をしているから、この二日間とは違って、騒々しいほどだった。

信秀は上機嫌だった。

援軍も送れず捨てるしかない城と引き替えに美濃国と和議を結び、斎藤道三の後ろ盾も得て清須における政治的地位も復活したのである。

道三など信用できないが、利用できるかぎりは利用してやろう。そう考えていた。

「大垣の城から遠矢で陰山掃部助《かげやまかもんのすけ》の両目を射貫いた者をご存じか」

と信秀は光安に尋ねたが、もちろん答えは自分で用意している。

「確たることではない。というのは、日時を置いて戦功を認めるは前例無しと戦目付は申すし、当たりに気づかず恩賞を求めるは筋が違うと当人も申すからでな」

といって笑った。

「おそらく、これは前島傳四郎《まいじまでんしろう》の手柄であろうと皆が申しておる。美濃との戦《いくさ》がなくなり大垣から退《の》いたからには、この者、安祥に動かして三河衆を驚かしてやろう」

と信長に関係のない話が延々と続いた。

帰蝶は疲れてしまった。そっと待女房につつかれて、姑に話しかけられているのにやっと気がついたほどだった。

その間も、信長は黙って食事を続けている。親兄弟がこれだけいても、誰も話しかける者がいない。

その夜、お湯を召して袷《あわせ》に着替えた帰蝶の寝所に信長が渡ってきた。

「料理が口に合わぬなら、そう申せ」

と言う。戸口に立ったままだ。

「いいえ、おいしくいただきました」

「であるか。食が細いな、お濃《のう》」

——おのうとは？

「美濃から来たから、お濃じゃ」

と信長は笑いながら言った。

人に勝手に名前を付けるのは、いったいどういう神経であろうか。理解しがたいが、どうやら彼にとっては、なにやら親愛の情を示すものらしかった。腹立たしいが、子どもなのだろう。児戯にも等しいことなのだ。呼び名のことなどで逆らっても、なんのことはない。お濃でもよいではないか。

「末永く、よろしくお導きくださいますように」

と濃姫は手をついて一礼した。座ってほしかったが、信長は立ったままである。

「これを」

と言いながら、濃姫は両手で捧げ持つようにして、護符を納めた守り袋と金襴の袋に入れた守り刀の短刀を差し出した。

これは儀式で、本来は三方に載せて出すべきところであった。

夫はいったん納めて、またすぐに妻に返すのである。

夫に命を預けるという意味であろう。

信長は片膝を突いて腰を落とすと、守り袋はすぐに濃姫に返したが、短刀のほうは袋から出すと鞘から抜いて、抜き身をじっと見たまま、意外なことを言った。

「これで、わしを刺してこいと命じられた。それゆえ、輿入れしたのだと申す者がいてな。真《まこと》か」

口調は気楽な調子だったが、目は笑っていない。

だが、不思議と濃姫は度胸が据わった。

「まるで見てきたようなことを申す者、どこにでもおりましょう。されど父はさようなことは申しませぬ」

　と笑顔を見せながら、ことさら軽い調子で言った。

「刀でなくとも生害召される術はありましょう。されど供の者らにも、なんら指図いたしておりませぬ。そのこと、このお濃、よくわかっておりまする」

「なぜ、わかる」

「殿は父の目に適《かな》った御方で、ござりますれば」

「是非もない」

　と信長はいうと短刀を鞘に納めて、濃姫に返した。

　――是非もないとは、どういう意味だろうか？

　と濃姫が考えていると、さらに信長は意外なことを言った。

「舅どのは、小さな科《とが》の輩《やから》でも牛裂きの刑を与える、釜を据え置き、女房、親兄弟に火を焚かせて煎《い》り殺すとか。なにゆえそのような成敗をされる」

　一瞬の間があった。とても新婚初夜にふさわしい話題とは言えない。

「父の成敗なら、それが肝要だったのでございましょう。見つけたるは小さな科《とが》でも、大きな科《とが》を隠したる者かも。女房、親兄弟だとて科人《とがにん》かもしれませぬ。父は、愉しみに人をいたぶるような者ではありませぬ。その用があったはずです」

　と濃姫は答えた。

「子細知らねど、父を信じると申すのだな」

「はい」

「この先、わしがたとえ幾万、幾十万の人を生害しても、わしを信じるか」

「信じましょうとも」

「世の者どもが皆、非を申し立ててもか」

「このお濃だけは信じまする」

と濃姫は言った。

ああこんなにもこの人は孤独なのだ。大うつけと人に言われているが、平気なのではなかった。やはり内心はかなり傷ついているのだと、このとき濃姫は思ったのである。

信長は、このまま帰りかけた。言いたいことは言ったからに違いない。

濃姫はあわてた。

ああ、だから男は子どもだというのだ。

「お待ちくだされませ。このままお帰りでは美濃《さと》への知らせに難が出ましょう。殿の名折れになりまする。朝までお過ごしくださいますように」

と言いながら、濃姫は袴の裾を掴んでいた。

「で、あるか」

というと、信長は意外にも素直に従った。

9――交　換

一

他方、三河である。

美濃の斎藤道三の娘が織田家に輿入れしたことは、岡崎には衝撃だった。あれほど激しく争っていた両雄が和睦したのである。

三月六日、信長の婚礼から一二日後のことであった。

この日の午後、岩松八弥《いわまつはちや》は広忠に急に呼び出されて登城した。

――織田との和睦の話であろう。

と八弥は予想していた。

この日は法事があって朝から酒を飲んでいたから、非番の日の急な出仕はできれば遠慮したかったのだが、主命とあれば拒否できない。

八弥の隻眼は戦傷である。

ために片目八弥と呼ばれていたし、本人もそのように名乗っていた。

顔の傷は凄みを加えたが、一方で八弥を雄弁にもしていた。

「片目になって、かえって世の中が見えるようになりまして」

と、よく言ったものである。

相手を話に引き込むのに都合が良かった。

「わしの戦功などたいしたことはござらん」とか「戦《いくさ》に大小はあっても、怪我をするしないは別」とか「避けられる戦なら避けても名折れにはならん。逃げるが勝ちと申す」とか多少の厭戦気分が混じっても、もともと勇猛果敢との評判があったので相手に通じるところがあった。

本当は勇猛果敢どころの話ではない。罪なき下僕をふたりまで手討ちにしたことがあるとか、若い頃は酒に酔って細君を殴り殺しそうになったとか、とかく問題の多い乱暴者であった。

しかし、六歳の孫がいるような歳になると、どこか愛嬌も出てくるもので、人気があったのである。

――若君を取り戻す方便と割り切って織田と和睦してしまえ。それから再戦しても遅くはない。

とも言った。

――安祥《あんしょう》の城を祖先の城だと言うが、それを言うなら岡崎の城は元は西郷の城ではないか。安祥だとてなにも特別な城ではない。織田にくれてやれ。

ともいっていた。

すべて本音だから、じつのところ岡崎の家中で賛同する者は少なくない。

八弥は奥に進んだ。当時はまだ主君と家臣との垣根は低く、八弥も広忠に会って気軽に話すことができたが、今日は不思議なことに近侍の者がほとんどいない。

広忠は庭にむかって座っていた。足の爪を切っているのか、灸でも据えているのかと思った。

ところが、近くに寄ってから異変に気づいた。

脇腹を刺されて死んでいる。

まだ温かい。

大声で叫びだそうとした。

その瞬間、

「片目八弥、乱心、かたがた出会え、八弥、乱心」

と叫ぶ者がいる。

人が大勢出てきた。

と、とっさに走り出していた。

「くそ、謀《はか》られたか」

「片目、乱心、刃傷沙汰《にんじょうざた》ぞ、出会え」

とりあえず逃げなければ、命はない。

八弥は全力で駆け抜け大手門を出ると、正面の橋の上にいたのは、植村新六郎氏明《うじあき》だった。天文四年に清康を殺した阿部弥七郎正豊を成敗した男である。

「八弥、待て」

と新六郎は両手を広げて止めようとしたが、すでに刀を抜く構えだ。

——同じことが起きたと早合点したな。あるいは、こいつも一味か。待ち伏せしておったのか。

「違う。わしではない」

と言いながら、八弥は新六郎に体当たりして刀を抜かせない。

組み合ったまま、ふたりは乾堀《からぼり》の底に落ちた。

やがて、

「植村新六郎、片目八弥を討ち取ったり」

という声が響いた。

片目八弥は死に、首を刎ねられた。

刀を抜かず素手で組み合っても捕まらない自信はあったのだが、酒に酔っていて力が出なかったのである。


「これはいかなることか」

と訊いたのは今川義元である。

場所は駿府。

「子細はわかりませぬ。片目なる者が乱心したと、そのまま信じてもよし。たれかに使嗾《しそう》されたと信じてもよし」

と答えたのは雪斎だ。

「して、大傅《たいふ》の見立てはいかに」

「案ずるに、思わぬところで広忠どのがひとり歩きを始めて織田方に与《くみ》しようと企てたところ、それを阻止せんがため、重臣《おとな》のたれかが生害せしめたものと」

「主《あるじ》殺しか」

「左様。当世では珍しくもない。されど、この者、自ら悪人になる度胸はないらしい。困ったものよ」

と雪斎は笑った。

「広忠はまだ二四であったかな。跡目はどうされる」

「どうもこうもない。お家断絶と同じ。所領は召し上げ、岡崎には今川の家中から城代を出せばよかろうと存ずる」

「今川の宛行《あてがい》でもないものを取りあげる。そう申されるか」

「差し支えない」

「それで大丈夫でしょうか」

「重臣《おとな》どもは平気でござろう。もとより覚悟のうえと、すでに割り切っておるはず」

と雪斎は断言したが、義元は心配だった。

「やはり、それでは治まらぬ者もいる、ということでしょうな」

と義元が続けた。

「左様。多少の波風は立とう。造反が続けば、今川が敵役《かたきやく》にもなろう」

義元も考えた。今のところは、もう少し穏便にすませたい。

「やはり跡目を見つけておくことが肝要では」

と雪斎に言った。

「広忠に兄弟がありましたでしょうか」

と重ねて訊く。

「弟の源次郎信康どのはすでに戦死しておる。ほかにはいないはずだが、おったところで松平では庶流とみなす。広忠の子でなければ跡目は継げんだろう」

「では、尾張に取られた竹千代だけですか。どうにもならんのですね」

と義元は言った。どうも穏便にすませる策はなさそうだ。

しかし、雪斎は、

「手はある。子を作ってしまえばよい」

と言ったのである。

——子を作るとは？

義元が怪訝な顔をしている。

「どこの寺にも出所不明の小僧、ひとりふたりはおる。適当な者を広忠の子だったことにすればよい。たとえば、竹千代君と同年同日同時刻に生まれた男子があり、さきざきの禍《わざわい》となることを怖れ出家させてしまったとかな」

「そのようなでたらめ、信じる者がおるでしょうか」

「親を知らぬ年端もいかぬ小僧のこと、守役がじつはこうだと言い聞かせれば必ず信じよう。人は信じたいことを信じるもの。小僧が信じきってしまえば廻りの者も信じよう。証拠が要るなら、広忠どの愛用の短刀でも岡崎から持ち出して、小僧の護り刀にすればよい。岡崎の家中、必ず信じよう」

あまりのことに義元は言葉もない。

「大傅《たいふ》……」

と言うのが、やっとだった。

「ただし、これは最後の奥の手。種は仕込んでおくが、いまだ猶予はあろう。できるかどうか、ともあれ竹千代君を織田から取り戻す算段が先じゃ」

と雪斎は言った。

二

「再考することなどあり得ぬとあれほどまでに断言しておった御仁が、情けない」

と言ったのは、石川安芸守清兼である。

「君子豹変すと申す。こたびは、その君子が亡くなったのだ。新たに家臣一同評定して決めたこと、それでよいではないか」

と反論しているのは、天野甚右衛門尉景隆。

「そんなことを申しておると、痛くもない腹を探られるぞ。気をつけられよ。片目の奴、織田方に使嗾《しそう》されたともっぱらの評判じゃ」

「それこそおかしな話よ。先の殿は成り行き任せの御方、皆でご説明を繰り返し申し上げ、それこそ豹変せんようにしておったではないか。それこそ織田の味方は殿であった。織田が殿を弑《しい》するなどと申すは内情を知らない者の言いぐさ」

と甚右衛門は譲らない。

「先君を成り行き任せとは口がすぎよう。まだ初七日もすぎておらんぞ」

というのは、阿部大蔵定吉である。

広忠の死は秘密とされ、喪は伏せられていた。

表向き、怪我は軽く大事には至らなかったが、病気療養中のため面会謝絶ということになっている。遺体は、法蔵寺の教翁上人と相談し、ひそかに岡崎城近くの大林寺に送られていた。大林寺では密葬のうえ、遺髪や爪の一部などを納めて供養塔を建立し、遺体は能見ヶ原（現在の松応寺の境内付近）に埋葬していた。

もっとも、主君が亡くなったことを家中で知らぬ者はいなかったし、城内の広間におもな家臣を参集させて今後の方針を評定しているところだった。

「重臣《おとな》のかたがたの先の評定、異見のかずかずはどうあれ、織田方の和睦申し入れを拒んだこと、これは殿の決断にまちがいありませぬ。されどお隠れになったとあっては、これを反故にしたとて名折れにはなりませぬ。この際、織田と和睦し、一刻も早く竹千代君の御帰国をなし奉るべきと存じまする」

と言ったのは、石川安芸守の孫、伯耆守数正《あずまさ》である。

一七歳。年長の小姓、お供衆の第一等として駿府に同行するはずが、輿ではなく馬に乗っていたために竹千代と同舟とならず、尾張に行くことができなかった。その責任を感じている。

「和睦も方便でありましょう。幼君がご帰還の後、織田と一戦構えるならば、そのときこそ目にもの見せてやりまする」

というのは本多肥後守忠真《ただざね》。一九歳。

黙って聞いている兄の平八郎忠高《ただたか》は、二二歳である。

「いったん和睦すれば、織田方に与《くみ》することになる。そう簡単にはいかん。先君は今川家と同盟《よしみ》深く、かつ、その今川は駿遠の二州に加え三州も多くを幕下《ばくか》にして数万騎ぞ。今川に帰服し御帰城の計を遂げるべきであろう」

と酒井雅楽助正親《うたのすけまさちか》が反論した。亡くなった清秀の跡目を継いだ最も若い家老である。二九歳だった。

「そのとおり。織田と和睦すれば、幼君の御帰国は早まろう。されど今川の猛攻を受けるぞ」

と、植村新六郎氏明も同じ意見だ。片目こと岩松八弥を討ち取った男である。

まだ三〇歳だが、一六歳の時に清康を殺した阿部弥七郎を成敗しているから、二代にわたる主君の仇を取ったことになる。一説には飛騨守《ひだのかみ》と称して家老の扱いだったという。

「織田と結んで今川と戦ってもよいのだ。悪いことばかりではないぞ。長く分裂しておった松平党は、これで一丸となろう。道閲《どうえつ》どのの夢が叶うではないか。今川の幕下《ばくか》に属しておらん三河の国衆もおるのを忘れるな」

と本多平八郎は言った。

広忠の曾祖父である道閲（長親）の名を出すと露骨にいやな顔をする者もいたが、平八郎は気にしていない。本多兄弟は、広忠の身代わりとなって戦死した父忠豊《ただとよ》の戦功が大きく、発言力があった。

「今川の猛勢をもって攻めらるるは、御当家の最も危うかるべきことぞ。五年前に亡くなられた道閲どのは享年九〇歳。大変な長寿であらせられたが、あまりにも頑固一徹。どうせ夢を喰うなら四郎兵衛のような夢が当家のためであったな。なあ阿部どの、四郎兵衛の夢だよな。平八も留意されるが御身のためぞ」

と言ったのは、鳥居伊賀守忠吉《ただよし》である。

四十代はじめの阿部大蔵よりもはるかに年長で、このとき五七歳。この場の最年長であった。

この日も結論も出ないまま評定が終わった。

「評定ばかりしておって、どうするつもりだ」

と誰にいうともなく、本多忠真がつぶやいた。

「わからんか。重臣《おとな》のかたがたはな、なにもせんつもりだ」

と答えたのは、石川数正である。

「なにもせんでいいなんて道理がどこにある」

「あえて申すなら、下手をやるくらいなら、なにもせんほうがいいということよ」

と口を挟んできたのは植村新六郎だ。

「なにもせんのは御身大切、これが第一と心得ておるからだ。ああ、不甲斐ない」

と数正は言う。憤りを隠せない。

「それは、たれも同じであろう。お手前が安芸守の跡目を継いだとて同じではないのか」

と新六郎が茶化した。

「ただし、勝負どころはあろう。あのとき戦っておくべきと、あとで後悔しても遅い。道閲どのが亡くなられたと同じ年、酒井左右衛門尉忠次《さえもんのじょうただつぐ》、大原左近右衛門《さこんえもん》、今村傳次郎《でんじろう》らが石川安芸《あき》と酒井雅楽《うた》に死を賜うべきと言上したろう。されど殿さんは容れずじまいであった。主君《あるじ》不在のときは、どのようにすればよいのだ。黙って斬っていいのかな」

と物騒なことを言ったのは本多平八郎忠高である。

いきなり深刻な話になって数正は黙ってしまったが、新六郎は応じた。

「妹婿でなければ、それもよかろうと返答もできるがな。小夜《さよ》が泣く。ここは自重してくれ。頼む。昨年、子もできたことだし」

と笑いながら言った。

「なに、勝負どころを違えたくないだけの話さ。あのとき左右衛門はわしの一つ上だから一八だ。先のみえる男だった」

と答えた平八郎だったが、話はここで終わらなかった。

「広瀬の佐久間九郎左衛門《くろうざえもん》が片目どのを使嗾《しそう》したとの話、広めているのは新六どのではないのか。なにゆえ、そんな嘘をつく」

ほんの少しだけ間があったが、

「わしではない。上から出た話であろう。もっとも、わしも違うとまでは申しておらんが」

と新六郎は答えた。

「そもそも片目どのが手を下したとは信じられんのだ」

「片目がやったことを疑う由《よし》はなにもなかろう。織田方の佐久間がやらせた話が広まるは、それが殿のご遺志に沿うからであろうよ。わが子を見捨てた殿のご決断は辛いもの、その気持ちを汲むのが遺されたわれらの務めであろう。それゆえ、上はそうした話を持ち出したと斟酌《しんしゃく》いたし、わしも異を唱えず黙っておる」

「わしは違う。子をもつ身になってわかったが、見捨てることなどできはせん。和睦すればいいだけの話ではないか。この一件、なにやら謀略の臭いがして気にくわん。守山のときなら弥七郎の仕業に違いない。実見した者も多い。されど、片目どのが手を下したところなど、たれも見ておらんではないか」

「不審なところなどなにもないぞ。片目の気持ちなど、たれもわからん。わかりたくもない。あのときわしが待ち伏せしておったと語る者もおるが、それは違う。たまさかのことよ。それに、ここだけの話だが、首を取ったのもわしではないぞ。組み合ったところに槍の加勢があったのだ。その者の名、わけあって申せないが本当のことだ。話を難しくするな」

と新六郎は言った。

三

朝比奈備中守《びっちゅうのかみ》泰能《やすよし》を筆頭に、岡部五郎兵衛尉《ひょうえのじょう》長教《ながのり》、葛山《かずらやま》備中守氏元《うじもと》、鵜殿長門守《うどのながとのかみ》長持《ながもち》らが率いる今川の軍勢三百騎余が岡崎城に入ったのは、そのころである。

「喪を秘していたのではなかったのか」

と本多忠真がいうと、石川数正が答えた。

「今川を相手にして当家に秘密など」

「あろうはずもないな。先を争ってご注進申し上げる者ばかりだ」

と本多平八郎忠高が後を続けた。

大広間に家臣が参集すると、正面の床几に今川の四将が腰をかけ、そばを岡崎の重臣たちが囲んだ。床に腰をおろしている平八郎たちからすると、自然と見おろされるようなことになった。

朝比奈備中守が発言した。

「こたびのこと出来《しゅったい》いたしたうえは一刻の猶予もならん。織田方の知るところとなれば一気に寄せてくるは必定。尾張より援兵が来る前に先手を打つ。急ぎ駆けつけたるわれらは寡兵なれど、いずれも精兵にて心配ご無用。おっつけ駿河より多勢を発する手はずになっておる。安心召されよ。岡崎はわれらが守る」

そして、周囲を見わたすと、さらに続けて、

「手始めは安祥の城攻めじゃ。安祥の城を陥とし、城主の信広を生け捕り、返して欲しくば幼君を引き渡せと信秀に申し送ろう。者どもよいか」

と檄を飛ばした。

「おう、やらまいか」

「信秀の息を生け捕れ」

と大声で叫ぶ者がいる。気がつくと備中守配下の者ども、皆「やらまいか」と叫んでいた。

「岡崎衆に先手をお申しつけくだされ。これはわれらのこと、先手をお申しつけくだされ」

と阿部大蔵定吉が申し出る。

「然るべく」

と備中守が答えると、

「次の者に先峰を申しつける」

と酒井雅楽助正親がつぎつぎに名を呼び上げた。

「いずれも血気さかんな若武者でござる。三河武士《ざむらい》の意地を見せてくれましょう」

と鳥居伊賀守忠吉が朝比奈備中守に説明した。

「わずか三百の手勢で大将気取りではないか」

と数正が忠真に言った。

「あとに大軍が控えておるのは確かだがな。援兵を待たず短兵急に力攻めして安祥の城が陥とせるかどうか。たとえ城が陥とせても敵の大将を生け捕るなど、そんなにうまく事が運ぶのか」

という忠真に、

「それはやってみなければわかるまい。ここでたしかなことは二つだけだ。一つ、こちらから仕掛ければ織田と和睦の話はなくなる。二つ、ここで今川の手を借りれば、竹千代君の御帰国かなったとしても、駿府に送らねばならん。岡崎在城とはなるまい」

と忠高が答えた。

これには気がつかなかったと、ふたりは顔を見合わせた。

「先の読めぬ者が、世の中にはなんと多いことか。わしも含め……」

と数正が嘆くと、

「先が読めたところで、もの申すとは限らぬ。情けないが気押されてしまった。わしも同罪よ」

と忠高は言った。

そして、

「片目どのなら、あの場でも文句の一つや二つ申したかもしれんな」

と笑った。

それを聞いた忠真は、さきほどから気になっていることを思いきって兄に訊いてみた。

「兄者も名を呼ばれたが、いずれも今川との戦《いくさ》も辞さずと申しておった者ばかり。妙だと思わぬか。この場で名を読みあげることもあるまいに」

「考えすぎよ。他意はあるまい。勇ましいことを申す者は腕に覚えの強者《つわもの》ぞろい。先鋒を務めるは当然。名誉なことではないか」

「なにが名誉なものか。勝ったところでどうなる。竹千代君を取り戻すどころか、駿府に行かせるだけではないか」

と数正が叫んだ。

三月一九日、朝比奈備中守の指揮のもと岡崎衆が矢作川を越えて、安祥城に迫った。

夜のうちに移動し、夜明けとともに攻撃が開始された。

岡崎衆は小林源之助《げんのすけ》重吉《しげよし》や林藤五郎《とうごろう》ほか数十人が戦死するなど激戦が続いたが、たちまちのうちに二の丸、三の丸を抜いて本丸に迫った。

しかし、本丸での決戦は敵の計略だったのである。

遠矢で敵将の両眼を射貫いたという評判の弓の名手、前島傳四郎《まいじまでんしろう》率いる弓衆が城から猛烈に矢を射かけると、さえぎるものもない城内には斃《たお》れる者が続出した。

このとき本多平八郎忠高も、榊原藤兵衛《とうべえ》らとともに戦死した。父の忠豊も安祥城攻めの戦で亡くなっているので、親子二代続けて安祥城を奪回するために死んだことになる。

林藤五郎の系譜は定かではなく、天文九年に安祥城が陥落した際に戦死した林藤助《とうすけ》忠満《ただみつ》のこととする記録もあり、これが事実なら没年が違うだけで安祥城で亡くなったことに変わりはないということになろう。

守将の織田三郎五郎信広がよく守ったので、城は陥落しなかった。

この時は、このまま今川・松平勢が兵を退いたので、この戦いは武力を行使して敵の出方を見る威力偵察のようなものになった。もちろん偵察にしては犠牲が大きすぎたのだが、今川勢は無傷であったに違いない。

昨年生まれたばかりだった忠高の遺児は、弟の忠真のもとで育てることになった。のちの本多平八郎忠勝《ただかつ》である。

四

三月に来た朝比奈備中守の一隊は岡崎城を防衛するためと称して駐留を続けて、本丸、二の丸を占拠してしまっていた。

それに加えて、この年の秋から戦費と駐留経費をまかなうために岡崎領内の年貢に矢銭を上乗せするようになると、領民の苦しみを軽減するために倹約が必要だという理屈で、出納は今川家の被官が管理するようになった。

つまり、軍事だけでなく、財政面でも今川の管理下に入ったのであった。

「なんと人の良いことであろうよ、われらは」

と石川数正は言った。

「弓や槍で攻めかかってくれれば、それこそ一所懸命に戦こうたはずだ。それがどうだ。守ってもらうならばと、城を丸ごと差し出したのだぞ。これではまるで、今川の直領ではないか」

「寄らば大樹で、重臣《おとな》のかたがたは今川の被官になりとうて仕方なかったのであろうよ」

と本多忠真がこともなげに言うのを聞いて、数正はぎょっとした。

「まさか、そこまで害意はなかろう。知恵もあるまい。気がついたら、こうなっておったという話よ。それはそれで情けないが」

と数正は言った。彼自身、そう信じたかったのである。

他方、同じ松平一族でも長沢松平家の当主、松平右馬允《うまのじょう》親常《ちかつね》は強く抵抗して、容易に城を明け渡さなかった。

そこで今川義元は、東三河の在地領主である牧野田三郎《でんざぶろう》保成《やすしげ》に攻撃を命じた。

松平親常と嫡男の甚右衛門《じんえもん》親吉《ちかよし》は討死《うちじに》し、長沢城は陥落。

長沢松平家の主城と所領は、攻撃命令に附属する約定によって牧野保成のものとなった。

しかし、駿遠《すんえん》州の軍勢の西上に伴い長沢城は接収され、今川氏の直轄となった。

しかも、こののちのことになるが、義元は一時的な措置であるとの約束を違えて二度と保成に城を返さなかっただけでなく、保成が獲得した所領もその一部を取りあげると、ほかにあてがってしまったのである。

これより前に保成は牧野氏の所領を管理する家中の者を今川氏の直参としないよう求めていたが、家来たちが今川氏の被官になろうとする流れを押しとどめることはできなかったようだ。

そうなると牧野保成自身も、今川に協力する独立した在地領主の地位から転落してしまった。

同盟し協力を続けた結果、最後は今川氏の家来になるしかなかった。

駿遠州の軍勢約七千余を率いて雪斎が駿府を進発したのは、天文一八年(一五四九年)一一月一日のことである。

一〇月の中下旬から城攻めは始まっていたが容易ではなく。さらに援軍が必要だった。

雪斎は五日に岡崎に到着して軍議を開いた。

岡崎衆は三月と同様に先手を望んだが、雪斎はこれを後詰めにあて、伏兵として要路に配置し、攻城戦には参加させなかった。

安祥城攻めは北東の大手口を朝比奈、搦手口《からめて》を鵜殿と岡部、西南を三浦左馬介義就《さまのすけよしなり》と葛山《かずらやま》、北口を飯尾豊前守顕滋《ぶぜんのかみあきこれ》と定めて攻撃を開始した。

雪斎による城攻めが始まり、八日になった。

矢作川東岸の各地から反岡崎派の松平一門と国衆が救援に駆けつけようとしたが、伏兵として配置されていた岡崎衆がこれをさえぎり、城に寄せつけなかった。

このため守将の織田三郎五郎信広は、七百余の兵を率いて打って出て援兵を引き入れようとしたが敵《かな》わず、わずか三〇〇メートルほど出たところで安祥城に引き返した。

安祥城は舌状台地の南端にあって、周囲には湿地や沼が点在し、城の東西には幅四〇メートル弱の深田が外堀の役目を果たしていた。

三月は東西の深田を避けて南と北から攻め込んだのだが、当然、守りは堅くなった。

このため、小林平左衛門重正《へいざえもんしげまさ》らは民家から枝折戸《しおりど》を数多く徴発して深田に打ち込むことで城攻めを助けた。寄せ手は、これで深田を渡り二の丸を陥《お》とすことができたのだった。重正は三月に戦死した小林源之助重吉の甥であった。

二の丸、三の丸が陥《お》とされると城方は逃げ出す者が続出し、数百人が討ち取られて安祥城は陥落した。

四方に鹿垣を結び、取り囲むように間を詰めていったので、信広は逃げられず生け捕りになってしまった。

また、天文九年に信秀が、故地を回復するという大義名分の元、安祥城の名目上の城主とした五歳の男の子は一四歳になっていたが、彼も信広とともに捕まってしまった。

吉良義堯《よしたか》の次男、上野介義安《こうずけのすけよしやす》である。

吉良勢も荒川山に本陣を置いて戦ったが救援が及ばなかった。

義安の弟の義昭《よしあきら》も西尾城に立て籠もって抗戦していたが、雪斎は早くも九月五日付けで城方に降伏を促す矢文を送るなど交渉を重ねていた。

雪斎が力攻めを避けていたのは、吉良氏への敬意の表れであった。

安祥城が陥落すると、吉良義昭も人質となった兄の助命を条件として和睦に応じた。

尾張から救援に向かった信秀は、鳴海《なるみ》まで出てきたところで安祥城陥落の知らせを聞いた。

雪斎が、ただちに書状をもって信広と竹千代の交換を提案すると、信秀は即座に同意した。

こうして、翌九日あるいは一〇日、尾張国の笠寺において人質を交換することが決まった。寺領は守護使不入の地であり、尾張国の警察権の及ばない中立地帯になる。

当日、百から二百ほどの兵を擁した両軍は、笠寺から三〇〇メートルほどの距離を置いて対峙した。

そして、織田方からは竹千代ほか四人の子どもたちを連れた織田勘解由左衛門《かげゆざえもん》広良《ひろよし》と同玄蕃允《げんばのじょう》信昌《のぶまさ》が、岡崎方からは信広を連れた大久保新八郎忠俊、同五郎右衛門忠勝《ただかつ》、同七郎右衛門忠世《ただよ》がそれぞれ近寄った。

大久保忠俊は、このとき五一歳。子の忠勝は二六歳、甥の忠世が一八歳だった。

織田方の広良と信昌は、信広と信長の従兄弟だから、ともに十代である。信昌などは三四歳の信光の次男だから元服したばかりであったろう。

竹千代ほか人質となっていた四人の子どもたちを見て、

――みんな、尾張者によくなついておるな。

と忠俊は思った。なにか口惜しい。

一三歳になった最年長の天野又五郎はひとりで馬に乗っていたが、八歳の竹千代は広良の馬に、九歳の阿部徳千代は信昌の馬に同乗していた。榊原平七郎と平岩七之助はふたりで一挺の輿に乗っていた。

広良と信昌は馬をおりると、

「三頭ともさしあげる」

と申し出た。

岡崎方は、さきに駿府に向けて出発したときと同様、二挺の輿を用意していたが、「これはわしの馬だ」と竹千代が喜んでいるので、そのまま織田方から馬を受け取るしかなかった。

岡崎方としても信広が乗ってきた馬は進呈すべきかと忠俊は思ったが、信広は馬をおりると、

「これは返す」

と言った。

こうして、双方は、人質を交換すると自陣に戻った。

他方、このとき信長は熱田にいた。

竹千代を送り届ける役をやらせろと大暴れしていたのである。

送り届けるついでに、人質交換後の隙を突いて、松平勢を討ち取るつもりだった。

困り果てた加藤図書助順盛《よりもり》が竹千代を熱田社に隠すと、信長は境内に乱入して竹千代を探し始めた。これは禁制《きんぜい》に反する行為であり、ほかの者であれば打ち首ものであったが、信長側近の荒小姓たちはまったく平気である。

加藤図書が、なんとか竹千代を笠寺に送り出したから事なきを得たが、熱田側の怒りは治まらない。

帰城した信秀も信長の所行には激怒したが、対応は非常に冷静だった。

世間にもわかる形で処罰して再発を防止する必要があったから、信長本人に禁制を出させたのである。

――禁制を出す身になって考えてみろ。

ということであった。

この「藤原信長」名で熱田八か村あてに出された制札を見たひとびとは、

――あの大うつけもお触れを出すって、びっくらこいたにゃあ。これでもし乱暴狼藉やらきゃあしたら、御身どうなってまう。

――そりゃあ、さすがに腹を召されるしかあるみゃあ。

――そうだがや。

――それに見いや。あの大うつけ、藤家の御曹司であったげな。

と、大笑いした。

制札を立てたことで、信長は二度といたしませんという誓いを立てた恰好になった。

これが信長の現存する発給文書の初例である。信秀の跡目を継ぐにふさわしいと認められるには、ほど遠い存在であった。

五

岡崎に戻った松平竹千代は、大林寺の広忠の供養塔に詣《もう》でると、能見ヶ原の埋葬地に小さな松を一株植えて父親の菩提を弔った。

のちに元服して松平元康《もとやす》となり、岡崎に帰還した永禄三年、隣誉月光底鈍和尚を招き一寺を建立した。月光院である。

さらに慶長《けいちょう》一六年、六二年前に手植えした松の枝が東方に生長しているのを見た徳川家康は、「一族の繁栄を祈願したわが祈念に応ずる松なり」と称えて、寺号を松応寺としたという。

ともあれ、松を植えた時は、岡崎に留まることわずか数日だった。

今回の安城合戦において、伏兵として分散配置された岡崎衆は、せいぜい一か所あたり五十人くらいの小規模な戦闘を各所で繰り返しただけだった。ほとんど損害がなかったのはよかったが、城攻めの主力を担うことができなかったから、自分たちの手で幼君を取り戻したと胸を張って言えない。

「竹千代、いまだ幼稚のほどは、義元預かりて後見せん」

という今川義元の下知に従うしかなかった。

早くも同月一五日、竹千代一行は岡崎を出発した。

「わしはもともと行くことになっておったのだからな」

と石川数正は本多忠真に言った。

「それに、こうなっては爺さんや親父の顔など見たくもないしな。ちょうどよいのだ」

と数正は笑った。

数正の祖父の安芸守清兼は重臣であったが、「竹千代君の御衣食および雑事を整えて駿府に送る係」に退き、数正の父の右近太夫《うこんのたいふ》康正《やすまさ》が阿部大蔵定吉とともに城代になった。もちろん竹千代の後見人の今川義元による任命である。

同時に鳥居伊賀守忠吉と松平次郎右衛門重吉《しげよし》は惣奉行に任命された。これも惣奉行とは名ばかりで、実務は今川の被官が担うのである。

四十代の阿部大蔵、五七歳の鳥居忠吉にたいして、このとき松平重吉は六七歳。能見の松平家の一員で、広忠の祖父の信忠と同世代の人である。

これまで政務を担ったこともなかったはずだが、重吉の惣奉行就任は、一貫して岡崎の重臣たちを支持し続けてきた結果、ようやく今川の支配が確立し、これでもって恩賞を得たということになるのだろう。

「ならば、わしは岡崎で、事の次第を見届けることにしよう」

と忠真は言った。

そして、

「竹千代君をよろしく頼む。先君の二の舞は御免こうむる」

とつけ加えた。

竹千代に同行する児小姓には、石川数正のほか尾張にいた先の四人に加えて、

植村新六郎（家存《いえさだ》）　九歳
松平与一郎（忠正《ただまさ》）　六歳
平岩善十郎（康重《やすしげ》）　五〜七歳

が加わった。植村新六郎の幼名は伝わっていないが、氏明の子だから、本多忠勝の従兄弟である。

ほかの者は年長者で十代の者はいないようだ。

一部だけ名前と天文一八年時点での年齢をあげると、安芸守清兼の娘婿の上田慶宗《けいしゅう》（萬五郎元次《もとつぐ》）五七歳を筆頭に、江原孫三郎利全《としたけ》（三一）、野々山藤兵衛元政《もとまさ》（二四）、渥美太郎兵衛友勝《ともかつ》（一三）、阿部新四郎重吉《しげよし》（二〇）、高力与左衛門清長《きよなが》（二〇）、内藤与三兵衛正次《まさつぐ》（二〇）などである。

最後にあげた内藤正次の場合、最初は父の吉右衛門正勝《まさかつ》が駿府まで従ったもので、正次の駿府勤務は天文二〇年からだったというから、ほかの者も最初からではなかったかもしれず、あるいは最初の者は送り届けただけで岡崎に帰ったのかもしれない。


一行は二二日に駿府に到着すると、竹千代は後見人の今川義元と会った。

義元が竹千代の父の広忠（千松丸）にはじめて会ったのは、広忠が一一歳の時であった。それよりも竹千代は若い。

加えて、当時の情勢では今川義元が自ら広忠を後見することはできず、表向き吉良氏を立てなければならなかったが、今は誰はばかることなく竹千代の後見人を名乗ることができる。

しかも当時の広忠と違って、松平一党の惣領の座を争う相手は存在しない。

安祥城が陥落して織田方が撤退すると、矢作川西岸の反岡崎派の松平一門・国衆も、雪崩を打ったようにぞくぞくと岡崎（すなわち今川）に降っていた。竹千代に同行した松平与一郎も、桜井松平家が今川に差し出した人質なのである。

さらには、最後まで抵抗していた形原《かたはら》と竹谷《たけのや》の両松平家も、人質を今橋城に出すようになった。これも竹千代の駿府暮らしが終わって独立する永禄四年まで、一二年間続くことになる。

東三河の在地領主たちは、次男から三男、甥や姪、孫と交代させつつも、途切れることなく人質を今橋城に出し続けなければならなかった。

松平一族では大給《おぎゅう》の家が織田家と結び、滝脇《たきわき》の家とともにかろうじて独立を保っていたが、岡崎から見れば、はるか北の小勢力にすぎない。

だから、

——これで完全に三河はわしのものだ。

と義元は思ったに違いない。

10——占領と赦免

一

そのころ、駿府には三河衆が集められていた。

さきに竹千代の供廻りとして岡崎の重臣たちが選抜し駿府に派遣した者たちだけでなく、反岡崎派で戦った者たちを義元は駿府に招いたのである。

それは決して粗略な扱いではなかったものの、あたかも囚人を護送するように周囲に厳重な警固を付けてあった。

——これはどうやら、首は繋がったな。

と酒井左右衛門《さえもん》尉《のじょう》忠次《ただつぐ》は思った。

ご同道願いたいと有無を言わせぬ勢いで連れてこられたときは、てっきり駿河で処刑されるものと覚悟していたのである。どうやら、そうではないらしい。

「雪斎が来たぞ」

と酒井将監忠尚《しょうげんただなお》が言った。上野城主である。忠次の叔父だという説もあるが系譜は定かでない。忠次より二回りほど上の四十代後半であろう。

「さて、かたがた、よくおいでくださった。もはや挨拶は無用であろう。かたがたに駿府までお越し願ったは、いかなる子細あってのことか、おわかりかな」

と雪斎は話し始めたが、三河者は誰もなにも言わなかった。

「かたがたに死に場所を与えるためじゃ」

――やはり、首を刎ねるつもりだったか。

と忠次は思った。

――しかし、ただでは死なんぞ。わしから刀を取りあげもしないで、この坊主、いい度胸ではないか。

とたんに場が凍り付いたが、雪斎は意に介さない。

「かたがたは、竹千代君をなんと心得る」

というと、雪斎は皆をなめるように見据えた。

「お仕えできるのかな」

「あたりまえだ」

と大原左近右衛門が叫んだ。

「われらは、阿部酒井石川植村、これらの佞臣《ねいしん》がお家を滅ぼすと先君の代から申し上げてきたまで。若君には、なんら含むところはない」

と言ったのは今村傳次郎である。

「そうであろうとも。されば、この駿府で竹千代君にお仕えしたらよい」

意味がわからない。

「駿府で、とはどういうことだ」

と大給《おぎゅう》の松平和泉守親乗《いずみのかみちかのり》が聞き返した。三五歳。母は信忠の娘だから広忠の従兄弟であり、妻は桜井の松平信定の娘だ。

「和泉守どの、岡崎におれば、阿部らは貴公を若君に近づけまいとするであろう。ましてや若君は駿府におわす。阿部らの申すこと、これすなわち主命だと申し渡されても、かたがたは従えまい。違うかな」

そのとおりであろう。

「されば、このまま駿府におられよ。岡崎では、ろくなお役目も与えられまいぞ。かたがたは虜囚ではござらぬゆえ、勝手に立ち去っていただいて結構。されど悪いことは申さぬ。ここ駿府に留まり若君にお仕えせよ」

と雪斎は言った。

「だまされんぞ。わしは帰る」

と親乗は応じた。

——一戦交えるのみ。今川に屈することなどできん。

と思っている。

「うまいことを申されるものよ。感服いたした」

と言ったのは酒井将監である。

「されど若君はいまだ幼く、後見を務めるは治部大輔どのであろう。禅師の説かれるところ案ずるに、松平を見限り、今川に仕えよと申されておる。そうではないか」

「そうかもしれん」

と、あっさり雪斎は認めた。

「されど、ここのところは辛抱されるしかあるまいな。将監どのの申されるとおり、岡崎であろうが、松平に仕える者は、もはや今川に仕えると同じことであろう。ただし、岡崎の重臣《おとな》ども、これらをまとめて始末するなど、今川の力をもってしてもできかねるのよ。それゆえ、若君のおそば近くに仕えよと申しておる。いやな重臣《おとな》どもに遠慮し、その顔色うかがうこと不要とあらば、駿府のほうがましであろう」

酒井将監は黙ってしまった。

桜井の松平監物家次《けんもついえつぐ》はなにも言わなかったが、かすかに頷いたのを雪斎は見逃さなかった。

六歳になる嫡男の与一郎も竹千代の児小姓に付けているので、桜井の家は親子で駿府に連れてこられたことになる。

よほど警戒されていたのだが、彼はまだ若い。このとき二一歳だった。

「今川に屈したくないというかたがたの気持ち、この雪斎はよくわかる。松平の家を守ろうとしただけなのに、織田に通じたと嘲《あざけ》られ、さぞや辛かったことであろう。これまでよく戦ってこられたものと感服しておるのだ。さればこそ、かたがたが野に埋もれるは惜しい。かように存じておる。かたがたは負けたのだ。そう割り切られよ、負けて、なお生きられよ。そして、その身を拙僧に任せられませ。ぜひとも、お願い申し上げる」

と雪斎は言った。感極まったのであろうか。酒井将監が涙ぐんでいる。

ともあれ、これで雪斎直属の兵力が少なくとも千騎ほどは増えることになった。

二

「わしらなどが束になってかかっても雪斎には太刀打ちできんな」

と、石川伯耆守数正は酒井左右衛門尉忠次に言った。

数正が一二歳の時に忠次は岡崎を飛び出してしまったから、ふたりは駿府ではじめて会ったようなものである。

数正から声をかけた。亡くなった本多忠高から話を聞いていたので、最初から他人のような気がしなかったのである。

忠次のほうは、安芸守の孫ということではじめは警戒していたが、歯に衣着せぬ数正の物言いは好ましく、ふたりはすぐに打ち解けた。今では互いになんでも話せる相手になった。

「将監どのなどは、今ではすっかり雪斎に心酔しておる。和尚は天下の大義のために戦っておるのだと申しておった。今川家ですら和尚にとってはただの道具にすぎないと。そんなふうだ」

「大義とはなんだ」

数正にはわからない。

「わしにも、わからん」

といって、忠次は笑った。

「左近や傳次郎は、松平の家を辞して、今川に仕官する覚悟だ。どうせ今川のために働くなら、直参のほうがよいと申しておる」

戦に負けて敵側に属《つ》くことは、乱世では珍しくもないが、かなり長い間、松平は今川と戦っていないのである。なんとも不思議なことだった。

「これは酒の席での話だがな。今川の被官として岡崎に乗り込むのだと申しておった。左近や傳次郎を前にして、阿部大蔵が平伏するところが見たいそうじゃ。笑える話であろう」

と言った忠次だが、心底愉快そうには見えなかった。

「左右衛門どのは、どうされる」

「わしか。わしは、しばらく様子を見るつもりだ。幼君の成長を待つ。ここは伯耆どのに賭けてみよう」

と忠次が言ったので、数正は驚いた。

「なにも驚くことはあるまい。戦わずして降ったからには、しばらくは雌伏の時であろう。違うか」

——理屈はそうだが、しかし……

「どうした。元気を出せ」

「わしには先が見えん。正直に白状する」

「先が見えないのはたれも同じぞ。こういうときは黙って歩くことだ」

と忠次は言った。

そのころ、岡崎では、大きな制度改革があった。

三河譜代の士の所領が没収され、その代わりに月俸が給されることとなったのである。つまり、農園経営者ではなく、月給取りになった。

もちろん、月給といっても、貨幣ではなく、金銀でもない。支給される物は、米である。

制度改革の前後で、各人が受け取るべき石高《こくだか》に差はなかった。

もともと各人が拝領していた所領は、単に面積を意味するものではなく、平年作の予定収穫量である石高に換算されているから、違いがあるはずがない。

宛行状《あてがい》には銭に換算された貫高《かんだか》で表記されていても、受け取るのは米である。そういう意味では石高表記と変わらない。

実際、年貢が減免されるような不作の年は月俸も減額されたから、その点でも差はなかった。

逆に、豊作の年は月俸が増えたかというと、そうでもない。豊作の年であろうが年貢に差はなく、予定収穫量の超過分は耕作者に帰属する仕組みだからである。

他方、不作だが年貢が減免されないような年は、予定収穫量の不足分に相当する年貢を超過負担するので、耕作者は重税になる。

この時代、武士とはいっても農民でもあり、自ら田を耕す者が多い。だから、理屈のうえでは、各人が受け取る月俸と合算すれば収入に差は生じないはずであった。

ところが、皆が同じというわけではなかった。

隠し田、そのほか検地との差分があれば、すべて没収されたことになる。これは大きい。

また、耕作者から年貢を取り立てて岡崎に納める役、徴収代行を委ねられた者には、耕作者を選ぶ権限が残っていた。

所領を失って年貢を取り立てる立場から取られる立場に転落した岡崎衆の多くは自ら耕作者となる「手作《てづく》りする」道を選んだとはいえ、徴収代行するような大身《たいしん》の者であれば、元の所領のすべてを一族で耕作することはできない。また、元の所領だったところを越えて、より広範囲に徴収代行を任されることだってあったかもしれない。

そうなると、極端なことを言えば、どの田を誰が耕作するか、すべてがいったん白紙となったようなものである。そのうえで、人に委ねた場合は新たな契約関係が始まり、小作料相当額、加地子《かぢし》が徴収され、あるいは増額されたことだろう。

こうなると地頭《じとう》と言ったほうがわかりやすい。

地頭が百姓の譜代の名田《みようでん》を没収することは禁止されていたが、そもそも地頭には職に付随する得分として収益権があったから、経済的に圧迫を加えて、欠落《かけおち》（逃亡）や年貢未収にさせたり、借銭や借米を重ねさせて破産させることが可能だった。

しかも、この時代、百姓は名田《みようでん》を売買することはできたが、地頭から与えられたものという建前があるから、地頭に無断で売買することはできなかった。

地頭の収奪から逃げられない。

だから、自ら耕作し年貢を直接岡崎に納める者は、まだよかった。

そうでない者は小作人のような立場になり、負担増になっただけでなく、年貢が全納できなかった場合や加地子の支払いが滞った場合には耕作地を取りあげられてしまう。

『三河物語』によれば、手作《てづく》りを取りあげるときは「根を掘り給《たま》い」とあるから、栽培中の作物まで取られてしまうらしい。

そうなれば「一枚きりの着物を質入れし、あわ、ヒエ、イモなどは上の食物なり。豆腐のかす、（洗剤として用いる）麦のふすま、こぬか、豆の粉などを買い取って、一両年なんとなく、からがら命を存《なが》らえ」という有様だという。

因果応報を描く『三河物語』のこの場面は史実と符合しないのだが、困窮の度合いは創作ではなく伝承されたものであろう。武士としての働きに応じて給される扶持米だけでは暮らしていけなかった状況がうかがえる。

特に天文一八年は京都から陸奥にかけて井戸水も涸れるほどの干ばつと大風があって深刻な凶作となり、翌一九年も畿内から東国にかけて夏に大雨洪水が続いたために、北条領国では「国中諸郡の退転（離村）」、遠江で「年貢未納、耕作放棄、追求を逃れるために隣村を徘徊」、甲斐で「世間餓死いたすことかぎりなし」となるなど悲惨な状況であったから、三河の制度改革はより過酷な状況を生み出したに違いない。

さらに、運用益の問題もあった。

年俸制ではなく、月俸制というのも特徴的である。

もちろん扶持米の高が毎月変動するということではなく、年俸を月ごとに分けて同じ高を支給するだけのことであったのだろうが、一括支給されないことで換金の自由度は減少する。

月俸として給され業者に預けておいた米を、いつどれだけ換金するかは各人の自由であっても、翌月分を今月中に換金するようなことはできないからである。米の価格は変動し、いつどこで売るかによって値が違ってくるから、これは不利になった。

また、米の仲買人が替わっても買い取り価格に差が出るが、月俸制になると取り扱い高が小さくなるから、業者を替えても差が出にくい。自然と業者を替えることが面倒になり、やがては選べなくなったろう。もちろん業者が選べなくなると、もはや相場価格ではなく、業者の言い値に近い。

他方、自ら耕作して収穫した米は、これまでと同じく自ら売ることができたが、もともと量が少ないから価格交渉力がない。

これと反対に岡崎城では、当然のことながら、莫大な運用益を手にすることになった。換金するだけではない。米は貸せば利子が入る。

岡崎の米倉から米が出たり入ったりしているだけで、帳尻に不足はない。それなのに、それが銭を生み出していた。

もしかすると、この当時でも、貸米とは現物を移動させる必要がなかったのかも知れず、そうなると米倉の扉は閉まったままである。保管されたままの米が莫大な富を生み出すことなど、商業に疎《うと》い三河衆には考えもつかないことであったろう。

そうした利益を手にした者は誰か。

それも記録されている。今川義元によって惣奉行に任命された岡崎の重臣、鳥居伊賀守忠吉と、その一族である。

のちに松平元康が三河国の独立を決意したとき、軍資金を提供したことで忠臣として称えられ、今に伝わっている。

しかし、鳥居一族は、倹約によって公金から余剰金を捻出し独立戦争に備えていた忠義の士というよりも、年貢米の運用益を私的に貫流させて蓄財していた不忠者と呼ぶべきであったろう。

それが、最後の局面になって不正蓄財を差し出すことで見事に生き残り、名誉まで獲得したのである。

他方、今川家からすると、月俸制の導入によって三河衆の機動的戦略的な配置が可能になった。なぜなら、領地に縛られることなく、配置できるからである。

特に駿府には百人ほどが居住したというから、今川は雑兵を含めて数千の即応戦力を手にしたことになる。

こうした城下への集団居住は、戦国大名の念願であったろう。

それが織田家よりも早く実現したのは、これが占領行政の賜物であったからである。

今川家譜代の士の所領を没収することなど、とてもできない相談であった。それが岡崎では、軍事的経済的に独立した武装農民の集団が解体され、自ら耕作する土地を持たない傭兵と小作農が大量に生まれていたのである。

また所領を没収したことで、家から個人へと考え方も少し変わった。

たわけという言葉が田分けから出たように、農民にとって分割相続は愚かなこととされていたが、所領がなくなり俸給が支給されるようになると、俸給は家ではなく個人に支給されるものだから、結果として武家職の分割相続が進んだ。

乱世は実力主義の時代である。本音を言えば、給する側も給される側も、そのほうが都合が良かった。

耕作は地主と小作人という契約関係に基礎を置いたものとなり、従軍も家ではなく各人が月俸に応じて雑兵を抱える契約関係になれば、所領を基礎として地縁で結びついていた一族郎党とか家の子といった集団も自然と結束が弱まり、ゆるい同盟関係に変わってくる。

このころの徳川譜代の家臣の家譜を見ると、意外なことに長子が家を継いでいない例が少なくない。

親の年齢と子の年齢の開きが大きすぎるのである。何人かいる子どもの中で、最も優秀な者、戦功を立てた者の月俸が高くなることで、それでもって家を隆盛させ、跡目を継いだのではなかったかと思わせる。

清康から広忠、竹千代に至るまで松平宗家は、長子相続にこだわったが、家臣はそうでもなかったのである。なんとも皮肉な現象が生じていた。

三

信秀は、あきらめていなかった。

安祥《あんしょう》城が陥落した後も、その機能を残そうと画策していた。

――なんとか関銭の徴収は続けたいものだ。これまでどおり三河で通行手形を発行できないだろうか。

と思ったのである。

そこで目を付けたのが、水野下野守信元の居城、刈谷城である。刈谷城を尾張国の玄関口として関銭を徴収し、尾張領内往来勝手の赦免状、通行手形を発行する。

これまで安祥城で信秀の長男、織田信広が行っていた仕事であった。信元の妻は松平内膳正信定の娘だから、信秀の弟の信光とは同じ舅をもつ義兄弟の間柄になる。信頼できる者でないと任せられない仕事だから、信元は適任である。

六年前の天文一二年に亡くなった松平清定も信光の義兄弟になるが、清定の嫡男で桜井城主の監物家次は岡崎に降り駿府にあって、六歳の息子与一郎も人質に取られているので頼めない。

――桜井の城は使えない。刈谷だ。信元しかいない。

と信秀は思った。

水野信元は、この話に乗った。

なにしろ領内の商人たちがそれを望んでいた。

安祥城が織田方になる前は、沓掛城が尾張国の玄関口であったのだが、それが相当に高くついたのである。

それが九年前に織田家直轄の安祥城ができてはじめて、西三河の商人たちは「適正料金」を知った。それだけでなく、安祥城の役人たちは規律正しく、その事務は厳正かつ迅速であった。聞けば、いずれも津島あたりの商家の出だという。

これまで尾張東部の関所役人の不正に商人たちは泣かされてきたのである。

関銭だけでなく賄賂を渡さなければ、すぐに通関させてくれないし、数量も過大に見積るなどの嫌がらせをされ、余分に銭を取られていた。そのうえ尾張者と違って、三河者の商人たちは不正を訴えることもできなかった。

——昔に戻るのは御免だ。

というのが商人たちの本音であった。

信元にしても得るところが多い。

商人たちが赦免状や通行手形を得るためには運上金を織田家に納めなければならないが、徴収を代行する信元に入る手数料だけでも大変な額になる。そのうえ商人たちに睨みが利くようになるといった類の有形無形の恩恵があった。

ところが、思わぬところから横やりが入った。

尾張東部の在地領主たちである。彼らは西三河の商人たちとは反対に、関銭が取れなくなって困っていたのである。

それが、ようやく安祥城が陥落したことで元に戻ると思っていたが、刈谷のために期待を裏切られた。

そこでなんとか妨害してやろうと考えた。

理屈はこうである。

刈谷城で発行される赦免状、通行手形は、尾張守護代の織田大和守または織田伊勢守、もしくは尾張守護の斯波義統《よしむね》の名義のものである。実権を握っているとはいえ、形式としては織田信秀も事務取り扱い方の一人にすぎない。信秀が頂戴した三河守の官位など、なんの意味もないことは言うまでもない。

信秀は尾張者だから、尾張方の命により事務を執ることは当然の義務であろう。しかし、刈谷城主の水野信元は三河者ではないか。三河者に対する下知は尾張方の越権行為である。

また、信元が命に従うことは、三河方にたいし忠節を欠いた行為である。即刻やめさせるべきだ。

そういった告発を、尾張東部の在地領主の総代であった鳴海城主、山口左馬助教継《さまのすけのりつぐ》が今川義元あてに出したのだった。

これに対抗して信秀は、

――ひとえに三河の領民の商売繁盛を願って行うもので、その利益に適うものであるから、刈谷城の水野信元を赦免してほしい。特例として尾張国の事務代行を認めてほしい。

と義元に要請した。

信元は、商人たちを使って駿府の奉行衆に圧力をかけ、信秀の要請を側面から支援した。

困惑したのは義元である。

損得を考えれば、刈谷を赦免したいが、融通の利く織田家と違って今川は融通の利かない家である。何より秩序を重んじる。正論を振りかざされては困る。

そこで、義元は一計を案じた。

明眼寺《みょうげんじ》（妙源寺）と阿部与五左衛門に山口左馬助を説得させようとしたのである。明眼寺は、矢作川の西岸にあって、反岡崎で戦った独立性の強い在地領主層を檀家としていた寺である。与五左衛門は何者か定かではないが、西三河の在地領主で左馬助と近い関係にあったのだろう。

天文二〇年一二月の書状が遺されている。

――このたび、山口左馬助が今川に味方し、奔走するといってきたことはめでたいが、刈谷は赦免する。このうえは今川の味方筋の無事について山口が異議を申し立てることのないよう両人で説得せよ。

というものである。

山口左馬助は、この義元の書状の存在を知らない。

しかし、説得されなかったのは確かである。のちに信長にたいして公然と叛旗を翻す原因となった。

そして、山口左馬助の堅い決意を知った義元は、これが織田家にとっても譲れない一線であることがわかると方針を転換し、刈谷赦免を撤回することになる。

11——病　死

一

織田信秀は死にかけていた。

最初の危機は、天文一九年（一五五〇年）一二月のことである。記録はないが、脳梗塞のようなものではなかったかと思われる。

部分的に運動機能に障害が残り、言語障害も出たかもしれない。

一時的に公の場から完全に姿を消したので死亡説も流れた。

復帰した後も重臣たちですら言葉を交わすことはなくなり、かろうじて遠目から姿を垣間見ることができるだけになった。

こうなると、傍目《はため》には家督を譲るのも時間の問題にみえたが、信秀本人の意識は明晰なままで常と変わりなかったから、彼はじっと周囲の様子をうかがっていた。

——わし亡きあとは、どうなるのか。見極める絶好の機会だ。

と思ったのである。転んでもただでは起きない。

すると、最初の反乱の兆《きざ》しは、笠寺だった。

松巨島《まつこしま》の笠寺観音は、正しくは真言宗の笠覆寺《りゅうふくじ》という寺で、東海道の名所であったが、鳴海宿と熱田宿のあいだにあって街道の要所でもあった。この笠覆寺の領内で寺への寄進を旅人に強要している者がいるという。

その訴えは、熱田社の座主坊である如法院から出た。熱田の社僧で神前の勤めをするのが役目だが、この場合は熱田宿における豪商たちの意向を代弁している。

笠覆寺にも特権があるから、織田家中から笠覆寺領内に役人を出して直接取り調べるわけにもいかないが、寺への寄進を強要しているという訴えは問題であった。

なぜなら、この当時、多くの寺社では領内を通行する者にたいして関銭を徴収していたからである。これが世間一般ではあたりまえだった。家々を遍歴する門付《かどづけ》や道に立ち往来するひとびとから喜捨を求める代わりに、関を設けて銭を徴収することは領主からも公認されていたのである。

ところが、それを例外的に、尾張国では禁止していたのだ。

もちろん禁止の見返りとして、それなりに寺社への財政援助はしていたが、内心不満をもつ者は少なくなかった。

訴えを受けたのは信長である。信秀の指図ではなく熱田社が指名してきた。

——なかなか知恵者がおるわい。

と信秀は思った。

後継者候補としての信長の力量を推し量ろうとする底意があるのだろう。誰か家中の者が指南したに違いない。

信長の回答は、一二月二三日付だった。

――笠寺の別当職の知行分の賽銭と開帳は、さきに信秀が申し渡したとおりに、寺と僧侶で相談し誰が不服を申し立てようと相違ないようにせよ。

というものであった。熱田社の申し立ては表面上、笠覆寺を非難したものではなく、既得権をもつ者が確認を求めたものなので、回答もそのようになっている。

笠覆寺のあるところは、かつては熱田の社領であった。

とはいえ熱田社に公有地を寄進した官人の狙いは、この地を私領化することにあるから、熱田にはわずかな上分《じょうぶん》を納めていただけであった。

しかし、社領は社領である。

笠覆寺の前身である小松寺《こまつでら》が現在地の南約七〇〇メートルの海辺、粕畑《かすばた》貝塚のあたりにあったころは神宮寺であったと思われ、別当の呼称もそのころからのものだろう。ことによると天平《てんぴょう》の昔には当地にも末社があり、その社殿が滅失した跡地に小松寺が一〇世紀になって移転したのかもしれない。

ともあれ移転した際に改称したのである。

さらには少なくともこの三百年間、熱田に納めていた上分その他の雑役も免除され、熱田社は寺域への立ち入り権限さえ失っていた。

だが、いまなお熱田社の座主坊にとっては、笠覆寺はわが配下だという気分が続いていたに違いない。神職にとってみれば、たかが三百年くらいなんでもない。ほんの最近のことにすぎないのだ。

だから座主坊は、目下の者に沙汰を求めるという訴えの利益を有していたし、回答を寺に下達する権限と責任があると信じていた。現に信長の回答を得たことで、熱田社の権限は認証されたといってもいい。

他方、笠覆寺の住持が別当を自称していたかどうかはわからないが、少なくともこの当時、織田家の裁断を仰ぐ必要などまったく感じていなかったことはまちがいない。ましてや熱田社の指導監督を受けるなどは論外のことであったろう。

もちろん、信長の回答は、寺の裁量に任されているのは賽銭と開帳に限るというところが重要で、しかも僧侶が一人勝手に差配してはいけないと指示している。

「坊主の分際であらかじめ賽銭の額を決めるなどおこがましいわ。開帳に応じた喜捨、賽銭の多寡などは信心次第。出さずともよいのだ。無理強いするなら押し渡ってしまえ」

と文書交付の際に信長は言い渡した。この口上のほうが重要なのである。

豪商の荷を運ぶ商隊が武装しているように、寺も刀槍を持った僧形の武装集団が配備されている。双方が衝突したときに織田家の後ろ盾を得ているという点が大事になる。

信秀が感心したのは、信長の判断が迅速だったことである。このくらいの訴えであれば、それこそ右から左に処理できなくては領主の仕事は務まらない。

「荷を損なうような坊主がおれば、寺に火をかけろ。焼き払ってしまえ」

と信長はいい放ったとも聞いた。

――乱暴なことを申しおって。

若さに任せて無責任なことをいうと信秀は思っている。威勢がいいのは嫌いではなかったが、明らかに配慮が足りない。

他方、熱田の座主坊は、よほど底意地が悪かったようだ。

じつはまったく同じ時期に信長の弟の勘重郎信勝にも同じ訴えをしていた。回答の内容を信長と比べてみるつもりなのであろう。

——事の次第を明らかにして、理非を明らかにしなくてはいかん。そのうえで違犯した者があれば厳科に処す。

と信勝は考えた。

考え方は悪くない。笠覆寺の独断で行えることでないのは明白である。誰か承認を与えた者がいるはずだから、その承認者の判物《はんもの》（花押付きの文書）が手に入れば決定的な証拠になる。

しかし、警察力の及ばない地で黒幕を暴くのは難しい。

結局、翌年の九月二〇日付けで信長と同じような内容を、しかも簡略化して申し渡すことになった。

九か月も調べていたというのが驚きだった。

——先の見通しが甘い。

と信秀は思わざるをえない。

律儀でまじめな性格なのであろう。

ただし、こんなに遅くなってから回答をもらった座主坊も、さぞ驚いたろうなと思うとおかしくなった。

——洒落にしてしまうひょうきんさが勘重にあれば、救われるのだが。

と信秀は思った。いろいろと心配の種は尽きない。

二

天文二一年（一五五二年）に入ると、信秀の容態は悪化した。

疫癘《えきれい》に冒されたという。疫癘とは流行病《はやりやまい》のことである。

詳しい病名はわからないが、体力が落ちていたのだろう。さまざまの治術が施されたが、効果がなかったという。信秀に神仏を頼む気持ちは少なかったが、祈祷も行われていた。

二月中旬になると、信秀は覚悟を決めた。

戦場で頓死した場合に備えて、遺書は用意してあったが、その内容は誰にも告げていなかった。

——意識がはっきりしているうちに。

と考えた信秀は、ある日、一族の者とおもだった家臣をすべて末森城に集めた。その前から、女たちや幼い子らは病室に出入りしていたが、一族の者を全員招集したことで重篤な状態にあるとはじめて知った者も少なくなかった。

呼ばれた者から順番に病室に入れという。

最初は、長男の三郎五郎信広と次男の喜六郎信時。ふたり一緒だった。

次が三郎信長である。

——ずいぶんとやつれたな。

と信長は驚いたが、眉ひとつ動かすでもなかった。信秀も信長の顔をじっと見つめるだけでなにも言わない。

「跡目は、おまえに決めたぞ」

と信秀が突然言った。

「五郎でよかろうと思案しておったが、生け捕りになるようでは大将は務まらぬ。家中に示しがつかん。喜六は器が足りん。勘重は甘い。その下は若すぎる」

信長は、かすかに肯いたようだったが、それだけだった。

「わしが死ぬまで待たんでよいぞ。明日から惣領としてふるまえ。兄たちが率先して臣下の礼を取ろう。よく申し渡してある」

ここで信長は何かいうべきであったが、やはりなにも言わない。

「重臣《おとな》どもは案ずるな。みな算段が達者で利に聡い。成算のない謀反などは起こさぬ。そんな者ばかりだ。人も心の内まではわからぬもの。されど算段はわかる。そんな者を重用しておれば、案ずることなどありはせぬ。疑心暗鬼に陥っては自滅するぞ。自戒せよ」

くどくどとした物言いは信秀らしくなかったが、本人もそう思ったのであろう。話題を変えた。

「三河だが、先のことは、あの小童《こわつぱ》次第だ。されど、小姓頭の石川某《なにがし》、これに話をつけてある。おまえと同じくらいの年で、岡崎城代右近の息だ。今川べったりの親父と違うて聡《さと》い男だ。事と次第によっては織田の話も伺おう、と申しておる。渥美太郎兵衛が繋ぎをつけよう。すでに駿府に送ってある」

「渥美太郎兵衛か、知らん」

と信長が、ここではじめて口を開いた。

「三河者だからな。清康の代に降った家で、松平でも新参者よ。岡崎譜代じゃ。ところが太郎兵衛、一七の時に人を殺めて出奔してな。そこをわしが拾って、熱田に来た小童の供廻りに付けてやったのよ。石川の口利きで赦免され、駿府入りする小童の供になった。よって駿府の動静、太郎兵衛に聞くとよい。これもおまえと、たいして変わらん歳だ」

少し話しただけで疲れてきた。

「最期にひとこと申しおく。一族の者の命、おまえにかかっておる。大事にせよ。決して質に出してはならん。嫁ぐと質は同じことにあらず。大違いだ。嫁ぐ先は同盟《よしみ》を通じた相手ぞ。向後決して戦に及ぶことなどあってはならん相手だ。よくよく考えて選べ。かかる失敗《しくじり》、わしは一度としてなかったであろう。これだけはわしの自慢じゃ」

「戦は、よく負けておったがな」

「そう。戦には、よく負けたな」

と信秀は笑った。

これが信長にとって、最期の記憶となった。

続いて、四男の勘重郎信勝と五男の喜六郎秀孝《ひでたか》が呼ばれた。これもふたり一緒だった。

後の男子は、六男の三十郎（信包《のぶかね》）以下、末子の五歳未満と思われる又十郎（長利《ながとし》）まで入れて計七人いたが、みな元服前で幼かったからつぎに呼ばれたのは信秀の弟たちだった。信長の叔父たちである。

孫三郎信光《のぶみつ》、四郎次郎信実《のぶざね》、孫十郎信次《のぶつぐ》の三人。次弟の与次郎信康《のぶやす》はすでに戦死していた。

最後に、重臣たちが呼ばれた。

ここで跡目は信長だと告げた時、不満そうな、あるいは不安や懸念が重臣たちの顔に表れたが、さすがの信秀も、死を前にしたこの日、それには気がつかなかった。重臣たちを信じたい気持ちのほうが勝っていたからである。

三月三日になって、信秀は亡くなった。享年四二歳。

家督を継いだ信長は一九歳であった。

三

このとき二六歳だった太田牛一は、のちに『信長公記』に「生死無常の世の倣い、悲しい哉」と記して、

颯々《さつさつ》たる風来ては万草の露を散らし
漫々たる雲色は満月の光を陰す

と詩を載せている。

しかし、当時の信長に、こんな余裕はなかった。

なにもかもが、うまくいかなかったのである。

そもそも信秀の考えの中には、家臣団を子どもらに分け与えるという発想はなかった。

家臣団は城に配置されたのであって、城主に付けたのではない。その城主も正しくは城代であって、そのどれもが信秀の城であったことに変わりはないのである。

子どもらに所領を分け与え、その子らが各自それぞれに家来衆を召し抱えるためには、死ぬのが早すぎたし、子どもらも若すぎた。

信秀の最期の居城であった末森城には、柴田権六郎勝家《かついえ》、佐久間大学允盛重《だいがくのじょうもりしげ》、同右衛門尉信盛《うえもんのじょうのぶもり》、長谷川宗兵衛尉《そうひょうえのじょう》、山田彌右衛門尉《だんえもんのじょう》らが配されていたが、彼らは城主（城代）の勘重郎信勝の家来となったわけではない。

信秀が健在であれば、彼らは信秀の直轄部隊であり、たとえ信勝の指揮下に入ることがあったとしても、それは信秀の下知によるもので、一時的なものにすぎなかった。だから信秀が亡くなったあとは、跡目を継いだ信長の直轄部隊となるべきであった。

ところが、柴田らは、あたかも信勝麾下《きか》の部隊であるかのようにふるまったのである。那古野《なごや》城の信長から末森城の柴田らに直接指令しても、これに従わなかった。

「まずは勘重どのにご沙汰あるべし。勘重どのの下知あれば即座に応じまする」

と言うのである。もちろん、勘重郎信勝にあれこれと柴田らが入れ知恵して、信長の指図に注文を付けようとする含みがある。

その原因は、信長に対する不信感だった。

先代の信秀は、戦評定の好きな大将であった。それも必要のないことまで、評定に付す。

美濃との戦に大敗したときには、

「大垣の城が残っておる。マムシめ、喉元に刃《やいば》を突き立てられておることに変わりはない。生きた心地はせんだろう」

と言い、三河で蔵人信孝が戦死したときには、

「駿府詣《もう》でしとる間に、城を追い出され、知行まで盗られるぐらいの大うつけよ。頼りにならぬは承知のうえじゃ。死んだからとて何ほどのこともないわ」

と言った。

深刻な打撃を受けたときでも、信秀の説明を聞くことで家来衆は安心し、士気を高く保つことができたのである。

織田家の惣領たる者は、状況を説明する能力があり、それを打開する方策を具体的に提示することで指導力を示さなければならない。

重臣たちがそう思ったとしても、無理はなかった。

ところが信長は、まったくといっていいほど状況説明をしない。重臣たちを一同に集める評定をやらず、必要最小限の情報を必要な相手に開示するだけだ。信長の意図がどこにあるのか、本人が言葉で説明しないから、家来たちは指図の中身で推し量るしかない。

先代の信秀のやり方に慣れた重臣たちは、大いに不満であった。

他方、信長は重臣たちの不満を知らぬわけでもなかったが、だからといって信秀のやり方を真似しようとは思っていなかった。真似しようとしたところで、真似できるような能力がなかったというのが真実に近いだろう。

しかし、この人物の奇妙であり、かつ偉大なところは、最初から自分のやり方を押し通し、従わぬ家来が悪いのだと苛立ちはしても、自分の能力を決して疑わなかったことである。

——言葉を尽くして説明したところで何になる。しょせんは同じことではないか。

と思っていたに違いない。

しかし、実際問題として、自由に使える戦力は半減した。

戦力のかなりの部分を与えられた主城の主が、仮に長兄の信広であれば、まだよかった。実戦経験が豊富だからよけいな説明は要らない。ところが、弟の信勝である。書物の中で戦争を学んだ理屈好きの弟に相談するなど、信長にできることではなかった。

四

信秀こと法名桃巌の葬儀は、万松寺《ばんしょうじ》で行われた。天文九年に織田家の菩提寺として、信秀が那古野城の南側に建立した曹洞宗の寺である。

葬儀は銭施行という。尾張国中の僧だけでなく、上方と関東を行き来する修行僧まで含めて三百人ほどが、銭の力で集められた。

僧侶を養うは功徳を積むことだといってしまえばそうであろうが、

――お父が、そんなことを望んでいたはずがない。

と信長は確信していた。

自分の思うとおりにならない、その最たるものが葬式である。

ただし、どういうふうにするか信長に考えがあったわけではない。関心がなかったと言ったほうが事実に近いが、良きに計らえ式に任せておいたことが形になるにつれて、しだいに奇怪で醜悪なものに変わっていったのである。

もっとも、大永六年に亡くなった今川氏親の場合、同じ曹洞宗の増善寺で行われた葬儀には約七千人の僧侶が動員されたと記録されているから、上には上がある。しかし、それでも信長には耐えがたい儀式であった。

読経が始まったのに、喪主である信長は姿を見せなかった。

「わしは息子だぞ。お父の死を悲しんでおるに決まっておるではないか。人前で悲しんでいるふりをせんでもよいのだ。たれが咎めよう」

といっていたが、まさか本当に式に出ないつもりなのかと濃姫は気が気ではなかった。

喪主が来ないので、焼香を始めることができない。

母親の土田御前《どたごぜん》は、はらはらしながら、ただ待っていた。

そこへ、信長が入ってきた。

常の服装であったが、それは信長にとっての普通であって、かぶき者と評される異形の風体は、世間が眉をひそめる類のものであり、およそ大名の後継者にはふさわしくなかった。

髪を茶筅に巻き立てているところは村の子どもと変わりがないし、袴も付けていない。長柄《ながえ》の大刀は長すぎて床に届きそうだし、大刀も脇差も派手な色の熨斗を付け、細縄を縒《よ》りあわせた三五縄《みごなわ》で巻いているから、とても目立つ。

信長は、じろりと周囲をねめまわすと、仏壇に歩み寄った。

――清須からも人が来ている。こ奴らはお父を追い落とし、古渡の城下を焼いた連中だ。死んで良かったと思うておるに違いないのだ。

と思った。

なにもかもが気に入らなかった。

信長は仏前に立つと、抹香をくわっと掴んで投げかけた。

――わしは、こいつらの思うとおりにはならんぞ、お父。

そのまま信長は帰った。

なにか痛ましい生き物を見たようで、濃姫は胸が潰れる思いだった。

守役の平手中務丞政秀は泰然としていた。隣には、林佐渡守秀貞、青山余三右衛門、内藤勝介らが座っている。城ごとにまとまって並んでいるので、あたかも彼らが信長の直属であり、味方か仲間のようであるが、彼らとて決してそうではなかった。

信長のすぐ下の弟、勘十郎信勝は、折り目正しい肩衣と袴姿で、あるべき如くの作法をもって焼香をした。

禅僧には奇人変人も多い。奇をてらって自己を押し出そうとするところがある。要は、ひねくれ者の集まりであった。

だから三百人もいれば、世間を敵に回す信長の気概を評して「あれこそ国を持つ人よ」と、お追従を言う者もいた。銭をもらった御礼を兼ねてであろう。

しかし、多くは「無用の争いごとを好まれる。世の害となるやもしれぬ」と正しい評価を下した。

多くのひとびとは、

「あれが例の大うつけよ」

と、信長のことを噂した。

12——反　乱

一

天文二一年四月一七日（一五五二年五月一〇日）のことである。

松巨島《まつこしま》の笠寺（名古屋市南区笠寺）に砦が造られた、東海道の往来が滞っている、駿河衆が関銭の徴収を始めているといった報告が、つぎつぎに那古野《なごや》城の信長の元に入った。

——また、笠寺か。なぜ、そんなことができる。周りの者は何をしておったのだ。

と信長は思った。

一昨年の年末に起きたような笠寺が賽銭をなかば強制的に徴収するどころの話ではない。隣国の関所を尾張国内に造られてしまったのだ。

笠寺は山口一族の中心地である。周りには寺部、中村、市場、戸部、星崎といった城が取り囲むように造られている。

それなのに、一戦も交えることもなく、目の前に砦ができるのを、ただ手をこまねいて見ていただけなのか。それに、どこから駿河衆が入ったというのか。

「子細、調べおけ。わしは出るぞ」

と叫ぶが早いか、信長は飛び出していく。

長柄の大刀、脇差を三五縄《みごなわ》で巻いた愛用の差物は変わらないが、今日は茶筅《ちゃせん》に立てた髪を赤い平紐で巻き、上は背中に五つ木瓜《もっこう》の大紋を黒く染めた白の広袖、下は萌黄《もえぎ》の半袴《はかま》、足下は草鞋《わらじ》に脚絆《きゃはん》を巻く当世具足といった恰好である。

信長が湯漬けを三杯かき込んでいるあいだに、着替えを手伝った小姓たちも準備を整え、諸方に連絡する。はたしてこれは出陣なのか、小姓たちも知らなければ、触れ太鼓も鳴らない。

先頭に立って単騎飛び出した信長の後を、槍や弓を持った小姓たち五、六騎が付き従っていく。

熱田に着いたときには二十騎ほどになっていた。特に指示されなくても信長の甲冑、鉄砲を持ってきている。

信長は、熱田社の大宮司千秋加賀守季忠《せんしゅうかがのかみすえただ》の屋敷に入っていく。

ただし、大宮司とはいえ、この時代の千秋氏は、神職というより侍そのものである。当代の季忠になると、父信秀の代から信長に仕える武家に生まれた部将の一人と言ったほうが実態に近い。

ただちに使いが那古野に出された。

ここが本陣になる。軍勢を熱田に集結させるのだ。

そうこうするうちに、信長の元につぎつぎに続報が入ってきた。

笠寺に砦を構えて守る者は、岡部五郎兵衛尉元信《もとのぶ》に率いられた駿河衆二十名弱。引き入れたのは、鳴海城主の山口左馬助教継《さまのすけのりつぐ》。城の前の東海道を堂々と西上してきた駿河衆の通行を許している。左馬助は中村城に構えを造って立て籠り、鳴海城は左馬助の子、九郎二郎教吉《のりよし》が守っている。

——これは山口親子だけではないな。

と信長は思った。

駿河衆が東海道から入ったとなると、沓掛、大高の城も通行を黙認したのではないだろうか。この企てに誰が、どれだけの者が協力しているのかわからない。真正面から松巨島に入れば、敵の思うつぼにはまるかもしれない。

「まずは、どこに敵がおるのか物見じゃ。物見して敵が出たら仕掛ける。ただし深追いするな。笠寺はあとにする。さきに中根を回って鳴海へ出るぞ。出陣じゃ」

と信長は叫ぶと、軍勢八百を率いて熱田を出た。

古い東海道の「上の道」を東に下り、ゆっくりと進んで、途中の小城の城主を呼び出しては軍勢に加わるように命令する。拒否する者は、すなわち敵である。即刻首を刎《は》ねてくれよう。

だから皆、否応なく信長に従うほかなかった。軍勢はしだいに増えていく。

中根の村を通ったとき、信長は、ここにも城が欲しいと思った。

——あれのどれかに城をやろう。

父が幼い吉法師に那古野城を与えたように、城を造って弟に与えてやろうと思った。

信長にはお市のほかにも五、六歳ほどの弟妹がごろごろいる。名前も憶えていないが、これからは自分があの者らの面倒を見なければならない。

信長は、平針から来る道との出合にある島田のあたりで米野木川《こめのき》（天白川）を渡った。

島田城は牧氏の居城だが、問題なく信長に従った。

――妹は、この家にくれてやるか。

織田上総介《かずさのすけ》信長には、家長として家を守る責任があったが、この年、まだ一九歳にすぎなかった。

島田から南下して、古鳴海《こなるみ》を過ぎ、いよいよ鳴海に入った。

三の山に布陣して笠寺を偵察する。

北西方向に笠寺を見ると、その真うしろが熱田だ。信長は、大回りをして、熱田から見て笠寺の裏側に回り込んだことになる。

ここから笠寺とは、あいだに海を挟んで、直線距離にして約一キロ半しかない。南の鳴海城はもっと近い。

――今は潮が満ちておるが、夕刻になれば潮は引く。攻めるなら、ここからだが、さて九郎二《くろうじ》の奴、どう出るか。


余談だが、三の山には、のちに千鳥塚《ちどりづか》が建立されている。

貞享四年(一六八七年)の冬、

　星崎の闇を見よとや啼く千鳥

を立句とした一巻の完成を記念したもので、碑文は芭蕉の自筆で、芭蕉存命中唯一の碑だという。

この句に詠われた星崎は松巨島の南端にあって、三の山からは笠寺と同様、よく見えるのである。

芭蕉の時代の東海道は、鳴海から歩いて笠寺に向かい、白毫寺下《びゃくごうじ》で舟に乗って熱田に渡るという最短ルートをとる。鳴海と笠寺のあいだの鳴海潟はすでに沖に追いやられている。街道も土が盛られて整備されているので、歩いて渡れるのだ。

もっと時代がくだり、天保一五年(一八四四年)の『尾張名所図会』の頃になると干拓が進んで干潟はなくなり新田に変わっている。

信長の時代は、まだ北の古鳴海の野並八劔社《はっけんしゃ》下の船着場から松巨島へ渡る者も多かった。

この鳴海潟と北のあゆち潟は、満潮時なら舟で渡る。干潮時は歩いて渡れるが、干潟がぬかるむので馬だと難渋する。遠くなるのをがまんすれば、北のほうを選んで渡ったほうが楽なのだ。

山口九郎二郎教吉は、このとき二〇歳。信長と同じ年頃で、一緒に遊んだ仲だった。父の左馬助は、信秀が亡くなり信長が跡目を継いだ今こそ好機と思ったに違いなく、父の企てに巻き込まれてしまったのだろう。

——愚かな奴だ。わしに従えばいいものを。

と信長は思った。

先代の信秀が領国内の関所を廃止したとき、当然に鳴海の関所も廃止されたが、鳴海城が徴収していた関銭に相当する額の金は今も分配されている。

しかし、荷駄が増えているのに分配金はあまり増えないとか、関所役人が役得として懐に入れていた分が補填されないとか、いろいろと不満が残った。

特に尾張東部の東海道の要所にある城の城主たちは、鳴海城に限らず、関所を元に戻して自分で好き勝手に関銭を徴収したいというのが本音である。

一昨年の笠寺の寄進強要も、裏で糸を引いていたのは彼らだ。それが失敗したから、こんどは笠寺に駿河衆を入れて関所を造り、関銭の徴収を公然と始めたのである。

どこかの城でやらずに、新しく関所を造って駿河衆にやらせているのは、誰も責めを負いたくないからであろう。

あるいは、

——どこかの城主が一人で勝手にやったことではなく、みんなで決めたことだ。

とでも言いたいのだ。

つまり、信長の敵は鳴海城だけではないということである。


ついに山口教吉が動いた。

鳴海城から軍勢約三百を率いて出撃し、三の山の東方約一キロ半の赤塚の郷に布陣したのである。その数千五百。

——千五百か。存外に多いな。されど、ここを陥《お》とすには、この倍は要るぞ。

予定戦場は、三の山から見て、笠寺とは反対側になる。

——笠寺から遠ざけるつもりか。受けてやろう。

鳴海方から先鋒約三百が三の山に寄せてきた。

信長も、赤塚の郷まで同じ数の先鋒を出し、巳の刻（午前一〇時頃）に開戦した。

両軍の先鋒同士、敵との間合いが一〇メートル前後のところまで接近した時、互いに屈強の射手が矢を放った。

荒川与十郎が兜《かぶと》の眉庇《まびさし》の下を深く射かけられ落馬したところを、敵兵が駆け寄り、引きずっていこうとして脛《すね》を取って引く者もあれば、金銀の熨斗《のし》を巻きつけた太刀の柄《つか》を引く者もあった。味方は頭と胴体を引っ張って対抗した。与十郎の鞘《さや》は金銀の熨斗付きで、長さ一八〇センチ、幅は一六、七センチもある代物だったが、この鞘の方を引く者が味方にいて、ようやく競り勝ち、与十郎は命拾いをした。

双方入り乱れ火花散らしての戦いは、八メートル前後のところまで接近しては乱れ合い、叩き合っては退き、また負けじ劣らじとかかってきては叩き合うといったことの繰り返しであった。

双方とも顔見知りの者であったが、真剣での斬り合いである。必死で戦った。

午の刻（正午頃）になって戦闘が終わった。

槍で討ち取った敵は、荻原助十郎、中嶋又二郎、祖父《そぶ》江《え》久介、横江孫八、水越助十郎。接近戦が多くて、首は互いに取れなかった。

信長勢で討死《うちじに》したものは三十騎に及んだ。山口教吉は槍が上手で数多くの者を討ち取った。

信長方は荒川又蔵を生け捕ったが、赤川平七が敵に生け捕られたので、捕虜を交換した。

馬をおりて戦ったため馬は皆敵陣へ駆け入ってしまったが、少しのまちがいもなく返された。

こうして、信長は、その日のうちに帰城した。

さきに信長は、笠寺の砦にいる駿河衆の身元を調べるよう命じていたが、那古野城に戻ると、それに加えて、駿河衆が徴収した関銭をどのように分配しているか調べるように命じた。

――九郎二の奴、お人好しも度がすぎるぞ。

今日の戦は、全軍が激突する総力戦ではない。互いに先鋒をぶつけただけの小競り合いにすぎない。信長は本陣で戦況を見ていただけだ。しかし、山口九郎二郎教吉は、前線で戦っていた。

──九郎二は大将ではないのだ。大半の者どもは様子見しとっただけじゃ。戦は笠寺で始まると思い込み、たるみがあった。九郎二が大将でないなら、左馬助も大将ではなかろう。で、あるならば、大将はたれじゃろう。

旗を立てて戦うならまだよい。本当に悪いのは、裏に隠れて糸を引いている奴らだ。だが、それをつきとめるには、金の流れを追うしかない。それには時間がかかる。

──当分、笠寺には手が付けられんな。

ここで力攻めして笠寺の砦を落としたところで、また同じことを別の場所でやるだろう。だから、首謀者を成敗しなければならない。それも二度と逆らう者がいなくなるほどの厳しい方法で。

しょせんは烏合の衆である。今日の激戦を見れば、よほどの覚悟がなければ、自分たちで関所などは造れないはずだ。

二

ところが、それから四か月後の天文二一年八月一六日（一五五二年九月四日）、夜明け前のことである。信長のところに「深田城と松葉城が清須衆の手に陥《お》ちた」という報告があった。
その瞬間、信長は、
──市之介が危ない。
と思った。

深田城と松葉城は、熱田から津島にむかう街道の要所にあって、その途中を流れる於多井川《おたい》（庄内川）の左岸に、信長の従兄弟で、幼名市之介改め織田信成《のぶなり》の居城、稲葉地《いなばじ》城がある。深田や松葉を出た敵が街道を東に進めば、そこは稲葉地城なのだ。

ただちに信長は着替えもそこそこに那古野城を飛び出していった。草履を脱いで裸足で馬に乗る。誰にもなにも言わない。信長の後を必死で小姓たちが追いかけていく。従う者は、最初は五、六騎だったが、しだいに増えて稲葉地の川岸につく頃には数十騎になっていた。

稲葉地城はすでに臨戦態勢であった。信成と目が合ったが、信長はなにも言わなかった。言葉は必要なかった。

取り急ぎ那古野に使いが出た。ここに軍勢を集結させる。物見の報告も稲葉地に変更だ。

——燃えておらんな。

と対岸の深田城と松葉城のあたりを観察して、信長は不審に思った。

信長は稲葉地城に入ったが、信成も状況がよくわからないと言う。今わかっているのは、深田城と松葉城のところで街道が清須方によって封鎖されたということだけだった。

やがて、信成の父である守山城主の孫三郎信光が、数百の手勢を引き連れ、駆けつけてきた。

徐々に集まってきた報告を総合すると、松葉城主の織田伊賀守《いがのかみ》と、深田城主の織田右衛門尉《うえもんのじょう》孫十郎信次《のぶつぐ》は、清須方の人質に取られているという。

信長は、

——さては、家来の中に清須と通じる者がいて手引きしたな。

と思わざるをえない。

「それにしても二つ同時にとはな。伊賀守どのも孫十も人は良いのだがなあ。甘くていかん。城を乗っ取られるとはな。孫十、わが弟ながら情けない」

と孫三郎は憤慨している。信長と同じく、ふたりの家来どもの中から内通者が出たと思っているようだった。

信光も信次も、信長の父信秀の弟である。ここ稲葉地も含めて街道の要所にある城は、連枝《れんし》の者で固めていたが、敵の手に陥ちるとは。

そうこうしているうちに信長の軍勢も集まってきた。その数七百。

このまま、ここから深田・松葉の両城に攻めかかるということも考えないではなかったが、しだいに城内の様子がわかるにつれて、信長の考えは変わった。

——これは謀反じゃ。おのが主《あるじ》を押し込めおったか。

敵を引き入れたのではなく、城内にいた家来が城主を裏切ったのだ。その証拠に城内で戦闘らしい戦闘が起きていない。謀反だと言われたくないから、清須衆が手を下した態《てい》を装って城主を軟禁しているだけだ。

——家来どもの謀反を清須の連中が唆《そそのか》したな。わしのせいか。わしが跡目を取るのが、そんなに許せんのか。

父信秀の跡目が信長ではがまんできない。そういう家来が大勢を占めている。

——わしの味方は、伊賀守どのと孫十郎叔父だけなのか。

家臣を抑えることができなくなったに違いない。それほど信長に対する不信感は強いのだ。ついにふたりとも城主の座を奪われたのである。

もっとも、ふたりとも殺されていないのは、人柄が良く家来にたいして甘いところが幸いしたかもしれない。

また、家来どもにしても、城主を殺して自分が取って代わろうなどといった、だいそれた野心の持ち主はいないのだ。

跡目相続にしても、不満があるとはいえ、信長を殺そうとするような強硬派は少ないのではないだろうか。

全面戦争に至らずとも、紛争状態を長引かせれば信長を惣領の座から引きずり落とせる。そう踏んだに違いない。

主殺しとなると、さすがに躊躇している者のほうが多いはずだ。

そうだとすれば、深田・松葉の両城は、現時点でも清須衆の手に渡ったとまでは言いきれない。

――だとすれば、まだ間に合う。

「深田、松葉の城は、様子見しとるだけじゃ。戦を仕掛けてくる者は少ないぞ。敵の本陣は清須じゃ。これより三方へ手分けして川を渡る。されど、まずは多勢をもって清須を攻める。敵は清須じゃ」

と、信長は命令を下した。

そして、深田、松葉だけでなく清須を加えた三つの城を目標として、全軍が渡河を開始した。

清須方面には、信長・信光の軍勢にあわせて、遅れてきた勘十郎信勝《のぶかつ》の軍勢から柴田権六郎勝家《かついえ》が率いる主力部隊が向かった。

そして、清須城の南約三キロの海津《かいづ》(萱津)の村で、清須城を出てきた敵の軍勢と遭遇した。

清須方は明らかに出遅れている。

「始めが肝心じゃ。ここで危うくなれば、様子見の者ども、どっと打ち寄せ来たるぞ。心して掛かれ。ここが大事ぞ」

と信長は叫んだ。

辰の刻（午前八時頃）、信長・信光の軍勢は、海津の村の入口から東の清須勢に襲いかかった。

信光配下の小姓上がりの赤瀬清六は、何度も武功を立てた腕に覚えのある強者だった。先を争って清須方の重臣、坂井甚介《じんすけ》と渡り合い、よく戦ったが、残念ながら討死《うちじに》してしまった。

しかし、昼近くにまで及ぶ激戦の末、ついに清須勢が斬り負けた。

坂井甚介は討死。その首は中条小一郎家忠《いえただ》と柴田勝家が相討ちで取った。このほか清須方は、坂井彦左衛門、黒部源介、海老半兵衛《はんべえ》、乾丹後守《いぬいたんごのかみ》、山口勘兵衛、堤伊予《つつみいよ》を始めとして、五十騎ばかりが枕をならべて討死した。

一方、松葉城方面で信長方は、約二キロほど進んだところで、街道上にあって交通を遮断していた敵の砦を取り囲み、攻め落とした。砦を追われた松葉方は、こんどは馬島《まじま》の大門崎の端で支えようとしたので、辰の刻（午前八時頃）から午の刻（正午頃）まで続く激戦になった。

数時間にわたって矢を射かけられ、負傷者が続出した松葉方はついに撤退を始めた。

ここで殿軍《しんがり》を務めた赤林孫七、土蔵《とくら》弥介、足立清六が討死。野戦に打って出た兵はすべて松葉城に撤退した。

深田城方面では、深田城から約三キロの三本木の町で信長方は敵と遭遇。敵味方とも町中を戦場としないよう町の周囲で戦ったが、特に防塁となるものもないところだったので、深田方はすぐに攻め崩され、伊藤弥三郎、小坂井久蔵をはじめ屈強の者三十人余が討死した。

午後になると、さきに清須勢を破った信長方の主力が転進し深田城と松葉城に攻め寄せてきたので、両城は降参を申し入れてきた。

思ったとおりである。

信長が申し入れを受けると、城内にいた清須方の者たちは城を明け渡して、清須城に逃げ込んだ。

信長は、さらに軍勢を清須方面に進めると、清須衆の知行を選んで収穫前の作物を刈り取り、それから那古野城に帰った。

松葉城主の織田伊賀守と深田城主の孫十郎信次は、ともに解放され城主の地位を取り戻した。様子見をしていた家来たちが、信長の勝利を見て清須方を見限り、元の城主の復権を認めたからである。

こうして熱田から津島にむかう街道の往来は元に戻った。

――両城の家来どもも悪いが、もっと悪いのは、それをけしかけた清須城の重臣《おとな》どもだ。

と信長は思った。

清須城主の織田大和守《やまとのかみ》達勝《たつかつ》の考えではあるまい。達勝は重臣どもの言いなりである。

――坂井甚介は片づけた。残るは、坂井大膳亮《だいぜんのすけ》、河尻左馬允《さまのじょう》与一、織田三位《さんみ》の三人じゃ。

敵にたいして信長がどれほど執念深いことか。やがてわかることになる。

13――別れと出会い

一

織田玄蕃允信平《げんばのじょうのぶひら》（秀敏《ひでとし》）が斎藤道三に書状を送ったのは六月。海津《かいづ》合戦の前である。

この書状で玄蕃允は、行状の悪い信長では織田家はもたない、一族内には不満が充満していると訴えた。

すでに六十代である。一門の長老格として、

――このままでは三郎に背く者が出るかもしれない。老婆心ながら姫さまの安泰が第一と思えばこそ家中の恥を書き連ね申し送ったる次第にて、早め早めのご決断が肝心と存じまする。

というのである。

暗に信長を見限るように薦めている。

この話に乗ってくるようであれば、信長を降ろした後、惣領を誰にするか濃姫の再嫁先も含めて道三の意向を打診する。そのように玄蕃允の使者は命じられていた。

ところが、道三は話に乗ってこなかった。

——三郎どのは若いので苦労は尽きないこととは存じますが、捨て置かれることなく、仰せになったようなことは、なんべんでも使者を立て存分に話し合われるしかないでしょう。

という返書を出したのである。

さらに道三は信長にたいしても書状を送ったが、その内容は玄蕃允に謀反の企てがあるから用心せよといった警告とは違っていた。

——いまだ決心しかねている様子にて、ここは取り込む算段が肝要である。旗色を鮮明にするよう迫るほうが上策である。

というのである。

海津合戦に勝利した後、一〇月二一日付けで信長は、玄蕃允の所領の中村三郷について安堵状を出した。

これを知った玄蕃允の仲間が、

——深田、松葉の城の一件、裏で唆《そそのか》したこと三郎に漏らしおったな。われらを裏切り、一人保身に走るとは許せん。

と思うに決まっているからである。

進退に窮した玄蕃允は、以後、信長に忠実に仕えるしかなくなった。

その天文二一年(一五五二年)も秋になった。

四月の赤塚合戦で負傷した荒川与十郎の役宅に、突然前触れもなく信長が訪れた。

づかづかと中に入ると信長は、

「そろそろ出仕できるそうだな。傷を見せてみろ」

と平伏している与十郎に言った。

与十郎が眼帯をはずして傷を信長に見せると、信長は興味深そうに傷痕もなまなましい眼窩をじっくりと観察した。矢傷が元で片目を失ったが、かろうじて命に別状はなかったのだ。

「どれほど刺さったか」

「これに取り置いてござりまする」

与十郎は自分に刺さった矢を見せた。鏃《やじり》の近くで丁寧に切断されている。それに指をあて、

「このあたりまで」

と言った。

信長は「ふむ」と低く頷くと、

「快気祝いじゃ。酒をこれに」

というと、そばに控えていた小姓が差し出したグラスを与十郎に与えた。小姓が酒をつぐ。赤葡萄酒である。

「南蛮の酒じゃ。飲んでみろ」

しげしげとグラスの赤い酒を見ていた与十郎、一気に飲み干すと空になったグラスを小姓に返した。

「どうじゃ。旨いか。どんな味か言うてみろ」

と訊かれたが、与十郎、すぐには言葉が出てこない。

「もうよい。あとでこれに申せ」

と信長は小姓を顎で示すと、本題に入った。

「さて、与十、おまえの命を助けたあの熨斗《のし》付きのことよ。刀ではあるまい。見せてみろ」

与十郎は、金銀の熨斗を巻きつけた長さ一八〇センチ、幅は一六、七センチもあるそれを差し出したが、鍔《つば》を付けて太刀風の拵《こしら》えではあったものの、やはり信長の思ったとおり板状の大きな「棹《さお》のようなもの」であった。

「さてもそうか。大の男ふたりが柄《つか》と鞘《さや》を引っ張りおうて抜けなんだのだからな」

と信長は、自分の推察したとおりだったので嬉しそうである。

「思うたよりも軽いな」

「竹を束ね細紐で縫いつけてござりまする。熨斗を巻くは見た目よく、ばらけないようにする工夫でござる」

信長の注文で与十郎は外に出ると、それを振り回して見せた。風を切る大きな音が豪快に響く。

「熨斗付きは気に入ったが、大ぶりで不細工じゃ。されど音は良い」

と信長は言い、馬に乗った。

「よく養生したうえは、励めよ、与十。なんの手柄も立てておらんのだからな。酒は褒美の前渡しじゃ。少しぐらいの手柄ではなにもやらんぞ、よいな」

というと走り去った。

さきに信長が調べさせていたことが、このころになってようやくわかった。

笠寺の砦にいる岡部五郎兵衛尉元信《もとのぶ》は、今川義元に知行を没収されていた。召し放たれている。どのような罪科があったか子細はわからないが、三年前の天文一八年（一五四九年）の安祥城《あんしょう》の戦いでは武功を立てているから、このあとのことであろう。

——浪人者を雇い入れおったか。

ようやく疑問が解けた。

わずかな兵を連れて敵陣深く入り込んでくるなど正気の沙汰ではないが、雇われたのなら生国がどこであろうと関係ない。この乱世の世に気にする者のほうが少ないのだ。また、引き入れた方も、意に背けばすぐに始末できると安心して引き入れたのであろう。

——甘い。これは高くつくぞ。

義元の軍師、雪斎《せっさい》がこれを見逃すはずがない。

岡部元信は知行を没収されるほどの大馬鹿者で、まったく信用できないにしても、尾張領内に砦を確保したとなれば、雪斎は信用できる者を送り込んでくるに違いない。

——おそらく岡部と顔見知りの者だ。因果を含めて禄を取りあげた態《てい》を装うに違いない。

早急に対策が要る。

——沓掛や大高はあてにならん。鳴海の城を囲む砦が要る。

すでに中根には街道だけでなく、米野木川（天白川）の渡渉地点をすべて囲むように、砦を三つ造らせている。

これが完成したら、名前を覚えていない弟だが、熱田の商家の娘が産んだ子を入れる。東海道を確保することは、実家《さと》にとっても重要だから義父を後見役にすれば不足はないはずだ。

これに加えて、鳴海城を囲むように砦を造り、出入りをすべて監視する。信長による砦の構築を阻止する力は、もはや鳴海方にはないだろう。

しかし、城を落とそうとすれば話は別だ。必死で抵抗するはずである。だから、今は鳴海城の力攻めは避ける。いましばらくは、山口親子に味方する者の切り崩しを優先する。

笠寺で徴収された関銭の流れは解明できていないが、先の合戦で山口親子に味方した者については、これまで織田家が一括して徴収し分配していた関銭の交付を停止している。

これが徐々に利いてくるはずだ。

東海道には松巨島に渡らずに中根を大回りする道もあれば、古鳴海から松巨島に渡り笠寺を通らない道もある。笠寺に関所を置いても、思ったほど関銭は取れていないはずだった。

松巨島や尾張東部の領主たちの誰が裏切り者なのか。

那古野城に呼びつけることができれば簡単なのだが、それだけの力が信長にはまだない。その身分は、尾張国下四郡を差配する守護代、織田大和守達勝《たつかつ》の家臣にすぎないのである。そして、その大和守家とは、いまや交戦状態にあるのだ。

二

「そろそろ上総介と和睦をしたらどうじゃ。思案のほどはいかがか」

そのころ、清須城本丸では、武衛《ぶえい》さまこと尾張守護の斯波義統《しばよしむね》が、守護代の織田大和守達勝に尋ねていた。

尾張一国の国主として一段高い上座にいる義統にたいして、大和守は下座に遠く離れて対面する形である。

「それは大事な問題ですゆえ、坂井に答えさせまする」

と大和守が言ったときには、義統も心底あきれてしまった。

――なんのためにふたりだけの時に訊いたと思っているのか。これでは同じことの繰り返しだ。変わらないではないか。

大和守のうしろに織田大和守家の重臣《おとな》たち、筆頭の坂井大膳亮《だいぜんのすけ》ほか数人が入ってくる。

これが煮ても焼いても食えない連中なのだ。

「おそれながら、この大膳、お答えいたしまする。そもそも、こたびの戦《いくさ》、上総介の増長極まれしものにて、おのが勝手な当て推量をもとに清須の城に兵を差し向けたるは言語道断。城方は一時の急難を除かんがため、やむを得ず防戦しただけにござりまする。和睦などは、上総介に詰め腹を切らせてから、そののちに先方より申し出るべきものと愚考いたしまする。ために、まずは武衛さま、上総介のご処分をお決めいただきたくお願い申し上げる次第です」

「それは何度も申したはずじゃ。上総介の勝手な当て推量か否か調べてみよと。指図した者がおるのかおらんのか」

「そのような者、清須城内には決しておりませぬ。身どもが下知しておらぬゆえ、たれもそのような大事、しでかす者はおりませぬ」

と大和守が答えると、大膳が続ける。

「あれは、そもそも深田、松葉の二つ城のお家騒動にござりまする。その家来どもに縁のある者で、たまさか清須に出仕しておる者どもが勝手に加勢したまでのこと。それを上総介、問答無用とばかりに清須の城に兵を進めるなど、短兵急にすぎまする。まずは当家に問い合わせるべきではありませぬか。きちんとした手順を踏まぬ、その我儘《わがまま》勝手のしたい放題、まさしく大うつけにございますな。弁解の余地などありませぬ」

なるほど道理である。

しかし、

「こうは申したくないのだがな、大膳」

と義統は言った。

「これには笠寺の一件、これも絡んでおること忘れたか。手順を踏んでおらんのは、おぬしも同じこと。そもそも新儀商人も領内の往来違い有るべからず、新儀の諸役も取るべからずではないか。その国主の鑑札、笠寺では堂々と違犯しおって咎《とが》もないまま四月もの間、守護代は手をこまねいておっただけではないか。その間、ひとり上総介だけが取り組み、鳴海では戦になっておるところ、またもや深田、松葉で同じことが起きるとは。このわしでさえ裏で糸を引いておるのは大和守かと疑いたくもなる。それが人情じゃ。黙認するは加勢すると同じことであろう。おぬしの弟、甚介も重臣の端くれであったではないか。上総介にあたる前に、さきに深田、松葉に出て詮議を始めておればよかったのだ」

弟のことを持ち出されて、大膳の顔色が変わった。

義統を睨みつけている。

一方、義統は家来の分際で生意気なと思うから、ますます口調は激しくなった。

「乱世は武断も大事じゃ。清須に出仕しておる者どもが勝手に加勢したまでのことと、さきほど申したな。それでは訊くが、その勝手、いつまで許すつもりか。八月に上総介にやられて清須に逃げ帰った家中の者、いかがした。咎《とが》めておらんではないか。それどころか城主に逆らって深田、松葉の城にいられなくなった者ども、これらをことごとく清須は召し抱えたと評判になっておるぞ」

「おそれながら、当家の者決して咎めなしにはいたさぬ所存、調べを進めておりまする。されど、この者らは主命に逆らい往来を止めたかもしれませぬが、それは義憤のあまりしでかしたこと。武辺の者ゆえ角《つの》を矯《た》めて牛を殺すようなまねはいかがかと愚考いたしまする。街道を往来する庶人を殺めたわけではありませぬ。深田、松葉の城におった者も、主君を手にかけたなら、いざ知らず、ご再考いただきたい一心で思い詰めたあげくの所行。お家大事の気持ちに嘘偽りありませぬ。本人も深く反省いたしておりますゆえ、有為の人材ならば世に埋もれるよりはと召し抱えたまでのこと。もちろん他国に落ちのびた者もおりまするゆえ、すべて当家で召し抱えたようなことはありませぬ」

と大膳、冷静さを取り戻してきた。

「そもそも上総介、すぐに人を殺しまする。乱世においては武断も大事との武衛さまの仰せなれど、そのような武断先行の政事《まつりごと》、一国を支えることはおろか、一家を支えることとさえ、いずれは無理が生じましょう。かように愚考いたしまする」

と一息入れる。これで言葉の重みも増すというものだ。

「畢竟《ひっきょう》、先のお家騒動も一族郎党の不安が原因。上総介の自業自得にござりまする。それを当家の謀り事などとは本末転倒。正気の沙汰ではありませぬ」

と笑ってみせた大膳だったが、義統も負けていない。

「笠寺の件はどうじゃ。清須は何をした。申してみよ」

「何かしようにも上総介が独り転びて招いた混乱、これの収拾が先でござりますれば、いかんとも為しがたく苦慮しておる次第にござりまする」

と、ここでも間をあければ、いかにも思案している態になろう。

「兵を出さなければ敵とみなして首を刎ねるとか申して、国衆を脅すなど、まさに武衛さまをもないがしろにしての専横、目にあまる所行でござりまする。また、上総介が集めた関銭の分配、これも一部を勝手に差し止め、清須の勘定方には一片の書状を寄こしたのみ。かかる独断は、上総介の悪癖でござりまする。勝手いたしておきながら、尻ぬぐうは当家の役目とばかりに押しつける。これではなんとかしようにも」

「それは親父の備後守が健在であったときにも申しつけたであろう。重臣として復帰させよと。余の目の前で評定して決せよと」

「それは、身どもにも分がありまする。そもそも徴収しておる関銭はすべて、いったんは清須の勘定方に入れるべきものでござりまする。国衆の取り分を勝手に決めては勝手に分配し、残りを清須に納める。これがまちがいの元でござる」

と怒ってみせるが、これは本音だ。

「それは余がすでに裁断しておろう。備後守が執り行う旨を沙汰したこと、今は上総介に任せておる。上総は手の付けられぬ乱暴者かもしれんが、勘定方で仕切るは津島の商家で年季を積んだ者ばかりじゃ。違算があろうはずがない。これはあの家の家風じゃ。余所《よそ》の家に任せれば、違算どころか、これ幸いに役得じゃと懐に入れる心得違いの者まで出てこよう。このまま上総に任せたい。これは余の裁断である。これは決して変わらぬぞ。この話はこれまで。ただし、上総介との和睦のこと、これは何度でも申しつける。それが国のためだからじゃ」

と言いおいて、義統は席を立った。

命令しても言うとおりになったためしがない。「その儀、承りました」と答えは返ってくるが、そのうちうやむやにされてしまう。

だから命令を下すのではなく、評定とか諮問の形式でわが意を伝えるのだが、これもまた、のらりくらりとかわされてしまう。

それなのに大和守などは、

「そもそも、これは評定などではありませぬ。武衛さまと評定するなど滅相もない。ご命令くだされればよいのです。身どもはご下問にお答えしておるのです」

とまで言うのだ。

それに評定するにしても下問するにしても、達勝とふたりだけならまだいいのだが、問題は大和守達勝のうしろに控えている事務取り扱い方にすぎないはずの連中だ。

つくづく昔は良かったなと思う。

といっても、大昔のことではない。織田備後守信秀が生きていたときのことだ。

あのころ、達勝は脇に控えていたのだ。奉行とか重臣たちが左右に分かれて対座し議論を戦わせていた。守護や守護代は、家臣の議論を聞いたうえで、「それではこういたそう」と、評定を取りまとめることができたのである。

備後守は優秀な男であった。雄弁であり、評定を主導することができた。なにより先見の明があった。だからこそ尾張半国を差配する守護代の家臣の一人にすぎないにもかかわらず、半国のみならず、ときには尾張一国を動かすことができたのだ。

備後守が生きておれば、大膳など何ほどのことはない。それがこんなに大きな顔をしおって、これでは守護も守護代も用無しではないか。

――ああ、はるか昔に逆戻りしてしまったようだ。

と、斯波義統は嘆くばかりだった。

三

清須で武衛さまがため息をついていた頃、本来は守護代がやるような仕事まで織田弾正忠《だんじようのじよう》家の当主は務めなければならなかった。

熱田の豪商である西加藤家の全朔《ぜんさく》こと加藤隼人佐延隆《はやとのすけのぶたか》らに商売上の諸権益を保証したのである。

天文八年に信秀が出したものとほぼ同じ内容だが、それ以前には守護代の織田達勝が同様の保証を行っているから、信秀の代に実権が移ったことになる。

その内容は、徳政（債権を消滅させる徳政令）、年紀《ねんき》、要脚《ようきやく》（分担金）、国役（国の課税）については免除するというものである。

このうち「年紀」の免除について説明すると、これは年紀法に基づく時効取得の適用外にすることで不法占拠されている全朔の財産の保全を図るということではなく、「年紀売」で取得した知行の取り戻し特約を消滅させるという趣旨である。

「年紀（年期、年季、年記）売」とは、取り戻し特約付きの有期知行職の売買契約で、十年とか二十年にわたって年貢を徴収できるが、契約期間満了後には自動的に売主に権利が戻るというものである。つまり、特約を消滅させれば有期ではなく無期になるから、「永代売《えいたい》」と同じことになる。

そんなことをして売主が文句を言わないとすれば、それはとても不思議なことなのだが、じつは文句を言いたくても言えない事情が売主には発生している。

信秀の文書がわかりやすいが、「年記ならびに永代で購入した田畑、屋敷、浜、野以下のことは、たとえ売主が欠所（知行没収）あるいは退転（免職）したとしても、相違あるべからず」となっている。

つまり、売主の地位が大きく変動しても、年紀売の特約は承継されない、消滅させたということである。

ちなみに信秀が文書を出した天文八年三月は、信秀が那古野城を奪取し那古野今川家が崩壊してから四か月しかたっていない頃であった。

天文二一年は赤塚と海津の合戦があったから、全朔の取引相手の中にも知行や職分を失った者が少なくない。それで、全朔は諸権益の保証を信長に求めてきた。

たとえば、欠所については、戦功のあった者に恩賞として与えたうえで取り戻し権を承継させることもできるのである。これなら全朔は知行を返す相手が代わるだけだ。

あるいは年紀売契約の本体を消滅させて、いわば更地《さらち》の状態で恩賞として与えることもできる。だが、これだと全朔は売買代金相当額の年貢を回収する前に知行職を失ってしまう。

ただし信長は父と同様、そうはしなかった。

ということで、年紀売の特約が消滅すれば永代売と同じことであり、見かけ上は全朔の知行になったということになる。

もちろん信長は、いつでも全朔の知行を召し上げることは可能だ。

しかも、ここが肝心なことだが、全朔は徴収した年貢の一部を、領主に相当する職分として信長に上納しなければならない。

元の売主にも上納の義務はあり、それが買主に承継される仕組みだが、上納は弾正忠家にたいしてではなかったし、そもそも乱世では未納があたりまえのように横行している。それが全朔であれば、信長にたいして未納で済ますなどということはあり得ないのである。


そのころ、那古野では、信長の守役の平手中務丞《なかつかさのじよう》政秀の長男、五郎右衛門久秀《ごろうえもんひさひで》のことが話題になっていた。

ある日、馬場で馬を調教していたが、久秀はあまりうまくはない。父の補佐をしていて奥向きの用が多いから、馬に乗る機会もさほどなければ、前線に出ることも少ない。要するに武官ではなく事務官なのである。

たまたまそこに信長が通りかかった。

これは「良き駿馬《しゆんめ》だ」というのではなかった。そもそも織田家が一括購入したものの一頭で、良い馬がいれば信長が試乗し気に入れば自分の馬にするのだから、馬に関心の薄い久秀にあてがわれる馬は駄馬である。

ところが、

——五郎右にはもったいない馬だ。

と信長は思った。たとえ駄馬でも力量のある者が乗れば、馬の力を引き出せる。

だから、

「五郎右ではだめだ。その馬、わしに寄こせ」

と言った。

このとき五郎右衛門久秀は二九歳。信長の九つ上であるが、守役の父の手伝いで幼い吉法師を前に乗せてふたり乗りしたこともあったほどであった。

自然に政秀と同様、保護者めいた感情が抜けない。

「それがしは武者を仕《つかまつ》りますゆえ、御免くだされ」

と断った。

これは理屈としては当然で、たとえ支給品であろうと、いったん家来が手にして調教を始めた馬を召し上げるなど、あってはならないことである。

――名君であれば、そんなことはしない。

と久秀は思う。信長にたいしては、善き主君になってほしいという思いがさきにたつ。

信長は、断られてむっとした。

――道理がわからない奴だ。馬をだめにするのは、誰の得にもならん。

と思ったのである。

幼い頃からの長いつきあいで信頼しているから、主君である自分を軽んじたとまでは思わなかった。

だから、この話は、ここで終わるはずだった。

ところが、この一部始終を見ていて言い触らした者がいた。

時期が悪かった。

跡目を継ぐ前ならよかったが、跡目を継いだ直後で、皆が信長の一挙手一投足に注目していた時期である。

　さらに、赤塚と海津の合戦は、先代の信秀の時代には考えられなかった戦であった。公然と織田弾正忠家の惣領に反抗する者が出てきたのである。

　――やはり、あの大うつけ殿には荷が重すぎる。一門を統率できていない。

と見る者が少なくなかった。

　というのは、そうした評価を広めようとする工作もさかんだったからである。

　当然、久秀の小さな反抗は家中の恰好の話題となった。

　彼の武者ぶりなどは、本人ですら信じていないほどだから、「武者を仕《つかまつ》ります」などと抗弁しても皮肉にしか聞こえない。

　――あの平手中務の息ですら大うつけ殿には従わぬ。

というわけである。

　こうなると、信長も久秀を恨むようになった。

　――もう少し、主君たるわしに気を遣っても良かったものを。

と思った。

　ある種の甘えがあるといってもいいかもしれない。

　それほど、平手政秀とその息子は、信長にとっては特別な、無条件に自分を守ってくれるべき存在であった。

　他方、久秀も苦しんだ。自分の軽率なひとことが、主君の威厳を傷つけてしまったのである。

　こんなことなら馬などさしあげるべきであった。馬が惜しかったのではない。皮肉を言ったつもりなど毛頭ない。信長には善き主君になって欲しかっただけなのだ。

思いあまって久秀は、父の政秀に相談した。自分が切腹してお詫びしようと思ったのである。

——それはだめじゃ。もっと悪いことになる。

と政秀は反対した。

君主が自分の理不尽な要求を突きつけて家来を切腹に追い込んだとなれば、もっと始末が悪い。だから時が解決するのを待て、いずれ皆が忘れる。そう思ったのである。

しかし、一方では、他人の気持ちを考えようとしない信長の危ういところを常に感じていたから、不安があった。

おりにふれて注意してきたのだが、一向に改めようとしない。

信長は他人に共感することはできない。だが、他人の気持ちを考えて慎重にふるまうことはできるはずだ。

考えようともしないのは、どこか人を軽んじているところがあるからである。

じつは信長、自分が人にどう見られているか神経質すぎるほど気にしている。そして、その張り詰めた緊張は時に暴発するほどだ。とても思慮深いにもかかわらず、あえて他人の気持ちを無視しようとする。

馬一頭を取りあげるかどうかはたいした問題ではない。しかし、それこそ生殺与奪の権を握っているのだ。寛容になれとは言わない。どうせ無理だろう。どうか注意深くなってほしい。

そう考えたとき、政秀は悟った。

——遅い。もはや手遅れだ。自分には時間がない。

そして、まだ二十代の息子が死を覚悟するほどの事態なら、自分が死のう。いや、死なねばならないと政秀は思った。

天文二二年(一五五三年)閏一月一三日、平手中務丞政秀は居城の志賀城で自刃した。享年六二歳。

――お守りしたい。されど成果がない有様。もはや存命しても詮なきことと存じまする。

これは自らの死で主君を諫《いさ》める諫死《かんし》であった。

信長あての忠諫状《ちゆうかんじよう》が残されたが、厳封され信長以外に見た者はなく、今に伝わっていない。

ただし、政秀のことだ。名文を後世に遺そうと思ったはずがない。

信長がひとりで読めるようにと、女手のように仮名文字で口語に近い表現を使って書いたと思われる。

その内容は、信長にとっては何度も繰り返し聞かされたことと、さほど違いはなかったろう。

ただ、その書き方が信長を泣かせた。

信長は、ひとり馬に乗って疾走し、馬の上でただただ泣いた。大声で叫んでいた。

平手政秀は、なぜ死んだのか。なぜ死ななければならなかったのか。信長には理解できなかった。

だが、ただただ悲しく、ただただ口惜しかったのである。

だから、その感情だけは生涯忘れなかった。


信長は、沢彦宗恩《たくげんそうおん》に政秀寺《せいしゆうじ》を開かせ、政秀《まさひで》を弔った。

沢彦は当時、永泉寺《えいせんじ》(犬山市)の住持であった。以前にあった寺が戦火にあって焼失した後、その七十年後の天文元年に美濃の大宝寺から泰秀宗韓《たいしゆうそうかん》を招聘し開山したという臨済宗妙心寺派の寺である。

泰秀は生没年不詳だが、その師の興宗宗松《こうじゆうそうしよう》は文安二年(一四四五年)生まれである。大宝寺を開山したのは五〇歳のときであった。

興宗の法統を辿ると雪斎の師である大休宗休（応仁二年、一四六八年生まれ）と同じ世代なので、沢彦は法統では雪斎よりも一世代下になる。

子弟の年齢差は少なければ十歳くらいのこともあるが、沢彦が雪斎のあとに妙心寺三九世となり、妙心寺を経て大宝寺の住持になったことを考えると、沢彦が泰秀から印可を受けたのは大宝寺ではなく、永泉寺であろう。

したがって、天文一八年に美濃の瑞龍寺《ずいりようじ》に移った泰秀の後継者として永泉寺二世となったとき、沢彦は四十前後ではなかったかと思う。

つまり、沢彦は信秀と同じくらいの年齢であった。

また、永泉寺は楽田《がくでん》城の近くにある。

楽田城が永正年間に築城されたとすれば、それは織田久長《ひさなが》の子、敏信《としのぶ》（良信《すけのぶ》）の普請である。

楽田城に移った祖父、敏信の元に信秀も通い、それは城主が伯父や従兄弟の代になって永泉寺が創建された頃まで続いていたことだろう。

織田弾正忠家の一族は永泉寺住持の泰秀から美濃の情勢を聞いていたはずで、信秀も古渡城に泰秀を招いたことがあったかもしれない。

それで信長も父から泰秀の話は聞いていたのだろう。瑞龍寺から招聘開山しようとして、おそらくは高齢を理由に断られ、代わりに沢彦を推薦されたということかと思われる。

信秀であれば沢彦と面識はあったかもしれないが、それまで信長は沢彦に会ったことはなかったに違いない。

信長は僧侶との親交は希薄であった。修学の師は僧侶であったが、それ以上の意味はなく、帰依するところはなかったと思う。

信秀の葬儀を取り仕切ったのは、織田家の菩提寺である万松寺《ばんしょうじ》を開山した雲興寺《うんこうじ》八世の大雲永瑞《だいうんえいずい》だが、この人は信秀の伯父であり、政秀が亡くなったときは七二歳。一族の長老的な存在であったろう。信長の葬儀でのふるまいを考えると、政秀の菩提寺について大雲に相談するなどあり得ないだろうし、自然と曹洞宗には頼めなかったろう。それどころか一族の長老に反発するところがあって臨済宗を選んだのかもしれない。

少なくとも教義の問題ではなかったろうし、沢彦個人の人格識見で選んだわけでもなさそうである。

このときの沢彦は若く、いまだ無名の存在であった。

信長と出会い、その信頼を得たことで、永泉寺は隆盛し、沢彦は妙心寺に出世することができたのだと思う。

他方、信長にとって沢彦は貴重な存在となった。政秀とは違い、自分に説教しようとしない知識人である。だから、政秀は死んでふたりを引き合わせたことになる。

政秀寺は現在、名古屋市中区栄にあるが、移転する前は小牧山の南、政秀の領地である小木《こき》村にあった。

――爺、わしはあれに城を造ってみせるぞ。これは約束じゃ。ここから小牧の山をとくと見ておれ。

平手政秀の死が諫死《かんし》であることを、信長は隠さなかった。

自らの死をもって諫めるほど自分に期待する者がいたことと、その期待を裏切らないことだけを考え、前を向いていた。

四

平手政秀の諫死《かんし》は、美濃国《みののくに》の斎藤道三を失望させなかったと言えば、嘘になるだろう。

しかし、同時に政秀はかすかな希望を残して死んだとも言える。そのかすかな希望をこの目で確かめたい、と道三は思った。

というのも、「婿どのは大たわけでありますそうな」と道三に直接言う者が何人もあり、そのたびに、

「さようにひとびとは申すけれども、たわけではないぞ」

と言い返すのも面倒くさくなっていた。

――実見してみて、何ほどの者でなければ、人に倒されるを待つより、いっそこの手で倒してしまったほうが気が楽よ。

とも思った。その気でかかれば、実力のほども見てとれよう。

そこで、

「富田の聖徳寺《しょうとくじ》まで、まかり出る用がございますゆえ、織田上総介どのもおいでいただければ祝着に存じまする。対面いたしたく思いまする」

と申し出た。

場所と時間を一方的に指定したうえでの申し出であったから、これは信長の器量を試したのである。

臆することなく、あっさりと信長はこれを受諾した。

政秀の諫死《かんし》から数か月が過ぎた四月下旬のことであった。

当時の聖徳寺は、黒田川（木曽川）左岸の中島郡富田（一宮市富田）にあった。石山本願寺の末寺で、美濃・尾張両国から諸役免除を得た守護使不入の地、寺内町を形成していた。在家七百軒ほどもあり、周囲に堀を巡らしている。

約束の日の前日から、道三は聖徳寺周辺を偵察させ、織田方の物見がまったくいないことを知っていたが、念のために当日早朝から少人数に分けて徐々に平服姿の家臣を送り込んだ。

そして、約束の刻限近くになるのを待って、折り目正しく肩衣《かたぎぬ》と袴を着けた正装に着替えさせ、全員を聖徳寺の御堂の縁に並び座らせた。その数七、八百ほどである。

その前を信長に通らせる。

しかも、道三が同行させた家臣は、いずれも腕に覚えの古強者《ふるつわもの》どもであった。その数は、信長が動員できる最大兵力とほぼ同数である。

仮に信長が全員を動員したとしても、寺内で接近しての斬り合いとなれば負けるはずがない。尾張兵というのは弱いことで有名なのだ。

さらに、道三方は、弓矢や槍をひそかに用意し、寺の中に運び込んでいる。信長を最初から殺すつもりは毛頭ないが、準備だけは用意万端整っていた。

そうして、道三は町はずれの小さな家に忍び込み、信長が来るのを待った。

信長は、茶筅に立てた髪を萌黄の平打紐で巻き、浴衣《ゆかたびら》の袖をはずして、虎革と豹革を交互に四つ縫い分けた袴を穿いていた。金銀の熨斗《のし》を付けた大刀と脇差の柄《つか》は縄で巻いてあった。腰の周りには火打袋と瓢箪を七つ八つほどぶら下げている。

「噂に違わぬ、情けない恰好であることよ」

と供の者が道三にいうともなく、独り言した。

道三は黙って信長の手勢を観察していた。

信長は、供衆を七、八百ならべて先頭を走らせ、それに三間半の長い朱槍を持たせた者五百、弓鉄砲を持たせた者五百が続いた。

そして聖徳寺の門前に到着すると、信長は供衆を外に残し、寺には五、六人の小姓だけを連れて来た。

支度所にあてられた方丈に入ると、そこで生まれてはじめて髪を折り曲げに結い、褐色の長袴を穿いて、小刀を差した。袴も小刀も、いつ用意したものか、この日の供をした小姓たちしか知らないことだった。

信長が方丈から本堂に上ったところに、春日丹後と堀田道空が差し向かいに控えていた。

「早くおいでなされませ」

と両人は促したが、信長は、そのまま道三の家臣が並んでいる前を通ると、縁の柱を背にして座った。

しばらくして、屏風を押しのけて道三が出てきた。

正装に着替えた信長には内心驚いた道三だったが、もちろん顔色ひとつ変えるでもなかった。

しかし、道三は平服なのである。さきほどの行列の先頭にいた信長を盗み見ているから、着替える気がしなかったのだ。

道三は着座した。

しかし、信長は道三に気づかぬふりをしている。

たまりかねて堀田道空がむかい側から、

「これぞ山城守《やましろのかみ》にて、ござりまする」

と礼を促すと、

「で、あるか」

と信長は答え、敷居の内に入って来て道三に一礼すると、そのまま座敷に座った。

この席を設けた道空から湯漬けがふるまわれると、道三と信長は盃を酌み交わした。

互いに何か言うわけでもなく、これで対面は終わった。

道三は苦虫を噛みつぶしたような顔をして、

「また、お目にかかろう」

といって席を立った。

道三が帰るのを、信長は約二キロほど見送った。


考えている。

これが戦《いくさ》であれば、信長を討ち取ることはできても道三方は全滅である。聖徳寺から生きて帰ることはできない。全滅するとわかっていて仕掛ける者はいないから、これは道三の負けであった。

信長は兵を借りてきたに違いない。

戦でもないのに、舅との会見のために兵を借り、装備を見せてくれた。これは好意であろう。心配ご無用というわけだ。

だが、それを嬉しく思うよりも、戦に負けたという気持ちが優った。

——武威を見せつけおったのだ、このわしに。

もちろん、装備だけなら批判はできる。

三間半の長槍は道三の父、西村勘九郎（長井新左衛門尉《しんざえもんのじょう》）の得意とするところであったが、父のように存分に使いこなせる者は少ない。

だから、仮に槍衆の標準装備にしたところで、活用することは難しいはずだ。

槍衆同士が正面で相対して、密集隊形で叩き合い突き合うなら、なるほど長い槍は有利かもしれないが、実戦ではどうか。小回りが利かない長い槍の弱点をつく戦法で、敵は対抗してくるに違いない。長所は短所でもあるのだ。

鉄砲などは信用のおけない兵器だ。まだ未完成である。射程と威力、雨天の際の火種の扱いなど、改良すべき点は多い。

しかし、あれだけ大量にそろえると、運用の仕方も変わってくるだろう。兵器の欠点を物量で補う可能性がないとは言えない。

——あの進取の気風よ。恐ろしいのは。

と道三は思った。

常に工夫を怠らなければ、いずれは敵を凌駕するだろう。

たとえば信長の刀の柄《つか》に巻いてあった縄だ。

あれだけが無骨で見栄えが悪い。

見栄えを第一に考えれば、刀の柄糸《つかいと》には木綿でなく絹を使う。それが普通だが、反面、滑りやすいという欠点がある。

発汗量の多寡と滑りにくさ、手に握ったときの感触の好みは人によって違うから、革を用いる者もいる。

それをわざわざ平紐状の木綿や革ではなく丸い細縄を用いているからには、見栄えの良さを捨て実用を第一とした証《あか》しだ。

よほど研究し、使い比べてみたに相違ない。おそらく、切れやすい細縄の欠点を補うため、芯には麻糸を入れているはずだ。

——それと、なんと強情なことか。

おそらく、柄に縄を巻くという工夫の発端は、棒きれを振り回す小童の頃の遊び道具であろう。そのころから培ったわが手の感触だけを信じている。

信長の剣術の師範は、平田三位《さんみ》とか申すそれなりに名の通った者であったはずだが、自分の使う道具に師匠の意見は不要、誰の意見であろうが聞く耳は持たないということなのだろう。

——それにしても、
と道三は苦笑した。

いやいやながらも、正装に着替え、正しい髪結いをしたまではよいが、さきに着座して目上の者をたてる礼儀作法は気にくわないらしい。

この場に臨んでおいて背中を見せる危険など、たいして怖れていないはずだが、それでも用心を優先させたのは、礼儀作法などといったものを軽視し、よっぽど嫌っているからに違いない。

——わが婿どのは、この世の常なること、ことごとくに反逆しておる。その気風の持ち主じゃ。これを矯正しようと平手中務は苦労したに違いない。されど、真に苦労するは婿どののほうじゃな。

この世に髷《まげ》のことで悩む者などいない。普通は、ごく自然に当然のこととして受け入れている。葬儀に苛立つ者も皆無だろう。

——世の倣《なら》いに従って生きたほうが、よほど楽であろうに、そうはできない。なんとも難儀なことよ。

そう考えると、不思議なことに道三は、この婿どのがなんとも愛しく思えてきたのであった。

稲葉山《いなばやま》に帰る途中、茜部《あかなべ》で休息したとき、猪子兵介高就《たかなり》が道三に言った。

「どう見ても上総介どのは、たわけですな」

すると道三は、

「だから無念なのじゃ。この道三の息子ども、たわけの門前に馬を繋ぐことになろう」

と応じたのである。

門前に馬を繋ぐとは、家来になるという意味であった。

だから、これ以後、道三の前で信長のことをたわけ呼ばわりする者はいなくなった。

14――清須攻め

一

　笠寺の砦の駿河衆は、増えていた。

　新たに、葛山播磨守長嘉《かずらやまはりまのかみながよし》、三浦左馬助義就《さまのすけよしなり》、飯尾豊前守顕茲《いいのおぶぜんのかみけんじ》、浅井《あざい》小四郎政敏《まさとし》の四人が率いる軍勢が加わり、その数は百に迫ろうとしていた。

　この四人とその手勢は、浪人を装ってはいるが、明らかに今川義元の命を受けて派遣された者であろう。

　鳴海城の周辺に築いた三つの砦は、東海道を往来する者を監視しているが、戦仕立てを避けて少人数に分ければ、どこからでも入ることが可能だ。

　――防ぎようがない。

　と信長は思っている。

　さきに笠寺の砦にいた岡部五郎兵衛尉元信は、鳴海城に入り込んでいる。もはや重臣の扱いである。

信長は知らなかったが、この元信、三河国《みかわのくに》の小豆坂《あずきざか》合戦の際の手柄を今川義元に表彰されていた。

味方が不利になったところを引き返して馬を入れ、敵を突き崩したことを手柄として、そのとき元信の軍装を称え、筋馬《すじうま》の鎧と猪の前立ての付いた兜《かぶと》を他の今川武士には禁止するというのである。

天文一七年三月の手柄を四年後の天文二一年八月になって表彰されたのは、笠寺に砦を確保したからに違いない。

ほかの四人と違って元信の浪人は本物であるが、古い戦功を称えられたのは良い兆候であった。やがては召し放ちとなった罪も許され、没収された知行を取り戻し、帰参が叶う日も遠くはないだろう。

他方、

——笠寺観音（笠覆寺《りゆうふくじ》）を焼かずに砦を陥とすには、周りの国衆の手伝いがないと、どうにもならん。

と信長は考えていた。

ところが、砦に立て籠もっている駿河衆のことを味方だと、彼らは思っているのだ。

しかし、一方では離反する動きも出ている。

砦の守兵が増えて駐留経費がかさんだために、笠寺で徴収している関銭が周辺の在地領主に分配されなくなっていた。

これでは、なんのために駿河衆を引き入れたのかわからない。

——あの馬鹿どもめ、いまさら目を覚ましたところで、もはや手遅れじゃ。

と信長は憤慨したが、有効な手がなかった。

このころ、駿河衆は岡崎城に在陣して、山岡河内守《かわちのかみ》伝五郎の鴫原《しぎはら》の砦を攻め落とし、これを乗っ取った。

そして岡崎より援軍を繰り出し、鴫原の砦を根城にして水野金吾（水野右衛門大夫忠分《うえもんのたいふただちか》）が守る小河《おがわ》城の砦を次の目標にして攻勢をかけてきた。

当時、衣ヶ浦《きぬがうら》最奥部は入り海が大きく広がり、猿渡《さわたり》川も鴫原（知立市上重原）までは入り江である。この鴫原の港から対岸の村木（知多郡東浦町）まで海路を使って兵員物資を送り、砦を造って駿河衆が立て籠っていた。

そして、往来の邪魔をしないという当初の約束を破り、尾張から小河、刈谷へと続く通路を切り取ってしまったのである。

大高から知多半島先端の師崎《もろさき》に至る師崎街道は、現在の東海道線と武豊《たけとよ》線にほぼ沿ったところにあり、途中の東浦で東浦街道と名を変え小河へ続いているだけでなく、刈谷を経て大浜の港（碧南《へきなん》市）に至る大浜街道が分岐している。

その要所の東浦から尾張にむかう師崎街道の往来を駿河衆に妨害されたのである。

小河、刈谷の両城からわずかに二キロ弱のところに、その村木砦はあった。交通を完全に遮断してはいないが、ことさらのんびりと荷を検め、法外な関銭を徴収しているのだ。

これは砦を撤去しなければならない。

信長は自ら軍勢を率いて海を渡り、背後から小河城の援軍に駆けつけようと考えた。

しかし、清須方が留守中の那古野に軍勢を出して城下を焼かれては大変なことになる。

そこで、舅である美濃の斎藤道三にたいして、留守を預かる軍勢を出してくれるように要請した。

天文二三年（一五五四年）正月一八日、斎藤道三は、那古野城の留守居役として、安藤伊賀守守就《いがのかみもりなり》の率いる軍勢約一千に、田宮、甲山《こうやま》、安斎、熊沢、物取新五を付けて、出発させた。彼らには毎日戦況を美濃まで報告するよう命じてあった。

美濃の援軍は二〇日に到着し、那古野城近くの志賀、田幡に布陣した。同日、信長は陣取り見舞に自ら赴き安藤守就に挨拶した。

そして、翌二一日に出陣しようとしたところ、林佐渡守秀貞《さどのかみひでさだ》とその弟の林美作守通具《みまさかのかみみちとも》が不満を申し立てた。

「援軍にしては多すぎまする。お留守のあいだに何かありましたならば責めを負うは、この一の重臣《おとな》の秀貞《ひでさだ》にござりまする。今少し手勢をわが弟、美作守《みまさかのかみ》にお預けくださいませ」

「ならん。よけいな心配は無用じゃ」

「さすれば、ひとまず城外へ退《の》くことをお許しくだされませ。近くの城へ、銀の持ち出しだけでもお許しいただきたく存じまする」

「どこへ持ってゆく」

「荒子《あらこ》の城ではいかがかと」

「ここへ置くより安心だと申すのか」

「戦《いくさ》でござりますれば、何が起こるかわかりませぬ」

「たしかに何が起こるかわからんな」

と言いながら、信長は林兄弟を睨みつけた。

隣国に援兵を頼んで主城を守らせるなど非常識には違いない。

しかし、尾張国内には頼める者がいない。それだけ信長は孤立していた。もっとも美濃衆が那古野城を占領するような挙に出れば、われ先にと尾張の国中から攻め寄せてくるだろう。恰好の標的となる。そんな愚を犯すような道三ではなかった。

「退《の》くことは許す。好きにせい。ただし、なにも持ち出してはならん。この城で何が起ころうと咎めはせん」

と信長は申し渡した。

それで林兄弟は与力の前田与十郎の居城である荒子城へ退出してしまった。ほかの重臣たちは、あとで林兄弟をどうしたものかと顔を見合わせて信長に伺いを立てたが、

「苦しゅうない」

とのひとことであった。

信長にしては意外なほど寛大な処置だった。むしろ恐ろしいくらいである。

信長は愛馬「ものかわ」に乗り、この日は熱田に泊まった。

ところが二二日は大変な強風だった。「舟は出せない」と船頭や水夫たちは言ったが、

「昔、渡辺、福島で逆櫓《さかろ》を争うた時もこれぐらいだ。出せ」

と信長は命じた。

水夫や船頭にはわけがわからない。なぜ逆櫓が?

ここで、同朋衆の拾阿弥《じゅうあみ》が口を出した。

「海上に出《い》でゆこうとする時に、風、怖いからとて留まるか。武士《もののふ》はな、野山の末にて死に、海、川で溺れ死ぬこともみな宿業ぞ。向かい風に渡らんとすればこそ留まるも許そう。されど順風なれば、普通に少

しすぎたからと、これほどの御《おん》大事に船出せないとは、なにゆえそのような弱音を申す。上総介さまのご命令ぞ。早うに船を出せ。出さぬなら、おのれら残らず殺してしまうぞ。ここにて殺されるも沖にて水死するも同じことぞ」

とまで一気に言いきり、それでも動かないのを見てとった拾阿弥が手を振り回しながら駆けまわると、さすがに船頭や水夫たちも恐ろしくなり、船を出すことになった。


舟の上である。

拾阿弥は得意になっていた。

――わしは、お屋形さまの仰《おつしや》りたいことを存分に申してみせたぞ。

誰かに話したくて仕方がない。

――こういうときは、やっぱり犬千代じゃ。あ奴に限る。

日頃は僧形で小唄や舞を仕《つかまつ》る自分が馬に乗り、信長のそばを離れず戦にまで付き従って来た。拾阿弥にとっては大変な名誉である。

それをさきほどまで前田孫四郎は鼻で笑っていたのだ。

「犬よ。おぬしはわかったか。あれはな文治《ぶんじ》元年(一一八五年)二月のことじゃ。場所は、摂津の渡辺、福島。あの台詞《せりふ》はたれかわかるかな」

孫四郎は黙っているが、聞こえないふりをすることはできない。

「なにも知らんよのう、犬は。槍一本で武辺に生きる者じゃからな。仕方あるまい。教えて進ぜよう。あれは判官じゃ。お屋形さまはな、とっさに判官と同じことを仰せになったのよ」

と教えてやった。

「されど、この拾阿弥、その判官の台詞に加えて、供の者ども、はては舵取りの台詞まで盛り込んで、あ奴らにもわかるように申したのよ。あ奴らは阿呆じゃから、逆櫓を争うたのひとことではわからん。ああ犬よ。おぬしもわからんかったか。情けないのう」

孫四郎は口惜しかった。

どうでもいいと軽んじていたことが、お屋形さまのお役に立った。それが、なおさら口惜しい。しかも、お屋形さまが拾阿弥の寝物語に平家物語を聴いている姿まで目に浮かぶ。とても冷静ではいられない。胸に熱いものが込みあげてきて苦しかった。


余談になるが、逆櫓《さかろ》論争というのは、この船頭とのやりとりの前のくだりになる。

その日は舟を修理していたが、この際だから逆櫓を付けたらどうかという梶原景時《かげとき》の進言を源義経《よしつね》は容れなかった。

逆櫓とは、船尾の艫櫓《ともろ》に加えて舷《ふなべり》側に立てる脇舵《わいかじ》のことで、これで舟は後退できるようになる。

つまり、景時が平家との海戦を想定しているのにたいして、義経は強風を突いて出航し、夜を徹して海を渡り、四国に強襲上陸して屋島で陸戦を挑もうとしている。だから景時の進言を容れなかったのだが、この論争において義経は自分の戦略を説明していない。

——戦を始める前から逃げる算段はしたくない。猪武者で結構。

などと精神論で答えるから、景時にはとうてい理解できなかったという話なのである。

ただし義経は、「あまり思慮深くはなかったが、とにかくやってみたら、その結果万々歳だった」というのとは違う。

出撃は断念したように見せて景時をだますと、深夜に舟を出してから、自分に従う者たちにだけ急襲上陸する意図を明かす。

「ほかの舟は篝火《かがりび》をつけるな。本船を目標にして進め」

と命じている。

だから、景時にたいしては、

——どうせ説明したところですぐには同意してくれそうもない。議論がむだに長くなるのはいやだし、作戦の秘密も漏れる。ここは適当なことをいっておこう。

ということなのだろう。

奇襲作戦は数を頼むより相手の不意を突くことが大事になるから、二百艘のうち五艘で十分だからという理屈もあったかもしれない。

義経は、このあとも勝利を重ねて、軍事的には大成功を収めるが、頼朝《よりとも》の代理人である景時を粗略に扱うことで、政治的には失敗を重ね自滅していく。


ともあれ、信長は船上にいた。

義経と同様に信長も、人と相談しようなどとは考えていないが、義経と違うところは説明役を連れていたことである。

前田孫四郎は、なんとかこの槍で武功を立て、お屋形さまに誉めてもらおうと思っている。

拾阿弥は、

「情けない犬よのう」

とさっきから何度も繰り返している。

孫四郎が自分を無視しているのが憎らしいのだ。

他方、孫四郎のほうは、拾阿弥に「犬」と呼ばれることさえいやだった。

今年になって元服した後、幼名の犬千代と呼ぶ者はいない。昔だって「犬」と呼ばれたことなどまったくないのだ。ただひとり、信長を除いては。

――拾をこれ以上増長させるのはいやだ、もういっぺん言ったら殴ってやる。

と孫四郎が決意を固めた時だった。

「拾、講釈はやめろ。あとにせい」

と信長が言った。


知多半島の東岸の浜に着岸すると、その日は野営させ、翌日は、すぐに小河（知多郡東浦町緒川）に出て、小河城に泊まった。

信長は、水野金吾（忠分）の兄で刈谷城主の水野下野守信元《しもつけのかみのぶもと》に会い、状況をよく聴いて確認した。

天文一八年（一五四九年）に安祥城《あんしょう》が陥落すると、尾張国は東海道の東の拠点を失った。最も重要だったのは、街道上に設けた安祥城の構え、関所を失ったことである。

ここで関銭を払えば、尾張国内は熱田、津島まで通行が保証され、関銭を重ねて納める必要がなくなっていた。それが尾張国の勢力範囲の縮小に伴って、沓掛城まで後退したのである。

だから、三河の在地領主にとっては、本音を言えば安祥城に織田家が在城していたほうが便利であった。逆に、沓掛、鳴海などの尾張東部の在地領主にとっては、昔のように自分たちで関銭を徴収できるという期待が生じた。

そこで、信長の父信秀は一計を案じた。

同盟関係にある水野氏の居城、刈谷城を使うことを思いついたのである。

水野氏は衣浦《きぬうら》湾を挟んで刈谷城・小河城と、三河・尾張の両国にまたがって根を張っている。

そこで、刈谷城の構え、関所を三河国の東海道に設けて関銭を徴収し、尾張国往来勝手の赦免状、道中手形を発行してはどうかと考えた。もちろん三河国を実質的に支配している今川義元の許可を受けてのことである。

これは二年後の天文二〇年(一五五一年)に、織田信秀の要請を受けて「刈谷城が尾張国の事務を一部取り扱うことを、今川義元が赦免する」という形で実現したかに思われた。

しかし、尾張国の鳴海城主、山口左馬助教継は「今後は今川方に味方するから、刈谷赦免の件は考え直してほしい」と内密に申し入れていたのである。

これにたいして今川義元は、「今川に付くのは嬉しいが、味方の利害について山口教継が異議を主張することのないよう調整し、両人から説得せよ」と明眼寺《みょうげんじ》と阿部与五左衛門に命令し、刈谷赦免については、見直さない考えを示していた。

ところが、このたびの鴫原の砦攻めである。

鴫原の砦こそ刈谷城の支城として、東海道に設けた関所の役割を果たしていたのだから、今川義元は考えを変えたことになる。刈谷赦免は破棄されたのだ。

原因は、二年前の天文二一年（一五五二年）の赤塚合戦であろう。沓掛、鳴海などの尾張東部の在地領主を織田家から離反させる好材料だと義元は考えたに違いない。

衣浦湾東岸の刈谷城と西岸の小河城は、師崎街道へと続く尾張の玄関口として、関所の役割を果たしている。この近くに構えた村木砦は尾張の中心部へと続く道に打たれた楔《くさび》、言うなれば第二の笠寺であった。

翌二四日、信長は夜明けとともに出撃し、駿河衆の立て籠もる村木砦に攻撃を開始した。

北は切り立った入り江で守兵もいない天然の要害である。海岸に面した東が大手（正面口）、西が搦手《からめて》（裏口）で、南の空堀は大きく亀の形に掘り下げ、堅固な構えであった。

信長は南の攻めにくい所を受けもち、軍勢を出したが、若武者たちはわれ劣らじと堀を登り、突き落とされては、また這い上がり、負傷者、死者の数もわからないほどだった。

信長は堀端に陣取り、

「鉄砲で狭間《はさま》三つ引き受けた」

といって、鉄砲を取り替えながら射撃させた。

信長が陣頭指揮を執っているので、軍兵はわれもわれもと攻め登り、塀へ取り付き、突き崩し、また突き崩した。

西の搦手口は、織田孫三郎信光の軍勢が、攻め寄った。外丸への一番乗りは六鹿という者だった。東の大手口は水野金吾が攻撃した。

城内の駿河衆も比類のない抵抗を見せた。しかし、信長方の隙を見せない連続した攻め方で負傷者、死者が増え、ついに降参した。

当然全滅させるべきではあったが、味方の損害も大きかったうえに夕暮れ時になったので、降伏を受け入れ、後の始末を水野金吾に任せた。

信長の小姓衆からも数知れずの負傷者、死者が出て、目もあてられない有様だった。

辰の刻（午前八時頃）に攻撃を始めてから申の下刻（午後五時）まで続いた激戦であったが、信長は思いどおりの戦果を上げることができた。

しかし、信長は本陣に戻ってから、

「その者もあの者も」

とあれこれとなく語っては人目をはばかることなく涙を流した。

——とても器用とは申せぬ仕儀になったは、能のない大将ゆえのことだ。許せ。

短期決戦である。それも、なんの工夫もない正面からの力攻めであった。多大な犠牲を払いながらがむしゃらに攻撃しただけだった。

翌二五日、寺本城を攻撃し、城下に放火してから、信長は那古野城に帰った。

その翌日は、安藤守就の陣所へ出向いた信長が礼を述べると、美濃衆は二七日に帰国した。

これを安藤守就が詳しく丁寧に報告すると、それをじっと聞いていた道三は、

「凄まじき男じゃ、隣国にいてほしくない人よ」

と言った。

二

村木砦の戦から那古野城に戻った信長は、怒りが抑えられなくなっていた。

笠寺の砦を片づけることができないまま時間だけが過ぎ、それが村木砦に飛び火したようなものだと思った。

――それもこれも、あの清須の阿呆どものせいじゃ。清須の阿呆どものせいで何人も死んだ。神や仏が何をしてくれようぞ。わしが代わって罰を下してやる。いまに見ておれ。


このころ、信長は軍勢を清須に向け、城下町を焼き払い裸城にしたが、城は堅固で簡単には攻めきれず、この時は撤退している。

武衛さまこと尾張守護の斯波義統《しばよしむね》も本丸にいるので迂闊に攻めるわけにもいかない。隙を見て乗っ取る謀略はないものか。

そんなとき、武衛さまの臣下に簗田弥次右衛門《やなだやじえもん》という小禄の者がいた。この男が事の発端であった。守護代、織田大和守達勝の家臣に那古野弥五郎《やごろう》という一六、七歳の若輩でありながら三百人余を召し抱えている者がいた。小豆坂の合戦でなくなった父の名を継いだ者である。

これに弥次右衛門が色目を使い、ついにはいい仲になるに至って、さまざまなことを吹き込んだ。

「上総介さまのお味方となり、知行をお取りなされ」

と弥次右衛門がおりにふれ勧めているうちに、ついに弥五郎もその気になった。

それで弥五郎が自分の家来のおもな者たちにも話を聞かせると、欲につられて「ごもっとも」と皆が賛同した。

それで那古野弥五郎は、ひそかに信長に味方することにした。

のちに弥次右衛門は、信長に仕えることになったが、信長は大いに喜び多大な知行を与えたので、簗田弥次右衛門は、ひとかどの武将になったという。

ともあれ、こうして内部に協力者を増やしていったが、具体的な動きのないまま時は過ぎていった。

しかし、信長にひそかに味方する者が増えてくると、「武衛さまは隙を見て城を乗っ取るおつもりだ」という者まで出てくるようになった。それで清須方では、城の外よりも城の中を監視するようになったのである。


村木砦攻略から半年が過ぎようとしていた。天文二三年(一五五四年)七月一二日のことである。

斯波義統の一族は清須城本丸御殿に暮らしていたが、

——武衛さまはひそかに信長に通じておられるから、大和守さまも終《しま》いには弑《しい》されるだろう。

との風聞もしきりと出るようになっていた。

この日、義統の嫡男、若武衛さまこと斯波義銀《よしかね》は屈強の若侍のほとんどを引き連れて川狩りに出た。場所は五条川と於多井川(庄内川)の合流点近く、堀江のあたりで、清須城の南約二キロといったところである。

本丸には老いた者がわずかに残るだけだったが、それを「誰がいる。誰がいない」と指折り数えて見回っている者がいた。

小守護代こと織田大和守家の筆頭重臣、坂井大膳亮《だいぜんのすけ》である。

大膳は、河尻左馬丞や織田三位ら他の家老と示し合わせ、「今こそ好機だ」とばかりに、どっと四方より押し寄せ御殿を取り巻いた。

表広間の入口では同朋衆の善阿弥《ぜんあみ》、謡の名人ではあったが、斬って出て奮戦すること他の者と比べようもなく、裏口では柘植《つげ》宗花もよく戦ったが討死《うちじに》した。

このほか丹羽左近も討死。狭間を守る森刑部丞《ぎょうぶのじょう》正武《まさたけ》と掃部助《かもんのすけ》の兄弟も斬って回り多くの者に手傷を負わせたが、最期はふたりとも首を柴田角内に取られてしまった。

御殿を囲む四方の屋根から弓矢をさんざんに射かけられ、逃げることもできない。もはやこれまでと御殿に火を放ち、斯波義統をはじめ一門家臣の者三十人あまりが自害した。お女中方は堀へ飛び込み、うまく渡り越して助かる者もあったが、溺れて死ぬ者も出るなど、悲惨な有様だった。

川狩りをしていた義銀一行は、異変を知るとただちに川から上がり、湯帷子《ゆかたびら》仕立てのまま信長を頼みに那古野城まで逃げ去った。

信長は、義銀一行を安養寺天王坊（那古野神社）に収容した。義統のもう一人の息子も、毛利十郎が匿《かく》い、那古野へ送り届けた。

清須城では武衛さまに日夜用心気遣いをして粉骨砕身使えてきた者たちも、いったんは義憤を感じて憤りを見せたが、誰も彼もが家を焼かれ、食料や普段着にも事欠く有様であった。

六日後の七月一八日、信長の軍勢は、柴田権六郎勝家を先鋒として南の須ヶ口方面から清須城に攻め入った。

清須方は山王口（清須山王宮日吉神社前）で応戦したが追い落とされ、乞食村（清須城の南）で支えようとしたが支えきれない。敗走する者、討たれる者、数百人であった。

次いで清須方は誓願寺《じょうがんじ》（未詳）の前にて応戦したが、ついに町口の大堀の内、城内へと追い込まれた。

このとき参戦した足軽衆として『信長公記』には同輩とともに著者太田又助（牛一《ぎゅういち》）の名も記されている。約五メートル前後を隔てて戦い、信長勢が長い槍、清須勢は短い槍で突き合い、「しだいに突き立てられたが一歩も引かず」と敵の奮闘を称えるほどの激戦だった。

こうして、河尻左馬丞、織田三位、雑賀修理《さいがしゆり》、原源左衛門、安食九郎兵衛、八牧平四郎、高北《こうきた》傳次、古沢七郎左衛門、浅野久蔵ほか名だたる者三十人、全部で八十人あまりが討死した。

特に武衛さまの寵童の由宇喜一《ゆうきいち》は、まだ若く一七歳であったが、湯帷子仕立てのまま突き進み、織田三位の首を討ち取った。信長は、これを称賛して惜しむところがなかった。

当然、柴田勝家は余勢を駆って城を陥《お》とそうと進言したが、信長は許さなかった。

すでに本丸御殿は焼け落ちている。城にこれ以上の損害を与えたくない。そう考えたからである。

三

さて、戦後処理である。

信長は斯波義銀に二百人扶持を与えたが、これでは対面を保つのがやっとで、武衛家に仕えていた者のほとんどを召し放すしかなかった。斯波家は、もともと少なかった自前の戦力が皆無になった。

それに加えて、討死《うちじに》した者の所領と同様に斯波氏の所領も取りあげられ、武功を立てた信長の家来に分配されてしまった。

信長の禄を食《は》むのであれば、信長の家来ということになる。しかし、まだ一五歳という若い義銀は気がつかない。

義銀と同様に周囲の者の身分も信長の家来に切り替わったのだが、父の跡目を継いだ義銀を「武衛さま」と呼び丁重に扱うことに変わりはなかったからである。

しかし、封建領主としての斯波家は事実上滅亡したと言えるだろう。そして、そのことに義銀が気がつくのは、もう少し後のことになる。

一方、清須城では、これまで無用の長物と思っていた「守護家」の不在が重くのしかかってきた。

「譜代相伝の主君を弑《しい》し奉り、その因果たちまち歴然にて、仏天の加護なく、かように浅ましくおのおの討死《うちじに》。天道おそろしき次第なり」

との落書が出回り、信長は「武衛さま」を手中にしている。

——岩竜丸を取り逃がしてしまうたこと、返すがえすも残念無念。

と坂井大膳亮《だいぜんのすけ》は義銀を幼名で呼んで嘆いてみたものの、もはやどうにもならなかった。

義統に詰め腹を切らせた後、川遊び中の義銀に討手を出して殺すのは簡単だと甘くみていたのである。

実際、使いに出た義統の手の者はことごとく斬り捨て連絡は遮断したのだが、亡き義統の一党があれほど頑強に抵抗しようとは思ってもおらず、討手が着く前に城に火の手が上がったのを見て義銀は一目散に逃げてしまった。

――達勝どのをわしひとりで支えていくのは難しいか。しかし、まだ策はあるはず。

と大膳は考えに考えていた。

ところが、その守護代の達勝が倒れてしまったのである。

一説には祖父と同じ勝秀を名乗って大和守家を継いだ者がいたのだが、それが長続きせず浪人になったというから、達勝もいったんは隠居した身でありながら、やむをえず復帰したのかもしれず、そうだとすれば、かなり無理を重ねていたのだろう。

達勝は病床にあって死期が迫っている。しかし、跡目を継ぐべき子がいない。

そこで「これしかない」と大膳は思った。

狙いは信長の弟、織田勘重郎信勝である。大膳が思うに、守護と同様、守護代などは名誉職である。実権はないのだ。

――で、あるならば。

とこれは大うつけ殿の口癖だったと大膳はひとりほくそ笑む。

信長が知ったのは一二月のことであった。

信勝が守護代大和守達勝から一字を賜り、達成《たつなり》と名乗りを変えていたのである。

――勘重め、何を血迷いおったか。

と信長は内心激怒した。

父の信秀ですら守護代配下の奉行格の家である。常識に照らして考えてみれば、守護や守護代から一字をもらって改名してもおかしくはない。

しかし、父の信秀を清須から追い出した連中だ。一昨年の天文二一年八月から戦ってきた相手でもある。いまだ和睦していない。普通なら、この改名は、あらかじめ信長と相談すべきであろう。ところが信長は弟を叱責するどころか、

「是非もない」

と言っただけだった。

もっとも話はそれで終わらなかった。

信勝改め達成を大和守家の養子に迎えたいというのである。

養子に出すとなれば、改名どころの話ではない。織田弾正忠家の惣領である信長の承諾が必要になる。

――これは離間策だ。

養子に出る出ないにかかわらず、織田弾正忠家は分裂することになるだろう。今だって柴田勝家らは達成の被官であるかのようにふるまっているのだ。

信長の戦力はさらに低下する。

兄の三郎五郎信広《のぶひろ》や喜六郎信時《のぶとき》ではなく、弟を指名してきたのは、たまたま末森城に配備された戦力、すなわち達成指揮下の兵力が大きいからにすぎない。

――そこを狙ってきたな。

しかし一方では、悩ましいことに、これは弟にとって悪い話ではなかった。

――断れば、わしを恨むことだろうな。

と信長は思ったが、だからといって養子に出すわけにはいかなかった。

たとえ守護代職を継いだところで、達成では坂井大膳亮の傀儡《かいらい》になるだけだろう。弾正忠家の一族郎党

にとって脅威になる。

　そんなとき、

「早急に判断せずともよい。返事は引き延ばせ。わしに良い考えがある。任せておけ」

　と叔父の孫三郎信光が助言したのだった。


　年が明けた天文二四年(一五五五年)二月のことである。

「守護を擁した上総介は、自ら守護代になろうとしている」との風聞しきりだった。

　これまで「信長」とだけ記していた発給文書に、前年の一一月からは「上総介」の肩書きを付け足している。本当はついでに名乗りを変更し「大和守」に対抗して「上総守《かずさのかみ》」としたかったのだが、上総は親王をもって国司とする国である。それを平手政秀に教わっていたのに、すっかり忘れてしまい、実際に文書を出したあとになって、守では僭称が明白だと指摘され、あわてて元の介に戻していた。

　一例をあげると、この二月、上総介信長の名をもって、星崎城主の花井右衛門尉兵衛《うえもんのじょうひょうえ》にたいして、鳴海方に同調した星崎と根上の者に欠所の沙汰(知行没収)を下すための調査を命じている。

　これは笠寺の砦の駿河衆が徴収した関銭の行方がついに判明したためだった。東海道を往来する荷を検問する際、東に下る荷の中にまぎれこませて、星崎城に銭を運び込んでいたのである。

　そして星崎城では、花井右衛門が銭を分配していた。鳴海の在地領主である右衛門が笠寺近くの星崎に城を持っていたから、それを活用したのだろう。三年前の赤塚合戦で、信長にたいして敵の旗を立てるようなことはしていないが、右衛門は裏で糸を引いていたのだ。

――まだ隠れている者がおるはず。

と信長は思っている。

そのための調査である。しかも黒幕の花井右衛門自身に、それを調査させるという仕掛けであった。

右衛門が分配先をすべて白状すればよし、そうでなければ右衛門の知行を実力で没収するまでのことだ。

おそらく、右衛門は銭を配った相手を白状しないだろう。また、誰かを身代わりに差し出すことも無理だ。ただの会計係なのである。そんな度胸はない。

――すべての咎《とが》を一人で受けるはずだ。それならそれでよし。これで笠寺の勘定方を引き受ける者はいなくなる。

――あの大うつけめ。自ら守護代の真似をしおって。笠寺あたりの知行にまで欠所の沙汰をしようなどとは。若造が出すぎた真似じゃ。足をすくわれて泣くがよい。

と坂井大膳亮は思ったが、信長が実力行使に出てくれれば対抗する手段はない。

しかし、それでも笠寺の一件に介入したくはなかった。裏に駿府がいるのだ。できれば、信長と山口一族でつぶし合い、双方ともに弱体化すればいい。それだけを願っていた。

心配なのは、守護を擁する信長が実力で守護代の仕事を奪ってしまうことだった。清須の無力が公然の事実となる。

そんなとき、信長の叔父の織田孫三郎信光から、大膳あてに密書が届いた。

――信長は返事を引き延ばしているが、もとより弟の達成を養子に出す気はない。また達成も、兄と一戦交えてでも家を出るといった気概は持っていない。意気地なしである。しかし、自分であれば信長と義絶して清須にまいり、御用を務めることはできよう。

というのである。

要するに、甥を押しのけての露骨な売り込みであった。

――弟がだめなら、叔父でも大差なかろう。

と大膳は思った。

守護代などは名誉職、しょせん実権はないのだ。清須に入れてしまえば、あとはどうにでもなる。

――で、あるならば、守護代職は孫三郎どのに譲られるべきと、それがし愚考いたす所存。ぜひともお力を頂戴して、彦五郎どのと孫三郎どの、ともに守護代におなり、もって武衛さまを盛り立てそうらえ。

と信光に返書を送った。

大膳は、彦五郎を達成に代えて織田達勝の養子とすることで大和守家を継がせようとしていた。これが織田大和守信友《のぶとも》である。

この彦五郎でなくても、織田を名乗る者であれば、誰でもよかった。念には念を入れ下四郡に守護代をふたり置くことで、何がなんでも信光に実権を渡さないつもりだった。

そして、斯波義統の殺害については「先の武衛さま逆心思し召した末の御自滅」とその正当性を主張し、当代の武衛さまこと義銀にたいしては二心なくお仕えすると書き添えている。

これにたいして信光は、

――じつのところ信長に隠居を迫られ守山城を明け渡せと申し渡されているが、まだ守護代くらいならば自分にも務まるだろう、守護代をお受けするのであれば清須に住まわせてくれないか、さきに守山城を渡せば信長も許すだろう。

と書き送ってきた。

老獪《ろうかい》な大膳も、人は欲深いものだという人間観に支配されているので、こうした信光の行動には不審感を持たなかった。信じてしまったのである。

ついに坂井大膳亮と織田信光の交渉はまとまり、「表裏あるまじき旨の起請文」を取り交わすまでになった。

起請文とは、寺社が頒布する牛王宝印の押された護符の裏に書くもので、約定を破らないことを誓い、違約すれば神仏の罰を受けるという誓約である。それも誓紙七枚を継ぎ合わせるという厳重な七枚起請の形式であった。

織田大和守彦五郎信友は必ず、そしておそらくは信長も、この誓約に加わり署名したはずである。なにも知らなかったのは武衛さまくらいであったろう。

約定では、焼け落ちた本丸御殿の修復が行われるのを待って信光が清須城に移り、斯波義銀が正式に尾張守護となったのちに守護代に任命されることになっていた。

四月一九日、修復なった清須城の本丸御殿に彦五郎が移るのを待って、織田信光は南の櫓《やぐら》の屋敷に移った。

信光の清須城への移転は、大膳にとっては渡りに舟というもので、むしろ都合がよい。信光は人質のようなものだからだ。

――違約あるときは、罰を下すは神仏ではなく、このわしじゃ。

そう思うと大膳は愉快な気分になった。

これは失地回復の第一歩にすぎない。やがて信光を籠絡《ろうらく》し、信長と仲違いさせる。信光の子信成か、あるいはほかの誰かを信長と対決させ、信長を取り除く。かなり回り道をすることになるが、そこまでこぎつければ、と大膳は思った。

その翌日、四月二〇日のことである。

坂井大膳亮は兄の坂井大炊助《おおいのすけ》とともに、南の櫓の屋敷まで信光に挨拶に出向いたが、途中で異変に気がついた。

外から軍兵が入り込み、待ち伏せしている。

「謀られたか」

と察した時にはすでに遅く、大炊助が斬られてしまった。

供の者たちが必死に防戦しているあいだに、それこそ風を切るように大膳は城外に逃げ去った。そして、今川義元を頼りに駿河まで逃げて居付いたと伝えられている。

一方、信光は夜のうちに呼び込んでいた手勢を率いて彦五郎の元に押し寄せたが、彦五郎は近習五、六名とともに逃げ出していた。

ところが、信光はかねてより合図の狼煙《のろし》を上げていたので、城は信長の軍勢に取り囲まれている。

城内に突入してきた信長勢に彦五郎はしだいに追い詰められ、近習も皆討たれてしまった。

彦五郎は単身ひそかに城を抜け出したが、神明町の焼け残った在家の屋根の上を伝って逃げようとしたところを天野佐左右衛門に槍で突き落とされ、最期は森三左衛門に取り押さえられて首を取られてしまった。

彦五郎信友の首は、首実検が終わると、

「諸人の見懲《みごらし》にせい」

との信長の命により、城の東を流れる五条川の河原に晒《さら》された。

ひとびとは「先祖代々の主君を弑《しい》せし天罰」と語りあった。

もちろん本当は先代の守護代である織田達勝の責任であり、彦五郎は守護代内定者の一人にすぎなかったのだが、そんなことまで庶人は知らない。

こうして、信長は、叔父の信光との偽計をもって清須城を乗っ取ってしまったのである。

じつは、ふたりのあいだには密約があった。

尾張国下四郡のうち於多井川（庄内川）の東側の愛智と山田の二郡を信光が、西側の海東と海西の二郡を信長が、それぞれ領有するという約定である。

信長にとっては、年貢を取り立てるといった本来の意味での領地はさほど重要ではない。

――兵は渡せないが、領地は惜しくない。米より大事なのは銭じゃ。

古来あまり米が獲れず、耕地のほとんどに桑を栽培し、租庸《そよう》は尾張八双と呼ばれる絹織物で納めてきた。そうした尾張であればこそ、兵農分離も進んだ。

――それに信光叔父にやったものは、いずれ信成のものぞ。

信長は、この従兄弟を最も信頼している。

だから、気心の知れた者同士で下四郡を半分に分けることなど、なんの心配もしていなかった。

信光にしたところで、同じわけあうにしても信友、しかも実務は坂井大膳亮に任せるというのであっては、いつ寝首を掻《か》かれるかわかったものではなかった。とうてい信用できなかったのである。

こうして清須城本丸には信長、南の櫓の屋敷には斯波義銀が入り、那古野城には信長に替わって守山城主の孫三郎信光がそれぞれ入った。

斯波義銀については、清須城での守護叙任の披露のため、幼名の岩竜丸をふたたび名乗らせたうえで元服の儀が執り行われた。

つまり、同じ諱《いみな》ではあるが、仮親を務めた信長から、あらためて義銀の名を賜ったことにしたのである。

これで信長は、尾張守護の後見人として、尾張一国を支配する基礎を築いたことになる。

15——変　死

一

盛夏である。

天文二四年六月二六日は西暦一五五五年七月一四日。

気象庁の統計によると東海地方の梅雨明けは平年七月二一日だから、仮に四百五十年前も同じようなものとすれば、この日は梅雨の最中ということになる。しかし、この日は好天で猛暑だったろう。あるいは梅雨明け当日だったかもしれない。

当時は梅雨とは言わず、温気《うんき》と言ったが、この年は温気さかんとは言えなかった。しかし、それでも温気明けとなれば、憂鬱な曇り空ばかりの日々は終わり、開放感に満ちあふれていただろう。

この年の春、織田彦五郎信友が生害され、織田大和守家は断絶した。

清須城には上総介信長が、那古野城には信長に替わって守山城主の孫三郎信光がそれぞれ移ると、守山城には信光の弟である孫十郎信次が入った。

この日、信次は守山城の北を流れる於多井川（庄内川）の松川渡しで若侍たちと川狩りを行っていた。

後の話になるが、小牧長久手の合戦で、徳川家康は小牧山を出て勝川《かちがわ》近くの龍源寺（太清寺）阿弥陀堂で休息した際、庄屋の長谷川甚助を呼び、於多井川について問い質した。甚助が「徒歩《かち》にて渡れる徒歩《かち》川でございます」と応えたので、家康は戦《いくさ》を前にして勝つ川とは縁起がよいと喜び、一説にはこれが勝川《かちがわ》の地名の所以と言われている。

小牧長久手の戦は冬であったから浅瀬を歩いて渡れたが、春から秋には舟で渡る。川狩りが行われた松川渡しは、この勝川の渡渉箇所の上流で、竜泉寺の下流にあった。夏とはいっても渇水の年で水量は少なかったのだろう。歩いて渡れるほどだった。

川狩りは、やや川幅の狭くなった上流に川幅いっぱいに川底まで網を張り、下流の浅瀬に、これもまた川幅いっぱいに竹や筵で造ったすのこを下流側が少し高くなるように立て敷いて、そのあいだを勢子が魚を下流に追い立てる、梁《やな》漁の一種である。

釣り餌に喰いつかない淵の底の大物が獲れるといった期待はあるが、動員される人数と労力の割りには獲れ高の少ない漁法で、川遊びに近い。

この日も、足軽雑兵どもが川中を泳ぎ回り、つぎつぎに淵に飛び込んでは底に棲む魚を追い立てていた。

そこに単騎で川を渡ろうとした者がいる。魚を獲っているところに馬を乗り入れるなど言語道断であろう。

「どこの馬鹿だ」

と皆が口々に言い立てたが、漁など知ったことか渡りきってしまえとばかりに、馬は止まらない。

このとき州賀才蔵《すがさいぞう》という者がいて、川に入らず岸辺に立って弓で遊んでいた。

上流に頭を向け流されないくらいに泳いでほぼ同じ位置に留まる魚が、ときおり浅瀬の中に見えるので、それを狙って矢掛けていたのである。

慎重に狙いをつけていた魚は、馬が来るとぱっと逃げ去ってしまった。

むっとした才蔵は、皆の怒声に背中を押されるように、そのまま弓を馬上の主に向けて狙いをつけると、矢を放った。

見事命中。落馬させると拍手喝采が起こった。

ただし、当たり所が良すぎて、馬上の者を殺してしまった。

しかも、殺した相手が悪い。

川から引き上げてよくよく見ると、信長の弟、喜六郎秀孝《ひでたか》だった。歳は一五、六、肌はおしろいを塗ったように白く、赤い唇に柔和な姿で、容姿麗しく、その死に顔の美しさはたとえようもなかったという。

皆これを見て肝を冷やしたが、信次はよほど気が動転したのか。すぐに馬に鞭を打って逃げ去った。

以上が伝えられた事件の顛末である。

これを聞いた勘重郎信成《のぶなり》は軍兵を連れて末森城から駆けつけ、守山の町に火をかけ焼き払った。

勘重郎信成とは、先の守護代織田達勝から一字を賜り達成《たつなり》と名乗っていた信長の弟である。達勝が亡くなると、ただちに今夏から名乗りを変え、ふたたび「信」の一字を使うようになった。

ただし、信成というと叔父の信光の子、従兄弟の市之介と同じ名乗りになってしまうのだが、勘重郎は「成」の字まで変える気はなく、遠慮するでもなかったようである。

ともあれ、このとき勘重郎は激怒していた。彼も殺された秀孝の兄である。

次いで、信長も、清須からの道を一気に走って単騎駆けつけてきた。ただし、守山城入口に留まり、矢田川で馬に水を飲ませて状況を観察するだけだった。

信成勢は城下に火をかけ、さんざん挑発しているが、城方は籠城していて戦闘にはなっていなかった。

——喜六は母上が最も愛していた美しい子だ。末森城で母子仲良く暮らしておった。勘重も城主として軽々にあとには退けまい。

そこへ守山城から信次家臣の犬飼内蔵《ないぞう》が報告に来た。

聞けば、城主信次は、取る物も取りあえず、いずれとも知らず現場から駆け去り、守山城へは戻っていないという。また、重臣ら、おもな者は誰も城にいないとつけ加えた。

——おかしな話よ。こんな下役をよこすとは。角田《つのだ》新五らがいないわけがない。息をひそめて籠城し、事の成り行きを見ているに相違ない。

さて、どう決着を付けたものかと、信長は考える。

もちろん偶発的に起きた「不幸な事故」だったとみなすことは簡単だ。

しかし、そうではあるまい。

この結果はどうだ。実弟を殺され、気の弱い叔父は家来どもに言いくるめられて責任を一人で背負って、態《てい》よく城から追い出されたのだ。

一矢で射殺できる距離にいて、相手が誰だかわからなかったなどと信じられようか。本当に射手の州賀が一人で勝手にしたことなのか。そんな勝手をなぜ許したか。そのとき物見はどこにいたのか。なぜ誰何《すいか》もされずに川に入ることができたのか。

そもそも「渡し」は往来自由であろう。

逆に城主の川狩りなど、しょせんは道楽、遊びにすぎない。なぜ、そんな場所を選んだのか。

最も許しがたいのは「相手が庶人ならば、いきなり矢掛けて殺してもよいと思っていた」という点だ。軍規が緩んでいる。

手向かってきたわけではない。ただ邪魔なだけなら追い払うことなど造作もない。威に服さぬ態度が気に入らないというなら、殺さずとも仕置きはできる。

ただし、最終的に責任を負うべきは、孫十郎叔父であることにまちがいはない。

——そもそも大将の器ではないのだ。

器用でない御仁でも、手下が優秀でありさえすれば大将は務まる。逆に手下がさほど優秀でなく、あるいは優秀であっても悪意があれば、大将にはよほどの器量がないと務まらない。

守護代職を代々継いできた大和守家を滅ぼしたばかりである。無能な者は上に立つべきでないというなら、わが兄弟、連枝衆も無能な者は排除しなければならぬ理屈だ。しかし難儀なことである。

本当に悪いのは家来どもだ。しかし、籠城している者どもを引きずり出していちどに取り除こうとすれば、一戦交えねばならない。今は無理だ。今後は優秀な者だけを引き立てていくにしても、ゆっくりと替えていくしかない。

いろいろ考えた信長であったが、時間にすれば一瞬のことにすぎない。犬飼の報告が終わるのを待って信長は言った。

「われわれの弟などという者が、供も連れず下僕のように単騎で駆けまわるなど、正気の沙汰ではない。たとえ存命しておったとしても、許すことなどできん」

そして、清須城に帰っていった。

——こうした決着の仕方、母上は決して許すまい。ますますわしを嫌いになることであろう。

信長の馬は、このくらいの距離を往復したぐらいで荒い息を吐いたり倒れたりするようなヤワな馬ではない。荒っぽく乗りまわしているが、じつに軽快である。

帰り道の途中で、ようやくほかの者が見えてきた。じつは信長、最初から単騎で来たわけではない。山田治部左衛門《じぶざえもん》など後を追った騎馬武者が皆追いつけなかったのである。

「わしは朝夕馬を調練しておるからな。造作もないことよ。それに引き替え、おまえらは、厩《うまや》に繋いだまま常に乗っておらんから、屈強の名馬が片道三里の道ですら駆け抜くこと適《かな》わぬのだ。もっと調練せい。戦《いくさ》の役に立たぬぞ」

と叱りつけると、少しだけ気が晴れた。


さて、問題は信次に代わる守山城の新たな城主である。

信成は柴田権六郎勝家と津々木蔵人《つづきくらんど》を大将として木ヶ崎口に軍勢を配備したままだった。

そこに信長は飯尾定宗《いいのおさだむね》と尚清《ひさきよ》の父子その他を派遣し、堅固な包囲陣を敷いて守山城を封鎖した。

これにたいして、城方は、角田新五、坂井喜左衛門のふたりの重臣のほか、高橋与四郎、喜多野下野守《しもつけのかみ》、坂井七郎左衛門、坂井喜左衛門と孫平次の親子らである。

それと、厄介なことに岩崎城の丹羽《にわ》源六郎氏勝《うじかつ》が味方している。

もともと岩崎城は信秀が築城した織田方の城であったが、清康によって落城し松平方となり、守山崩れで清康が亡くなって空き城になっていたところに、丹羽氏が入り込んだのだった。まったく油断も隙もない乱世であった。

両軍が対峙するなか、信長の使者として佐久間右衛門尉信盛《うえもんのじょうのぶもり》が籠城方に申し入れ、これを角田、坂井の重臣らが協議のうえ受諾して、信長の兄の安房守《あわのかみ》喜六郎信時を新たな守山城主とすることで決着した。

信時は長兄信広の同母弟である。

「利口な御方にござりまする」

と佐久間信盛は言う。

叔父の信次が統率できず投げ出す恰好で捨てた守山城の家臣団を建て直す。それには良い人選だと信長には思われた。

しかし、信成の見方は違った。

実弟の喜六郎秀孝を殺されている。それにもかかわらず、それを不問に付した兄信長の寛大な処置には不満が残った。ましてや家来どもと「協議」して新たな城主を選ぶなどとは、一門の統領にあるまじき卑屈な態度に映った。

——佐久間などを使えば、裏でどのような取引をしておることやら、わかりはせん。これで刷新などできようか。

第一、州賀才蔵はまだ生きている。喜六郎ひとりを悪者にするなど絶対に納得できない。

――わがもの顔で川を独り占めする奴らの面前を単騎で渡るは、喜六の男気の表れではないか。兄者よ、同じ年の頃の御身の有様、しかと思い出されるがよい。供も連れず単騎で駆けまわることが非であると仰せなら、まずは自らの所行を改められよ。もしもわしが統領であるなら、刀を抜かぬ者を相手に、いきなり矢掛けるなど、そんな奴らは決して許さぬ。

と信成は思った。

兄の信長が妨害しなければ守護代になれたかもしれない信成である。自分の判断には絶対の自信があった。

だからこそ、近頃では守護代であった大和守と同格の武蔵守《むさしのかみ》を名乗るようになっていた。大和も武蔵も大国だから従五位上にあたり、自称とはいえ、上国の国司である従五位下の備後守に任じられていた父の信秀よりも高位の名乗りである。もちろん、中国の国司の安房守、大国の次官の上総介がともに正六位下だから、兄の信時や信長よりも格上になる。これは、信成の決意表明であった。

二

喜六郎秀孝の頓死から二月近くたった天文二四年(一五五五年)八月三日のことである。松平勢が蟹江《かにえ》城を攻撃したとの知らせを聞いて、信長は清須を飛び出した。

「三十は無事か」

弟の三十郎信包《のぶかね》の城だ。まだ一三歳である。

蟹江城に到着したときには、すでに落城していたが、信包は無事落ちのびていた。

ところが敵兵の姿はどこにもない。死者、負傷者も連れて全員が撤退した後だった。

「三河武士《ざむらい》がどうだこうだと普段から威勢のいいことをほざいておるくせに、ざまはないわ。口ほどにもない奴らよ。戦う前から逃げ出しておるわ。これでは戦《いくさ》にならん」

と太田又介は息巻いていたが、信長の考えは違った。

――なんという引き際の鮮やかなことよ。こんな城はいつでも陥《お》とせる、そういうことか。

これは威嚇である。

普通は城下に放火したり、作物を刈り取るだけにとどめておいて、裸城にする。城を陥とすのは次の仕事だ。だが、初手でいとも簡単に城を陥とした。

松平和泉守親乗《いずみのかみちかのり》が率いる軍勢は、松平太郎左衛門親長《ちかなが》、松平新助忠澄《ただずみ》らを先頭に蟹江城に押し寄せ、杉浦八郎五郎鎮貞《しげさだ》、三宅覚右衛門、武井角左衛門ら七、八騎が大手口の南、二重堀を越えて城内に侵入した。

城方は、津島奴野《ぬのや》城主の大橋和泉守定安《いずみのかみさだやす》の弟、大橋新三郎定祐《さだひろ》である。

定祐は木戸口に進んで戦い、三宅や武井と討ち合って、ともに討死《うちじに》した。

死骸を家人の石井角介が肩に背負って退こうとしたが、彼も矢に当たって戦死したという。

同じく大橋定安の弟で川口家の養子であった川口帯刀左衛門盛祐《たてわきざえもんもりひろ》は槍で戦い、弟の川口才平衛も組討ち合った。

城兵が打って出て奮闘し、寄せ手が敗勢になったところ、大久保五郎右衛門忠勝《ただかつ》、大久保平右衛門忠員《ただかず》と七郎右衛門忠世《ただよ》・治右衛門忠佐《ただすけ》の親子、阿部四郎五郎忠政《ただまさ》、杉浦鎮貞と鎮栄《しげひで》の親子らが踏み止まって城兵を撃退し、ついに落城させたのだった。

――それにしても、松平も哀れなものよ。

と信長は思った。

しかし、援軍もなしに海を背にして守ったのでは全滅してしまう。だから撤退した。城を陥《お》としたなら、普通は守兵を置いて拠点を確保すべきであろう。

笠寺の駿河衆がもちこたえているのは、周辺の在地領主たちが支援しているからである。だから笠寺は孤立無援ではない。

蟹江城が完全に焼け落ちたというならまだしも、修復すればまだ使えそうだから、戦果と呼べるものは、さほどないはずだ。

いったん手放してしまえば、蟹江城を取り戻すには同じような戦が必要になる。

――何度でも来るつもりか。今日の犠牲は痛くも痒くもないのか。

こういう戦い方は、戦力によほど余裕がないとできない。

――こんな戦に命をかけさせるか、義元。松平を使い捨てるつもりか。

と信長は思った。

これはこれで、ぞっとするほど恐ろしい敵だ。

三

おそらく、この年の夏から秋のはじめにかけての話である。

末森城の奥女中にお勝という者がいた。京都生まれで生まれつき聡明。容姿も麗しく、皆に好かれていた。

ある日のこと、酒宴の客が帰った後、勘重郎信成は近習の津田八弥《はちや》に、

「おまえもそろそろ妻《めと》を娶れ、わしが媒酌してやろう」

とその場でお勝の婚約を決めた。

津田八弥は、卑賤の生まれだが美しく才能があったので、信成にとりたてられて、織田家にとって大事な津田の姓を名乗ることを許された者である。学問を好み、家中の人望もあった。

一方、信長から信成に付けられた家臣に、佐久間七郎左衛門《しちろうざえもん》という者がいた。

七郎左衛門は、八弥の重用を怪しんで信成にたびたび進言したが、信成はこれを讒言《ざんげん》だとして容れなかった。そうしたところに婚約の話があったので、七郎左衛門は、家中で評判のお勝まで八弥に取られたのかと落胆した。

じつのところ、なにくれとなく七郎左衛門がつきまとい、お勝が困っているのをみかねた信成が、

——いっそ片づけてしまったほうが面倒がなかろう。

と思って、進めた縁談であった。

ところが、七郎左衛門はあきらめなかった。傍惚《おかぼ》れした男というのは面倒なもので、お勝は婉曲に断っ

ているのだが、それがわからない。

——お勝は、自分に優しく接してくれる。まだ脈がある。

と思う七郎左衛門は、お勝につきまとっていた。

一方、お勝のほうは、

——津田さまを一目見たときから好いていたのだ。

とあらためて思ったものだった。仲を取り持ってくれた信成に感謝し、幸運を喜んでいた。

七郎左衛門のほうは最初《はな》から、生理的に大嫌いである。

しかし、幼い頃から一緒に遊び回った信長とは竹馬の友と聞いていたから、強い態度で七郎左衛門を撥《は》ねつけることができなかった。機嫌を損ねてはお家に迷惑がかかる。

それで、あまりの七郎左衛門のしつこさに堪えかねて、とうとう、

「お殿さまのお沙汰でございますれば、ご勘弁ください」

と信成のせいにしてしまった。

——そうか、八弥さえいなくなれば、本音はお勝だってわしと一緒になりたいのだな。

と七郎左衛門は思ったのである。

思っただけでなく、お勝の本心はこうだと、誰彼となく周りの者に話をした。話をすることで、それが信成や八弥の耳に届けばいいとさえ思っていた。じつに未練がましいおこないであった。

そんなある日、風の強い雨の夜のことである。

八弥の屋敷が火事になり、逃げ出してきた八弥が門前で刺殺されるという事件が起こった。しかも、死

体の傍らには凶器と思われる脇差《わきざし》が捨ててあった。

事件を調べた目付の見立てはこうである。

顔見知りの犯行で、火事見舞いを装って被害者に近づき、隙をみて腹部を一突き、ねじ込むようにして押し倒し絶命させた。

しかし、被害者が脇差を固く握りしめたので、容易に抜き取ることができず、指を切り落としてようやく抜き取った頃には、人が大勢出てきていた。

凶器を持ったまま逃げては、捕まったときに動かぬ証拠になると思い、現場に凶器を遺棄して、群衆にまぎれて逃走した。

凶器の脇差は、本身こそよくある正宗であったが、豪華な拵《こしら》えの見事な代物で、すぐに持ち主が判明した。七郎左衛門の兄、佐久間玄蕃《げんば》が信長から賜ったものであった。

日頃の言動から八弥に遺恨を持っていると思われていた七郎左衛門のことである。

ただちに手配され、行方の探索が始まった。

しかも七郎左衛門、病気を理由に出仕していなかった。

出仕適《かな》わぬ時は医者の診立《みた》てが必須であったが、七郎左衛門を診た久庵を問い詰めたところじつは病にあらずとわかった。

七郎左衛門は、兄の佐久間玄蕃の屋敷に潜伏している可能性が高い。ところが玄蕃は、吟味方《ぎんみかた》の立ち入りを拒んで、屋敷内の捜索を許さない。

そうこうするうちに、八弥の屋敷の周辺で捕まえた盗賊三人を尋問したところ、重大な証言が得られた。

──七郎左衛門に命じられて屋敷内に侵入し、自分が火をつけた。ついでに金目の物を盗っていこうと思って物色しているうちに、煙に巻かれて逃げ遅れ、捕まってしまった。

と白状したのである。

つまり、人を雇って火付け盗賊の仕業とみせかけた佐久間七郎左衛門による計画的な犯行である。

信成は佐久間玄蕃に七郎左衛門をつれてくるよう命じた。

ところが、すでに七郎左衛門は逃げてしまった後だった。

じつは、玄蕃から事情を聴いた信長が、七郎左衛門を美濃に逃がすよう指示したのだった。

信長の考えはこうである。

佐久間七郎左衛門が津田八弥ひとりを殺すだけなら、機会はいくらでもある。また、七郎左衛門の腕をもってすれば、単独で殺すことは十分可能だ。

犯行が露見する危険を侵してまで、見ず知らずの者を共犯者にするのはおかしい。火付け盗賊を偽装するにしても、屋敷内に侵入して八弥を殺害したのちに放火すれば、自分ひとりで実行可能だし証拠も残らない。

わざわざ人目を引くような大火事を起こしてから、人の集まる門前で殺害するなど、計画的な犯行にしては、およそ合理的でない。

盗賊の証言も、後日、町家に火をつけて捕まった盗賊が余罪を白状したもので、信用性に乏しい。

凶器の脇差にしても、わざわざ持ち主が特定できる物を使ったのはなぜか。犯行を誇示したいのなら、屋敷の壁に自分の名前でも書いてくればよい。兄の持ち物を使うのは不可解である。

佐久間七郎左衛門による犯行の可能性は否定しないが、誰かに嵌《は》められたのではないかという疑念が残る。


信長は、美濃の斎藤道三に連絡はしたが、まさか道三が七郎左衛門を召し抱えるとは思っていなかった。

——人殺しかもしれん奴を。舅《しゅうと》どのも酔狂なお人だ。

と思った。

一方、道三は、信長の竹馬の友と聞いて興味を持った。

婿どののことをもっと知りたいと思っていたから、七郎左衛門を召し抱えることにしたのであった。


ところが、話はこれで終わらない。

佐久間七郎左衛門が道三の元にいることはしだいに人の知るところとなり、

——罪人と知りながら信長は逃がしたのだ。罪人と知りながら道三は匿っている。天道をおそれぬ罰あたりなことよ。

と噂が広まった。

「竹馬の友なら、見逃してよいのか。親しい仲であれば、逃げるな、おのれが罪と向きあえと諭してやるのが真《まこと》の友の務め。たれであろうと罪は罪、厳しく罰するのが惣領たる者の務めであろう。兄者も情けない」

と信成は公言するようになった。公然と信長批判を始めたのである。

一方、お勝は、八弥の死を聞いたとき、驚きはしたが、悲しく思うよりもさきに、まだ祝言を挙げる前でよかったと思った。やがてこの悲しみも薄れ、自分は新しい男と夫婦《めおと》になるのだろうなと思ったのだ。

だが、婚約した相手を殺した男が七郎左衛門だとわかると、激しく彼を憎むようになった。

どこまで自分を苦しませるのか。

そして、七郎左衛門が逃げたと聞いたときには、人目もはばからずに大声で泣き出してしまった。

さらに、

――勘重郎さまの仰せのとおり。そうだ、上総介さまが悪いのだ。

と思うと怒りも憎しみもいっそう深くなった。

そのとき、

――この侍女《おんな》、使えるやもしれぬ。婚儀はまだとはいえ、ひとたび夫と約した者、仇討《あだうち》させてやれ。

と、家老の津々木蔵人は思いついたのである。

そして、お勝の怒りと憎しみにつけ込んだ。

「これで、お勝も傷がついたというものじゃ。可哀想に。なかなか嫁のもらい手もなかろう」

と言う下男がいた。

「傷ものとまで申されようとは」

と、お勝は狼狽した。

「津田さまに嫁ぐなど、それこそ玉の輿であったのになあ。もったいないなや。そげなよいご縁は二度となかろうて」

と噂する賤女《しずのめ》がいた。

お勝は自分の失ったものの大きさを知った。

「せっかく津田の姓を賜ったのに、これで断絶じゃな」

「祝言を挙げておれば妻女じゃ。晴れて敵討《かたきうち》ができたのじゃが」

「おお、その手があったか。許嫁《いいなずけ》でも同じではないかなあ。勘重郎さまはきっとお許しになろう」

「しかし、古来まれであるからのう。女の敵討は」

「そうよ。男どもが命がけで武功を競い、家を盛り立てようとしておるときに、女というものは楽なものじゃ。それにほれ、お勝も武門の出ではないからのう。やはり、どこぞの商家に嫁いだほうが似あいかもしれん。敵討などは、とてもとても」

「わしも女に生まれておればのう、こげな苦労はせんでもよいのじゃがなあ」

「違いない。されど女子《おなご》のおまえとはつきあいたくないのう」

などと雑兵たちが談笑していた。

そのとき、お勝は気がついたのである。

この先、誰と一緒になろうが、夫、舅《しゅうと》、姑《しゅうとめ》に仕えなければならない。だが、ここで夫の敵《かたき》、七郎左衛門を討ち取る武功を立てれば、津田の家を守ったのは自分だ。津田八弥の親が自分を養女にして婿を取ることになれば、自分は女当主である。

正しいおこないとは何か。たとえ領主でなくても庶人にできることは何か。どのような者が女の鏡であるのか。津々木蔵人は、周りの奉公人たちの口を通じて、おりにふれさりげなく、ゆっくりとお勝の心に染みこませていった。

そしてついに、お勝は、八弥の仇を討ちたいと信成に暇乞《いとまご》いをするようになったのである。

「七郎左は剛の者じゃ。女のおまえは尼にでもなって八弥の菩提《ぼだい》を弔えばよい」

と信成は諭したが、「女のおまえは」と言われて、お勝はあきらめるどころか意地になった。

女だからこそ、敵も油断するかもしれないではないか。

そして、ついに信成は根負けした。結局、八弥を殺した凶器の正宗をお勝に与えて敵討《かたきうち》を許し、暇を出した。


津々木蔵人は、お勝を刺客に仕立てるために入念に準備した。

「突き出すときは、手を伸ばすとはねられる。手は腰にあてて身体ごとぶつかっていく。できれば壁に押しあてて、手首をひねってねじ込むように……」

と、腕の立つ者に、短刀の使い方を教えさせた。

そして、美濃の川手にある商家の養女にして身分を作り、稲葉山城出入りの商人に口利きを頼んだ。

こうして、お勝は、斎藤義龍《よしたつ》の正室である近江の方の侍女になった。

器量がよく歌道にも優れたお勝は、たちまちのうちに近江の方の寵愛を受けるようになった。そして、機会を待った。

少なくとも三月はかかるかと思っていたが、意外なことに、その機会はすぐにやってきた。稲葉山城で開催される騎射《うまゆみ》の名簿《みょうぶ》の中に道三方の参加者として佐久間七郎左衛門の名があったのである。

お勝は、ぜひとも拝見させていただければ幸いですと近江の方に頼んで、連れていってもらえることになった。

稲葉山城の広馬場に幔幕《まんまく》を張って的場とし、観覧の席が設けられた。

上段には斎藤道三、義龍《よしたつ》のほか、孫四郎、喜平次の兄弟、近江の方が並び、下の段には重臣たち、その下の馬場にはここを晴れの舞台とばかりに立烏帽子をかぶり、鎧直垂《ひたたれ》に射籠手《いこて》を着け、夏鹿毛の行縢《むかばき》を履く、いずれも豪華な造りの華麗な装束に身を包んだ騎手たち一五名が並び、皆が同じ的の方を向いて座った。

騎手たちは、一人ずつ幔幕の外に出て馬に乗って入場してくると、まずは一回りして武者ぶりを見せ、名を呼ばれると馬からおりて一礼する。

そして馬に乗ると、下手から上手に疾走して左前方の的に向けて連射。それから引き返して、こんどは上手から下手に走り、右前方の的に向けて連射する。的はそれぞれ大きさ高さを変えて六か所あるから、一往復ですべてに的中させることは難しく、中には押し捻りという後方への発射を試みる者もいた。

お勝は、簾中《れん》に隠れて待ち、名を呼ばれた七郎左衛門が馬からおりる一瞬の隙を狙った。

――顔を見られてしもうたら、おしまいや。機会は一度きりや。

参加者一五名の最後だった。佐久間七郎左衛門の名が呼ばれた瞬間、お勝は短刀を抜いて、簾中から七郎左衛門に飛びかかった。

しかし、かろうじて切っ先が脇腹をかすめただけだ。

それで、すぐに周囲の者に取り押さえられてしまったが、

「津田八弥が妻、勝。夫のために仇《あだ》を報ずるものなり。手を放して」

とお勝が大声で叫んだので、大騒ぎになった。

この騒ぎにまぎれて、七郎左衛門はどこかへ行ってしまった。

これを見ていた道三は、

「おぬしの志は天晴れよ。されど、婿《むこ》どのの弟御より七郎左を戻せとの願い、すべて断ってきたのじゃ。窮《きゅう》鳥《ちょう》懐に入れば猟師も殺さずじゃ。あきらめて国に帰れ」

と言った。


結局、お勝は近江の方から暇を出され、国外に追放されることになった。十分すぎるほどの路銀をもらったことが、かえってわが身の惨めさをかきたてた。

口惜しくて涙も出てきたが、護送の目付衆が見ているので声を押し殺して泣いた。

ところが境川のほとりまで来たとき、一人の男が待っていた。お勝を残して、いつのまにか目付衆はいなくなっている。

「見事、本懐《ほんかい》を遂げられましたな」

と見ず知らずの男は言った。そして、大須賀五郎左衛門尉康高《おおすがごろうざえもんのじょうやすたか》と名乗った。

清須では、

――たしかにかすり傷を負うたほどであったはず。されど七郎左衛門、怪死を遂げたものなり。また、一五名中の一五番であったれば、ほかの者の試技はつつがなく終了した由、偶然とは思えぬ。わが愚息六尺五寸殿、叛意あるやも。弟御と内通したものにて、ご要心あるべし。

という道三からの手紙を信長は受け取った。

大須賀康高は、お勝を三河国の岡崎に連れていった。

――身どもは松平家中の者だが、そなたを岡崎に連れてまいるよう、さる方より頼まれた。委細は承知しておらぬが、仇討をお助けした方が上総介どのをはばかってのことであろう。岡崎にて少し様子を見たほうがよかろうとの仰せであった。

そう康高が話すと、お勝は津々木さまのお指図に違いないと思い、素直に従った。

――それにしても、あれで斃《たお》せたとは、夢のような話だ。なんて私は幸運なのだろう。

とお勝は思った。

お勝が岡崎城の本丸で対面したのは、今川家の三河奉行といわれた城代の山田新左衛門尉《しんざえもんのじょう》景隆《かげたか》である。このころは、のちの神君家康公、松平元信も墓参りのためと称して帰参するしか岡崎城には入れず、入城しても二の丸に入るしかなかったのである。

景隆は、

「その貞烈、男女に限らず万人の鑑である」

といって、お勝を城下に留め置き扶助《ふじょ》するように命じた。

夫のために仇を討った貞婦、お勝の評判は相当なものだった。

もちろん三河だけでなく、美濃や尾張でも皆が口々に語りあった。

そして、しだいに話に尾ひれがついていった。

敵《かたき》を匿《かくま》ったものの結局は女に討たれてしまった信長と道三の愚かしさ、人の許嫁に傍惚れする七郎左衛門の度を超した執着、それらがおもしろおかしく語られ、流布されていった。

一方、七郎左衛門の兄の佐久間玄蕃は、人の嘲笑にさらされるのが堪えられなくなった。

――女に討たれおって。阿呆めが。

死んだ弟はもはやどうでもいいが、佐久間の一族の名誉は守らなければならない。

玄蕃は、銭で数人の盗賊を雇って岡崎に潜入させ、お勝のあら探しをさせようと企てた。お勝の評判を落とす材料がほしかったのである。

――あれも生身の女じゃ。なにが貞女じゃや。どこかに男を隠しておるに相違ない。


ところが誤算が生じた。ふたりの男がお勝の家に忍び込んだが、手紙などを捜していたところに、突然お勝が帰ってきたので、殺してしまったのである。

しかも、たちまちのうちに、お勝の悲鳴を聞いて駆けつけてきた警護の侍に捕らえられてしまった。

生け捕りにされた盗賊ふたりは、拷問に堪えきれず佐久間玄蕃に頼まれたと白状すると、ただちに処刑され、さらし首となった。

そして、

「此者《このもの》、佐久間玄蕃に頼まれたる由《よし》を白状すれども、盗賊等《ら》、己《おの》が難儀を逃れんために云《いい》しならん。由《よっ》て此所《ここ》に梟首《きゅうしゅ》する者なり」

と記された制札が立てられた。

一方、即死したお勝だったが、その事実は伏せられ、傷は浅く命に別状はなかったことにされた。

それからまもなくして、信長から今川義元にあてた書状を持って、池田勝三郎恒興《つねおき》が岡崎にやってきた。信長の小姓である。まだ二〇歳だった。

恒興は、城代の山田景隆に書状を渡して口述した後、本題に入った。

「要は、織田の家中の佐久間玄蕃の名を出したこと、けしからんとの仰せじゃ。貴公の一存でなされたことか」

「盗賊どもが難儀を逃れんために勝手に申したことと制札に明記しておる。非難される道理はないものと存じまする」

「盗賊どもの言い分を信じておらぬのなら玄蕃の名を出すこと不要のはず。そういうことを申しておる。貴公と是非を論ずるは無用にて、しかと治部大輔《じぶたいふ》どのにお取り次ぎ願いたい」

「身どもの返事を聞くのでなければ、なぜ岡崎にまいられた。手間を惜しまず駿府までまいられるがよかろう」

自分は全権を委任された代官であって、取り次ぎ役ではない。不愉快である。

――それに、こんな若造を寄こしやがって。

と思った。

すると恒興は、

「じつは勝女に確かめたいことがあってまいった」

と言った。

これはまずい。

「ほう、それはそれは。なんとお尋ねになるおつもりか」

「今は申せぬ。されど同席していただいて結構」

「それはそうさせていただくことになろうが、さりとて、それは勝女の気持ち次第であろう。勝女は織田の家中のかたがたとはお会いしたくない様子にて、ここは断念されたほうがよいと存じまする」

と景隆は応じた。

「やはり、先だっての盗賊どもの言もあれば、怖いのであろう」

「これは異なことを申される。何を怖れる道理があろう。お屋形さまは津田八弥が家の再興、お許しになられる。なぜ三河なんぞにおるのか、尾張に帰ってこいとの仰せでもあった。このこと勝女にお伝え願いたい。そのうえで、このたびの一件の子細、確かめたいことがある。この旨、しかと伝達されたい」

と言いおいて、恒興は清須に帰った。

――やはり、お屋形さまの仰せのとおりじゃった。お勝は死んでおる。死人に口なしじゃ。

と、恒興は思った。


このあと、しばらくしてからのことである。

お勝は、はからずも尾張国の怨敵《おんてき》となってしまったわが身をかえりみて、行く末の望みもなくなり、かくなるうえはわが身を犠牲にしてもお世話になった三河国の平安を守りたい、それが最期の望みであるとの遺書を残して、自害したことにされた。

お勝の遺書を見たものは、みな落涙し、絶世の烈婦であると讃えた。今川家城代の山田景隆は、その亡骸《なきがら》を松平家の菩提寺である大樹寺に葬り、厚く弔ったという。

16——最　期

一

天文二四年は一〇月二三日に改元されて弘治元年となったが、それから閏月があった。その翌月、一一月も中頃になったある日のことである。

信長が今晩渡ってくるという連絡があったのは昼前であった。

前もって連絡があるなど異例のことだった。いつも信長は、なんの前触れもなく突然やってくる。そのため、いつ来てもいいように濃姫は侍女たちを訓練していた。

そうでもしないと美濃から来た侍女たちは恐慌をきたした。とにかく信長が怖かったのである。

濃姫には予感があった。

二か月前にも信長は突然やってきて、開口一番、

「六尺五寸というのは真《まこと》か」

と言った。

これは父斎藤道三が兄の新九郎義龍《よしたつ》をそう呼んでいたから、濃姫にはすぐにわかった。

「真《まこと》にございます」

身長六尺五寸（一九七センチ）とは、なんたる巨漢であろう。体重は三十貫（一一二キロ）というから、見た目は太めであったろう。だが、腕力が強くて武芸を好み、家来に敵《かな》う者がなかったというから、いわゆるかた太りのタイプだったかもしれない。

その容貌は、ほおが膨らみ、眼が眠ったように細く、表情の動きが少ないというから、物事に聡いと言われながらも、一見すると愚鈍な巨人という印象を与える。

「で、あるか」

と信長はいうと、道三の手紙を濃姫に見せた。

――わが愚息六尺五寸殿、叛意あるやも。

という文字が目に飛び込んでくる。

「いかに」

「ありそうなことと存じます」

と濃姫は答えた。

昔から「六尺五寸殿」という父の言い方が嫌いであった。

父が言うものだから、陰で家来たちもそういっている。

しかし、実の親からそう言われて傷つかない子がどこにいるだろう。父は親愛の情を込めていっているつもりなので平気なのだ。だが、言われたほうは、この言葉に含まれる侮蔑的な響きが気にならないわけがない。あれだけ聡明な父が、そのことに気がつかないとは、いったいどうしたことなのかと、濃姫は不思議だった。

兄は繊細なのだ。それなのに一見愚鈍そうにみえるから損をしている。侮られることが多い。

一方、わが夫は、細面でいつもぴりぴりと緊張していて、いかにも神経質そうである。睨まれただけでご家来衆などは、縮み上がってしまう。

——父は、こういう方が好きなのか。

と濃姫は思う。

父も夫も似たようなお人だ。だから通じあうところがあるのだろう。

しかし、なんと寂しいことか。

夫には誰も近寄らない。親しく話しかけてくる者もいない。

それに比べて、兄のほうは自ら話題を見つけて話しかけるし、聞き上手でもあった。

そうなると父よりもご家来衆の信望が厚くなった。

それでなかば強制されて、ついに父は昨年隠居したのである。

十年以上前に常在寺で剃髪し道三と号していたが、これまで隠居するつもりなど毛頭なかった。家督を嫡男の義龍に譲ったなどというのは、体裁を取り繕っただけのことだと濃姫は知っている。

だから隠居の身でありながら父は後見人のようにふるまい、政事《まつりごと》にも口は出すし、兵馬の権は従来どおり自分の指図によるものと考えている。

道三にとっては隠居したときの親子の約束であったのだが、義龍にとっては、これこそ同床異夢というものであった。

――いずれ骨肉の争いは避けられまい。これも戦乱の世の倣いか。

と濃姫は覚悟していた。


美濃国から来る知らせは、いつも少しだけ自分のほうが早いのだ。

わが夫は、自分が入手した情報の真偽を確かめるためにやってくる。

濃姫は信長から使番《つかいばん》のことを聞かれたことはなかった。

おそらくすでに知っているのであろう。たとえ知らなくても、調べようと思えば調べられる。

しかし、織田家のこともむこうに伝わっているであろうに、いつもわれ関せずといった態《てい》であった。

やがて、信長がやってきた。

いつものように、いきなり本題から入る。

「新九郎どのは舅《しゅうと》どのの胤《たね》であろう。それに相違ないな」

「相違ないと存じます」

「やはりな。土岐氏の血筋、なおも続いておると見せかけたのじゃな。古参の者どもを手なずけるために」

「そのとおりでございます」

「新九郎どのも、その手に乗ったか。二代続けて美濃衆を謀《たばか》るつもりか」

斎藤新九郎義龍《よしたつ》の母である深芳野《みよしの》は、道三の主君であった美濃守護、土岐頼芸《ときよりのり》の愛妾であった。美濃一の美女であったという。その深芳野を道三がもらい受けたのちに生まれたのが義龍である。

道三が深芳野を拝領してから七か月目のことであった。だから、道三の側室となったときには、深芳野はすでに懐妊していたのではないか。義龍は土岐頼芸の子ではないかという噂が絶えなかった。

「父は人の噂さえも策謀《はかりごと》の道具にしたのでございます。月足らずで生まれた男児《おのこ》はどなたの子かと父に訊く者はもちろんおりませんでしたが、あれはわしの子だと噂を糾《ただ》そうともしませんでした。産まれた豊太丸が美濃の正系の土岐さまの子であれば、旧臣のかたがたの不満を減じることができると思うたためでございましょう。されど、私の母は、まちがいなく、あれは長井新九郎規秀《のりひで》の子だと申しておりました。もちろん、私の母が嫁いだのは後のことですが」

と濃姫は話し始めた。

もちろん濃姫の母、小見の方にも確証はなかったはずだが、言うなれば女の勘であろう。

「そのあと父は、守護代の斎藤氏の名跡を継いで斎藤と名乗りましたが、そのころから兄との関係が、おかしなものになってきました。土岐さまとの争いが激しくなるにつれて、父は人目のあるところでは、兄を冷淡に扱うようになったのです。土岐さまの落胤《おとしだね》だという例の噂を助長するためです。これは見せかけだけのことだ、心配するなと、父は、兄にも私たち弟妹《きょうだい》にも申しました」

なにかいろいろな思いが込みあげてきて、話を続けるのが苦しくなってきた。だが、話してしまわなければ。

「ところが、父はそう申しましたが、うわべだけだったはずの冷淡さは、だんだんと実《じつ》を含んだものに変わっていきました。兄の体が大きくなるにつれて、父と似たところが少なく、所作がのろまに見えて、これでは、あとは任せられぬと、父は思うようになりました」

——そんなときに、あなたに出会ったのです。

「そんな父の態度を見ているうちに、弟の孫四郎も喜平次も兄を軽んじるようになってきました。昨今では、兄を廃嫡して弟に跡目を継がせるのではないかと噂がありました。それで……」

「もうよい。無理に話さずとも。あとのことは聞いておる」

と信長は言った。

一〇月一三日から義龍《よしたつ》は病を得たと称して奥に引き籠もり、それが二か月を越えた。

閏一〇月も過ぎた一一月もなかば、二二日のことである。

この日、道三が稲葉山城下の屋敷に下がるのを待って、義龍は長井隼人正道利《はやとのしょうみちとし》を、弟の孫四郎龍元《たつもと》や喜平次龍之《たつゆき》の屋敷に使いに出した。

「すでに病重く、もはや最期の時を待つのみ。ついては対面してひとこと申しおきたいことあり。おいでを願う」

というのである。

道三の父が当主の藤左衛門尉長弘《とうざえもんのじょうながひろ》を殺して長井家を乗っ取った頃、長井性を名乗り、まだ幼かった嫡男の景弘《かげひろ》の後見をしていたことがあった。

その関係で景弘の弟の道利は、道三にとっては弟、義龍にとっては叔父のようなものだった。

義龍のふたりの弟は長井道利の話を疑いもせず、すぐに承知して登城した。

そして、次の間《ま》で案内役の道利が刀を置いたのを見ると、ふたりもそれにならって刀を置き、奥の間に入った。

義龍が臥《ふ》しているはずだが、顔がよく見えない。

酒と肴が用意してあった。

「今、起こしてまいる」

と道利が言いながら臥所のほうに近づきかけたが、途中で思いついたように戻ってきた。

と言う。

「まずは盃を」

ふたりの弟は盃を取り、近習が酒をつぐのを待つ恰好になった。

その一瞬を狙って、ふたりの背後に控えていた日根野備中守弘就《ひねのびっちゅうのかみひろなり》が手棒兼常《てぼうかねつね》作の名刀を抜き放った。

上座の孫四郎は不意を突かれてなにもできず、喜平次は逃げようと立ち上がったが一歩も動けず、声を上げることさえできなかった。

こうして、弘就は孫四郎を斬り捨てると、喜平次をも斬り殺してしまった。

首尾良く事が運んだと聞いて、義龍は血で汚れた奥の間に入ってきた。

代わりに寝ていたのは近習だった。体格は義龍とは似ても似つかないが綿入れにくるまっていたから、弟たちは別人だと気づかなかったのである。

義龍は弟が斬り殺されるのを目の前で見て楽しむほど残虐ではなかったが、さりとて弟の死骸を見て悲しむでもなかった。

むしろ喜びのほうが大きかったといっていい。

こうして義龍は難なくふたりの弟を殺害し、長年の鬱憤を晴らした。

――こうなったのも、孫四郎に跡目を継がせようなどと企むからじゃ。喜平次めに一色を名乗らせるなど、いつでも代わりはいるぞと言うておるのと一緒じゃ。嫌がらせではないか。

喜平次龍之は義龍と同腹の深芳野の子であるが、近頃は一色右兵衛大輔《うひょうえのたいふ》龍之と名乗っている。

仮に義龍が公然と自分は土岐頼芸の落胤《おとしだね》だと主張して父方の土岐氏を名乗ったとしても、道三には母方の一色氏を名乗る喜平次がいる。

名門には名門で、土岐氏には一色氏で対抗するつもりなのだ。

これは美濃国は義龍の好きにはさせないという道三の意思表示に違いない。

――されど喜平次が死ねば、おしまいよ。親父の奴め。思い知ったか。一色などはわしが名乗ってやるわい。

そして、城下の道三の屋敷まで使いを出して、事の顛末を知らせたのである。


道三は肝をつぶすほど仰天した。

――あの阿呆が。わしともあろう者が、あれをみくびっておったか。

と無念にも思った。

そしてただちに法螺貝を吹かせて軍勢を集めると、四方から井ノ口の城下に火をつけ、町全体を焼き尽くして稲葉山城を裸城にしてしまった。

――まさに灰燼に帰すとは、このことよ。わしは自分と子らの屋敷まで焼いた。さらには生き残った子と戦い、自分の造った城を焼かねばならんとは。あれを恨むことはできん。これもわが宿業か。すべてを失ってしもうた。

と道三は思った。

そして、軍勢を率いて奈賀良川《ながら》（長良川）を越えると、山県郡に入った。

「舅《しゅうと》どのは北野城に入ったそうじゃ。稲葉山には、斎藤の二頭波《にとうなみ》でのうて、土岐の桔梗紋《ききょう》の旗が立っておる。今は双方ともに加勢する国衆を集めておる最中であろう。勝負は数で決まる」

と信長は言った。

——父は負けるだろう。降参すれば命は助かるが、そうはしないはず。

と濃姫は思っている。

「わしは、舅どのを助けにゆくつもりじゃ」

「なりませぬ。負ける戦《いくさ》など、決してしてはなりませぬ」

ととっさに、濃姫は大きな声が出た。

「新九郎どのに勝とうとは思うておらん。マムシの穴を開けにゆく」

信長が何をいっているのか濃姫にはわからない。

「逃げ道を作っておく。穴からマムシが這い出てくれば、尾張までお連れするとしよう」

と信長は言いながら濃姫の肩を抱いた。

「お父にも負ける戦などしてはならんと申すのだ。わしに申したように。逃げてこいと、おのが娘の帰蝶《きちょう》の頼みじゃと、しかと申し送ってやれ」

二

その日、那古野城は、いつもと変わりなかった。

弘治元年一一月二六日（一五五六年一月七日）深夜のことである。

織田孫三郎信光が寝所の戸を開けると、次の間で宿直《とのい》をしていた近習の坂井孫八郎は灯を点け、信光が綿入れを羽織るのを手伝った。

相当に寒い晩であった。

信光は無言のまま廊下に出ると、孫八郎はその足下を照らすように手燭を持って傍らに付き従っていく。北の方に渡るということもこのころでは絶えてなく、行き先は厠《かわや》と決まっている。

小用を足している時だった。

戸口で控えていたはずの孫八郎がいつのまにか背後に立っている。

信光がそれに気がついた時はすでに遅かった。

孫八郎は右手で信光の喉を掴むと同時に、左手の短刀を脇腹から突き上げるようにねじ込んだ。

信光の両手はふさがっていて声を上げることもできない。

切っ先は心臓まで達し、ほぼ即死であったが、確実に死んだと納得するまで孫八郎は手を緩めなかった。

そして、血が出ないようにと短刀を刺したまま遺骸を大便の落とし口まで運ぶと、ようやく短刀を抜き、手早く着物を脱がせて帯の端で胴を結ぶ。

それから帯のもう一方の端を手にして引っ張りながら、ゆっくりと糞壺《くそつぼ》に遺骸を落としていった。

夜回り組の同輩は、あと半時は来ないのはわかっている。わずかな血痕も見逃さないように信光の着物であたりを拭き取ると、孫八郎はゆっくりとした足取りで寝所の次の間に戻っていった。

返り血を浴びていないか、急いで確認する。

血の跡は見えないが念のために着替えた。用意した同じ柄《がら》の着物である。用心に越したことはない。なにせ朝まで下城できないのだ。

主君を殺してしまったという恐怖などは、まったく感じなかった。あるのは、ついにやった、やり遂げたという達成感だけだ。

――さきに仕掛けたのは孫三郎どのではないか。坂井の一族を敵に回した。侮ったな。われらの恨み、思い知れ。

そう思うと痛快ですらある。

もっとも同じ一族とはいっても、孫八郎にとって先の小守護代、坂井大膳というのは、相当な遠縁である。

戦国の世の倣《なら》いで親兄弟でも主君が違うのが普通であってみれば、駿河に落ちのびた大膳など、同族と思ったこともなかった。

しかし、大膳に連なる一族の者の多くが他国に逃れ、あるいは失脚すると、自分も大きな後ろ盾を失ったことがわかった。

――上総介は赤川どのの息を「坂井」と改姓するように命じたというではないか。名を惜しむふりはするが、じつのところ人は容赦なく切り捨てるつもりだ。この先、われらの坂井の家は長くはもつまい。と思わざるをえない。

それに主家の行く末も不安である。

――誓詞を踏みにじって平気な家と、この先、和睦に応じる家はあるまい。織田家とても、常に戦に勝ち続けることなど、決してあり得ぬことなのだ。

だから、大膳から密使が来たときには、刺客を引き受ける気持ちができていた。

それに、一生かかっても稼げないほどの大金である。

主殺しを手土産に今川や松平に仕官させるなどという大膳の甘言などは、もとより信じていない。

――戦働きとは違う。卑怯な裏切り、謀殺なのだからな。信じられるのは、これだけよ。

孫八郎は、包みの中の銀の感触を確かめる。

ここに持ってくる必要はないし、逃走資金にしても多すぎる。

しかし、それでも持ってきたのは、自分に勇気をつけるためだが、万一自分が討たれたときに金銀を持っていないのでは怪しまれると思ったからでもある。

刺客の報酬の大半は妻に渡して、すでに逃がしている。追っ手がかかるような要らぬ詮索をさせたくない。

――たとえ自分は殺されたとしても、妻子が先の暮らしに困ることはないだろう。金と引き替えに人質となってくれた母も、自分が孫三郎どのを首尾良く弑《しい》し奉ったことが知れれば、解き放してくれよう。

と、それぐらいには大膳を信じている。

――それにしても、この金はどこから出たのであろうか。

大膳にそれだけの金が用意できたとは思えない。今川や松平だとしても尋常ならざる執着である。

――ひょっとすると、あの「守山崩れ」の一件が……


あまりに静かに滑り動いたので、危うく戸が開いたことに気がつかないところだった。

夜回りの近習と目礼を交わす。すなわち「異常なし」である。

そのあとも数回の見回りがあり、厠も当然検《あらた》められたはずだが、結局、事は露見することなく、夜明け近くになって次の昼番を勤めるお次番組の近習がやって来た。

「今朝はずいぶんと静かじゃの」

鼾《いびき》がしない。

「眠りが浅いのでござろう。なかなか寝つかれぬご様子であった。夜半に厠に立ち、そのあと酒を少し召されて寝つかれたばかりである。少し風邪気味なので、よく寝たい、朝餉《あさげ》は要らぬ、よほど急ぎの用でなければ起こすな、との仰せである」

「さようか。しかと承った」

「では、これにて失礼する」

と孫八郎。これで時間が稼げるだろう。ゆっくりと帰り支度に取りかかる。

「ずいぶんと重そうな荷物じゃな。それは何じゃ」

「お屋形さまから拝領した物じゃ。子細は明かせぬ」

と笑って見せると、相手も笑顔を返した。

その時、この同輩にはすまない、悪いことをしたと孫八郎は心底から思った。

――咎《とが》めを受けるのは避けられまい。許せ。


織田孫三郎信光の遺骸が発見されたのは、巳の刻過ぎであった。

下手人は坂井孫八郎とすぐに知れたが、下城してからすでに四時間以上経過している。

追手は、指揮を執る重臣の角田石見守《つのだいわみのかみ》、赤川三郎右衛門尉《さぶろうえもんのじよう》景弘《かげひろ》に加えて、小瀬《こせ》三右衛門尉《さんえもんのじよう》（清長《きよなが》）、佐々《さっさ》孫介《まごすけ》（成経《なりつね》）、土肥《とい》孫左衛門の計五人である。

だが、孫八郎の行方は掴《つか》めなかった。

その妻子は孫八郎の母を看病すると称してすでに行方知れず、その母の居所もわからない。

孫八郎が入念に準備したうえで暗殺を実行したことが判明しただけであった。

信光の死因は伏せられていた。

しかし、そのせいもあるのだろう。しだいにある話が広まった。

小守護代の坂井大膳との誓約を破り、ともに盛り立てようと誓ったはずの織田大和守を情け容赦なく殺して清須城を乗っ取った、そのことで起請文の神罰を受けたというのである。

信光の葬儀が過ぎ、年が明け、四十九日の法要が過ぎても孫八郎の行方は知れなかった。


そうした弘治二年（一五五六年）の正月中旬のことである。

佐々孫介は、十歳年下の弟、内蔵助《くらのすけ》成政《なりまさ》から思わぬことを聞かされた。

聞けば、坂井孫八郎は信光を暗殺した翌日から熱田の田島肥前守《ひぜんのかみ》の屋敷に潜伏している。それが下働きの者の口から漏れ伝わったのだという。

「田島と言えば、熱田大明神の社家ではないか。坂井の一族とも大和守とも関わりないはず。なぜ匿《かくま》ったりする」

「噂では例の起請文《きしょうもん》、熱田の牛王宝印《ごおうほういん》を用いたとか。それを反故《ほご》にされたのでは神威に疑いも生じるというもの。さすれば向後、熱田の護符を求める者など絶えてなくなりまする。だから嫌がらせでございますよ。それに彼の者は広く手配されたわけではありませぬ。知らなかったと申せば匿ったことにはならぬ道理。咎めを受ける筋などないのです」

なるほどと、孫介は弟の分析に感心するばかりである。

はたして熱田社に誓紙などあったかしらと、ほんの一瞬思いはしたものの、あっても不思議けないと思い直していた。

孫介は長兄の隼人正政次《はやとのしょうまさつぐ》とともに織田弾正忠家に出仕し、先代信秀の時代から引き続き当代の信長に仕えているが、この弟は違う。

信長の行く末を案じた亡き父の成宗《なりむね》の指図で、一族の安寧を図るため、ついこの間まで織田大和守家に仕えていた。そんなことなど、孫介はまったく忘れている。

「熱田の社領となれば、守護使不入の地。押し入るわけにはまいりませぬ。されど、事の子細をよくよく申し聞かせれば、田島も彼の者を引き渡しましょう」

「そうじゃな。さっそく角田さま、小瀬さまにこのことお伝えしよう」

と孫介は席を立とうとした。

しかし、これから先が最も肝心な話だ。

「兄上。それは無用ですぞ。皆さま方に御相談すれば、兄上の手柄、大となりませぬ。抜け駆けなさいませ」

「しかし、わしの分限で熱田に話をつけることなぞできんぞ」

「そのために、この内蔵助、すでに手を打ってござりまする。孫八郎を謀《たばか》って屋敷の外に誘《おび》き出すのです。小守護代さまの名を騙《かた》り、田島屋敷より本日落ちさせる段取り、すでに付けておりますゆえ、急がれませ」

と弟に急《せ》かされて、孫介は熱田に急行した。


坂井孫八郎は、大膳からの使いだという小者の案内で田島屋敷の外に出た。

かねてから打ち合わせた手はずに従ったもので、使いの者の身元は割符《わりふ》で確認済みである。

熱田の宮の渡しは使わず、監視の厳しい東の精進川も避け、西を流れる小さな川（のちの堀川）の岸辺から小舟に乗って海に出ることになっていた。

信光の急死は起請文の神罰だという話は、大膳など大和守家に仕えていた者たちが流布したものであろうが、それをもっともらしく見せているのは孫八郎が捕まらなかったからである。

孫八郎は大膳の策略に感心していた。

――それにしても大膳どの、戦に負けたは武衛さまに腹召させた天罰じゃとの評判、よほど口惜しかったとみえる。

と笑った孫八郎だったが、自分も主殺しの罰が下るのかと、ふと思った。

だが、そんなことはあるまい。

——わしは天罰など信じておらん。

孫八郎は、ここまでくれば九分どおり逃げおおせると思うようになっていたから、油断があったかもしれない。

一方、佐々孫介は家臣の矢島四郎右衛門とともに河原にひそんでいた。

孫八郎を待ち伏せして討ち取るのは簡単であろう。念を入れて船頭を付けた小舟も用意してあるが、堤の上に立った孫八郎がこの舟に目を取られた隙を突いて討ちかかるつもりであった。

——わしがひとりでやる。さきに手出しは無用ぞ。四郎は万一に備えての後詰めと心得よ。

と孫介は念を入れた。

ほどなく与蔵が走って来て堤の上に立った。

あたりを見わたし安全を確認した態《てい》を装って、孫八郎を手招きし、舟を指さしている。

そして、孫八郎が堤に上がった瞬間、

「孫八」

と叫ぶと同時に孫介は槍を突き出していた。

ところが、紙一重の差で孫八郎は槍先をかわし、うしろに飛んだ。

「覚悟せい。われは……」

と名乗りを上げながら、孫介が堤の上に駆け上がると、孫八郎は背中を見せて堤の上を河口めがけて全速力で走り出している。

そこを突き立てたのが四郎右衛門である。ばったり倒れた孫八郎の胸を刺し貫きとどめをさした。

「名乗りを上げようなどと、恰好つけるものではないな」

と孫介がいうと、四郎右衛門は、

「まさか、こちらにむかってこようとは」

と素直に喜んでいる。

「こ奴、たいそうな銀を持っていますぞ」

と荷物を検《あらた》めていた与蔵が言った。

「それはお屋形さまに」

と与蔵にいって孫介は孫八郎の持っていた金を受け取ると、懐から用意してあった銭を出して与蔵に与えた。

「これは船頭とおまえの分だ」

「こんなに。ありがたく頂戴します」

この間、四郎右衛門は手早く首を斬り取ったから、無残な遺骸だけが残った。

「あとは任せる。これは川にでも放り込んでおけ」

と言いおくと佐々孫介は、首袋を槍先に下げた矢島四郎右衛門と上機嫌で立ち去った。


信長が坂井孫八郎の首実検をしたときには、すでに日が暮れていた。

場所は清須城内の庭である。

信光の死因と孫八郎の捜索は秘密であったから在所の寺は使えない。庭に幔幕《まんまく》を張り篝火《かがりび》を焚いた。

信長の正面に置いた台の上に孫八郎の首が載っている。

余談だが、孫八郎は評判の美男子であった。

矢島四郎右衛門は取った首を主家たる佐々家の居城、比良《ひら》城に持ち込むと、作法にのっとり女たちに首化粧をさせた。

まず水で首を洗って泥や土を落とした後、水に浸けた櫛で髪をすき髻《もとどり》を使って髷《まげ》を高く結い上げるのである。

女たちは口々に美しいと称賛し、大将首のようにおしろいを塗ってみたいものだと語りあった。

追手を拝命した五名を代表して角田石見守が首の披露役を務める。といっても、副将格の赤川三郎右衛門尉がうしろから両手で首を捧げ持ち、台に置く際、

「坂井孫八郎どのの首」

と敬称を付けて宣言するだけである。

そこで信長が左目尻で首を一瞥して実検そのものは終わった。

つぎに、この武功を適正に評価するための評定が始まる。

追手を拝命した佐々孫介ほか残りの三名に続いて矢島四郎右衛門が幔幕の内に入ると、孫八郎の捜索状況全般を報告するのは角田石見守の役目である。

報告は、信長に直接ではなく、現場に立ち会っていない戦目付《いくさめつけ》にたいして行う。

首を見据えながら信長は考えていた。

これはいったい誰の差し金か。やはり坂井大膳か。落ちのびてなおもそれだけの力を維持しているのか。内応した者はどれだけいるのかいないのか。次の暗殺も企てているのか。起請文の神罰だという噂は、署名した者すべてを狙っているという脅しだろうか。駿府はどれだけかかわっているのか。

わからないことだらけだ。

いやな想像も働く。

天文四年（一五三五年）の「守山崩れ」では、主君松平清康《きよやす》を殺された家臣たちは、下手人阿部弥七郎を斬り殺しただけでは足らず、腹立ちまぎれに、遺骸を足蹴にして、近くの肥溜《こえだめ》に落としたという。

孫三郎叔父が糞壺に落とされたのも、それを連想させる。二十年も経たというのに、これは何かの復讐であろうか。

そして最も悩ましい問題があった。

清須攻めの際、大膳だけを討ち取るように命じただけで、ほかの者は逃げるままにさせておいたが、これは正しかったか。

孫八郎のような遠縁の者まで反逆するなら、孫三郎叔父が殺されるとわかっていたのなら、それこそ坂井の一族を皆殺しにすればよかった。

――いまさら悔やんでも遅い。やはり悔恨の根は断っておくべきであったか。


捜索状況全般の報告が終わると、孫八郎を討ち取った状況を説明するのは佐々孫介だ。

潜伏先を発見したいきさつから始まった説明は延々と続き、

「田島屋敷の門前で四郎右衛門と空喧嘩《そらげんか》を演じましたところ、孫八め、すわ何事かと、まんまと外に出て来ましたので……」

と奇妙な展開になっていった。

あらかじめ、弟の成政から、

「大膳の名を騙って落としてやるなどと偽計を用いたこと、正直に明かせば、どのような疑いを招くかわかりませぬ。たとえ子どもだましの手でもなんでも、ここは断言して押し通すしかありませぬ」

と知恵を授けられて来ている。

しかし、いざ斬り合いの様子に話が及んだとき、

「もうよい。この下はどうした」

と、信長が言った。

孫介、まったく意味がわからない。

「書き付けの類《たぐい》はあったか。銭はどれほど持っていたか」

答えられない。

首の「下」は川の底だし、孫八郎の持っていた金は弟と四郎右衛門と三人で山分けしてしまっている。

「孫八郎どのの亡骸は、どこの寺に預けたのじゃ。今からでもとって返して見分してまいれ」

と、孫介の沈黙に耐えかねて、角田石見守が助け船を出す。

「いまさら密書が出たところで真贋《しんがん》見極めきれぬわ。銭などとうになくなっておろう」

声量は大きいものの信長にしては落ち着いた物言いだったが、すでに機嫌は相当悪く、小姓衆が心配するほどであった。

他方、面《おもて》を上げられない孫介は、その危険に気がつかない。

小姓の一人が戦目付に何事か耳打ちして「協議」が終わった。戦目付による武功評価の発表である。

「角田石見、赤川三郎右衛門、小瀬三右衛門、佐々孫介、土肥孫左衛門ならびに矢島四郎右衛門、このたび、首尾良く坂井孫八郎追手のお役目果たしたること、武功ありと認める。ただし、かの者生け捕りにせ

よとの主命果たせず不届き千万なり。よって討ち果たしたる佐々、矢島の両名には特段の武功を認めず。六名あいひとしく相応の恩賞にあずかるべきものと認める。以上、かように愚考いたすものでございまする」

と、ここで信長がかすかに肯き、一同平伏して首実検の儀は終了するはずだった。

しかし、

――身命を賭して闘った自分たちがほかの者と同列とは……

という不満の色が孫介の顔に出た。

それを信長が見逃すはずがない。怒りが爆発した。

いきなり孫介の頭を掴んで地面に押しつける。

「おのれ、褒美を取らすというのに、なにが不満か。居所がわかって功を急ぎ、すぐに討つとは何事か。なぜ機会を待たぬ。おのれは手間を惜しんだ。下知を軽んじたのだ」

と大声で叱責しながら、こんどは孫介を引きずり回し、首を載せた台まで引きずっていく。

「この孫八めにしゃべらせてみよ」

信長の目は異様に光っている。まるで舌なめずりする獣のようだ。

「それともなにか。口封じしたつもりか。駿府と示し合わせてやったことか」

「さようなことは決してありませぬ。生け捕りに失敗《しく》じったこと、誠に申し訳なく、平にご容赦くださいませ。お許しくだされ」

と泣きながら許しを請うているのは矢島四郎右衛門である。佐々孫介は信長に掴まれたまま声を上げることもできない。

言いたいことを言い終えたか、突然、信長は掴んでいた佐々孫介を投げ出した。

これをもって坂井孫八郎の首実検は、唐突に終わった。

三

弘治元年に起きた織田信光の殺害とその翌年の正月と推定される坂井孫八郎の首実検の話には、後日談がある。

ある年の「正月中旬」と『信長公記』は記しているから、それをそのまま採用すれば、このまま続けて書くこともできる。しかし、池で泳ぐという話なので真冬のこととは思えない。

だから、まずは、そこまでの話をさきに進めよう。


清須から古い東海道を北に約四キロ、下津《おりつ》の町の東、青木川を渡った五条川との合流点近くに正眼寺《しょうげんじ》があった。

小牧市にある現在の正眼寺は、この寺が元禄《げんろく》二年に移転したものである。

弘治二年(一五五六年)の春、岩倉《いわくら》城主の織田伊勢守信安《いせのかみのぶやす》が、相応に要害の地であったこの寺に目を付け、砦を築こうとしているとの風説が立った。

伊勢守信安は尾張上四郡(中島、葉栗、丹羽、春日の四郡)を差配する守護代である。

下津は、上四郡のうちの一つ中島郡に属しているが、清須と岩倉のちょうど中間に位置していて、古くは守護所があった場所だ。

守護代職を代々務めてきた織田家も、岩倉城を拠点とする伊勢守家と、清須城を拠点に下四郡（海東、海西、愛智、山田の四郡）を差配する大和守家に分裂する前は、下津に居城を構えていた。

昨年春に大和守家を滅ぼした信長は、正眼寺を城塞にする伊勢守の企てを耳にすると、清須の町人たちを集めて寺の藪を切り払ってしまうように命じた。

力を見せつけるためである。

こうすれば、あたかも砦を構築する準備を進めているかのようにみえるだろう。

実際に先手を打って砦を築くこともできるのだが、このときの信長の軍勢は騎馬武者が八三騎ほどにすぎない。

これにたいして、岩倉方は三千余の兵を動員して近くの原野に布陣した。

すると信長は、諸方から町人たちをさらに集めて竹槍を持たせ、あたかも後方に大軍が控えているかのように偽装したのちに、足軽を繰り出したのである。

小競り合いの後、ほどなくして両軍ともに下津から兵を引いた。

これで、下津については双方とも現状を変更しないという暗黙の合意が成立したことになる。


このような上四郡の守護代との争いがあった同じ弘治二年（一五五六年）の四月上旬のことである。

尾張国の守護と三河国の守護との対面の儀が、三河の上野原で執り行われた。

駿河と遠江国の守護、今川義元の斡旋で実現したことである。

尾張の守護は斯波義銀《しばよしかね》だが、三河の守護として登場したのは吉良氏であった。

しかし、本当のことを言えば、吉良氏は守護ではなかった。

三河国は一色氏が代々守護を務めていたが、応仁の乱で西軍に属したために講和の条件として三河国を放棄することとなり、これ以降、三河国に守護は置かれなくなっていた。

もっとも、かつては足利姓を名乗るなど名門中の名門であった斯波氏も今では管領《かんれい》家の格に留まるのにたいして、吉良氏は一等上の足利将軍家が断絶した際の継承権を持つとされる家である。

ただし、それゆえに吉良氏の一門で管領や守護などに任じられた者はないとされる。なぜなら、それらは家臣の仕事だからである。

余談だが、尾張国でも海東、海西、智多の三郡の守護職は、三河国の守護である一色氏が兼任していた時代があった。そのときに叙任された斯波氏は最初は尾張六郡の守護であり、そののちに海東、海西の二郡が加わって、尾張八郡の守護となった。応仁の乱以降は、三河国と同様、智多郡も守護不在の地だったのである。

「やはり義昭《よしあきら》どのです」

と言ったのは、冨永与十郎資康《すけやす》である。

かつては吉良家の重臣であったが、前年に起きた吉良義安の「謀反」の首謀者として三河国を追われ、今は信長に仕えている。

「で、あるか」

という信長の傍らに控えていたのは、長兄の三郎五郎信広。

彼も肯いていた。

信広は安祥城が陥落するまで、名目上の城主であった義安の後見役を務めていたから、この吉良氏が義安でないことはわかった。

この対面の儀は吉良家当主の代替わりを織田方に知らしめるためでもあったのだ。

のちに判明したが、逆心ありとされた義安は義元に引退を迫られ、吉良家の家督を弟の義昭に譲っていたのだった。そして、府中から遠く離れた藪田《やぶた》（藤枝市）の曹洞宗最林寺《さいりんじ》の近くに幽閉されていた。

安祥城で捕らわれてから駿府で人質同然の生活を送っていた義安ではあったが、名家の統領にふさわしい生活を送っていた。元服とほぼ同時に娶ったのは松平清康の娘（俊継尼）であり、その子は将来の吉良家を継ぐことになっていたのである。

だから、謀反の知らせを聞いたとき今川義元は、

「なんの不足があろうか。よくわからぬ」

と言ったほどだという。

しかし、よく考えてみれば、義安の義父の吉良持広は、瀬戸の大房と呼ばれた松平清康の妹とのあいだに生まれたであろう実子を後継ぎとするのをいやがり、猶子の義安に家督を継がせたのである。松平と婚姻関係を結ぶのは、義父の遺志に背くものだと義安が考えるのも無理はなかった。

だから、少なくとも不満はあったはずである。

その義安の待遇が変わり、今では藪田で罪人扱いである。

他方、弟の義昭《よしみ》は、安祥城が陥落したときは西尾城にいて今川氏と和睦していた。当時は織田家との同盟を破棄して断絶することだけが条件という寛大な扱いであった。

しかし、それも昨年から待遇が変わり、義昭は主城の西尾城から東条城に移され、今川氏に人質を取ら

れ、西尾城には今川勢が常駐して、その管理下に置かれることになっていた。

もっとも、岡崎城の場合と違って西尾城の吉良方の抵抗は強かった。

最後は鎮圧されてしまったが、今川家の被官の派遣を断念させるだけの効果はあったようであり、義昭の代わりに西尾城に入ったのは、牛久保城主の牧野新二郎貞成《さだなり》だった。

また、義昭の人質を駿府でなく水野氏の小河城に置いたのも、吉良氏に強く抵抗されたからであろう。人質を預かれば今川勢の駐留は避けられないが、水野氏に受け入れを要請したのも、今川ではなく吉良氏かもしれなかった。これも嫡男の竹千代を遠く駿府に送った松平との違いである。


——雪斎和尚が亡くなったゆえか。

と信長は思った。

逆心ありとするなら、いくらでも口実はあろう。織田と通じているのは当然で、西条吉良家と尾張との繋がりは古く、斯波《しば》氏との縁も深い。

それらを配慮しての雪斎による和睦であったが、今川家中に不満をもつ者はあったのだろう。

——あるいは松平か。欲深き者がおる。

吉良家の所領は、つぎつぎと松平一族に浸食されている。

だから、西条・東条両家の合体は、吉良氏が生き残るための苦肉の策であったのだ。

それに対抗して、松平方が讒言《ざんげん》を弄して当主を追放したとも考えられる。今川に吉良家の所領を安堵させないためである。

吉良氏は三河守護ではない。

一方、今川氏は吉良氏の分家であるが、「御一家」と称され、管領家と同格とされていた。ただし、代々守護を務めてきたものの管領を出したことはない。

古くからの管領家である斯波氏からすれば、今川氏は一等下にしか思えないであろう。

だから、双方に序列のことで争いが起こったのは不思議ではない。

上野原では、一六〇メートルほどの距離を置いて双方が陣を構えると、人数をそろえて中央に床几を据えた。

一方に斯波義銀《しばよしかね》、もう一方に吉良義昭が、それぞれ座って向かいあっている。

斯波氏の陣には織田信長が、吉良氏の陣には今川義元が、それぞれ補佐役という形で付いている。

双方から斯波と吉良の両氏だけが十歩ほど前へ進み出たが、それで何事かをするでもないまま、双方元の席に戻った。

これで対面の儀は終わった。

そして双方とも陣を引いた。

これだけの話である。これでは対面とはいってもお互いの表情すら、よくわからなかったろう。


この時代、成り上がり者として蔑まれていた戦国大名の中で織田弾正忠家は例外的な存在だったといえる。

信長の父、信秀は上洛した際には朝廷に献金して従五位下に叙位され、備後守に任官されている。だから、信秀の官位は自称ではなかった。

今川義元も信秀の代であれば、こうした仕掛けはしなかったかもしれない。

もちろん、義元は吉良氏が三河守護でないことは知っている。

織田信秀が亡くなり空位となった三河守《みかわのかみ》を狙って、朝廷に根回しを進めていた。信光が殺害される少し前の弘治元年閏一〇月一〇日に雪斎こと太原崇孚《たいげんそうふ》が亡くなったが、この前に根回しは終わっていたと思われる。あとは西上し三河国に赴任するだけだった。

この時、信長は試されたのである。

官位のことなど信長に知識はなかったから、知識のある者を重用していた。長兄の三郎五郎信広である。この時代の織田弾正忠家の外交官であった。

連歌を通じた信秀の公家の人脈を当然引き継いでいたはずだから、三河の捕虜になったことさえなければ、跡目を相続したのは信広だった。少なくとも信長と信広の兄弟は、そう思っていたはずである。

一方、今川義元からすれば、無位無官の信長を下座に座らせ、

——尾張のことは今後は斯波どのを通して話をする。三河のことは手出しするな。

とでも決めてしまうことができれば、大成功であったろう。

現に正月から先月の二五日にかけて、大給《おぎゅう》松平氏の松平親乗《ちかのり》が滝脇《たきわき》城を急襲したことで、松平乗清《のりきよ》、乗遠《のりとお》、正乗《まさのり》という祖父から孫にわたる三代の滝脇松平氏がことごとく討死《うちじに》したばかりであった。

松平親乗の室は松平内膳正信定の娘だから、いまなお残る反岡崎派の一党であって織田方が裏で支援していたに違いないのである。それも、昨年には蟹江城の攻撃に参加するなど、いったんは今川に帰服したはずの親乗を翻意させてのことであった。また信長自身も同月、荒河方面に出撃しては威力偵察を行うなど、厄介なことこのうえない。隙があれば手を出す構えであった。

しかし、義元は信長を下座に座らせることはできなかった。

四

だが、なにも起きなかったというわけでもなかった。
三河では、吉良義昭が上野城（豊田市）を急襲した。

東条城では、天文八年に吉良持広が亡くなった当時、正室であった瀬戸の大房の従兄弟、青野城の松平甚二郎が、今川氏派遣の代官のようにふるまい、兵馬の権を握っていたが、西尾城に西条吉良家出身の義昭が入ってからはしだいに統制力を失い、吉良家譜代の家臣団に迎合するようになっていった。

そこで今川義元は、織田方と通じたとして甚二郎を追放し、弟の甚太郎忠茂《ただしげ》に家督を相続させ、東条城の管理を任せるようになっていた。

弟といっても親子ほどにも年の離れた、おそらくは元服したばかりの少年であったろう。

その狙いは、今川家中から東条城に派遣した与力の松井左近尉忠次《さこんのじょうただつぐ》らに実権を掌握させることにあった。これが天文二〇年のことである。

その甚太郎忠茂が、五年経ったこの年、弘治二年の二月二〇日、日近《ひじか》城攻めの際に戦死してしまったのである。跡目を継ぐべき嫡男の亀千代丸は、生まれたばかりであった。

今川家中から派遣した与力と言ったところで、青野松平家が武力で支えなければ無力である。

吉良義昭は東条城を事実上支配するようになったが、四月になるまで表面上は、なんの変化もなかった。

きっかけは、尾張守護との対面の儀であったろう。

——治部大輔も承知のうえとなれば、なんの遠慮も要るまい。三州のことは三州の守護に任せてもらおう。

と義昭は思ったに違いない。

東条城からは直線距離にして北へ約二〇キロ、吉良方は冨永、瀬戸、川上、大河内などの諸将が攻撃に参加していた。

上野城は酒井将監忠尚《しょうげんただなお》の城である。松平党の中では反今川反岡崎派の急先鋒であった将監も、安祥城の陥落後は一転して今川の良き藩屏《はんぺい》となっていたが、いまなお岡崎城の重臣たちとは距離があった。孤立していたといっていい。

吉良方にとって開戦の口実はなんでもよかった。

将監が松平党の中では孤立無援の存在であり、援兵を送るのは板倉弾正重定《だんじょうしげさだ》だけだということが重要だった。

このとき板倉重定は岡城（岡崎市岡町）にあったろう。ただちに出撃し、麾下《きか》の諸将にも上野城救援を命じた。

その中に松平大炊助好景《おおいのすけよしかげ》がいた。好景は深溝《ふこうず》城（幸田町）の城主であったが、当時は中島城（岡崎市中島町）もその管理下にあり、弟の勘解由左衛門《かげゆざえもん》康忠《やすただ》と嫡男の主殿助伊忠《とのものすけこれただ》を置いて、今川方の代官の実務を担っていた。

中島城は由良平八郎の築城とされるが、板倉重定に攻め取られ、もともとは吉良方の所領だったはずの中島郷と永良《ながら》郷（岡崎市中島町から西尾市下永良町）も今川方に奪い取られていた。

中島城から東条城までは約六キロ弱。永良郷の南端からだと、東条城までは四キロもなく、吉良の被官である冨永氏の居城、室《むろ》城に至っては目と鼻のさきほどの距離しかない。

東条城から見れば中島城は、菱池から流れる広田川の対岸にあって、矢作川東岸の上野城への道をふさぐ要害にあった。

松平好景が中島城の康忠と伊忠を上野城救援に派遣したのは、中島永良二郷の代官が吉良家の動向を監視する任務を負っていたからにほかならない。そして、弟と嫡男のふたりが監視に失敗したことは、誰の目にも明らかだった。

だから、せめて吉良勢を討ち取ることで務めを果たさせるつもりだったのである。


しかし、それが吉良義昭の狙いだった。

松平勢の留守を突いて吉良方が中島城を攻撃したのである。

知らせを聞いた好景は、急いで深溝城から中島城をめざして出撃した。

平坂《へいさか》街道を西に九キロ進めば、室城である。

しかし、ここを突破できたとしても、中島城に到達する前に、悪くすれば広田川を渡河しているときに、捕捉され挟撃されるかもしれない。そう考えた好景は、室城の手前で、須美川を渡ることなく川に沿って南西に転進し、東条城を襲った。軍勢が多数出て手薄になっているはずだった。

鎧が多数出たので鎧ヶ淵《よろいがふち》古戦場の名が生まれたというが、明治の末になって建立された石碑に記されているだけらしいので、命名もそのころかもしれない。

その碑がちょうど室城と東条城との中間付近になる。

好景は東条城近くまで迫って敵を引きつけ、ついには中島城を攻撃していた本隊が救援に戻るところまで奮戦したが、その犠牲は大きかった。

最期は主従十騎ばかりとなり、孫十郎定政《さだまさ》、太郎右衛門定清《さだきよ》、久太夫好之《よしゆき》、新八郎景行《かげゆき》の弟四人など親族二一人に従者三四人がそろって善明堤《ぜんみょうつつみ》の近くで討死《うちじに》したというから、おそらくは深溝に逃げ帰ろうとしたところを追撃されたのであろう。

好景は、乗っていた馬の腹帯《はるび》が切れて鞍が定まらず、飛びおりたところを矢で射かけられ、深手を負って動きが止まったときに襲われて首を取られたという。

深溝勢の奮戦によって攻城方が引き上げたので、吉良氏による中島永良二郷の奪回は失敗したが、中島城は落城。落ちのびようとした板倉八右衛門好重《よししげ》も逃げ切れず、城の近くで討死した。


以下は余談になるが、この板倉氏、じつは今川方の板倉重定に連なる一族ではなかったかと思う。板倉好重の跡目を継いだ勝重《かつしげ》の生誕地でもある居城の小美《おい》城（岡崎市小美町深萩）と重定の岡城（岡崎市岡町西側）は、同じ菅生川（乙川）の上流と下流の対岸にあって、約二キロしか離れていない。重定が攻め取った中島城を同族の好重に渡したと考えたほうが自然である。

だから、主従関係も当時は逆で、深溝松平家にとって板倉氏は家臣ではなく、主筋ではなかったか。

おそらく深溝家は、家祖の忠定《ただざだ》の代から今川の被官化した家であり、岡崎の宗家に属していなかったが、のちの桶狭間《おけはざま》の戦で松平元康の指揮下に入って参戦してから、今川領国が解体される過程において、かつての主筋であった板倉氏を家臣にしたものではないかと思うのである。

もっとも、それを示す史料はなにもない。

しかし、深溝の家では、五井の家のような松平一族の内戦で死んだ者が見当たらないだけでなく、形原《かたはら》や竹谷《たけのや》の家のように今川方に人質を取られることもなかった。

それは深溝松平家が今川の被官だったからではないだろうか。

また、無謀な追撃をして壊滅的な損害をこうむるほど好景は愚かな大将だったのだろうか。戦線を拡大し敵の兵力を分散することで主君を守ろうとした家来が、多大な犠牲を払いながらも奮闘したのではないだろうか。

現在、板倉好重の戦死地の碑は、同日に戦死した松平好景の碑から約二キロ離れたところにある。もちろん石碑はピンポイントで戦死した場所を示すものではないが、少なくとも設置者が異なることはわかる。

松平好景の戦死地の碑は、中島城と同じく広田川右岸の下永良陣屋（西尾市下永良町）の出入口付近にあった石灯籠の前にある。陣屋は宝永《ほうえい》二年（一七〇五年）に設置され明治まで存続したというから、最初の石碑も没後二百年以上たってから、それも吉良領を遠慮して原位置に建てられたものだろう。

他方、板倉好重の碑は、東条城からは遠くなるほうに中島城の北東約四四〇メートルの位置にあるから、城方の手で落城後ほどなくして設置されたものではないかと思う。遺体を葬った塚石が現在の石碑の元になったとしてもおかしくない場所である。

板倉と松平の主従関係が逆転したと考えれば、弘治二年の戦いが永禄《えいろく》四年の出来事と伝えられている理由についても容易に説明がつく。

後の出来事について言えば、好重の嫡男の忠重《ただしげ》が家督を継ぐことなく深溝松平家の家来になったのは、知行を奪われ降伏したからであろうし、家督を継いだ弟の定重が陥落した高天神城で戦死したのは、城攻めしたからではなく今川方の守兵であったからであり、最後に還俗して家康から知行を賜り家督を継いだ香誉宗哲《こうよそうてつ》こと勝重が、出仕を三年も延ばしてぐずぐずしていたのは、それなりに気持ちの整理をつける時間が必要だったからだと思う。


ともあれ家康は、といっても四十代以降のことだが、こういった人の扱いが抜群にうまい。

名家好みのせいだと一般には言われているが、それは周到な計算があってのことであり、要するに子孫のためなのである。

子孫に恨みをもちこされないよう、人に恨みが残らないようにアフターケアをする。それが第一であり、有為の人材確保などは二の次であろう。

もちろん他方では、新たに人の恨みを買うようなことでも、必要だと思えば、ためらうことなくどんどんやっている。

三百年続く王国の基礎が、こういうところにみえる。

五

一方、尾張である。

尾張守護と三河守護の対面は、斯波義銀《しばよしかね》が今川義元に要請したところから話が始まったのではないかと思う。

というのは、義銀から見れば、父の義統《よしむね》は織田一族の守護代に殺されている。自分に対する信長の扱いは冷淡で、いつ殺されるかと不安で仕方がない。なんとかして貴人たる自分の利用価値を再認識させたい。そう思っても不思議はない。

そして、そのとおりになった。

この対面の儀の後、信長はあらためて義銀を国主として認め、清須城の本丸御殿を譲って自らは北の櫓《やぐら》の屋敷に移ったのである。

他方、信長の真の狙いは、ただの茶番でしかないこの儀式を、あたかも今川氏との同盟が締結されたかのように喧伝することにあった。

なぜなら、美濃に出兵する必要があったからである。


尾張・三河の両守護の対面の儀のあった弘治二年(一五五六年)四月。

強制的に隠居させられていた斎藤道三は、息子の新九郎義龍《よしたつ》との最後の決戦に臨もうとしていた。

一八日、斎藤道三は鶴山に陣を構えた。

高所に登ったというより、じつは追い上げられてしまったのである。

娘婿《むすめむこ》である信長も清須を進発した。

黒田川(木曽川)を越え大良《おおら》(羽島市正木町大浦)を経て、当時の木曽川水系の本流である境川を越えて戸島の東蔵坊(岐阜市柳津町高桑)に布陣したと思われる。

二〇日辰の刻（午前八時頃）、新九郎義龍は稲葉山城から西北に向けて軍勢を出すと、道三も鶴山をおりて奈賀良《ながら》川（長良川）の右岸に達したところで、川を渡ってきた義龍方と戦闘が始まった。

激戦であったが、数に優る義龍方が圧倒し、ほどなく道三の前まで押し寄せてきた。

最初に長井忠左衛門尉道勝《ちゅうざえもんのじょうみちかつ》が突進して道三に組み付いた。生け捕りにしようとしたのである。

しかも、

――できるだけ苦しめてから殺してやろう。

と思っていた。

実の兄のように慕っていた道三だが、父の長弘を殺した仇の息子であることは周知の事実であったから、ことさら誰の目にも明らかな形での復讐にこだわっていた。

ところが、そこへ走り寄ってきた小牧源太道家《みちいえ》が道三の脛《すね》を薙《な》ぎ、押し伏せて首を掻き切ってしまった。

功を奪われた長井道勝は憤慨し、後の証拠にするため道三の首から鼻を削《そ》いで持ち去った。

合戦に勝って首実検をしている義龍の前に、鼻を削がれた道三の首が運ばれてきた。

この前年の一〇月、ふたりの弟を謀殺して父に宣戦布告したときから、義龍は新九郎范可《はんか》と名乗っている。范可とは、父を殺すことが孝行となる事情のあった唐の者の名だという。自分も同じだと義龍は言いたかったのであろう。

だから、道三の首を見ても眉ひとつ動かしたわけではなかった。

范可とは何者かわからないが、漢籍の中からあまり有名でない故事を教わったとも思えないので、仮に唐の時代に父が王で子が武将であったとすれば、光烈帝安禄山《あんろくざん》の子の安慶緒《けいしょ》、大聖周帝史思明《ししめい》の子の史朝義《ちょうぎ》あたりのことを、名ではなく号または中央アジア風の通称、あるいは完全なまちがいをもって「はんか」と誰かに教わったのかもしれない。

その場合、安慶緒か史朝義ならば、ふたりとも暴帝の実子であり、廃嫡され、あるいは養子を後継ぎにされそうになって、実の父を殺して位を簒奪《さんだつ》している。

こういう話なら、あるいは義龍も大いに共感し勇気をもらったのかもしれない。

首実検を終えてから義龍は信長に軍勢を向け、戸島の本陣から約三キロ離れた河原（長良川左岸）で両軍は交戦した。

信長方は山口取手介と土方《ひじかた》彦三郎が討死《うちじに》。森三左衛門可成《よしなり》は千石又一と馬上で斬り合い、膝《ひざ》近くを斬られて退いた。

ここで道三討死《うちじに》の一報が届いたので、信長はただちに撤退を決断。戸島の本陣まで後退してから、境川の渡河を開始した。さきに雑人や牛馬を後退させると、

「殿軍《しんがり》はわしじゃ」

と信長は宣言した。

そして信長がわずかな供の者だけを連れて乗る一艘だけを残して、全軍を渡河させた。

義龍方は数騎が川岸まで追いかけてきたが、対岸や船上にいた鉄砲衆が撃ちかけたので、敵は近くに来なかった。

それで信長も舟に乗り、境川を渡って尾張に帰国した。

道三と義龍との最後の決戦には間に合わなかったが、

――舅《しゅうと》どのは、わしを巻き込みたくないのだ。死に急いだな。

と信長は思った。

いち早く討死の一報を伝えたところなども、配慮が行き届いている。

約四千の義龍勢にたいして、信長の手勢は七、八百にすぎない。まともに戦えば壊滅的な敗北は避けられないところだった。

しかし、信長は本気で道三を救出しようとしていたのである。


もっとも、道三は尾張に逃げることなど少しも考えていなかった。

決戦の前の晩のことである。

ふたりの弟を殺した息子と決着を付ける。自分が死ぬことで美濃一国を息子に明け渡す。それが最期の願いだった。

――いつの日か信長の手に渡るとしても、わが国、わが美濃は、わしからわが子義龍へ。

とは思っている。しかし、その思いを義龍本人に明かすほどお人好しではなかった。

気がかりなのは、生き残った息子たちの行く末である。

五人いるが、微妙な年頃で、末子の新五郎利治《としはる》が一六歳だった。

――子どもは皆、寺に入れたいが、いまさら出家しろと申し渡したところで、聞く耳は持たぬだろう。意地になって反発する。ここは、きつく申しつけて引導を渡しておかなければ。

と考えた道三は、いいことを思いついた。

遺言状を書いたのである。

その書き出しは、

――わざわざ送り申す趣旨は、美濃国、終《しま》いには織田上総介の存分に任すべきとの譲り状、上総介に渡し遣わしたゆえ、軍勢を出すは目前なり。その方はかねて堅約のとおり、京の妙覚寺に登るように。一人の子が出家すると、九族が救われるという言い伝えがある。このように手紙を書いている間も、涙が流れて止まらない。

というようなものだった。

美濃一国の譲り状を信長に渡したというのである。

――明日一戦に及び、五体不具の成仏疑いおるべからず。

とも書いている。明日は死ぬと確信している敗軍の将が、国を譲ると申し出るとは奇妙なことであった。

傲岸不遜《ごうがんふそん》というものであろう。

しかし、

――わが愚息ども、わしの眼力を、いまだ信じておるに相違ない。

という確信が道三にはある。

国を奪い取った長男の義龍よりも父の道三の洞察力を信じる息子たちなら、父と同様に早くに見切りをつけるべきである。義龍と運命をともにすべきではない。そうした警告であり、助言であった。

出家すると約束した末子の新五郎利治にあてた遺言状であるが、その内容は当然、兄たちも知るところとなるであろうから、もっと出家する者が増え、できるなら全員が出家してほしい。出家しないのであれば、信長の家来になったほうがよい。

実際、道三が息子に遺したこの遺言状が明らかになれば、信長方に付く美濃衆は増えるに違いない。

——本当に、わしが譲り状を申し送ったと信じ込むかもしれんな。

と思うと、道三は愉快であった。

これが信長であれば、もしも仮にそんな譲り状を道三から受け取ったとしても、

——マムシめ、耄碌《もうろく》したな。血迷いおって。

と一笑に付すだけであろう。

真っ赤な嘘であった。しかし、父が息子に遺した最期の言葉に嘘があるなどとは、わが愚息どもは疑いもしないだろう。

——それがわが愚息どもと、婿どのとの差よ。

と道三は思った。

結果からすれば、堅く約束したはずの末子、斎藤新五郎利治は出家しなかった。出家したのは、兄の日饒《にちじょう》と日覚のふたりである。日饒はのちに妙覚寺一九世となった。利治は、その妙覚寺に宿泊していたとき、本能寺の変に遭遇し、織田信忠とともに亡くなっている。

——親父が生きておれば、いくつであったかなあ。日運上人の二つ上じゃ。

と思った道三は数えてみた。七五歳である。

——美濃一国に手間どった。

と思った。天下に号令できたはずの父であった。

17――変調

一

一四歳で嫁いだ濃姫も二一歳になり、結婚生活は七年を過ぎたが、懐妊の兆しはなかった。ただし、子どもがなくても正室の地位は揺るがない。

大名の娘であれば、それは政略結婚である。家と家との結びつきを担保する絆であり、同盟関係の証人（人質）でもあった。

しかし、斎藤道三が亡くなり、家督を簒奪した義龍と戦ったとなれば、美濃はもはや敵国である。同盟関係が破綻した以上、子どものいない濃姫は、いつ美濃に送り返されてもおかしくなかった。

それが当世の倣《なら》いであった。

これが三河の松平であれば、たとえ子どもがいたとしても、とっくの昔に離縁され、他の大名家から正室が来ているはずだった。

ところが、濃姫本人に危機感はまったくなかったのである。

だが、周囲の侍女《おんな》たちの動揺を見ているうちに、これは大変なことだと、ようやく濃姫も気がついた。周囲の侍女たちがそう考えるのであれば、織田の家中や連枝衆からも、いずれは指弾されるだろう。そうなれば夫の信長はかばってくれるかもしれないが、それはそれでいやだった。

——足手まといになるのだけはいやだ。

と思った。

夫の負担にはなりたくなかった。

「かようにお屋形さまのご寵愛《ちょうあい》深い姫さまは、めったにいらっしゃいませぬ。姫さまの向後に、なんの心配もありませぬ」

などと賢《さか》しら顔にもの申す老女までが癪の種になった。

「ほんに仲むつまじいことですよ。姫さまのほかにお部屋さまが一人もいらっしゃいません。たいそうお気に入られようではありませんか」

と言われるのも気になってきた。

いままで気にもしていなかったが、なぜ夫は側室を持たないのだろう。考えてみれば奇妙なことだった。

——余所《よそ》に側女《おんな》が一人もいないとは信じられぬ。

と思った。

だから、吉乃《きちの》の存在を再発見したのは濃姫であった。

この「吉乃」は名ではなく「吉法師の女」の意で、年上の後家だという。信長の母の土田《どた》御前の兄である甚助が養子に入った生駒の家に出戻ってきたときに知りあったもので、それは濃姫が嫁ぐ前の話であった。

土田御前の親戚筋であったというところが、かえって禍《わざわい》したのであろう。吉乃は城に上がることなく、今も生駒の家にいるという。

だから、この待遇は、吉乃本人にとっても生駒の家にとっても不当な扱いだった。そのうち城に上げるという約束はあったようだが、守役の平手政秀が亡くなると、吉乃のことは忘れ去られてしまったらしい。

「生駒に出しております侍女《おんな》の経費《かかり》が奥付きではなかったのです。これではわかりませぬ」

と濃姫付きの老女は言い訳した。

嫁ぐ前ならそれでもいいが、今は違う。

これは自分の落ち度であったと濃姫は思った。奥の差配は自分の責任である。

吉乃に対する不当な扱いは「子どもを産めぬ女の妬心ではないか」と人が陰口している。

そう思っただけで濃姫は堪えられなかった。

だから、

――吉乃の扱いは改めなければならない。

と思ったのである。

――この側女《ひと》が子を産んでくれればよい。

とも思った。

これは本音である。

家に世継ぎをつくることは、いまや大きな圧力となって濃姫の負担となりつつあった。

そんなある日のことである。

「至らぬところがありました。申し訳ありませせぬ。生駒の方を清須にお上げください」

と濃姫は申し出た。

信長は一瞬怪訝《けげん》な表情を見せたようだったが、ちいさく「うむ」と肯いたようでもあった。

少し癪に障った。

「小折《こおり》では通われるのに、ご不便でしたでしょう」

「さほど遠くはない」

「されど」

と濃姫は続けた。生駒通いが絶えて久しいことは知っている。

「くどい。清須へ呼ぶこと、考えておく」

と、信長は話を打ち切った。


信長は吉乃を清須へ上げなかった。

そのかわり、生駒通いが復活したのである。

生駒家に事前に知らせることなく、近習数十騎だけを連れて飛び出し、岩倉城主織田伊勢守信安の知行地を避けて遠回りするのだから、あえて危険を冒すような行為であった。

だから、待ち伏せされないように、絶えず物見を出していたし、生駒の家でも相当な注意を払っていた。

そんな危ないまねをしてまで側女《おんな》の元に通うとは、さすが大うつけ者よとひとびとは噂した。

しかし、これは信長が自ら流した風聞でもあった。なぜなら、生駒通いは上四郡の偵察と調略を兼ねていたからである。

二

信長が軍勢を率いて美濃に遠征していた間、斎藤道三・義龍親子の決戦の行く末を見定めようとしていたのか、あるいは信長の狙いどおり今川氏との同盟を信じて躊躇《ちゆうちよ》していたのか、いずれにしても清須に敵が攻め寄せてくることはなかった。

しかし、信長の舅《しゆうと》であった道三の死は、尾張国にも影響を与えた。

新たに美濃の支配者となった斎藤義龍は、尾張上四郡を差配する織田伊勢守信安と示し合わせて、信長に敵対するようになったのである。

美濃衆の加勢を得た伊勢守信安が清須城近くの下の郷（清須市春日）に侵入して焼き討ちすると、ただちに信長は岩倉方面に軍勢を出して近くの知行地を焼き払う。

この繰り返しだった。

そうするとしだいに、信長が差配している尾張下四郡においても敵対する者が増えていった。

今川氏との同盟を信じる者もいなくなった今となっては、美濃国を敵に回した信長の将来を危ぶむ声が大きくなっていったからである。

つまり、これが小競り合いを繰り返す斎藤義龍と織田信安の狙いである。

したがって、側女《おんな》の元に足繁く通う信長の行状は、大うつけのさまをひとびとに見せつけ、不安をかきたてるのに好都合であった。敵は黙認し助長していたとさえいっていいだろう。

信長の戦争というのは、よほど変わっていた。

まず信長自ら近習数十騎を連れて飛び出す。後から鉄砲、弓、足軽衆がばらばらと続くというやり方で進発して、予定戦場近くに現地集合してから、陣立てをして戦評定をする。

だから、触れ太鼓が鳴ってからどれだけ早く出撃できるか、毎回実戦で訓練しているようなものだった。事前に作戦会議はないから、現地に行くまでなにも知らされない。

だから、遅れた者は戦力ではない。

役に立たない奴とみなされるのは当然だが、信長がひとり頭の中で考えている作戦に遅参し邪魔したとなれば、それは裏切りであり、敵対行為となる。

したがって、信長の手勢は常に訓練されていていずれも屈強の者どもであったが、その数はいつも七、八百にすぎなかった。

ただし、敵が多勢となれば、もっと戦力が欲しくなるのは当然である。ばらばらと伝令を出しては連枝衆を頼むのだが、そういうときの信長は、いつも苛立っていた。

ある日のこと、これも美濃衆を主力とする軍勢であったが、五条川の対岸に集結する様子が、いつもと違って緩慢である。「動きが遅く、攻めかかってくる気配がない」と物見が報告してきた。

——さては家中に謀反の動きがあるか。

と信長は思った。

下津周辺に軍兵を釘付けにしておいて、その隙に内応した者が手引きして城に敵兵を引き入れ、清須を乗っ取るつもりだと思ったのである。

「藤右衛門《とうえもん》に伝えよ。城の出入りいっさい許すな。町人も構えを厳しく、木戸、閉め堅めよ。わしが戻るまで誰も入れるな」

と留守居役の佐脇藤右衛門あてに伝令を走らせた。


一方、信長の兄の三郎五郎信広は、この日も手勢を連れて清須の城下町まで来ていた。応援要請を待つことなく、信長が出撃するときは常に清須まで出ていくことにしていたのである。

もっとも、戦力としてはさほど期待されていない。生け捕りになってからというもの、家中では戦下手《いくさべた》で通っている。

信広もそれを知っているから、ゆっくりと出てくる。

手勢も戦仕立てではあるが、どこかのんびりしていて、信長の直轄軍と違って軍事演習かパレードのような気分だった。

だから、信広が清須の町を通るときは、必ずといっていいほど、留守居役の佐脇藤右衛門が城の外に出てきて接待してくれていた。

ところが今日は違った。いつもは町通りで出迎えてくれる藤右衛門がいない。

困ったことになった。このまま北へ進軍するにしても集結場所さえ知らないのだ。

ほかの者であれば、前方に物見を出して探索させるなどして、信長の本陣と連絡を取ろうとしただろう。しかし、信広は、いつも状況を教えてくれていた藤右衛門がいないと、どうしたらいいのか不安になった。

　そこで、清須城に使いを走らせて、

「三郎五郎どの、お出まし」

　と呼ばわったが、城門は閉ざされたまま、入れてくれない。

　――ああ、わしは三郎に信用されておらんのか。

　と信広は落胆した。

　頭の中をいろいろな思いが駆けめぐった。

　安祥城で捕縛され、幼い竹千代（のちの徳川家康）との人質交換によって救出されたことは大きな心の傷となっている。

　尾張に帰ってきたとき、

「おまえは人柄も良く、見識もある。十分に織田の統領が務まる器じゃ」

　と父の信秀はいってくれたが、

「ただし、太平の世であればな」

　と続けた。

「ここは堪《こら》えてくれ。三郎を助けてやってくれ。あのうつけ者は、ろくに字も読めん。おまえの力が必要じゃ」

　とは臨終の言葉であった。

　この時代、公家との交際には連歌が必要だったが、連歌をやるには古今、新古今はもちろん最低でも五百首以上の和歌を憶えていないと話にならない。さらに、教養を人に認められるためには漢籍を読みこなし、故事に通じていなければならなかった。

弟に臣下の礼を取ることを恥と思ったことはない。

できることは十分に尽くしてきたつもりの信広であったが、それでも信用されていないのかと思ったとたん、心が折れてしまった。

もともと繊細な人である。

それに戦に出るのが苦痛になっていた。それほど戦下手ではなかったが、捕虜になったことで周囲の見る目が変わったのである。それを撥《は》ねのけるだけの力がなかった。

——わしは勾践《こうせん》にはなれん。

越《えつ》王の勾践は、捕虜となった「会稽《かいけい》の恥」を忘れることのないよう日夜嘗胆《しょうたん》して、ついに呉《ご》を打ち破った。

——肝《きも》を嘗《な》め、その苦さで忘却を防ぐどころか、一刻も早く忘れたい。その思いでいっぱいだ。戦に出ることすら、あれを思い出すので、つらく苦しい。

いやいや出陣していたといっていい。

だから、この日、前線にも城方にもなにも申し送ることなく、無断で引き返してしまったのである。

敵が出てきたのは遅かったが、よくある小競り合いがあっただけで、この日の戦は終わった。

帰城した信長は藤右衛門から報告を受けると、

「で、あるか」

と言っただけでなにも言わなかった。信広のことなど心配していない。

だが、馬廻衆《うままわり》などは違った。

――三郎五郎どのは、迎えに出た藤右衛門を生害し、これに乗じて城を乗っ取り、合図の狼煙《のろし》を揚げる。狼煙を見た美濃衆は、川を越し、攻めかかってくる。そういう仰せ合わせじゃった。

という噂になったのである。

信広が信長の兄ではなく、ただの家来であったら無断で帰ったりはできない。謀反を起こすつもりなら、次の機会を待つことにして疑惑を招かないようにするだろうから、これも無断で帰ったりはしない。

帰ったのは信広の弱さの表れであって、他意のない証拠であった。

このあと信広が手勢を率いて出陣することはなくなった。

もともとこれまで頼まれてもいないのに出動していたのが、ばかばかしくなったのである。信長も、よほどのことがないかぎり、信広には頼まなかったのは事実だ。

ただし、戦場にいれば、もっと兵が欲しくなるのが人情である。これは一兵卒も指揮官と変わらない。信広について「敵の色が見える」と、太田牛一が『信長公記』に記したのは、そうした事情ではなかったかと思われる。

三

信長の舅であった斎藤道三が亡くなり、尾張上四郡を差配する守護代織田伊勢守信安との小競り合いが頻発するようになったのと時を同じくして、

——一の重臣の林佐渡守秀貞とその弟の林美作守通具、柴田権六郎勝家の三人が、信長を廃して勘重郎信成を擁立しようと申し合わせ、謀反を企てている。

といった風説がさかんに流布されるようになった。

どう対応するのだろうと皆が信長の動向を注視していた、そんな頃のことである。

弘治二年(一五五六年)五月二六日、信長とその庶兄、喜六郎信時は、ふたりだけで那古野城を訪れた。謀反の噂のある林秀貞が留守居役を務めている城である。

「良い機会ではないか。ここで切腹させてしまおう」

と弟の通具は言ったが、後日なされた本人の弁明によれば、秀貞は判断に迷ったのだという。

「三代にわたって恩を受けた主君を、おめおめとここで手にかけ討ち果たすのは、天道がおそろしい。今はやめておこう」

といって、今日はふたりの話を聞きおくだけにした。

信長が思ったとおり、噂は噂にすぎない。今のところは。

ただし、噂が事実となりかねない危険な水準に達している。

なぜなら、ただの風説も世間に広まれば、それがあたかも既定方針であるかのように内部の慎重派を追い詰め、行動に駆り立てる力を持っているからだ。

また、今日の訪問の目的は、噂の主を翻意させて未然に謀反を防止することだが、逆に相手を追い詰めて窮鼠《きゅうそ》猫を噛むことにもなりかねない。

なぜなら説得工作には、利を与えるおいしい話だけでなく、謀反を起こせばどうなるかといった恫喝も含まれるからである。

信時を同道させたのは、彼が雄弁だからであった。

信長の兄弟の中で最も弁が立つのは長兄の信広であったろうが、三河の人質となった経歴があるために軽んじられることがあって、使えない。だから信時が選ばれた。


余談になるが、雄弁だった父信秀の血を受け継いでいるのは上のふたりだけだったのかもしれない。少なくとも信長は、この時代のこの階層の人にしては語彙に乏しく、寡黙にならざるをえないところがあった。語彙が少ないのは本を読まないからだが、漢籍などは耳で聞いて理解できても自ら読み下すことはできなかったと思われる。

本人もそれを自覚していたので、達者な者は重用していた。


会談の内容は不明だが、まだ林秀貞が迷っていたこの日、信長たちは無事に帰った。

結果はすぐに出た。

一両日を過ぎて、荒子城の城兵が熱田と清須のあいだに検問を設けて兵站《へいたん》を遮断したのである。清須と那古野のあいだで米野城と大脇城も同じく兵站を遮断する敵対行動を始めた。


六月になると、信長に同道した信時の居城、守山城で政変が起こった。

昨年城主となった信時は、家老坂井喜左衛門の子、孫平次を引き立てて改革を進めていたが、これを恨んだ重臣の角田《つのだ》新五による反逆である。

角田は、

「城の塀や柵が壊れている所を直す」

といって工事を始めると、その途中、土塀の崩れているところから軍兵を城内に引き入れてしまった。

兵に囲まれ逃げ場を失った信時は自害に追い込まれた。

角田によれば、坂井孫平次の「並びなき出世」は決して本人の実力ではなく、信時との体の関係を利用したものだという。

そして、孫平次の色香に狂った信時に詰め腹を切らせた自らの正当性を大いに宣伝した。

——ふたりの仲は事実《まこと》であろう。されど、それだけで出世させたわけではあるまい。

と信長は思っている。

自分の地位を守るためにした角田らの謀反である。本当は彼らを成敗すべきであろう。

ただし、一方では、

——今は無理だ。一戦交えることなどできない。それに喜六に非はないが、家来どもを統《す》べる力もなかったのだ。力のない者を城主に据えれば、こうなるのも道理である。是非もない。これも喜六の運命《さだめ》であったのだ。

とも思う。

角田らは、またもや岩崎城主の丹羽源六郎氏勝《うじかつ》を引き込み、守山城の支配を固めている。

信長は、結局のところ、角田らを処分しないことにした。

ただし、城主は信長が指名した者でなければならない。

このため、信長は、秀孝が頓死した昨年の事件の責任を一人で背負い、態《てい》よく城から追い出されていた叔父信次の罪を許し、守山城主に復帰させることにした。

もとより毒にも薬にもならない人である。しかし、だからこそ信次ならば殺されないのだ。城方に元の城主の復帰を拒否する大義名分はないから、無条件で受け入れるしかない。これで、とにかく丹羽氏勝の守山城乗っ取りを阻止したことになる。

そして、亡くなった兄の妻を池田勝三郎恒興に再嫁させ、遺児となった娘を恒興の養女にした。

叔父信次の復帰は、信長の弟、信成を激怒させた。

それは、母の土田御前も同じ思いだったろう。これで秀孝の死に関して罰せられた者は誰もいなくなるのだ。とうてい許しがたいと思ったのも当然であった。

収穫期を待って信成は、信長の直轄領である篠木《しのぎ》三郷を横領し、ついに公然と反逆を開始した。抵抗した代官を殺して、稲の盗み刈りを始めたのである。

篠木三郷は守山城の北を流れる於多井《おたい》川（庄内川）の右岸、春日井原の台地下、川沿いの低地帯である。

その篠木三郷まで信長の軍勢を誘《おび》き出す作戦であった。

しかし、信長は篠木三郷を放置して、清須から於多井川を越えた左岸の名塚《なづか》に砦を構築するよう佐久間大学允盛重《だいがくのじょうもりしげ》に守備を命じた。ここは清須城と末森城との中間点になる。

これが八月二二日のことである。

翌二三日、この日は雨で、

――水が多くて川は渡れない。援兵は来ないし、砦造りも進まない。

とみて、柴田権六郎勝家の軍勢一千、林美作守通具の軍勢七百余が打って出た。

ところが、川を背にした急拵えの砦とはいえ、盛重方が必死に防衛すると、攻め方も泥土に足を取られるなどして苦戦し、一日で陥落させることはできなかった。

翌二四日、信長も清須から出動して於多井川を渡り左岸に布陣したが、その数は七百に達していなかった。

稲生《いのう》の村はずれで正午頃に戦闘が始まり、信長勢の約半数が東の柴田勢に攻めかかったが、山田治部左衛門、佐々孫介らおもだった武者がつぎつぎに討たれるなど苦戦を強いられた。

柴田勢が信長本陣に迫った時には、前に織田勝左衛門、織田造酒丞信房《みきのじょうのぶふさ》、森三左衛門可成らと鑓持ちの中間四十人だけになっていた。

造酒丞と三左衛門が奮闘した。

加えて、信長が敵将を名指しして大声で怒鳴ると、さすがに身内同士の争いだからだろう。立ち止まり、あるいは逃げる者もいる。

それで、信長勢は勢いを取り戻した。

前田孫四郎は、信成の小姓頭である宮井勘兵衛に矢を射かけられたが、右目下に当たった矢を抜くこともなく、そのまま勢いを保って槍を突き臥し勘兵衛の首を討ち取った。

信長はその首を取ると、馬上に振り回して、

「犬、小せがれなれど、宮井の首を討ち取ったり。この手柄を見よ」

と全軍を鼓舞したという。

たいして、山田治部左衛門を討ち取った柴田勝家は、負傷して戦線を離脱し後方に退いた。

次いで信長の本隊は南の林美作勢に攻めかかった。

林美作守通具は、黒田半平と切り結んで半平の左手を切り落としたが、互いに息が切れた頃に中間の口中杉若《ぐちゆうすぎわか》（のちの黒田杉左衛門）と信長が加勢して美作に打ちかかり、杉若が組み伏せたところを最期は信長に突き伏せられて首を取られた。

柴田・林美作勢は崩れ、角田新五、大脇虎蔵ら、信成方のおもだった武将を含む四、五十人あまりが討ち取られた。


この八月二四日の合戦以降、信成方は那古野城、末森城に籠城したが、たびたび信長勢が攻め込み、町を焼き払った。

信長と信成の母の土田御前は、清須から村井吉兵衛貞勝《さだかつ》と島田所之助秀満《ところのすけひでみつ》のふたりを末森城に招き、これを使者としてさまざまな詫び言を信長に伝えた。

それで信長は、那古野と末森、両城の者を赦《ゆる》すことにした。

信成、柴田勝家、津々木蔵人の三人は、剃髪《ていはつ》して墨染めの衣を着用し、土田御前と同道して清須城まで出向き、信長に礼を言った。

林佐渡守秀貞は、五月に信長と信時がふたりだけで那古野城を訪れた際に詰め腹を切らせようとした弟を止めた話をして、赦しを求めた。

信長は、恩情を示して彼も赦した。

――佐渡が弟を止めた話など信じられんし、その行状は許しがたいが、代わりがいない。あれにはまだ使い途《みち》がある。

と思ったのである。

四

これは、弘治元年の織田信光の殺害とその下手人、坂井孫八郎の首実検の話の後日談でもある。

弘治二年（一五五六年）八月二四日の稲生《いのう》の合戦で佐々孫介が戦死すると、弟の佐々内蔵助成政《なりまさ》が比良城主となった。

成政には亡くなった次兄孫介のほかに長兄隼人正政次がいたから家督を継いだわけではないが、成政が比良城で生まれた時、すでに元服していた政次は父の旧城、井関城の城主であったから、父が亡くなった時に井関城主のまま家督を継いだ。

それでこの年、成政は自分が生まれ育った比良城を継いだというわけだった。

現在の地理でいうと、名古屋市西区と北区の境界付近に東西に流れる庄内川の右岸堤を一部低くして増水時に新川に分流する「洗堰《あらいぜき》」と呼ばれる越流堤や遊水地が公園緑地になっているが、この新川と大山川との合流点近くに比良城はあった。

新川と洗堰は江戸時代に入ってから大明《しんめい》年間の治水工事によって造られたもので、それまでは中小河川の水が庄内川に流れ込む洪水の常襲地帯であった。

稲生の合戦の処理が一段落した頃、信長は安食《あじき》村福徳郷の住人、又左衛門を召し出した。

この夏から気になっていた「あまが池の大蛇」の話を聴くためである。

比良城の東に於多井川（庄内川）まで南北に伸びる堤があって、堤の西側に「あまが池」があった。

大蛇が棲むとの言い伝えがある池だ。

堤の東側は一面の芦原で寂しい場所だった。

その日、雨のふる夕暮れに又左衛門が堤を通りかかったところ、その太さが一抱えほどもある黒いものを見た。

胴体は堤の上にあって首を伸ばし、池のほうへ伸びている。人の足音を聞いて頭首を持ち上げると、鹿のような顔に星のように光り輝く目、チロチロと真紅な舌を出したところは人の手を開いたかのようだった。

又左衛門は身の毛がよだち、恐ろしさのあまり逃げ帰ったが、その翌日、比良のほうから大野木村に来て、このことを話したので、噂が広まった。

それで信長の耳に達したというわけである。

又左衛門から、じかに話を聞いた信長は、

――そんな大蛇がおるのなら、見てみたいものよ。

と思ったが、他方では裏に何かあるのではないかと思わざるをえない。

なぜなら、又左衛門はわざわざ話を広めて回っていたふしがある。

――小童《こわっぱ》ならともかく村役が。なにか魂胆があるに違いない。

この時代、信長のように好奇心をもつ者は少なく、化け物を怖れて難を避ける者のほうがはるかに多い。

はじめに村人の恐怖心を煽っておいて、加持祈祷《かじきとう》の類で退散させようと触れ回る修験者崩れと謀り、銭を巻きあげる魂胆かと思ったのである。

しかし、又左衛門はそういった類の人物には見えない。

だとすると、村人を池から遠ざけるための策略だろうか。

池の底に何か人に見せたくない物を隠したとか、あるいは落としてしまったとか。

あるいは密漁する者を遠ざけるため。

——それなら取り締まるよう役人に願い出ればよい。

仮に役人が賄賂を取って密漁を見逃しているのだとしても、直訴の機会なら、信長と対面したことで与えてやったことになる。それなのに、なにも言わない。

まさか池の水が狙いか。

たしかに今年は雨が少ないかもしれないが、干ばつを心配するほどとは思えない。それでも遠くの村の者が遠路はるばる水汲みに来たのを見たら、とたんに池の水を分けるのが惜しくなってしまったとか。まさかそんな。

考えてもわからない。しかし、

——池の水を全部かき出してしまえばわかるだろう。なんであれ、でたらめをいって人心を惑わす輩は絶対に許せない。

又左衛門の話を聴いた信長は、

「明日、池の水をかき出して大蛇を捕らえる」

との触れを出し、比良の郷、大野木村、高田五郷、安食村、味鋺《あじま》村の百姓たちに、水替え桶、鋤、鍬を持って集まれと命令した。

当日、数百の桶を立てならべて、池の水をかき出した。

四時間ほど続けて、池の水は七割ほどに減ったが、それ以上はいくらかき出しても減らない。

信長は、ならば水の中に入って蛇を見てやろうと、脇差を口にくわえて池に入っていった。

小姓のうち数人が続いて池に飛び込んだ。

そして、しばらくしてから信長は池から上がると、蛇のようなものはいないと言った。

今の暦ではすでに一〇月に入っているから、水の中はともかく、外に出ると身体が冷えこんで相当に寒い。

最後に念のため、水練に達者な鵜左衛門《うざえもん》という者に、もう一度入ってみよと命じて探させたが、大蛇は見つからなかった。

又左衛門の魂胆はわからないが、大蛇がいないことだけはわかった。それに、池の底に不審な物はなかった。

池の魚や水を惜しんでの策略だったとしても、そうした獲物は動員した近在の衆に分配してしまったことになる。目論見をはずしてやった。

それで満足して信長は清須に帰った。

話はこれで終わる、はずであった。

ところが『信長公記』はさらに続けて、

——この当時、佐々内蔵助成政には信長に逆心を抱いているとの風説があった。

と比良城内の様子を記している。

太田牛一が『信長公記』を書いた慶長《けいちょう》のはじめ（一六〇〇年頃）には信長も成政も亡くなっている。

次の話は、成政の周辺にいた人の聞き書きが元の記録なのだろうが、なぜ「信長に逆心を抱いていると の風説」が出ていたのか背景となる状況が書かれていないのが残念である。

そこで、ここでも勝手に補ってしまおう。


成政は、兄の孫介から坂井孫八郎の首実検の際、信長から、

「口封じをしたつもりか。坂井と示し合わせてやったことか」

と詰問されたと聞いて心底震え上がってしまった。気づかれているのではないかと思ったのである。

孫介はなにも言わなかったが、成政の様子を見て内心思うところがあったのかもしれない。

稲生の戦での戦死は、名誉挽回しようと功を焦った結果なのではないか、兄の死は自分のせいではないかと成政は思った。


このため成政は、近くに信長が来ているにもかかわらず、起き上がれないほどの重病と偽って参上しなかった。

「お屋形さまのことだ。成政の城は小城ながら良き構えと聞いておる、ついでに見てみようなどと仰せになって城に入り込み、わしに詰め腹を切らせるのではないか」

と成政は心配事を口に出した。

そこで、家老の井口太郎左衛門が、

「その儀については、お任せくだされ」

といって、信長を謀殺する計画を話した。

——城を見たいとなれば、この井口に申しつけるでしょうから、舟に乗って外から城を見たほうがよろしいでしょうと申し上げます。それで舟に乗ることになれば、この井口、脇差を小者に渡し、着物を腰高にはしょって舟を漕ぎます。お供の小姓衆はせいぜい五人か三人のはず。頃あいを見て懐に隠し持った小脇差で刺し貫き、突き殺して組み合ったまま川に飛び込みます。

というものである。

「ご安心くだされ」

と太郎左衛門は胸を張った。

この段を『信長公記』は、

——信長は運の強い人で、あまが池からどこにも寄らずに清須に帰ったのである。総じて大将は、万事に考えをめぐらし、油断なくふるまわなくてはならないということなのである。

と、結んでいる。

しかし、信長のことである。

外から見るのであれば、それこそ領内の城という城はすべて見ていただろう。「攻めるとすれば、どこからか」といった考察もしていたはずだ。

仮に太郎左衛門が誘ったところで、信長が城を見ると言えば城内を見るに決まっている。舟に乗ったりはしないだろう。

だから勝手な憶測ではあるけれど、大将は油断なくふるまわなくてはならないという結びの文言は、太田牛一が書かなかったほどの悲惨な死を遂げた織田孫三郎信光に向けたものではなかったかと思う。
そして、この「蛇替え」の話をあえて正月のことと記すことで、信光の死と暗に符合させたのだと思う。

ともあれ、この「蛇替え」のことを伝え聞いた信成は、この兄信長の愚行、自らの好奇心を満たすためには領民の負担をかえりみない我儘《わがまま》にあきれ果てた。

なんたる大うつけかと思った。そして、そのうつけ者に負けて謝罪を強いられたわが身の惨めさを思った。

――なんとしても、上総介の思いどおりにさせてなるものか。これは領民のためぞ。

と信成は堅く決意したのであった。

同じ弘治二年(一五五六年)の一二月中旬のことである。

海東郡の大屋村に織田造酒丞信房の家来で甚兵衛という庄屋がいた。隣の一色村にいた佐介と親しい間柄であった。

ところが、甚兵衛が清須へ年貢を納めに行った留守を狙って、佐介は甚兵衛方に夜盗に入った。

目を覚ました甚兵衛の女房は、佐介ともみ合った末に刀の鞘を取りあげたという。

甚兵衛がこの一件を清須に訴え出て、双方が守護所に申し立てた。佐介は、池田勝三郎恒興《つねおき》の家来であった。

恒興は信長の乳母の子で、父の恒利《つねとし》が早くに亡くなったために、二〇歳そこそこではあったが、信長と同じようにすでに一族の惣領となっていた。

訴訟は山王社（清須山王宮日吉神社）の神前で火起請《ひぎしょう》をもって決することとなった。

火起請とは焼いた鉄を当事者双方の手に持たせて、持てなかった者の言い分を偽りとするものである。

奉行衆と当事者双方から立会人を出して火起請が行われたが、ここで一騒動あった。

被害を訴え出た甚兵衛だけが鉄を取り落として争訟に敗れたのだが、不審に思った甚兵衛方の者たちは佐介が手に持った鉄を検分しようとした。

ところが、佐介方、当時権勢を誇っていた池田恒興の一党は証拠となる火起請の鉄を奪い取り、検分させなかったのである。

そこへ鷹狩りから帰る途中の信長が通りかかった。

信長は双方が弓槍などものものしく構えて騒いでいるのを不審に思い、双方から言い分を聞いた。

すると、信長の顔色がみるみるうちに変わった。

「どのくらい鉄を焼いて持たせたか。同じように鉄を焼いて見せろ」

と命じた。

そこで、奉行衆は命じられたとおり鉄を焼いて、

「このようにして持たせました」

と言上した。

すると信長は、

「わしが火起請を行う。無事遂げれば佐介を成敗する。そのように心得よ。よいか」

と宣言した。いつものことながら、怒鳴られているとしか思えない大音声である。

奉行衆は内心ひどく狼狽した。

信長に火傷などさせられない。当然、佐介のときと同じように鉄をすり替えたのである。おそらく焼けた鉄の色に似せて朱を塗ったか、何か細工したものであったろう。

信長は、渡された鉄を手の上に取ると、そのまま三歩を歩いて柵に置いた。

「このとおり。見たな」

と信長は言った。そして、ただちに罰を下した。

「こ奴どちらの手で握ったか。そのほうの手を斬れ」

「右手だ」

と甚兵衛方の者たちが叫んだ。

あっという間に小姓衆が前に出て、呆然としている奉行衆を押しのけ、数人がかりで手際よく佐介の右手首を斬り落としてしまった。

あまりの激痛に耐えかねて佐介が大声で泣き始めた。

「うるさい奴。黙らせろ」

と信長がいうと、こんどは奉行衆の一人が刀を抜き、佐介を刺し殺してしまった。

「殺せとまでは沙汰しておらんぞ。夜盗とはいえ、しょせん未遂ではないか。訴訟の次第、もそっと工夫せい」

と信長は奉行衆を睨みつけた。

しかし、そのままなにも言わずに立ち去ったのである。

これを聞いて青くなったのが池田恒興である。

彼自身が指図したことではないが、後難を恐れた。

そこで、よくよく言い含めて銀銭を下げ渡し、奉行衆と立会人を務めた家中のおもな者をことごとく領外へ落としてしまった。

この話は、神威を借りた人の不正を信長は決して許さないという単純な話だった。

しかし、池田恒興は、真実が広まる前に先手を打った。

都合のいい話を作って、さきに広めてしまったのである。

すなわち、

――火起請の鉄を落としたのは甚兵衛ではなく、夜盗未遂で訴えられた佐介である。ところが家中に性質《たち》の良くない者がいて神威に従わなかった。お屋形さまは自ら火起請を行い、正しく成敗された。

という話だ。これなら奉行衆に不正はなかったことになる。

そして、信長の意志は神威に適《かな》った凄まじいものだという伝説が生まれた。

18――謀　殺

一

人間五十年
下天《けてん》の内をくらぶれば
夢幻の如くなり
一度生を得て、滅せぬ者のあるべきか

信長の舞と唄は、幸若舞《こうわかまい》の『敦盛《あつもり》』のこの一節だけを繰り返す。

この唄の意味を吉乃《きちの》は調べたことがあった。人の世の五十年は天界の最下層（下天）でもわずか一昼夜にすぎない、人の世の流れは夢幻の如く儚《はかな》いという意味である。

だが、吉乃の耳には、人の一生はわずか五十年と信長は唄っているようにしか聞こえない。

――お父さまは四二歳で亡くなっている。大旦那さまも来年には、その半分になろうとしている。

と吉乃は思う。

自分の時間は残りわずかなのだ。いつまでも時間があると思って、のんびりしてはいられない。そう信じて、自らに鞭打ち、がむしゃらに突き進む。それが吉乃の見る信長である。

三度続けて舞った信長は横になると、頭を吉乃の膝に預けてきた。

吉乃は懐妊している。お腹が目立つようになっていた。

「お濃が清須に上がれと申しておる」

と信長は言った。

「北の方が、そのように」

「そうだ。前から申しておったことだが、懐妊したからには、ぜひにと繰り返し申しておる」

「大旦那さまは、私にどうせよと」

と吉乃は答えた。自分は信長の命に従うだけである。

だが、信長はすぐには答えない。

ただ、けだるい時間が流れていく。

「好きにしてよい」

と言ったのは、ずいぶんたってからであった。

「北の方さまは、大旦那さまがご心配なのでしょう」

「違う。お濃は、そなたと腹におる子の身を案じておるのだ」

と信長は言ったが、生駒屋敷に通ってくる信長の危険は増していた。

稲生合戦に勝ってから、ようやく信長による尾張下四郡の支配も安定してきたが、次の標的は上四郡を差配する岩倉城の織田伊勢守である。

相手もそれを察しているから両者の緊張は高まっていた。

吉乃の元に通ってくる信長を亡き者にしようとする企ても、これからはいっそう激しく大胆になるだろう。

「吉乃は平気です。怖くはありません」

嘘ではなかった。

そもそも生駒の家は商家である。どこかの家に属して戦う義務はない。

もっとも当世では、武装した手勢を擁しているからには、そうそう建前ばかりが通用するわけもなく、中立を保っていては商売も成り立たなくなる。

だから、どちらかを選ぶしかないのだが、それでも信長の味方に付くとは限らない。上四郡の一つ、丹羽郡に属する小折（江南市小折）という土地柄をわきまえれば、岩倉方に味方したほうが自然であると言えよう。

実際、昨年亡くなった父に代わって家督を継いだ兄の八右衛門家長《いえなが》は、犬山城主の織田信清《のぶきよ》の配下であるから、信清の去就が大きく影響する。

仮に信清に従うのでなく生駒の家の安全第一を考えるのなら、岩倉方に付いたほうが得策であろう。そうなれば通い婚状態の吉乃も安全である。

また、吉乃自身は生駒屋敷にいて不自由は感じていなかったし、正直いって清須城に上がり正室の濃姫と暮らすのは、なにか窮屈な気がしていた。

できれば避けたい。

最初の夫の土田弥平次を亡くしてから戻った実家は居心地が良かったし、新しい環境に慣れるまでが大変である。吉乃は三〇歳になっていた。

「願いを叶えてくださるのなら、ここで産みたいのです。されど大旦那さまは、当分こちらに通うのはお控えなさいまし」

と吉乃が答えると、信長は、

「で、あるか」

とだけ言った。了承したという意味であろう。

これで、吉乃は生駒屋敷で出産することに決まった。

ただし、信長が生駒通いをやめたのは、お腹の子が生まれるまでのあいだにすぎなかったようだ。

信長に第一子が誕生したのは、弘治三年(一五五七年)の初春であったろうか。

生まれたのは男子であった。生まれた子の顔が奇妙だからという理由で、信長は「奇妙丸《きみようまる》」と名付けた。のちの信忠《のぶただ》である。

そのころ、信長は、織田伊勢守家にたいして攻勢をかけるべく、その機会をうかがっていた。

発端は家督争いである。

岩倉城主織田伊勢守信安の嫡男である信賢《のぶかた》が、父母と弟の信家を追放するという事件があった。廃嫡されそうになって力ずくで父から守護代職を奪い取り、父母と弟を岩倉城から追い出した伊勢守信賢の評判はよくない。

しかし、父の信安が斎藤義龍《よしたつ》を頼って美濃国に逃げ、義龍の家臣となったという話まで聞こえてくると、信安に味方して信賢に反抗しようとする者もいなかった。

だから、信賢の家督相続も、それなりに安定していた。

しかし、そうしたなかで、

——伊勢守さまはなんたる親不孝者じゃと触れ回れば、大義名分も立とうというものじゃ。またとない主替えの機会ぞ。

と織田十郎左衛門信清は思った。

犬山城主である。信長の父信秀の弟、与次郎信康《のぶやす》の嫡男であったから、信清は信長の従兄弟になる。

天文一三年(一五四四年)に与次郎信康が斎藤道三との戦で討死《うちじに》すると信清が家督を継いだが、伊勢守家に服することは従前と変わらなかった。伊勢守家の先鋒を務めて下四郡に侵入し焼き討ちをかけてきたこともあったほどだ。

また、叔父の信秀が健在であったときに、その娘を娶っているが、これは信長の姉にあたる。

だから信清は、信長の従兄弟であり義兄弟という間柄であった。

その信清が、弟の源三郎広良《ひろよし》とともに信長の誘いに乗った。


七月一二日のことである。

これまで何度も繰り返されてきた青木川を挟んでの岩倉方との小競り合いを終えた信長は、この日にかぎって帰城することなく、下津《おりつ》の町の寺社に分宿し、一部は野営した。敵の夜襲朝駆けに備えるというのが表向きの理由である。

このころになると信長の手勢も増えていたので、十分に守兵を置くことができるようになっていた。この間までのように留守中の心配事は少ない。

夜半過ぎ、信長の軍勢は北にむかって静かに動き始めた。

目標は黒田城《くろだ》。

伊勢守家の家老、山内但馬守盛豊《やまうちたじまのかみもりとよ》の居城である。

信長は、昨年の斎藤義龍との奈賀良川（長良川）河岸の戦の経験から、黒田川（木曽川）の渡河は、もっと北の場所でないと美濃勢とは戦えないと考えた。そのためには黒田が要る。

下津から黒田までは古い東海道を北へ約九キロの道のりである。

途中、「重吉城の構え」があった。支城とか砦というほどのものではないが、軍兵の通行を監視して敵の移動を阻止するための要塞で、街道上に設けられた関所の一種である。この夜も、木戸を閉めて宿直の者が巡回し、篝火《かがりび》を焚いていた。

信長方の先鋒が闇の中をひそかに近づき、いちどに襲いかかった。伝令を出せないように馬も同時に押さえてしまう。まだ明るいうちから偵察して人数を数えてあったから、討ち漏らすこともなかった。

敵兵のあとには信長方が入り、朝には五つ木瓜の旗が立つのだ。

信長勢は、途中で浅野城主の浅野又右衛門長勝《ながかつ》、苅安賀《かりやすか》城主の浅井新八郎信広《のぶひろ》の軍勢と合流し、さらに北へと進んだ。浅野・浅井の両氏は信秀の代から信長に仕えている。

途中の黒田城の構え、黒田の町の木戸も重吉城の構えと同様、抜いてしまう。

守兵は、ことごとく全滅していった。ただし、二つの構えに信長の旗は立てない。

そうして信長勢が黒田に到着すると、犬山城からも織田源三郎広良が手勢を率いて木曽川を舟で下り、そっと加わった。

こうして、完全に黒田城を包囲してから、信長は夜明け前の少し明るくなってきた頃を見計らって攻撃を開始した。

城方は、ほとんど為す術もなく、斬り殺されていった。城を出ても、包囲網を強引に突破しようとする者は男女を問わず殺された。岩倉方に通報させないためである。

城主の山内盛豊は、この日、家来に招かれて酒を飲み酔って帰城していたというから、寝込みを襲われて為す術もなかったろう。

早世した長男に代わって嫡男扱いされていた十郎は、寝所に押し入ってきた数人を斬ったが、ついに父と同じく斬り殺された。このとき一六歳であった。

城内の奥、正室の寝所の前の斬り合いも鎮まった頃、

「辰之助どの、浅井新八郎である。助けにまいった。開けまするぞ」

という大声と同時に寝所の戸が開けられた。

部屋の中には一三歳の辰之助が、必死の形相で母と弟妹たちを守るように刀を構えていた。九歳になる弟も小太刀を握っている。辰之助のすぐ下の妹の米《よね》と母は、合《ごう》をしっかりと抱きかかえて床にうずくまっていた。いちばん下の妹、合《ごう》は四歳ほどであった。

「辰之助どの、ほれ、新八でござるよ。お忘れか。刀を収められよ。ここで死んではまったくの無駄死じゃ。母上、弟妹のかたがた、たれがお守りする」

と新八郎はいうと、片膝ついて刀を床に置いた。

「ほれ、このとおり。この新八、命にかけてお逃がし申す。ささ、それがしに付いてまいられよ。籠を用意しておりまする」

こうして、辰之助たち四人の子らは母とともに落ちのびた。信長麾下の包囲網の中にいた苅安賀《かりやすか》城主の浅井新八郎が助けてくれたのである。

この辰之助が、のちの山内一豊《かつとよ》である。

一説には、新八郎は山内氏の親戚で、辰之助とは従兄弟の関係だったという。

――このとき父の盛豊は落ちのびて岩倉城が落城した際に亡くなり、主家と当主を失って諸国を流浪したのちに浅井新八郎に仕えた。

というのは、一豊が立身出世を遂げた後の作り話であろう。

乱世において「二君に仕えず」といった忠義を貫こうとすれば死ぬしかなかった。

山内親子が城を出るときには、城内に押し入ってきた者どもは潮が引くようにいなくなってしまっていた。

そこへ入ってきたのが犬山勢である。

「織田源三郎、助けにまいった。賊は追い払いましたぞ。皆の者、もはや心配ご無用。ご安心くだされ。されど、賊に内通したる者おるやも知れず。しばし城内に留まれよ。伊勢守さまの命により、とくと詮議《せんぎ》いたす」

山内氏のあとに黒田城に入ったのは、犬山城主織田信清の弟の源三郎広良である。「賊」と斬り合った者は、ことごとくとどめを刺されて亡くなっていた。生き残った者も、襲撃者の見当がついたような目利きの者は殺されてしまった。

こうして、山内氏に仕えていた者は、その大半がそのまま広良と信清の子（信益《のぶます》）に仕えることになったので、城が落ちたにしては死者はそれほど多くなかった。

信長は城を占拠すると後の始末は犬山衆に任せて、清須に引き上げている。

そして、黒田城の城主親子は盗賊に襲撃されて殺されたといった風説が流布された。

伊勢守信賢からすれば、山内氏は城主でなく城代であるから、家老の中から後任を任命したいところだったが、盗賊を追い払ったと自ら武功を主張して居座る広良らを追い出すわけにもいかず、広良の居城とすることを追認するしかなかった。

襲撃者について伊勢守家では、ただの盗賊ではなく信長の手の者ではないかと考える者は少なくなかったが、犬山衆まで疑う者はいなかった。


こうして信長は黒田城を手に入れた。

黒田から稲葉山城までは、義龍と昨年戦った河原から進発するのと同じくらいである。

美濃国が手の届くところに近づいた。

信長が家督を継いで以来はじめて、ようやく父の版図を広げることができたのである。

なにより下津から黒田までの街道にあった伊勢守方の関所を廃したことは、大きな成果であった。

関所は軍事上の必要があって設けられたものだが、関所役人は関銭も徴収していたからである。

もちろん守護発給の赦免状などがあれば別だが、そうした手蔓《てづる》を持たない多くの旅人や荷馬方にとっては大きな負担であった。

それが北は黒田から南は津島、熱田まで、最初に関銭を納めれば途中に関所はなくなった。尾張下四郡と同様に域内は通行自由となったのである。

それに黒田は交通の要所だ。古い東海道（鎌倉往還）が、この先、大垣を経て京都まで続いている。

――わしは、お父もできなかったことをついにやった。

と思うと、信長は嬉しかった。


よほど嬉しかったのであろう。この喜びを諸人とわけあいたくて、信長は良いことを思いついた。

七月一八日、踊りを開催したのである。

赤鬼を平手内膳、黒鬼を浅井備中守《びっちゅうのかみ》、餓鬼を滝川左近一益《かずます》、地蔵を織田太郎左衛門信張《のぶはる》の、それぞれ家来衆が務めて、弁慶を前野但馬守長康《たじまのかみながやす》、伊東夫兵衛《ぶへえ》、市橋伝左衛門利尚《としひさ》、飯尾近江守定宗《いいのおおうみのかみさだむね》が務めた。

弁慶役の者は、特に器用に扮装した。

祝《ほふり》弥三郎重正《しげまさ》は、鷺になった。一段と似あっていた。

そして、信長は天人の恰好で小鼓を打ち、女踊りをした。

津島では、堀田道空の庭で一踊りして、それから清須に帰った。

津島五か村の村役たちが、お返しとして踊りを踊ったが、これもまたすばらしい見物だった。そのまま清須にも来て踊った。

信長は、村役たちを近くに召し寄せ、おどけてみせると、

「似おうていたぞ」

とか、

「お茶を召し上がられい」

などと親しげに一人ひとりに言葉をかけ、団扇で仰いでみたり茶を勧めたりした。

村役たちは皆感激して津島に帰っていったが、それにもまして炎天下の苦労を忘れるほど感激したのは、信長のほうだった。

生まれてはじめて津島の旦那衆が自分を認め、領主としての力量を評価してくれたのである。これほど自分を解放したのは、家督を相続してからはじめてのことだった。

まだ、二四歳の若さだった。

二

ところが、ある日のことである。

「勘重どの、また御謀反《むほん》思《おぼ》し召《め》したご様子」

と柴田権六郎勝家が夜中に清須の信長まで申し出てきた。密告である。

――稲生の戦に負けてから権六、冷遇されおると聞く。家中の腕に覚えのある侍どもは皆、津々木蔵人に付けられた。それで津々木が奢《おご》っておるというのだからな。権六、無念のあまり謀《はかりごと》を漏らしたとしても是非もない。

と信長は柴田勝家の密告を意外だとは思わなかった。問題はその中身である。

話を聞くと、

――信成は竜泉寺を城に改造しようとしている。これは尾張上四郡を差配する守護代、織田伊勢守信安と申し合わせ、信長の直轄領である篠木三郷を横領しようとする企てだ。

という。

これには信長も驚いた。

昨年の稲生の戦でも篠木三郷の横領があったが、それは信長を誘き出すための「餌」であったろう。

――その「餌」を自ら喰らうつもりか。勘重、血迷うたか。

と頭に血がのぼったが、ここは落ち着いて考えなければならない。

新たに築城した竜泉寺城には、おそらく伊勢守の手勢を引き入れるつもりだろう。

末森城の北に位置する竜泉寺は東西に流れる於多井川（庄内川）の岸辺にあって、篠木三郷は対岸の川沿いの低地帯になる。

渡れる川だから対岸も低地のところまでは尾張下四郡の一つ山田郡で、川から上がって台地になるところから上四郡の一つ春日郡になる。春日井原と呼ばれるこの台地は約六キロにわたって人家はもちろん竹木一本もないという荒れ地であった。

――去年の横領は盗み刈りであったが、このたびは違う。

篠木三郷の中には伊勢守から安堵状を得ている者もいる。下四郡に属するとはいっても名ばかり。崖の上から襲われればひとたまりもない土地である。崖上の台地に君臨する領主から安堵してもらうほうが確実なのだ。

しかし、弾正忠家の直轄領は違う。

それを伊勢守が奪い、誰かにあてがうことになれば、拝領した者は地侍となる。そうなれば文字どおり一所懸命に、それこそ命がけで所領を守ろうとするのだ。そのための城である。

他方、信成はご丁寧に城まで付けて良田を伊勢守に献上したことになろう。そのうえで、あらためて伊勢守から一部を拝領することになる。

――こたびの一件も先の戦と同様、勘重ひとりの考えではあるまい。津々木の思案であろうか。なんとも浅ましいことよ。

稲生の戦で数に劣っていた信長が勝てたのは、しょせんは弾正忠家の跡目争い、身内同士の戦だったからである。形だけは参戦したものの戦意に欠けていた者が少なくない。

それがこんどは本気の戦になる。伊勢守もいったん知行を安堵したところが危ういとなれば、自ら乗り込んでくるだろう。これには大義名分があるのだ。

――地の利のない篠木三郷で戦えば、わしにとっては勝ち目の薄い戦になるやも知れぬ。されど、わしが負けたからといって、それは勘重の勝ちではないぞ。

たとえ尾張下四郡は信成に任せるという密約があったにしても、ほどなく伊勢守がすべてを手に入れてしまうだろう。

信成が殺されても、津々木蔵人は伊勢守の下で今より重用されることになるのだ。

――そんなこともわからなくなっているとは、わが弟ながら情けない。やはり惣領の器ではないわ。

と信長は思った。

そう考えると、柴田勝家の密告は妬みだけが原因ではないようだった。ようやく勝家も、信長を一門の統領として認めた。それに違いない。

稲生で試されたのは戦の上手下手ではない。

君主の器である。

信長がいくら大声だからといっても、問答無用、聞く耳持たぬとばかりに打ちかかって来られたら、勝てるはずはなかった。もしも家来どもが自分に信をおくところがなく、その威に服すところがないのなら、自分はここで死んでもよいと思って信長は闘った。

——わしが死ねば勘重が跡目を継ぐだけのことだ。

と信長は思っている。それは当然の帰結である。

しかし、そうはならなかった。

信成は負けるべくして負けたのだ。柴田勝家にはそれがわかった。それが信成には、今に至るまでわかっていない。

信長は、この日から仮病を使っていっさい外に出なくなった。

やがて重病であるとの噂が流れ始めたから、信成も病状が気になってきた。

——もしも亡くなれば、わしが跡目を継ぐことになる。

と期待するのは人情というものであろう。

「ご兄弟でありまするぞ、勘重どの。お見舞いあってしかるべしですぞ」

と、母の土田御前と柴田勝家も助言した。

母は、

——長くはもたない。

と内々に人から聞かされたことを信じているし、勝家は勝家で信長から密命を受けていた。

弘治三年(一五五七年)一一月二日、信成は、清須城まで信長の見舞に出かけた。

供の者と離され、信成ひとりだけが案内されていく。

しかも、念のため山口飛騨守《ひだのかみ》と長谷川橋助《はしすけ》がうしろを固めて、供の者どもが近づけないようにしてしまっている。

信長は北の櫓の屋敷の最上階、次の間だという。

——病人の寝所にしては妙なところだが、用心しておるのだろう。いかにも兄者らしい。

と信成は疑いもしなかった。


じつは次の間に伏せっていたのは池田勝三郎恒興であった。

「おまえ、常日頃より、わしの乳兄弟だと申して威張っておるそうじゃな。ならば、この上総の影武者やってみせい」

と信長に命じられていたのである。

そのうえ、

「ついでに申しおくが、わしに乳首を噛む癖などないぞ。乳母《めのと》を替えて、いい女を手元に置きたい親父の口実じゃ。大御乳様《おおおちさま》とやらにも伝えておけ」

とまで言った。

赤子の頃のことを覚えているはずがない。そこまで言うのはあんまりというものである。

しかし、小姓衆の前で日頃威張っているなどと言われて恒興は面目を失い、平伏するしかなかった。

次の間に寝起きする人がいて、食事を運ぶ者がいないと怪しまれる。信長はそう思ったのである。歳下の恒興なら信長とは二歳しか離れていない。

それで、最初の数日は気楽に寝て過ごしていた恒興だったが、おぼろげながら事の次第がわかってくると、勘重郎が部屋まで来ないようにと願うばかりだった。

部屋まで来られたら、自ら手を下すしかないのだ。それはいやだった。

信成は次の間まであと少しというところまで階段を上っていた。

その時である。

いきなり案内の者に蹴落とされ、床に落ちたところを突き刺され殺されてしまった。

おそらく信成は、何が起こったのかわからないうちに死んだのだ。

信長の命を実行したのは河尻秀隆《ひでたか》と青貝某のふたりと伝えられている。


もっとも勘重郎信成の死はすぐには公表されなかったので、幽霊が出た。死んでもなお月末くらいまで、信成は文書を発給し続けたのである。

公文書であれば祐筆《ゆうひつ》（書記）が書くから手跡は同じになるが、署名を図案化した花押《かおう》となると偽造は困難である。だから幽霊のようなものであった。

なかには日付だけが未記入のまま信成が花押を入れた文書が残され、それを手渡す際に交付日を入れたものもあったかもしれないが、幽霊の仕業でなければ、その大半は偽造されたものだったろう。

偽造が横行したのには理由がある。

生前の信成のふるまいが、信長を惣領とする連枝の枠を越えて、信長と同格の独立した領主のようだったからである。それは信長の承認が不要な範囲を超えていた。

信成の直接取引ならびに直轄領、あるいは信成の被官であるかのようにふるまっていた柴田らの知行地内のことであれば、まだよかった。

それがしだいに拡大して、ついには先代の信秀が安堵した諸権益にまで及び、家督を相続した信長の権限を侵すようになっていた。

しかも、これを信長は放置してきた。

紙に書かれたものなど、いつでも取り消せるというつもりだったのだろう。

だから信成の発給文書には旨味があったので、自然と偽造が横行するようになった。どうせ反故になるのだから仲介手数料稼ぎを目的とする小者の仕業であったろうが、祐筆を動かせる重臣たちの黙認もあったに違いない。

その目的は、信成に代わる領主、すなわち信長に対する牽制である。

たとえば、外征した他国の武将に占領されたのなら偽造文書を出す暇はないし、たとえ出せたところで完全に無視されるだけだが、織田家の一員である信成の場合、その後始末をするのは兄なのだ。

では、信長の対応はどうだったか。

熱田社の権宮司家である熱田検校馬場家と熱田祝師《はふりし》田島家あてに出された一一月二七日付けの文書が知られている。

――敵味方の預け物および俵物ならびに神田は、いかなる欠所（領地没収）の地になろうとも異見はない。門外まで使いが入ること、竹木の要求および郷質を取り立てること、すべて免除するうえは、末代まで相違ない。

という内容である。

信成一党の領地を没収すれば、没収地内にある敵の動産も没収可能だし、免租を意味する神田扱いを見直すことも可能になる。

しかし、熱田社の権宮司家らの管理下にあるものはそうはしないという宣言である。田地を寺社に寄進する際には承認を要するが、これまでに信成が行った承認も含め、現状を保全し安堵したことになる。

したがって、信長としては、信成の治政のすべてを否定したわけではないのだろう。だが、同じ諸役を免除するにしても概して信長のほうが信成よりも規定が細かいところから考えると、すべてを引き継いだわけでもなさそうである。

信成の遺児、わずか三歳の坊丸は、柴田勝家に預けられた。

末森城の重臣であった津々木蔵人は、その後、消息不明となった。

19——上洛

一

永禄元年（一五五八年）になると、ようやく松巨島《まつこしま》の山口一族のなかにも信長の味方となって戦う者が出てきた。

寺部城の山口盛政《もりまさ》と重政《しげまさ》の親子、市場城の山口宗可《むねより》と盛隆《もりたか》の親子、そして所領を没収した花井右衛門兵衛のあとに星崎城に入れた岡田助右衛門《すけえもん》重善《しげよし》の家臣の山口重勝《しげかつ》である。

敵に回った山口教継《のりつぐ》・教吉《のりよし》親子を除けば、山口氏の本家筋はすべて信長の味方となったことになる。

そこで信長は、山口一族だけで笠寺砦を攻撃させようと考えた。

ただし、山口一族には砦を陥《お》とす兵力はないし、笠覆寺《りゅうふくじ》（笠寺観音）に火をつけるといった力攻めも無理だろう。

だから、砦に立て籠もっている駿河衆に、これらの者が敵に回ったことを認識させればそれでよいというつもりだった。それぐらいなら山口一族だけでやれる。

本当の狙いは、なお去就がはっきりしない戸部城の戸部新左衛門政直《まさなお》に決断を迫ることにある。

二月二八日、この日の月名を晦《つごもり》という。

その闇夜の晩に夜襲が敢行された。

結果は駿河衆に軽く一蹴されてしまったが、信長は目的を達した。

戸部の家臣の中から攻撃に参加した者が出たからである。

駿河衆は、戦死者の遺骸を笠覆寺を通じて遺族に引き渡す際に身元を確認しているから、戸部の家来がいれば政直も織田方に降ったと思う。当然、駿府にも報告するだろう。

——今川と手を切るか。さもなくば駿府まで参上して言い訳するか。

政直がどちらを選ぶか、信長は見ていた。

それで、結局のところ政直は駿府まで行くことを選んだ。

しかし、帰ってこなかった。

生死不明である。人質になったという噂がしきりと流れたが、それは信長にとってはどうでもいいことであった。

他方、鳴海城と中村城には和睦《わぼく》を申し入れた。山口教継《のりつぐ》の首を差し出せば、教吉《のりよし》以下の者は助命するという内容である。

さっそく鳴海城内で評定が始まったが、交戦中ではないので、どこかのんびりした調子だった。

「岡部どの、なんとか治部《じぶ》どのに兵を退《ひ》いてもらうことはできんかのう」

何度目になるだろうか。同じことを蒸し返しているだけだと岡部五郎兵衛尉元信《もとのぶ》は思った。

「無理でござろう。敵の奥深くに築いた砦、むざむざ捨てるのは惜しいと仰《おお》せになろう」

「されど、そもそも今川に砦を差し出したつもりはないのだぞ。貴公、あの者どもは浪々の者、そう申しておったではないか」

「左様、あの者どもは身《み》どもと同じ浪々の身であった。それに嘘偽りはござらん。されど、そののち帰参したものにござれば、たれが止められましょう」

これは真っ赤な嘘である。

元信と違って、あの四人は今川の禄を離れたことはない。今川義元から笠寺砦の守将を命じられて赴任してきたのだ。

「あの者どもとは身分が違いまするゆえ笠寺を追い出されたものなれば、身《み》どもを責めるはお門違いというもの」

と元信は言う。

これは半分は本当である。

――義元は、いまだ自分を許していないのだ。

「しかしなあ。われらが馳走しておるから、あの砦もちこたえておるのだぞ。先日の夜討ちなど小競り合いじゃ。本気で攻めれば半日もたん。われらの申すこと容れられてもよいと存ずるが」

「いっそのこと、よりいっそうのお味方をしては」

と元信は訊いてみる。

「それはだめじゃ。そうなると治部も欲がある。われらを家来のように扱われよう。三河衆のように使われるはまっぴら御免じゃ」

そうだそうだと、皆が口をそろえて言うのである。

「とりあえず、上総介どのとの和睦はお断りするしかないか」

と言ったのは山口教継である。

それもそのはず、本人が言いださないかぎり、誰もあなたの首を差し出せとは言えない。

「されど、和睦を断れば戦になりますぞ。それでもよいのか」

と元信は一同に覚悟のほどを訊いてみる。

六年前の天文二一年(一五五二年)には千五百を動員できたが、今は五百に届かない。

「治部大輔《じぶたいふ》どのに援軍を頼まれてはいかがか」

「そう思うたこともあるが、兵馬の権を握られ駿河者を留め置かれよう。そうなっては、さきざきなにかと面倒でのう。笠寺におる寡兵でさえ頭が痛いのに、大軍となればなおのこと」

まったく煮えきらない連中だと元信は思うが、自分を拾ってくれた恩がある。ここで見捨てることはできなかった。

「われらだけで評定しておっても埒《らち》もない。どうでありましょう。いちど駿府まで出られて治部大輔どのと会われてはいかがか。戸部どのと違うて駿河者を手にかけたわけでなし、なんの心配もありますまい」

と元信は助言した。

悪意はなかったが、もちろん元信だって善意だけで言ったわけではない。

駿府にあてた書状に、自分は鳴海城を掌握していると書き添えるのを忘れていなかった。

元信としては、自分の働きを今川義元に認めてもらう必要がある。なんとしても失った所領を取り戻したかったのだ。

これが山口親子の運命を決めることになった。

戸部新左衛門に続いて、山口親子も帰ってこなかったのである。

二

ここで、話は笠寺、鳴海から遠く科野《しなの》（品野）に飛ぶ。

現在の国道三六三号線を名古屋市から岐阜県中津川市方面に進み、瀬戸を過ぎたあたりが科野郷である。

この科野から、明智、岩村、平谷を経て飯田に至る飯田街道は、中馬《ちゆうま》街道とも呼ばれ、東山道（中山道）の脇街道として尾張と信州を結ぶ、重要な物資の輸送ルートだった。

科野郷は物資の中継地である。馬方も多く、これから山道に入るという尾張側の入口にあり、三河と美濃との国境地帯でもあった。

尾張方の城は、中馬街道に沿って、南から阿弥陀ヶ峰城《あみだがみねじよう》、山崎城、片草城が約六キロ弱のあいだに並んでいた。

これにたいして、三河方は、山崎城を取り巻くように、高蔵寺のほうに流れる水野川の下流に落合城、上流右岸の標高二一〇メートルの丘陵に桑下城、そして、これらの諸城を見おろすように、左岸の秋葉山（岩巣山）の西尾根、標高三三〇メートルのところに科野城があった。

この地域への松平氏の進出は、信長の生まれる五年前の享禄二年（一五二九年）に、岡崎城主松平清康が科野城を攻略したときから始まる。

このとき科野城は、織田信秀の家臣であった坂井秀忠《ひでただ》の居城であったが、城兵二百五十余にたいして七千余の大軍に攻められ、秀忠は自害し、落城した。

その後、科野城は松平清康の叔父である家定に与えられ、その嫡男である内膳正清定の居城となった。同時に桑下城主の長江氏は清定に服するようになり、長江氏の居城であった落合城には桜木上野介《こうずけのすけ》に代わって戸田氏が入った。

ところが、天文四年(一五三五年)に、松平清康が亡くなる「守山崩れ」が起きると、松平清定は科野城から引き上げるしかなかった。

そのあとは今川氏の管理下となるが、この年、永禄元年(一五五八年)に清定の子、監物家次《けんもつ いえつぐ》が守将に任命され、三百の軍兵を連れて科野城に入ったのだった。


はじめて見る城だったが、不思議なことに、なにか懐かしい。ここが父の城かという思いが深いのは、母からよく話を聞かされていたせいだろう。

――父が亡くなって早や十五年になろうとしておる。科野を去ったのはわしが生まれる前だ。

科野を失い、広畔畷の戦いで上野上村城を失い、下和田の領地を巡っての争訟に敗れ、とつぎつぎに所領を失うばかりだった。

特に下和田の領地については、天文二二年(一五五三年)に提訴したが、相手方の松平忠茂《ただしげ》が弘治二年(一五五六年)に亡くなったあとになって、遺児亀千代の勝訴とする裁定を今川義元は下した。

しかし、よくやくここにきて一部とはいえ旧領を回復したのであった。

――亀千代の勝ちにしたこと、いまだ納得いかんが、科野をくれたのはその埋め合わせだろうか。松平宗家よりも、まだ今川のほうがましということか。

と家次は苦笑した。

――タダではやらん。山崎の城を陥とせとの仰せであったな。されど、さほど難しくはないだろう。

と楽観している。

しかし、祖父母の思い出を清算するに等しい行為だった。

科野郷が三河領となったのちに造られた山崎城は、攻城戦用の付け城などではなく、尾張国の代官所のようなものである。

科野の商人たちは尾張に運上金を納めることをやめなかった。科野に集積された荷は、三河だけでなく尾張にも運ばれるからである。

領主が代わっても、このことに変わりはない。

科野の商人たちには、尾張国内の往来を保証する赦免状が必要だったのだ。

家次の父である松平清定の正室は、織田信秀の妹であったから、両家の連携はうまくいっていた。

もちろん松平宗家の清康も承知していた。それでなければ、科野郷を治めることはできないからである。このことは今川の直轄領になっても変わらなかった。

ところが、ここに来て風向きが変わった。

最初は笠寺である。だが、これは笠寺周辺の在地領主たちが主導したことであった。

科野は違う。すべて今川義元の判断である。

――ここらの者は難儀するであろうな。

と家次は思った。

家次が尾張の城館を焼けば、信長の報復は城下全体に及ぶだろう。

――されど、やらねばならぬ。


三月七日、松平監物家次は、織田方の竹村孫七郎長方《おさかた》が守る山崎城に夜襲をかけた。豪雨の夜を突いた夜襲は成功し、城内は大混乱となり、城主竹村孫七郎長方、磯田金平、戸崎平九郎、瀧山伝蔵以下五十人あまりが討死《うちじに》。残りの者は城を捨てて逃げ出した。


家次は駿府には正しく報告したと思われるが、信長の軍勢一千余に囲まれての攻城戦として、さきに攻撃されて反撃したかのように記録されている。

全部が嘘ではない。

城一つに三百とすれば合計約一千の尾張兵が科野城の周りに存在していた。

阿弥陀ヶ峰城は古い城だが、片草城は享禄二年(一五二九年)の科野城陥落以降に自害した坂井の一族が北に逃げのびて築城したものだし、山崎城の築城はそのあとだろうから、「付城《つけじろ》を拵《こしら》え」は正しいし、「日々夜々の競り合い」もあっただろう。

仮に織田方が桑下城を陥とすとなれば、一千では足りない。館城(平時の城)である桑下城は陥とせても、大軍が寄せてくれれば、詰めの城(戦闘時の城)である科野城に立て籠もってしまうからだ。

陥落させるとなれば、松平清康のように七千余の兵力が必要かもしれない。

他方、山崎城は平時の城であって戦闘時の城ではないから、陥《お》としやすいのは事実である。

ところが、このときの家次の手勢は、わずか三百の寡兵にすぎなかった。

敵味方ともに兵力に差がない状態で、一方が他方を陥落させたというのは大変な戦果であろう。

だから、家次としては話に尾ひれを付ける必要はなかった。

もっとも、攻撃されて反撃した話のほうが劇的で武功が大きくみえる。それで後世になって、そうした話が広まったのだろう。もちろん、たとえ家次が健在であったとしても、そうした話に異議を唱えることはなかったに違いないのである。

三

信長は次男が誕生したばかりだった。

茶筅丸《ちゃせんまる》（信雄《のぶかつ》）である。これも長男の奇妙丸と同じく、生駒屋敷で吉乃が産んだ子であった。

ところが、その少し前、じつはもう一人、男子が生まれていたのだった。三七郎（信孝《のぶたか》）という。

ただし、これも生まれたのは清須城ではなく、岡本平吉郎良勝《よしかつ》の屋敷であった。しかも、氏素性の知れない側女《おんな》が産んだのだという。

その知らせを聞いたとき濃姫は仰天した。

その子が生まれるまで、懐妊した側女がいたことすら、まったく知らなかったからである。

濃姫にとって、その打撃は思いのほか大きく、数日寝込んでしまったほどであった。なんだか大に裏切られたような気がして、涙が出てきて止まらなかった。

――大きな思い違いをしていたのだ。

と思った。

妊娠中の吉乃の面倒をみながら、お腹の子が大きくなるのを見守りたい、生まれた子どもの面倒もみたいというのは濃姫の願いであったが、吉乃が生駒屋敷で出産したために、それは叶わなかった。

それがようやく、長男の奇妙丸が清須城で暮らすようになったばかりである。

奇妙丸の世話を自分で差配するようになってから、濃姫はまるで自分で子どもを産んだようなものだと思っていた。

だが、決してそうではなかった。

――子どもを産んだのは、余所《よそ》の側女《おんな》なのだ。

自分ではない。夫はその気になれば、自分などは要らない。自分の手など借りることなく、子どもをつくり育てる。それは簡単なことなのだ。

考えてみれば、その当然のことを考えないようにしてきたのだった。三七郎が生まれて、そのことに気づかされた。

何をする気力もなくなった。

今年の桜は咲くのが遅い。実家《さと》から持ってきて庭に植えた桜であったが、良く根付いたようで毎年、きれいな花が咲いた。その花が散るのを眺めながら、濃姫はぼんやりと座っていた。

そこへ信長から差し入れが届いた。

軽い病だと伝えていたから多少は心配したのだろうか。

ボーロという南蛮菓子だという。見た目は悪いが、食べると甘かった。

――稚気の至り。

悪いことをしたお詫びに人にものをあげる、それは幼子のような仕儀であった。機嫌を直してねと、ボーロに代弁させている。

と、そこで濃姫はあることに気がついた。

なぜ夫が身重の側女を隠していたのか。

——迷っていたのだ。

実家《さと》に力のない身分の低い側女であれば、それも城に上げていないならなおさらのこと、知らぬ存ぜぬで通すこともできたのだ。

だから、最後まで迷っていた。

それが同じ時期に生まれた茶筅丸を見て、ようやく決心したに違いない。

そう思ったら、別の想像も働いた。

——もしや女捕《めと》りでは。

いやな話だが、合戦の余録として女を捕まえては慰み者として弄《もてあそ》び、飽いたら売り飛ばす。そうした女捕りが横行していた。もちろん自国の領内ではできないから、外征したときの戦利品である。

捕まえた女を平吉郎の屋敷に預けていたのではないだろうか。平吉郎は母方の大叔父だという話もあるとは聞いたが、それだけの遠縁だと調べようもない。

いかにも怪しい話である。

だが、その時期に外征したことがあっただろうか。昨年七月の黒田城攻めなら、ぎりぎりで月数は足りるかもしれないが、上四郡とはいえ、まだ尾張領内である。女捕りなどするものだろうか。

考えてもわからないが、

――子どもが増えたのは、良いことなのだ。何を嘆くことがあろう。

と濃姫は思い直した。

泣いて寝込むなど愚かなふるまいだった。

もう決して泣いたりしない。

しかし、危ないところであった。母子ともに捨てられたかもしれないのだ。これはよほど注意しなければならない。

――これは、これまで以上に気を配らなければ。

と濃姫は思った。


それからほどなくして、濃姫は三七郎母子に会うと、母子ともに清須城に上がるよう申し渡した。

正直いって濃姫から見ると、その母には失望させられた。仕方がない。しょせんは下賤の者なのだ。態度はおどおどして落ち着きがなく、何より受け答えに機転が利かない。愚鈍にしか見えなかった。なにもこんな者を相手にしなくてもと思い、夫の趣味の悪さにはあきれた。

他方、三七郎は、驚くほどきれいな顔立ちをしていた。三人のなかで最も信長に顔立ちが似ている。信長がはじめて、まともな名を付けたのも頷ける。これを「奇妙」とは呼ばないはずだ。

――これでは母の血筋などわからないだろう。

と濃姫は思った。

ことによると信長は、生まれた子をその目で見て確かめてから、わが子と認める気になったのかもしれない。

――それに違いない。

理に適《かな》っていると言えば言えなくもないが、なんと冷酷な父親であろうか。濃姫の倫理観に照らせば、許されることではなかった。

「三七、そなたは三男ですよ。生まれは二番でも、そなたの父が私に申し出たのは三番目なのですからね。わかりましたか」

と濃姫は赤子に言った。

四

三月に起きた科野の山崎城陥落を聞いて激怒した信長だったが、すぐには動けなかった。上四郡の攻略が先である。

永禄元年(一五五八年)七月一二日、信長は岩倉城を攻略すべく、二千余の軍勢を率いて清須城を進発した。

昨年の同じ日、信長は秘密裏に黒田城を落としているから、単なる偶然ではなく、験《げん》をかついだのかもしれない。

岩倉城は、尾張上四郡を差配する織田伊勢守家の居城である。

信長は、清須から岩倉街道に出て北上する道を取らず、古い東海道(鎌倉往還)を下津《おりつ》方面に北上してから東の小牧山方面にむかう道を取った。

岩倉城の支城である重吉城は、すでにこの年に陥落しているから、進路を阻むものはない。『信長公記』によれば「南正面から攻めると要害にあたるためで、足場のよい後方から攻めようとした」のだという。途中までは吉乃がいた生駒屋敷に通うのに使っていた道であった。

大きく迂回した信長は、岩倉城の北西、約五キロの浮野《うきの》（一宮市千秋町浮野）に軍勢を配置し、足軽衆を出して岩倉城を攻撃した。

これにたいして、岩倉城からは兵三千が出撃。犬山城からも兵一千が出て、浮野にいる信長勢を挟撃することになっていた。

これは予定戦場が岩倉の北、犬山の南であったから、当然の作戦と思われた。

両軍が浮野に布陣し、正午前後に合戦が始まった。

ところが、犬山勢が動かない。

「何をぐずぐずしておるのじゃ。埒《らち》もない。わしが使番《つかいばん》するぞ。母衣《ほろ》を出せ」

と言うが早いか、岩倉方の戦奉行の前田左馬允《さまのじょう》、真っ赤に染めた母衣を付けると、単騎犬山勢の本陣まで駆けだした。

この「母衣」というのは背中に付けた布だが、走り出すと風を受けて風船のように大きく膨らむ。もともとは矢当たりを防ぐためのものだが、目立つので一目で伝令と知れる。赤く染めたものを使ったのは左馬允の好みであった。

左馬允の苛立ちには理由がある。

彼は数年前まで犬山城の織田十郎左衛門信清に仕えていたのである。それが今ではその力量を見込まれて、主筋の伊勢守信賢《のぶかた》に仕えている。指図を受ける側から指図する側に出世して張り切っていたところであったし、犬山勢には旧知の者も多かった。

ところが、犬山勢の本陣で左馬允が馬からおりるやいなや、土蔵《どくら》四郎兵衛が槍を捨てて走りかかってきた。

生け捕りにしようとして素手で組み付いたのである。

「何をする。四郎兵衛、血迷うたか」

と叫びながら左馬允は必死で抵抗し、上を下へと転び回って組み合うなかで、ついに脇差《わきざし》を抜いた。

しかし、四郎兵衛のほうもその脇差を押さえつけ、そのまま左馬允の首筋を掻き切ってしまった。


そのころ、敗走を始めた信長勢を追って岩倉勢の前線は大きく伸びていた。

そこを狙って犬山勢が動いた。

岩倉勢を襲ったのである。

思わぬ味方の裏切りに岩倉勢は総崩れとなった。

犬山勢が動いたのを見て、信長は反転を下知した。敗走は見せかけにすぎなかったのである。信長勢は南東にむかって斬りかかり、ほぼ半日にわたって岩倉勢を追い崩した。

このとき岩倉方に浅野村の林弥七郎がいた。弓の名手として有名な弥七郎は、信長の鉄砲の師である橋本一巴《いっぱ》と旧知の間柄であった。

一巴は敗走する弥七郎に声をかけた。

「助けること適《かな》わぬ。勝負」

「心得た」

と弥七郎は叫ぶと、自慢の矢「あいか」をつがえて振り返りざまに放った。

これは矢尻の長さが約一二センチもあったというから、命中精度を捨て貫通力を重視したものであったろう。当たりさえすれば、細く長い刃でもって具足を切り裂くように突き刺さる。

見事、矢は一巴の脇の下へ命中したが、一巴も弾丸二発を込めた鉄砲を肩にあてて発射し、弥七郎は倒れた。

それを見ていた信長の小姓の佐脇《さわき》藤八郎良之《よしゆき》が駆け寄り首を取ろうとしたが、弥八郎は倒れたまま大刀を抜き、佐脇の左肘を鎧の小手ごと斬り落とした。しかし、佐脇はひるむことなく掛かり合い、ついに弥八郎の首を取った。

余勢を駆って信長勢は、岩倉城近くまで侵入し、収穫前の稲穂を焼き払い、町に火を放った。


信長は、この日のうちに軍勢を清須へ戻した。

その翌日、首実検を行ったが、首の数は九百余ないし千二百五十余と伝わる。

首を捨て置かれた雑兵を含めれば、岩倉勢三千余にたいして半数近くが戦死したことになる。尋常の戦いではなかった。

太田牛一は、『信長公記』に合戦の勝敗を分けた犬山勢の参戦を記すことなく、林弥七郎と橋本一巴の対決だけを記している。

なにやら源平の時代を思わせるような正々堂々と個人の名誉をかけて戦う一対一の勝負を懐かしんでいるようだ。

他方、前田左馬允と土蔵四郎兵衛の対決は、『信長公記』にはないが、おそらく当時から有名な話であったのだろう。

四郎兵衛が素手で挑んだのは、左馬允の命を惜しんでのことではなかったかと思う。

この話は正々堂々と勝負した話とは違うが、旧知の友を助けようとして叶わなかった話だったのかもしれない。

余談になるが、佐脇藤八郎良之は、同じく信長の小姓であった前田孫四郎の弟になる。藤八郎は子どものいない佐脇家の猶子となっていた。

他方、敵方の前田左馬允は、孫四郎の兄または叔父だとする系図もあるが定かではない。


一二月になると、信長は、岩倉城下をさらに焼いて裸城にした。

信長自慢の「黒母衣《ほろ》衆」と「赤母衣《ほろ》衆」の本格的な始動である。馬廻から選抜した使番、すなわち本陣と前線のあいだを行き来する連絡役の集団であった。敵味方双方から識別しやすい派手な色の母衣は、危険ではあったが、その反面、名誉の象徴として利用しやすかったのであろう。

ただし、実戦で戦術的に成功したかどうかは不明である。

浮野合戦における前田左馬允のように、赤い母衣は伝統的な色あいであったが、黒い母衣は珍しい。

おそらく、これは信長の好みであったに違いない。

織田家の職制としては黒と赤に地位の差はなかったようだが、黒に年長の武勇でなる熟練者が多く、赤は小姓上がりの者が多かったから、黒が格上だったという説もある。

ともあれ信長は、裸城となった岩倉城の四方に堅固な鹿垣《ししがき》を二重三重に立て廻し、交代制の兵を置いて昼夜なく見張りを立て、城内に兵糧が運び込まれないように包囲した。

それから、じっくりと城を陥《お》としにかかった。


力攻めを避けたのは、敵味方の犠牲を最小に抑えるためだが、一方ではこの戦に適当な大義名分がなかったせいでもあった。

下四郡を差配していた守護代の大和守には尾張守護の斯波義統《しばよしむね》を殺害した不忠があって、信長には息子の義銀《よしかね》を新たな守護として清須城に復帰させるという大義があった。

ところが、この伊勢守信賢追討には、そうした明白な大義がない。

それどころか、追討は義銀が下命してのことだとは言えても、それが建前にすぎず、いまや当の義銀が和睦を望んでいることは周知の事実であった。

義銀は、信長と信賢を連立させて両者を牽制させ、その上に自分が君臨しようと、いろいろと画策していたのである。

義銀からは信長を守護代に就けるという話もあったが、信長は断った。

そんなことをすれば、守護代である信賢の地位をも認めることになる。つまり、上四郡と下四郡の守護代職を伊勢守家と弾正忠家でわけあうようでは、これまでの体制と同じことだ。

できれば信賢を殺すことなく義銀とともに追放して、自分が尾張守護の地位に就きたい。

信長は、そう考えるようになっていた。

五

年が明けて永禄二年(一五五九年)正月、信長は上洛《じようらく》することにした。供の者八十人を連れて上京し、公方さまこと征夷大将軍足利義輝《よしてる》に拝謁し、京都、奈良、堺を見物する計画であった。

旅装は目立たぬように平服で、どこか田舎の地侍が連れだって都見物にでも出かける態を装って、ある日、夜陰にまぎれ二十騎、徒歩《かち》六十人がばらばらと清須を出発した。

熱田ではなく津島の町から少し離れた三宅川の上流から舟に乗り伊勢に渡った。

馬は舟に乗せず、替え馬を使い、荷物はさきに送っている。伊勢に渡ってからは、富田一色から八風峠《はっぷう》越えの道を通って、相谷《あいたに》(東近江市永源寺相谷町)、守山、大津を経て京都に入った。

京都では上京室町通の裏辻にある寺を宿舎とした。

信長は到着すると、ただちに将軍義輝に使いを出した。

先発した長兄の三郎五郎信広が万事手配済みなので、

「御目通りを許す」

との返事が、その日のうちに来た。

田舎大名の上洛は手土産付きである。

昨今では幕府の威勢も衰えて大名が直接朝廷と交渉する「直奏《じきそう》」が増加しているが、田舎者は従来どおり幕府から朝廷へ申請する「武家執奏《しっそう》」しか知らない。

官位の見返りとなる冥加金《みようがきん》は、将軍家の大事な収入源であったから、領国支配の正当性や戦の大義名分として官位を利用する田舎大名が、わざわざ将軍家に挨拶に来るというのは大歓迎であった。

これまで織田弾正忠家は直接朝廷と交渉している。

官位を得るのに将軍家に出向いたりはしてこなかったのだが、今回、信長は足利将軍をこの目で、じかに見てみたかったのだ。

信長は、宿舎で着替えて直垂《ひたたれ》、袴《はかま》に折烏帽子《おりえぼし》、白足袋《たび》に草履《ぞうり》という古風な服装になると、大小の差物を取り替えた。

脇差こそ普通であったが、太刀のほうは奇妙としか言いようがない。金銀の熨斗《のし》を飾りとして刀の鞘《さや》に巻きつけ、鞘の末端の鐺《こじり》金具に車を付けた代物である。

腰に差すと地面に着いてしまうほど本身が長いので、引きずって歩く際に便利なように、車を取り付けたのだ。

かぶき者で引きずるほどの長い刀を好む者はいるが、さすがに車を付ける者は少ない。そのあたり信長は特別な感性の持ち主であったと言えるだろう。

供の者もみな信長と同じように金銀の熨斗《のし》を巻いた鞘《さや》の太刀に取り替えた。反りが合わないから鞘だけ取り替えるわけにはいかず、着替えと一緒に行列用の太刀も持ってきている。

ただし、本身はあくまでも身長に合った実戦的な長さであって、信長のように車付きの鐺《こじり》金具は付けていなかった。

殿中に上がる者以外は、小袖に袴《はかま》姿だが下は踏込《ふんごみ》を穿き草鞋《わらじ》に脚絆《きゃはん》を巻く当世具足《ぐそく》といった恰好であった。もっと武威を示したいところだが、さすがに甲冑《かっちゅう》を着けて市中を歩くわけにはいかなかった。

これぞ晴れの舞台、信長は意気揚々と宿舎を出発した。

八十人を連れて室町通を歩いてゆく。

現在の地理でいうと、京都市内を南北に地下鉄が通っている烏丸通のすぐ西側の通りが、室町通である。中世京都のメインストリートであった。

歩き出すと、行列はたちまちのうちに五百人ほどになった。

じつは、行列に従う者には粥《かゆ》をふるまうことにしていたのである。

それを市中に触れ回っていたから、飢えて浮浪していた者が大勢集まっていた。

場所は阿弥陀寺である。上立売通と大宮通が交差する芝薬師町、阿弥陀寺町の名が残っているあたりにあった。

洛中のいたるところに引き取り手のない死体が放置されているのをみかねた信秀が、近江国坂本の阿弥陀堂の清玉上人を京都に招いて開創した寺である。

上京における無縁墓地であり、三好長慶《ながよし》が認め幕府も承認した楽市でもあった。

寺に逃げ込めば債務は免除されるが、そのかわり俗世の縁も切れる。言うなれば縁切り寺である。だから、逃亡した下人も自由の身になれたが、飢えを免れることはできない。

その阿弥陀寺で、信長は行列に従う者に粥をふるまった。

さらに身なりがみすぼらしい者には、ただで着物を配ったが、それは当世流行《はやり》のかぶき者めいた派手な衣装ばかりだった。

こういう異様な集団が、五百人も首都のメインストリートを練り歩いていったのである。人目を引かないわけがなかった。

烏丸通の今出川交差点の北西、現在の京都御所の斜め向かいが「花の御所」と呼ばれた足利将軍家の邸宅であったが、応仁の乱で焼失。その後も小規模な再建が繰り返されたが、一三代将軍足利義輝《よしてる》が三好長慶に京都を追われるようになると、荒廃が進んで住めなくなっていた。

この時期、義輝は三好長慶と何度目かの和睦をして昨年の一一月二七日に帰京したばかりで、定まった居館がなく、いったんは足利将軍家ゆかりの臨済宗の寺、相国寺《しょうこくじ》に入った。

相国寺は現在の京都御所の北、室町通を挟んで「花の御所」の向かい側である。

だが、相国寺からすると、これまでも細川方の陣地となることで何度も焼けているので、本音を言えば将軍家の仮寓となるのは勘弁してもらいたかったのであろう。

だから、信長上洛の際、義輝は本覚寺《ほんかくじ》に仮住まいしていた。

当時の本覚寺は、現在では妙覚寺《みょうかくじ》と呼ばれる寺である。

現在地に移転する前の妙覚寺は、中京区衣棚通二条下る上妙覚寺町とその南の下妙覚寺町のあたり、現在の二条城の東、室町通に面したところにあった。

本来、本覚寺は三条猪熊町のあたりにあった寺だから、天文五年の法華の乱で洛中法華二十一箇寺がことごとく破却された後、再建に際して妙覚寺の境内を借りたようなものだったのだろう。完全に妙覚寺に編入されるのは少し後のことになる。

上立売通あたりから始まった行列は、約二キロの道を南下して、本覚寺（妙覚寺）に到着した。

永禄二年（一五五九年）二月二日のことである。

信長は、供の者に自慢の金銀飾り車付きの太刀を預けると、昇殿した。

側衆《そば》は少なく、警護も手薄なようであった。また、謁見の間に同席するような大名もいないが、これは信長のほうで参集する暇を与えなかったと言えば言えなくもない。

やがて将軍義輝が登場し着座した。

信長は、将軍の座よりはるかに遠くから、教わったばかりの古式ゆかしい室町風の礼式にのっとり、拝礼した。

「織田三郎信長にござりまする」

と紹介したのは、将軍側近の細川藤孝《ふじたか》である。上総介《かずさのすけ》は自称であるから、ここでは名乗らない。

かすかに頷《うなず》いた将軍義輝を、信長ははじめて見た。

面長の顔立ちこそ貴人を思わせたが、首筋は太く色黒で眼光は鋭かった。二の腕も太い。

――武衛さまのほうが、よほど公卿風じゃな。

と信長は思った。


それもそのはずで、義輝は当世流行の兵法《ひょうほう》に凝《こ》っている。朝夕に木刀を振り、その腕前と言えば、社交辞令はあるにせよ、剣豪塚原卜伝《つかはらぼくでん》の奥義皆伝という話だった。

信長のような当時の大名からすれば、兵法などはどこか胡散臭《うさんくさ》いもので、兵法者などは諸国を遍歴する浪人者であったから一段下に見ている。

それに、剣術の技などというものは大将には必要ない。ひととおりやれば十分で、熱中するようなことはないのである。剣技が洗練され、教授法も合理化され体系化していくのは、よほど後の時代だ。

だから、兵法者同士の試合などは殺し合いに近い。見る側に残虐な性質がないと見られたものではなかった。

少なくとも信長にそうした趣味はない。

それどころか、当時の兵法者の語ることなど、まるで呪術か妖術のようにしか聞こえないから、信長は大嫌いであった。

ただし、考えてみれば将軍とは名ばかり。天下に号令するなどといったことは、かなわぬ夢なのだ。

室町幕府はもともと将軍家直轄の軍勢は少ないが、昨今さらに衰えている。動かせる軍勢がないのだから、唯一自由に動かせる自分の体を使って義輝が兵法に熱中したとしても不思議はなかった。


——無口な男よ。

とでも義輝は思っただろうか。

このとき二四歳。信長より二つ下であった。

一方、信長は相手を無口だとは思わなかっただろう。

ついでに言えば、信長は自分自身のことを無口だと思ったことは一度もない。考えついたことをそのまま口に出さないだけなのだ。

——さて、この男は信用できるだろうか。それはわからんかもな。だが、武衛さまよりは使えそうだ。

と考えていた。

ただ不思議なことに信長は、その昔、舅《しゅうと》の斎藤道三と対面したときのことを思い出した。なぜ、あのとき舅どのは、お父や爺《じい》のほかは誰も理解してくれる者のなかった自分のことを理解し、あれほどの好意を示してくれたのだろう。

言葉を親しく交わすわけでもなく、ほぼ無言のままに謁見は終わり、別室で信長と信広は細川藤孝のもてなしを受けた。多少の世間話を信広と藤孝が交わすと、信長一行は本覚寺を去った。

一方、信長にとっての晴れの舞台を、好機とみた者がいた。

隣国美濃の斎藤義龍《よしたつ》である。これまで同盟《どうめい》を結んで信長と対抗してきた織田伊勢守家は風前の灯、手をこまねいて見ているしかなかったが、交戦中に大将が物見遊山とはいい度胸ではないか。目に物見せてくれようと思った。

腹立たしいのは、亡き道三が息子の自分を差し置いて、娘婿《むすめむこ》の信長に「美濃一国を譲る」という譲状《ゆずりじょう》を与えたという噂である。

——そんなものが、この世にあるわけがない。

義龍は、小池吉内、平美作《みまさか》、近松頼母《たのも》、宮川八右衛門、野木次左衛門ら五名に供の衆あわせて三十人ほどを刺客として、信長の後を追わせた。

京都で待ち受け暗殺する計画である。

一行は東山道（中山道）を西上して、柏原宿、武佐《むさ》宿を経て、三日目には守山から志那《しな》の渡し（草津市志那）で琵琶湖を横断して大津宿へ向かった。

人目を忍ぶ旅であるから静かにしていたが、同舟の者に一人気になる侍がいた。

「いずれの国の方でござろう。われらは北近江の者でござる」

と尋ねると、

「三河国《みかわのくに》の者でござる。途中、尾張国《おわりのくに》を通りましたが」

と途中で声をひそめて人目をはばかるように、

「上総介さまの御威勢ことのほか強く、皆、それはもう気を遣っておる様子、それがしも重々自重して尾張をまかり越した次第で」

という返事が返ってきた。

「上総も、それほどの甲斐性はあるまい。長くはもたんだろう」

と応じたのは別の侍である。

この三河の侍も京まで行くのであろう。大津では美濃の一行の泊まった宿の近くに宿を取った。物腰柔らかな侍で、一行の中でいちばん若い小者にまで丁寧な口をきく。

「あのかたがたは湯治《とうじ》の衆であろうか。どなたであろう。さぞかし名のあるかたがたとお見受けしたが」

「湯治ではありませぬ。美濃国より大事の御使いを請《う》けて、上総介どのを討つべく上洛いたしまする。内緒ですぞ」

と秘密を漏らしてしまったのは、大事の役を仰せつかって高揚《こうよう》していたのと、尾張の敵国の三河者と聞いて気が緩んだせいである。いちいち名前まで教えてしまった。

その夜、供の衆にまぎれて接近し、盗み聞きすると、

「公方《くぼう》さまのお覚悟さえついて、その宿の者に仰せつけられたなら、あとは簡単。鉄砲で撃ち取るに、なんの面倒もあるまい」

と話している。

翌朝、この三河者と名乗った侍は早立ちした。じつは、清須の那古野弥五郎《なごややごろう》の配下、丹羽兵蔵《ひょうぞう》である。

兵蔵は急ぎ先回りして京都の山科口から美濃の一行の後をつけ、深夜になって二条蛸薬師《たこやくし》のあたりに宿

を取ったのを見届けると、信長の宿舎に向かった。

蛸薬師堂は、正しくは「浄瑠璃山林秀院永福寺」という。現在地に移転する前は、中京区室町通二条下る蛸薬師町あたりにあった。

つまり、室町通を挟んで「将軍仮御所」となった本覚寺（妙覚寺）の向かい側である。

とすれば、将軍家の出入りを監視して信長の宿舎をつきとめ、そこを襲うというのが美濃衆の計画であったろう。

だから、美濃衆が到着する前に信長が拝謁を終えていなければ、危ないところであった。

清須を出てから堺見物を後回しにして一気に京都に入ったこと、直前まで将軍家に上洛のことを連絡しなかったこと、上洛したその日に謁見する段取りであったこと、美濃方の監視を怠らなかったこと、それらの細かな配慮が奏功したのである。

信長の宿舎に着いた丹羽兵蔵は、門番に「火急の用事にて、金森どのか蜂屋どのを」と頼むと、金森五郎八郎可近《ありちか》と蜂屋頼隆《はちやよりたか》の両人が出てきた。

じつは兵蔵、美濃衆の動静を掴むために常日頃から街道沿いを見張らせていたところ、不審な一行を見つけたとの報告を受けて、美濃の奈賀良川（長良川）の河渡《ごうど》の渡しから数人で入れ替わり立ち替わり分担して尾行を続けてきた。その最後の尾行を務めて報告したというわけだった。

兵蔵の報告を聞いたふたりは、ただちに信長に報告した。

金森可近は美濃の多治見生まれで、十代のなかば頃までは美濃にいた。蜂屋頼隆は、はじめは土岐氏、つぎに斎藤道三に仕えていた。

だから、美濃衆のなかに見知っている者が数人いたのである。

ふたりの話を聞いた信長は、敵の名前だけでなく、宿も判明していることを確認すると、

「五郎八、朝早うに行って挨拶してこい」

と命じただけだった。

じつは将軍に拝謁した日、美濃衆が信長上洛の情報を掴んでいると思われるので用心するようにと、細川藤孝からも信広にたいして警告があったから想定外の事態ではなかった。

——将軍家に申したことは筒抜けじゃ。これでは密議はできんな。

と信長は苦笑した。

どこにでも情報は流す。秘密は持たない。それで生き残ってきたのであろう。

翌日、可近は兵蔵を連れて彼の者たちの宿の裏屋で夜明けを待ち、そっと中に入った。

ただし、相手の手の届くところまでは近寄ることなく、
突然、

「金森五郎八、参上」

と大声を上げた。

「昨夜、皆さま方が上洛されたこと、上総介さまもご存じである。よって身どもがまいった。ここで生害されなんだこと、上総介さまに御礼申されよ」

と、五郎八は申し渡した。そして、見知っている者の名をあげて、もう一度繰り返すと、そのまま立ち去った。

顔見知りだし、顔は知らなくても名前には覚えがあったから、わざわざ警告に来てくれたと思ってしまうのが人情である。

いまさら刀を取って追いかける者もない。手も足も出ないとは、このことだった。

信長が暗殺計画を知っていたと聞いて、彼らは顔色を変え、仰天することしきりだった。

現在の地理でいうと、室町通と堀川通のあいだに小川通が南北に走っているが、昭和四十年代に埋め立てられるまでは小川があった。江戸時代までは「こかわ」と呼ばれた清流であったという。

応仁の乱以降の戦火によって多くの寺が焼かれ、門前町として成り立たなくなるにつれて、清流を利用して織物を織り染色する家が出始め、賑わうようになっていた。

相国寺の前を東西に走る上立売通から小川通を南に下り、中立売通を経てさらに南下すると、斯波氏の京都別邸「武衛陣」の跡地と伝わる平安女学院や武衛陣町、その前を東西に走る下立売通に突きあたる。

この話は、そのあたりのことと思われる。

金森可近が挨拶した翌日、美濃衆のおもな者六人は小川表に出かけた。昨日は気押されてしまったが、このままでは帰れない。信長の宿舎を探ろうとしたのである。

他方、信長も立売から小川表を見物したところであった。

美濃衆には宿から尾行をつけてあるから、どこを歩いているかは手に取るようにわかっている。

信長は、彼らが通りかかるのを待って、声をかけた。

「者ども、この上総介の討手《うって》に上りたるとな。若輩《じゃくはい》の分際でわしを狙うなど、蟷螂《とうろう》の斧じゃ。できると思いおるか。それとも、ここでやってみるか。どうだ」

と言われて、六人は進退に窮してしまった。

すでに信長の供の者数十人に取り囲まれてしまっている。

信長は、こうした芝居がかったことが大好きであった。

他方、京都の口さがない町衆は、およそふたとおりの反応を示した。「大将の言葉としてはいかがなものか」と評する者と、「若い大将らしくてよい」と評する者があった。

七日昼、信長は帰国すると偽り、二十騎を連れて堺へ向かった。

信長が拝謁をすませた翌日には、徒歩《かち》六十人は尾張に帰している。残りは騎馬の者だけであった。

堺に到着すると翌日は堺見物をした。

翌日、堺を発つとゆっくりと馬を進めて、二日かけて守山まで下った。京都には立ち寄らなかった。

守山に着いた翌日は雨であったが、夜明け頃に出発して八風峠を越えて清須まで二七里を駆け抜け、夜半を越した寅の刻（午前四時頃）に清須へ到着した。

金森五郎八郎可近は、そののち信長から一字を賜り、長近《ながちか》を名乗った。

六

三月一日、信長は一千余の兵を率いて科野城（品野）の城下を焼き討ちした。三日までの攻撃で死者五四人、負傷者一一七人を出したが、昼夜を分かたず攻撃を続行した。

城方の守将は家次の従兄弟の松平伊豆守信一に代わっていた。信一は、三日丑の刻（午前二時頃）に反撃し、織田方の損害はほとんどこのときのものだったという。城方の損害は不明である。

一方、岩倉城の包囲は三か月に及んでいた。

春からは連日のように火矢、鉄砲が撃ち込まれているなかで、ついに伊勢守信賢は、無条件で城を明け渡し、降伏した。将兵は散り散りに退去し、城は破却された。

信賢のその後の消息は不明である。

他方、信長の上洛を快く思わない者もいた。

武衛さまこと尾張守護の斯波義銀である。

これまでも三河国の支配を正当化するために、信長の父信秀は朝廷に多額の献金をして、その見返りに三河守を得た例がある。

尾張国を武力統一しつつある信長の公方や朝廷への接近は、義銀にとって自分の地位を揺るがしかねない直接的な脅威に思えた。

尾張国海東郡戸田の名家で、斯波氏の連枝衆に石橋義忠《よしただ》（忠義）がいた。

義銀は、この石橋氏を介して三河の吉良義昭《よしあきら》に密書を送り、海から今川義元の軍勢を尾張国に引き入れようと画策したのである。

津島の南にある海西郡荷ノ上を本拠地としていた服部左京進友貞《ともさだ》も今川勢に呼応して挙兵する計画であった。

しかし義銀も、清須城の本丸にて信長に知られることなく、こうした密謀を進めることはできない。

吉良への密書など届いてはいないし、石橋は密書を受け取った時点で軟禁されている。

そうした点では甘かったというべきだろう。斯波義銀と石橋義忠は即刻国外に追放された。

これには別の意味もあった。

——石橋にしても、吉良にしても、放っておいたところでなにもできまい。これは戸田への戒めである。

と信長は考えていた。

四年前の天文二四年の蟹江城陥落を信長は忘れていなかった。

あれは大江川（蟹江川）でも於多井川（庄内川）でもない。戸田川を遡ってきたのだ。

松平がさかんなときはあれほど敵対していたのに、松平が今川の傘下に入ると、戸田氏は手引きするようになったのである。

だから、こうしたことは二度と許さないという戸田一族に対する信長の警告であった。

なにしろ、尾張守護ですら国外追放したのだ。

しかし、服部友貞は尾張で強大な勢力を従え、長く独立状態を保っていたほどであったから、これを除くには相当な準備が必要であった。

追放された石橋義忠は、その服部友貞を頼って伊勢国《いせのくに》へ逃れたという。斯波義銀は、河内国《かわちのくに》に逃れ、切支丹《きりしたん》になったとも伝えられる。彼が尾張に帰国するのは後の話になる。

信長は、清須城北の櫓《やぐら》の屋敷から、いままで義銀のいた本丸御殿に戻った。

そして、このころまでに信長は、義銀をして斯波氏の京都別邸である「武衛陣」を将軍家に寄進させていた。

義銀の曾祖父である義寛《よしひろ》の代までは京と尾張のあいだを頻繁に行き来していたが、その後はしだいに衰え、「武衛陣」は使われなくなっていた。家督争いのために応仁の乱の前から要塞化されていたので、焼け落ちたことはなかったと言われているが、荒廃が進み新築するしかなかったのだろう。

永禄二年(一五五九年)八月、将軍義輝は「武衛陣」で、新御所建設に着手した。彼は、ここから幕府を再建しようとしたのである。

20――伝　説

一

半国の主にすぎなかった信長が、尾張を統一して、その領袖となり、将軍が謁見したという話が広まると、信長に興味を示す大名が出てきた。

甲斐国の武田晴信《はるのぶ》である。信長の上洛と同じころに出家して、「信玄《しんげん》」と号していた。

信玄は、尾張の者を探すよう奉行衆に旅行者を検《あらた》めさせていた。そこへ関東に下ろうとしていた天沢《てんたく》が通りかかったのは好都合であったが、たまたま見つけたのではなく、誰かが奉行衆に紹介したのかもしれない。

「織田上総介どのの居城、清須の東、春日原のはずれ味鋺《あじま》という村、天永寺と申す寺に居住せし大台宗の師僧、一切経《いっさいきょう》（仏教聖典のすべて）を二度読み返したる、天沢どのにござります る」

と側衆が紹介した。

「師僧、天沢どのか。上総介どのの様了、ありのまま残らず物語られよ」

という信玄の求めに応じて、天沢は話し始めた。

尾張に帰国後、このことを信長に報告したので記録が残り、その内容が整理され補筆されて現在に伝わっている。

天沢はいろいろなことを話したが、信長の趣味を尋ねられて、小唄を好んで歌うと答えると、

「これはまた異な物が好きなのだな。それはどのような歌か」

と重ねて訊かれた。

「死のうは一定、しのび草には何をしよぞ、一定語りおこすよの。これでございます」

「ちと、その真似を」

「出家の身でございますれば、歌うたこともないので」

と断った天沢だったが、ぜひにと求められ、真似をすることになってしまった。

鷹狩りについても話しているが、天沢が詳しく信玄に話したというよりも、『信長公記』作者の太田牛一が詳しい記録を残したかったようだ。


信長の鷹狩りは、次のように行われていた。

まず、二人一組で十組ほどの鳥見《とりみ》の衆を十キロほどさきに出しておいて、あそこの村に鴈、そちらの村に鶴がいるというと、一人は鳥を見張るために残り、一人は報告に戻る。

捕り方には、六人衆を定めておく。弓が浅野又右衛門長勝、太田又介（牛一）、堀田孫七の三人、槍が伊藤清蔵、城戸《きど》小左衛門、堀田左内の三人。この六人は常に信長の近くに控える。

馬乗りが一人。名は山口太郎兵衛。藁《わら》の先に虻《あぶ》を付けて、鳥の周りをそろりそろりと乗りまわし徐々に

鳥に近寄って、鳥の注意を虻に引きつけつつ逃がさないようにする。

信長は鷹を手にして、鳥に見つけられないように馬の陰に隠れながら近寄り、頃あいを見て走り出し、鷹を放す。

このほかに「向かい待ち」がいて、この者には鍬を持たせて農夫の真似をさせ、耕しているふりをしながら鳥に近づき、鷹が獲物を押さえきれず取っ組み合いになった場合に、鳥を捕らえる。

これが変わっていたのは、発想が常と違っていたからである。

大名家における鷹狩りというのは、鷹が飛ぶところや鳥を捕らえるところを見て楽しむものである。だから、あらかじめ捕まえておいた鳥を鷹の近くに放す。それでもよかった。

あるいは、軍事教練の代用であれば、まず鷹を放しておき、獲物がどこで捕まるか、どこに落ちるかわからないまま、騎馬や徒歩《かち》を走らせる。そして、最も早く獲物、目標に到達した者に褒美を出す。だから鳥が捕れなくてもよい。大名が一人でやれば、つまるところ馬を乗りまわす適度な運動である。

ところが、信長の鷹狩りは、鳥を捕らえるという目的がある。

鷹匠が猟をするのと違うのは、集団で行われることと、その集団は一人の指揮命令の下、組織的に行動するという点である。また、鷹匠の猟は、鷹匠一人が獲物を目視できる範囲で行うしかないが、集団で組織的に行えば、同じ鷹一羽でも相当広い範囲まで猟が可能になる。当然、それは成果に影響する。

鷹狩りは遊びではあるけれど、どのような戦略戦術を用いれば目的を達成できるか、常に信長は考えているということであろう。

信長は考える訓練を欠かさない。

同時に、家来どもには軍事訓練でもあった。

六人衆に鳥を捕らえさせる目的があるとは思えず、明らかに縦横無尽に動き回る信長にぴったり併走して動けるようにするための訓練のようだ。

それは、幼いときから信長に付き従ってきた小姓たちと同様、信長が下知することなく言葉もなく合図もなしの状態でも、あうんの呼吸で動けるようにするためである。そのため、信長より七歳年長の太田牛一など、訓練が必要な者を人選している。

鳥見《とりみ》の衆は偵察要員である。

たった一羽の鳥を肉眼で発見するまで近くに接近し、それを気づかれずに行うというのであれば、軍勢を識別することも容易だろう。

「上総介さまは、それはもう達者なもので、たびたび鳥を捕られたと承っております」

と天沢が言上すると、

「上総介どのの武名を上げておられること、道理よのう」

と信玄は感心したようだったが、その顔は天沢が見るところ「苦虫を噛みつぶしたような顔」だったという。

二

そのころ、摂津国《せっつのくに》四天王寺の南大門の陰で寝入っている男がいた。

歩き疲れていたのだが、なにをするもしないも勝手という自由な身分で、昼間から寝ていたのである。

――雨か。

と思った。顔に雨がかかると思ったのは一瞬のことだった。こんどは勢いよく顔に放水されて目が覚めた。生温かく臭い。

――小便だ。

男は突然立ち上がると、上を見た。楼門の二階から小童らが一物を出して放尿しているではないか。

「なにをする」

と叫ぶと、二階に駆け上がろうとしたが、登り口を探してうろうろしているうちに、小童らは下におり境内のほうに駆けだしていた。

走って追いかけようと男も動き出したが、わずか数歩であきらめてしまった。もはや追いつけない。逃げていく小童らの背中を見ているしかなかった。

「人に小便をかけるとはなんだ。おまえら後生に障《さわ》るぞ」

と叫んではみたものの、往来を行く者が振り返るから、自分が情けなくなるだけだった。

それで男は腹立ちを抑えきれないまま、仕方なく境内に入っていった。とにかく水を探さねばならない。中には池があるはずだった。着物も洗いたかった。

しかし、境内に入ると人だかりがしていたから、ついつい男はそちらのほうへ寄っていった。好奇心旺盛なのである。

侍らしき風体の者が五、六人もいただろうか。その中で一人、顎髭《あごひげ》を生やした首領格の侍が、壁に水で名（諱《いみな》）を書いては解説していた。名だたる諸侯の名乗りではあるが、その字義をもって、その人の将来を語っているのだ。

見物人の中に難しい字を読める者はおるまい。皆、口舌を聞いているだけだ。この男も、その一人である。

名を書いては、いずれも天下に名だたる者を、
とか、

「いずれ家は傾く」

「勢いが良いのもここまで、大成せん」

とか占うので、聞いているとおもしろいが、

――易とはいえ、ずいぶんと好き勝手なことを申すものだ。

と男は思った。

要するに姓名判断である。つぎは見物人から見料を取って、その名を占うつもりであろう。

――こんなところで商売になるものか。たいそうな名をもつ者など、おらんじゃろう。

と思ったが、

「されどご安心あれ。ここに手持ちの名もござれば、売ってさしあげよう」

と侍は言ったのである。

――名を付けるときの相談は坊主と決まっておる。布施を稼ぐ生計《たつき》ではないか。たれが、こんな侍崩れに。

と男はあきれた。

周りの者もそう思ったのであろう。笑いかけた者もいたが、相手は五、六人もいる。睨みつけられて、あわてて口を閉じる始末だった。

——これでは、ますます商売にならないはずだ。

しかし、顎髭の侍は動じることなく、巻物を片手に売っているという名をつぎつぎに読みあげ始めた。さきほど壁に書いてあった名とは違う。おそらく、銭を出せば、その名がどういう字でできているのか教えるつもりなのだろう。

男が帰ろうとしたときだった。

「その名を一つ頂戴したい。土産にもって帰ろう」

と申し出た客がいたのである。

「ほう、貴公が」

と侍が鋭い一瞥を返した。すると、

「それがしの主人《あるじ》がそう申しておる」

と言う。見ると、少し離れたところに侍が一人立っていた。顔はよく見えない。

「して、どれかな」

と売り手の侍が巻物を取り出して見せると、従者に中から一つを選ばせたようだった。

残念なことに、周りの者には、その名がわからなかったが、

「これはな、天下取り、国取りの名だ。そのほうなどには、ちくとしたる名ぞ」

と笑った。それを聞いていっせいに全員が笑った。「ちょっとできすぎた名だ。おまえなどにはもったいない」というのだ。

これも売値を吊り上げるための駆け引きである。おそらく買い手のほうも、答えは用意してあったのだろう。

「その名を付けたりはせん。ただの土産だ。話の種にするだけだと主人《あるじ》は申しておる」

と従者は言った。

そうこうしてやりとりを重ねていくうちに、商談がまとまった。

売り手の顎髭の侍が巻物の一部を切り抜くと、

「この名を付けるか否か、それはお手前方の勝手だ」

といって、切り取った紙を従者に渡した。

よくよく見ると、広げた巻物のところどころに穴が空いていたから、多少は売れるものらしい。

名を買った主従ふたりは立ち去ったが、はたしてどういう名を買ったのか、男は気になった。

それで、

「さきほど売った名、なんと申すのか。教えてくれ。銭は出す」

と男は顎髭の侍に声をかけた。

「おぬしが知ってなんとする」

「なにもせん。されど国取りの名なら知って損はあるまい」

顎髭の侍は、その男をじろじろと眺め回した。

おそらく、声をかけたのが侍であれば教えたりはしなかったろう。だが、当世風に刀こそ腰に差してはいるが、全然なってなかった。身なりのみすぼらしい、一目で下賤の者とわかる貧相な顔の男である。しかも小便臭い。

「いくら持っておる」

「これで全部だ」

と男は言った。嘘だが、身なりから判断すれば全財産として十分に通用するはずだった。

顎髭の侍は銭を取ると、地面に字を書いてやった。買い手が読めないのを知っているから、声に出して読んでやる。

「みつひで」

——これが、あの侍の名であろう。

と男は確信していた。

自分と同じ名を名乗る者が出ることを怖れて、わざわざ名を買い取ったに違いない。それほど自分の名を惜しんでいるのだ。なみなみならぬ自信を持った野心家である。だから、のちに国持ち大名になったとしても不思議はない。当世は、そうした時代なのである。

男が推察したとおりで、名を買い取った侍は明智十兵衛光秀《みつひで》といった。

他方、男のほうの名乗りはいくつもあったが、それは問題ではない。大事なのは、のちに木下藤吉郎と名乗るようになったことである。

しかし、光秀も藤吉郎も、まだ織田信長に会ったことはなかった。

三

前田孫四郎は、事件の前年に又左衛門《またざえもん》利家《としいえ》と名を改めていた。

新設された赤母衣《ほろ》衆の一員に抜擢されて、多くの与力を与えられ加増されるなど、出世を機会に名乗りを変えたのだった。

事件の発端は、新妻のまつが夫の利家に贈った笄《こうがい》であったという。

「笄《こうがい》」とは「髪掻《かみか》き」のことである。小さなヘラ状の道具で、結髪する際に挿して髷《まげ》の根を固定するのに使う物だが、小さな物は刀の付属品であった。鞘《さや》の鯉口《こいくち》（刀身の入れ口）近くの指表《さしおもて》（腰に差したときの外側の面）の溝に差し込むようになっている。

この妻からもらった大切な笄《こうがい》を、利家の小姓時代の同僚であった拾阿弥《じゅうあみ》が盗ったというのである。

拾阿弥からすれば、ただの悪ふざけにすぎなかった。前田犬千代が一四歳で出仕して以来の仲である。盗ったといっても、まつと利家の仲の良さをからかうのが目的だから、からかうだけからかって気がすめば返すつもりだった。

それなのに、

「やはり盗人か。血は争えんものよ」

と利家は言ったのだった。

拾阿弥は、幼いときから諸国を巡って芸能で身を立ててきた男である。

僧形の同朋衆であるのは、小唄や舞を本務とするからという理由だけではなく、その出自を問わないということでもあった。事実、拾阿弥は自分の親兄弟を知らなかった。それでも、わが身を売ったことはあっても、人の物を盗んだことはないのだ。

それで、意地になった。

「さように申されるのなら、盗人になってやる」

といって、笄《こうがい》を利家に返さなかったのである。

結局、この件は信長が乗り出した。寵愛するふたりの争いであったから直接収拾しようとしたのである。

それで、拾阿弥が笄《こうがい》を返すことで決着した。

しかし、これでは腹の虫が収まらない。そのあとも拾阿弥は利家につきまとい、あれこれと嫌みを言った。

まずは呼び名。「犬」と呼びかけるのは、それを利家が内心嫌っているのを知っているからである。犬千代が元服し孫四郎を名乗った後も、拾阿弥は「犬」呼ばわりしていたものだが、さすがにこのころはやめて、「又左《またざ》」と呼んでいた。それが「犬」に戻った。

織田家中で利家を「犬」と呼ぶのは、信長だけの特権であったが、それでも時と場合に応じて「お犬」と呼ぶ繊細さがあった。

それが拾阿弥の場合、必ず「犬」呼ばわりであり、それも笄事件の後は、まったく親愛の情が感じられない言い方に変わった。

裏を返せば、それだけ利家の「盗人の血筋」呼ばわりが、拾阿弥の急所を突いたのであろう。心の痛みが消えなかった。

さらに、家中の後押しもあった。

それほど利家の異例の出世に対する嫉妬が強かったのである。

しかし、信長の寵愛を受けているのは周知のことだから、利家本人に嫌みを言ったり意地悪をするような者は皆無であった。

ところが、そんな中で拾阿弥だけが例外だった。

拾阿弥はひとことで言えばいやな奴である。

それに同じ城務めでも同朋衆だ。武者からは一段下に見られて軽んじられている。それは信長の小姓を務める拾阿弥でも変わらない。

もちろん信望もなかったが、皆を代表して鬱憤晴らしをしてくれるので、内心喝采し、拾阿弥を応援する者は少なくなかった。

こうした他人の心の動きについて、拾阿弥ほど敏感だった者はいない。

他方、利家は誰にでも好かれるような男であった。

もしも信長が過大評価を控えて尋常普通の処遇に留めておきさえすれば、家中の人望も集められたはずなのである。それに利家は、いままで人から蔑まれたり、いじめられるような目に遭ったことがない。ひとことで言えば、免疫がなかった。

ここで余談になるが、前田犬千代の出世についてふれておきたい。

もっとも、その前半生は謎だらけで、実父でさえ諸説あって定かではないのである。以下は、その諸説の一つにすぎない。

犬千代は、実父の前田与十郎種利《たねとし》の居城である前田城で生まれた。

その於多井川（庄内川）右岸の前田城から、川を渡って東に約二キロのところに荒子城があった。父の種利は織田家家老の林美作守の与力で、天文二三年の村木砦攻撃の際には荒子城主も兼ねていたが、そのあと種利は荒子城を家臣の前田縫殿助《ぬいのすけ》家則《いえのり》（蔵人《くろうど》利昌《としまさ》）に譲った。尾張前田家の宗家は与十郎の家で、家則はその分家筋であった。

弘治二年、稲生合戦に勝利した信長は、敵方の林美作守に従って戦った前田種利を引退させ、宗家の家督は嫡男の与十郎種定《たねさだ》に相続させた。新たに前田城主となった種定は犬千代改め前田孫四郎の実兄であった。

荒子城主の前田家則についても引退させたが、信長は嫡男の蔵人利久《としひさ》の家督相続を認めなかった。稲生合戦で戦功を立てた宗家出身の孫四郎を分家筋の家則の養子とし、そのうえで孫四郎に家督を相続させたのである。

新たに荒子城主となった孫四郎は、このとき一九歳であった。家則の実子である利久よりも相当な年下になる。

孫四郎が養子に入って家督を継いだ家には、利久以下三人の兄がいたのだから、これで不満を持つなと言うほうが無理というものであろう。

そして、家督を継いだ後、孫四郎が又左衛門利家と名を改めたことは、さきに記したとおりである。

利家と結婚したまつは、天文一六年に篠原氏の娘として生まれたが、同一九年に父が亡くなり、母が斯波氏家臣の高畠直吉に再嫁すると、母の姉の嫁ぎ先である前田家則の元で養育されていた。

だから、利家とまつの結婚は、家則の家の家督を継いだ養子と養女との縁組みであったことになる。

永禄二年（一五五九年）六月、まつは荒子城で長女の幸を産むが、あまりに若すぎたため難産であったともいう。低年齢での出産は骨盤の発育が不完全なために難産になりやすいとされているが、記録に残る帝王切開の初例は約三百年も後のことなのである。

数え年でわずか一三歳の少女の出産だった。

その事件は、まつの出産前後の頃に起こった。

人からいじめや嫌がらせを受けたことのなかった利家は、ついに爆発した。

最後には、なにか利家の夫婦生活を侮辱するようなことを拾阿弥が言ったに違いない。当時、婚姻年齢に忌諱《きい》はないにしても、初潮前の童女に手を付けることは男子の恥とされていたという説もあるから、そういったことだったかもしれない。

ともあれ、なにも笄を盗られたとか「犬」呼ばわりされたことだけが原因ではなかったはずだが、当事者である利家がほかに記録を残していないので詳細は不明である。

とにかく、利家は拾阿弥を一刀のもとに斬り殺してしまった。

こうなると家中には死んだ拾阿弥をかばう者もなく、時間は闇から闇に葬り去られるところだったが、たまたま楼上から信長が一部始終を見ていたのだと伝えられている。

しかし、それほどの偶然があろうはずもない。

利家をいじめるにせよ非難するにせよ、拾阿弥は常に信長を意識しながら、信長の目の届くところでやっていたに違いない。そうでなければ、誰かが信長に密告したことになる。

いずれにせよ、事件を知った信長は、ただちに利家を成敗しようとしたが、最後には柴田勝家らの助命嘆願を聞き入れ、出仕無用の沙汰に留めたという。

そして、荒子城には、養子の利家の代わりに嫡男の蔵人利久が入り、当然のごとく利家は家督も失った。

それから、四か月後の一一月一一日、生駒屋敷で信長の第四子を吉乃《きちの》が出産した。

長女である。五徳と名付けられた。

大名の家に生まれ育った濃姫からすれば、まつのような一二、三歳の娘を孕《はら》ませるなど、おぞましいかぎりだった。下々《しもじも》の者ならさもありなんと思うだけだが、城持ちの大身《たいしん》なら、あってはならないことである。

現に信長にも、同じ年頃の妹がいるではないか。

「お市の年で子を産むなど、そのような危ない賭け事、避けてしかるべきなのです。数年待てばよいのです。男子であれば元服前の幼子を戦に出すようなこと、決してあってはなりませぬ」

と濃姫は信長にも言った。

しかし、それも女親の不在が原因であろう。たとえ下女《はしため》でも、女ならその年齢での出産は命がけであることを知っている。

そんな母に捨てられた不幸はあったものの、結局のところ、まつは運が良かったのだ。

――親のない子は哀れなもの。

と濃姫は思った。

「五徳や。そなたには、そのような危ないお産はさせませんからね。この私がついておりまする。そなたの父にも、たんと申しておきましたからね。なにも案ずることはありませんよ」

と濃姫は五徳にいってあげた。

濃姫は生駒屋敷まで自ら出向いていた。岩崎城が陥落し、もはや尾張国内に敵はいない。この日、濃姫は五徳だけでなく、吉乃ともはじめて会ったのだ。

21──猿

一

清須城に猿が出入りしていると信長に教えたのは、三七の母であった。

どうやら信長から見ると、この夫人は才気に乏しく、濃姫や吉乃のような打てば響くといった応答は期待できなかったようだ。それで、自然と信長の目となり耳となった。

というのも、信長ほど人の陰口、告げ口の類を嫌った主君はいない。誉めることすら許さなかった。人の評価を自分の耳に入れようとする、その話し手の魂胆が透けてみえるのであろう。

だから信長が必要としたのは、事実だけである。評価は必要ない。人に評価を下すことができるのは唯一、信長だけだ。

その点、三七の母とその侍女たちは、自分の考えをあわせ伝えて人に評価を下すなどということは決してなく、話に尾ひれを付けておもしろくするような芸も持ちあわせていなかった。

「なんぞ、変わったことはないか」

というのが三七の母に会ったときの信長の口癖であった。

――なんて意地悪な。

と最初の頃、三七の母は思ったものだ。

めったに城から出ない生活をしている。信長の興味を引くような変わったことを見聞する機会などありはしない。そのことは信長自身がよく知っているはずだ。それなのに、なぜそんなことを尋ねるのか。

ところが、城の中で見聞きしたことで構わないという。昨日と違うことであれば、なんでもよい。ただし、直接見聞したことに限る。出所不明の噂などは要らない。どこの誰が誰にいつ話したことか、正確に話せという。

それで自然と、三七の母とその侍女たちは注意深くなった。

たとえば、

「近頃、梅の花が咲いたようです」

などといった話は不十分である。

「三日前、下津の正眼寺《しょうげんじ》の梅が二、三輪ほど咲いたそうです。昨日、塩屋伝内どのが膳部で申しておりました」

といった報告でなければ、信長は満足しなかった。

侍女の一人を現地に派遣して、

「今は満開となり、たいそう見事なものであったと申しておりました」とつけ加えれば、なおよかった。

ただし、だからといって、

――それなら一緒に見に行こう。

などと、信長が言うことはなかった。

同じ梅の花を愛でるにしても数えきれないほどの表現があるが、和歌を読むなどという趣味はないから語彙に乏しく、いかに表現に工夫を凝らして伝えたとしても信長にとっては同じことであって、話し手の工夫などには、なんの感慨も持たなかった。それで会話が弾むということもないから、濃姫であれば耐えがたいと思うところであり、賢明な吉乃は、そもそもそうした方向に話を持っていかない。

ひとり、三七の母だけが砂に水をまくような味気ない会話、あるいは報告を辛抱強く続けていた。

それでも、この夫人には楽しかったのである。


三人の侍女が、その男の奇妙な人相について観察していた。

それは「口を横に裂いたような顔いっぱいの笑い顔で、笑うと皺が寄ってまるで猿のよう」とか、「見れば見るほど異様なお顔、猿かと思えば人、人かと思えば猿」とか、「つつましやかにふるまっても、とぼけた味が満面に膨らんでおかしく、哄笑すればこの世にふたつとない奇妙なお顔」とか口々に言ったという。

だが侍女の話だけでは、信長の興味を引かなかったようだった。

「その猿は出入りの商人《あきんど》か」

とだけ尋ねた。

「商人ではありませぬ。賄い方の御用を受けて、商人に繋ぎをつけて生計《たつき》としておりまする。売れたときにかぎり、商人から口利き料を取るそうな」

という三七の母の返事を聞いて、そんな商売もあるのかと信長は思った。

「では、その猿が取る口銭の分、高いものを買っておるのだな」

「いえ、それがそうとも限りませぬ。急ぎのときはたれよりも早く見つけてきますゆえ高値は気になりませぬし、急ぎでないときは、たれよりも安いそうでございます。あるときなど、それは城下のどこで売っておりますゆえ、それがしに頼まず、たれかお手隙の方を買いに行かせれば安くすむと申したとか」

ただ使い走りをするだけの仕事は断ったという話が、信長の気に入った。

たとえば、猿は清須城下で売られている包丁の値を調べて、美濃国は関の包丁鍛冶のところに行き、行商に出るように勧めたのだという。

それまで、その包丁鍛冶の男も行商などは考えたこともなかったが、粗悪なものがたいそうな値段で売られているのを知って欲が出たし、それ以上に清須城の膳部《ぜんぶ》という一等の料理人たちに自分の仕事を見せたい、勝負したいものだと思った。

それで猿は、男を清須まで連れて来た。それも、ただ道案内しただけでなく、重い包丁を一緒に担いできたという。

さらには、台所奉行を保証人として掛け払いにさせただけでなく、売れ残った包丁を市で売るのを助けて、ついに売り切った。

「皆の衆、よおくご覧あれ。美濃国は関の包丁でござるぞ。関の刀鍛冶が用いるは出雲の玉鋼《たまはがね》、刀剣の大小を打つあいまあいまに、刀鍛冶が鍛えたるこの包丁、そんじょそこらの野鍛冶が造りたる代物とは出来が違いまするぞ」

と猿は口上を述べては、ふわりと宙に浮かせた紙を包丁で見事切って見せたという。

猿は包丁だけでなく、鋏《はさみ》を持って来るよう鍛冶には勧めていた。その鋏を清須で売ったから、侍女たちは猿のことを知った。

信長が、なおも猿のことを尋ねると、猿は織田家に仕えたいと話しているとわかった。

三日にあげず清須に通っては賄い方の御用を聞いているが、毎日出仕できるようになれば、もっとお役に立てる。頂戴する扶持よりもお家に得をさせてみせる。

「儲かりますぞ、それがしをお雇いになられたほうがお得ですぞ」

と言いきったという。


猿は尾張者で、上中下とある中村三郷のうち中々村の出だという。

継父《ままちち》と折り合いが悪く、家を出されて海津（萱津）の時宗の寺、光明寺で渇食《かつじき》をした後、諸国を巡り歩き、遠州浜松は引馬《ひくま》城主の飯尾豊前守乗連《ぶぜんのかみのりつら》の家臣、頭陀寺《ずだじ》城主の松下源太左衛門尉長則《げんたざえもんのじょうながのり》の小者となったが、同輩の妬心を買ったがために召し放ちになった。

その際、気の毒に思った主人が餞別《せんべつ》をくれたという。

「召し放った小人《こびと》に銭を与えたというのか」

と信長は驚いた。

異例の厚遇であろう。


じつは、三十疋（三百銭）という餞別をくれたのは主人ではなく、嫡男の加兵衛之綱《ゆきつな》であった。同じ歳で猿とは仲が良かったのである。

加兵衛の弟で九歳の友次郎の守役として召し抱えられたのが一五歳であった猿の奉公の始まりだという

から、早い話が子どもの遊び相手だった。

それから、猿は奉公していた三年から七年のあいだに結婚したのだが、長則の家来の娘であった妻は「容顔優れたれども智浅くして、夫の形醜きを嫌い離別せんと思えども、主命にて嫁せしは出去《いでさ》るも為しがたく」という有様であったというから、とうとう猿には馴染まなかったようで、猿が松下の家を出る際に離婚が成立していた。

そうした細かい話を猿は省略している。

二

その後、召し放ちになった猿は尾張に戻り、同郷の小人頭の市若《いちわか》から弓衆組頭の浅野又右衛門長勝を紹介され、彼の口利きで清須城の台所方に出入りするようになったという。

信長の決断は早かった。

その翌日、浅野又右衛門を呼び出すと、猿を召し抱えるように申しつけたのである。

「その猿、試しに飼ってやろう」

と信長は言った。

「扶持を頂戴する身分となったからには、これまでのように出入りの商人から銭を取ってはならんぞ。心して励め」

と浅野又右衛門は、猿に申し渡した。

猿の名は、藤吉郎という。

これは遠州時代からの名乗りであったかもしれないが、清須での新たな名乗りとも考えられる。いずれにせよ、苗字を名乗るような身分ではなかった。

藤吉郎、身分のうえでは浅野又右衛門付きということになるが、組下ではない。組下には小者もいるが、その仕事は弓を取る足軽衆を補佐する仕事だ。藤吉郎にとって又右衛門は、身元保証人のようなものである。仕事はこれまでどおり台所膳部の賄い方の御用聞きのようなものであった。

――ようやく、ここまで来た。

と藤吉郎は思った。

諸本に記録されている永禄元年九月一日は、藤吉郎にとって大事な日であったに違いない。おそらく織田家に仕えることを心に決めた日である。それから、すでに一年あまりが過ぎていた。

最初は簡単に考えていた。草履取り程度の小者の役であれば、同郷の市若がなんとかしてくれるだろうと、たかをくくっていたのである。

ところが、そうではなかった。市若は小人頭《こびとがしら》であるが、配下の小者を雇う人事権は持っていないし、猿を推薦したところでどうにかなりそうな気配はまったくなかった。

市若から紹介された浅野又右衛門も同様である。又右衛門は組下に二十人ほどの弓取りを抱える足軽頭で、言うなれば小隊長クラスの身分だが、配下の足軽は全員が織田家の直接雇用であって、又右衛門に人事権はない。又右衛門が自分の得ている禄で雇っているのは、わずかに小者一人ぐらいで、もちろん健在だから欠員はない。

猿が遠州では士分で本当に武功を立てていたのなら、感状の一枚や二枚はあってしかるべきであり、それを持って仕官を願い出れば違ってくるのだが、実際のところは子守や草履取りの身分であったにすぎない。

その小者が主人と親しくなり、やがては家政全般に口を挟むようになったのだから、同輩家人に妬《ねた》まれたのも無理はなかった。

鷹狩りに出た信長の目に留まることで運良く織田家に召し抱えられる、そんなことを夢みて、猿は城下から小牧山のあたりまでうろうろしてみたが、まったくの徒労に終わった。

第一に、信長の移動は迅速で、近寄れない。信長の駆る馬を近習の一団が必死で追いかけていくような有様だった。道端で待っていれば平伏するしかなく、下手に顔を上げれば怪しまれ、即座に槍で突き殺されかねないほど側衆の警戒が厳しかった。

休息中は、さらに警戒が厳重で、姿が見えるところにはまったく近づけなかった。

それで、藤吉郎は又右衛門の助言に従い、台所方への出入りを始めたのである。

自分が役に立つところを見せていくしかなかった。

藤吉郎は、自分の取る利を抑え、誰にでも愛想を振りまき、自分の身の上話をおもしろおかしく、あけすけに語った。

そうやって一年が過ぎ、ようやく雇われの身になったのだった。

又右衛門は、藤吉郎の出仕を、わがことのように大いに喜んでくれた。上下から信頼される篤実な人であった。

おもしろいのは、弓衆の頭でありながら、弓の腕前がさほどではなかったことである。

津島あたりの人で、言うなれば半農半商といった生業だったという。事理に明るく算用の才があったので、城務めでは台所方や兵糧方の仕事が長く、弓衆の頭になれたのは万事人使いにそつがないからであった。つまり、弓の名手、必ずしも良い指揮官にはなれないということであったのだろう。

しかし、又右衛門も弓衆の頭どまりだった。生涯を通じて、なんの武功も立てていないのである。そののちの出世は、藤吉郎との縁によるものであった。


さて、藤吉郎である。

台所方に出仕するようになると、調達の仕事だけでなく、薪炭《しんたん》の使い方について差し出がましい口を利くようになった。これまでの低姿勢が一変したというほどではないが、新参者のくせに細かいことで小言《こごと》をいうと、同輩がいやがるほどだった。

要するに節約しろというのである。無駄使いはお家のためにならないとまで言った。

正論ではあるが、こまめに火を消したところでさほどの差はない。

しかし、わずかの差であっても、塵も積もれば山となると藤吉郎は主張する。

口を出すだけでなく、こまめに手を出し、自ら率先する。炭を灰にしてしまうのではなく、消して取り置いておけば、また使える。そんな道理は皆が知っているが面倒くさい。それを藤吉郎はこまめに火を消し、必要とあればすぐに点けてみせる。感心するほどに手際が良かった。

新たに雇った直後のことで周囲が注意していたから、まもなくそれは信長の耳に入った。

信長には心あたりがあった。濃姫の部屋では常に新しい炭が供されるが、吉乃の部屋では置き炭が常にあって吉乃自ら炭を熾《おこ》していたからである。

信長は濃姫付きの老女を呼んだ。言うなれば清須の女官長だが、薪炭の年間消費量を尋ねたところ、彼女は答えられなかった。

それも当然で、専任の奉行がいて清須全体で消費される薪炭を一括管理して調達している。奥で必要な薪炭は、その都度、侍女が薪炭倉に取りにいくだけなので、その費用はおろか消費量さえも記録がなかった。

さらに調べると、薪炭奉行でさえ清須全体の年間および毎月の消費量はわかっても、どの部署がどれだけ消費しているかわからなかった。内訳の記録がなかったせいである。

そこで濃姫は、奥の侍女たち全員の聞き取り調査を命じて、奥で消費した薪炭の総量だけでなく、各部屋ごとの消費量を調べるとともに、あわせてこまめに火を消して節約するように命じた。

それで、自然と信長の妻たちは節約競争をするようになったのだが、驚いたことに、これまでの一か月分の消費量で二か月保つようになったのである。つまり、節約によって薪炭の消費は半減したのだった。

この結果を受けて信長は、藤吉郎の下に一〇人の小者を付けた。

台所方だけでなく、清須城内の全部署についてこまめに火を消すことで、節約させるのが目的である。さらに薪炭奉行に命じて、藤吉郎の配下の者以外の者に薪炭を渡すことを禁止した。

こうして、薪炭の消費量は、城全体について前年同月比で半減したのである。

それが判明した翌月、信長は藤吉郎の下に、さらに一〇人の小者を追加した。これで藤吉郎は二〇人の小者の頭になった。

そして、その翌月には清須に三人いる小人頭の一人に出世したのだが、これは小者の身分では最上位、最下級の徒士《かち》に相当する苗字が必要な地位であった。

明確な役職こそ与えられなかったが、要は薪炭に限らず諸事万端、節約に励めということであったろう。

わずか数か月で異例の大出世であった。

藤吉郎は苗字を「中村」とした。

これは出身地の名を取ったにすぎない。同輩らの妬心を買わないよう謙虚に徹した分相応の苗字であった。

それと、謙虚に徹するといえば、配下の者にたいしても気を遣った。最初の長屋を出ることなく、配下の者たちと同じ所に寝て、同じ物を食べ、加増された扶持や褒美などもすべて分け与えていた。

それだけでなく、

「皆さま方のお力を、この藤吉にお貸しくだされ」

と頼んでいた。

というのも、藤吉郎の配下となった者は専任ではなく、全員が兼務であって従前の仕事はそのまま変わらず、各自配属されていた部署の上司の指図にも従わなければならなかったからである。

つまり、藤吉郎の配下の者たちは仕事と上司が増えただけで、その手当は藤吉郎が自分の取り分を分配するのでなければ、従前と変わりがなかった。

たとえば、こまめに火を消して回ったり薪炭を受け取るようなことは、これまでも誰かがやっていたはずの仕事であったのだから、これはやむを得ないと言えばやむを得ないのであろう。

そもそも小人頭とは、小者衆を統括する世話役のような職だから、普通は細かな仕事の指図はしない。

ひとり、藤吉郎だけが例外だったのである。

だから、藤吉郎は、同輩や配下の者たちに、それだけ気を遣っていた。

もっとも、すべてが計算ずくだったわけではない。物を惜しむより、人に与えることのほうが楽しいのである。幼いときから、そういう性質《たち》だった。

おそらくもともとは藤吉郎の母が語った言葉だと思われるが、

「気儘《きまま》なれども悪事をなさず、人より好む物を貰《もら》いてさほど悦《よろこび》もせず、わが手の物を人に望まれて惜しむ事なし」

だったという。

自らの機知や勇気をもって獲得した物でなければ、たとえ好物であろうが、人がくれた物は嬉しくないのであろう。物に執着するのでなく、物を獲得する過程こそが楽しいのかもしれない。

だから、時には危険を冒している。

出すぎた真似をするのは、自らの機略を世間に売り出そうとせずにはいられないからである。それはまるで、持って生まれた才能に操られているかのようであった。


おそらく永禄三年二月のことである。

冬の爆弾低気圧だろうか。大風が吹いて城の塀と櫓《やぐら》が壊れてしまったのだが、二十日を過ぎても修復工事は遅々として進まず、いつ終わるかわからなかった。

その工事が遅れた原因を、藤吉郎は見抜いてしまったのである。

例によって信長が鷹狩りに出た日のことだった。信長はちらりと一瞥をくれただけで通りすぎ、工事の遅れを見て見ぬふりをしていた。

そこに、

「危ない。危ない。壊れたままにしておいては」

と大声で叫ぶ者がいる。

中村藤吉郎だった。

「猿、賢《さか》しらなことを申しおって。そこに直れ」

と言うが早いか、信長はとって返して、藤吉郎をさんざんに打った。

思わず漏らした独《ひと》り言です、生まれつき大声なのですと藤吉郎は泣いて謝ったが、謝っただけでなく、猿に三日くだされば直してご覧に入れますと聞き捨てならないことを言った。

——さては、何か策があるのか。

と悟った信長は、最後に一発、藤吉郎をおもいきり殴ると、

「そこまで申したからには、やってみせい。ただし、三日だ。首尾良くいかなんだら、折檻、この程度ではすまぬぞ。覚悟せい」

と申し渡した。了承したという意味である。

そこで藤吉郎は、作事奉行のところに出向くと、明日から三日間だけ権限を貸してくださいと、痣《あざ》だらけの醜く膨れた顔で泣きながら必死に頼みこんだ。

信長の了承も得ていることでもあり、ただの三日間である。素人になにもできはしない。ただの余興だ、もっと折檻されろ、いい気味だとさえ思ったから、作事奉行も「臨時奉行並み」の権限を藤吉郎に与えた。

そうやって奉行並みとなった藤吉郎は、その日のうちに番匠《ばんしょう》たちの宿舎を訪問すると、「先の奉行とのあいだに取り交わしたる約定、この三日のうちに完工した者にかぎり、すべて無効といたすも苦しからず。よって三日のうちに作事完工の暁には、勘定方より支払われる銀銭、総取りしてよい」と申し渡した。

つまり、作事奉行には工事代金の一部が流れる仕組みになっていたが、その密約を反故にする、キックバックは不要だと宣言したことになる。

番匠たちの契約は請負契約である。工事日数が伸びたところで、支払われる代金に違いはない。だから、早く仕上げたいのが本音であった。

ところが、作事奉行には、代金の一部を差し出さなければならない。

それが悪しき慣行なのだが、当代の奉行は強欲で特に多額の「献金」を望んだ。その損失を補填するために、工事日数が伸びたのである。

なぜなら、工事人夫は、請負契約ではなく日極《ぎ》めの夫役《ぶやく》であったからである。

夫役とは村ごとに一定人数が割り当てられた労働課役で、要するに強制労働であったが、まったくの無償ではなく日雇い賃金の相場の半分ほどの額が支払われていた。この日当の一部を番匠たちに差し出させていたのである。

村役が人選する人夫たちは、実際のところ職のない厄介者の場合が多かった。

公平に人選することにして、たとえば抽選で選んだところで、裕福な者は夫役を代銭納してしまう。つまり、銭を払えば労働義務が免除される慣行もあったのだ。

そうして選ばれた職のない者にとっては、一日の大半を遊んで暮らして楽に日当が入るのであれば、日当の一部を番匠に差し出すことなどなんでもなかった。逆らえば、大多数の者が遊んでいる中で、一人だけ汗水たらして働かされるという大変な目に遭いかねない。

だから、日当の一部が番匠たちに流れる仕組みがあるかぎり、工事日数が伸びるのも当然であった。

藤吉郎の提案に、番匠たちは乗った。

動かない現場に正直いってあきあきしていた。工事代金がまるまる懐に入るなら三日のうちに仕上げてしまおう。

「お約束いたします」

と番匠たちは言った。

分普請《わけぶしん》、すなわち工区分けする案は、番匠たちのほうから出た。手の遅い者がいては足手まといになる。

こうして突貫工事が始まった。

工区によっては、夜間工事を行う組も出た。番匠によっては、これまで懐に入れていた人夫たちの日当の一部を原資として、日当を割り増したり、報奨金に充てる者も出た。それでも三日のうちに仕上げてしまえば、利益は大きいのだ。

そして三日目、すべての工事が完成し、信長が視察した。

まるで奇跡のようだった。

「城の備えを固めること、これは国の大事なりと懸命に説きましたところ、番匠、左官、人夫の者ども皆が得心したる由にて、実意に粉骨砕身して働き精を出してくれました。これに尽きまする。およそ長さ百間にわたる普請を手分けし競わせたことも、神速に成就したる一助となりました」

と藤吉郎が説明すると、

「鐘、太鼓を鳴らしては、景気づけに踊っておったな。猿の踊りも見たぞ。あれはよい。気に入った」

と信長は応じたが、内心では報奨金を出したのが最も利いたのだろうと分析していた。

――その銭を工面するのは大変であったろうに。

と思った。

藤吉郎が身銭をきって立て替えたと考えたのである。それなのに銭のことを言いださないとは、可愛い奴だと思った。

だから、藤吉郎に二百貫の褒美を出した。信長にしてみれば、工期はさらに伸び、もっと代金がかさむだろうと覚悟していたから、追加の出費が二百貫で足りるのなら、安いものだった。

裏のカラクリを見破ることは、信長でさえできなかった。


余談になるが、藤吉郎が看破できたのは、幼い頃の経験があったからである。

その昔、猿は工事現場で、大工たちに食事を運ぶ仕事をしたことがあった。のちの福島正則《まさのり》の実父が与左衛門（市兵衛正信《まさのぶ》）という大工で、そのつてを頼って働いていた頃のことである。

猿はすぐに職人たちと親しくなり、ついには作事を奉行する清須の役人まで「猿よ、猿よ」と呼んでは気安く話をするようになった。

その現場で普請の日記をつけていた奉行が能書するのを見た猿は、「それだけ書ける者はおるまい」とおだてて、彼の知行が五〇〇石であることを聞き出した。

そして、その現場で大工等にあてがわれていた扶持はあわせて年間七二〇石だと知ると、

「職人らの扶持のほうが二二〇石も多い。さほど修業しても、ようやく五〇〇石とは少ないな」

と猿は不埒《ふらち》にも奉行の前で手を叩いて大笑いしたという。

奉行は大いに怒り、戒《いまし》めに首を斬ると罵《ののし》ったが、猿は逃げ足が早い。結局、与左衛門だけでなくほかの大工まで出て来て猿の替わりに詫びることで、ようやく許してもらった。

ところが、猿は、

「腹を立てるのは、心の狭きゆえだ。励ましてやろうと職人らの扶持に及ばずと申したまでのこと。わしを斬ろうなどとは真に愚人よ」

とせせら笑ったという。

猿には利権の在処《ありか》を探りあてる悪人の資質が濃厚にあったに違いない。

だが、それこそ母の言うとおり「気儘《きまま》なれども悪事をなさず」であった。もしも、猿が利権をむさぼり喰らう悪人であったなら、決して大成しなかったろう。


話を戻す。

裏のカラクリを見破ることは善人にはできない。もしも信長が見破っていたならば、藤吉郎に褒美は取らせないし、作事奉行は即刻打ち首になっていたはずだ。

他方、二百貫の褒美を頂戴した藤吉郎は、それをそっくりそのまま作事奉行に進呈した。相当足りないに違いないが、これは奉行が受け取るはずだった番匠たちの「献金」の替わりである。

「これも、この藤吉を哀れみ、お奉行が作事の権を快く貸してくださったおかげにござりまする。お屋形

さまより頂戴した褒美の二百貫、これを受け取るべきはお奉行を置いてほかにはありませぬ」

と、藤吉郎はぬけぬけと言った。

藤吉郎の扶持は三十貫に届くか届かないかのものであったろうから、これは年収の七倍に相当する。

それからほどなくして、作事奉行は交代した。

新奉行にたいして、

「万事、藤吉の差配のとおりに執務せよ」

と信長は訓令を与えた。

これは意味深長であった。信長本人も、その効果について詳細は承知していなかったが、工事代金の一部を奉行が召し上げるという悪しき慣行は姿を消した。

22――桶狭間

一

今川義元にとって鳴海《なるみ》城と大高城は、お荷物以外の何物でもなかった。

――お父であれば、とっくの昔に捨てておる。

と信長は思う。それが不思議でならなかった。

父の信秀は、大垣城の救援が困難になったと見るや、これを投げ出して道三と和睦の道を選んだ。はっきりいってしまえば、城と濃姫を交換した。

信長としては、鳴海、大高の城と何かを取引するつもりはなく、手ぶらでお引き取り願うつもりでいる。

――相当にくたびれておるはずだ。

城が今川の手に陥《お》ちた時とは、状況が一変している。

そもそも駿河衆が力攻めして取った城ではない。尾張東部の在地領主たちが代替わりの隙を突いて信長に叛旗を翻した結果、棚から物が落ちるようにして今川の手に渡ったにすぎない。

それが今では、尾張国内に逆らう者はいない。この二つの城を除いては。

八年前の天文二一年四月の赤塚合戦では、信長の軍勢八百にたいして、敵は千五百だった。鳴海城攻めはあきらめるしかなかったし、笠寺の砦も放置するしかなかったのである。

しかし、反乱を主導した鳴海城主の山口左馬助教継と九郎二郎教吉の親子はもういない。戸部城主の戸部新左衛門政直もそうだ。三人とも駿府まで直談判に行ったきり戻ってこない。

おそらく殺されたのだろう。もちろん手を下したのは今川義元である。

いつ今川を裏切って織田方に付くかわからないという疑心暗鬼と、城を手中にしてしまえば用はない、あとは駿河衆で守ればよいのだという酷薄さが、彼らを殺したのだ。

戸部新左衛門がいなくなると、戸部城から支援を受けていた笠寺の駿河衆は、いつのまにかいなくなった。山口親子がいなくなった今、鳴海城に残っているのは駿河衆だけだといっていい。

鳴海、大高の城にたいして信長は、岩倉城攻めのような厳重な包囲網を敷かなかった。だから兵糧を運び込むことは可能だ。しかし無傷で通すつもりもない。

いくら銭を積まれても近隣の百姓どもは食料を売らなくなっている。商人も避けて通るようになり、決して城には寄りつかない。

駿河衆を助ければ、どういう目に遭うか。

それをはっきりした形にして世間に示そうと決意したとき、信長ほど残酷になれる領主はいない。

――たれに強いられたのでもない。自らの存念に依《よ》って為したる所行だ。どうなろうと悔いはあるまい。

と考える信長は、二度と自分に逆らう者が出ないよう処罰に工夫を凝らすのである。

それでも逆らう者が出てくると、まったく理解できなかった。ものの道理がわからぬ輩《やから》の狂気の沙汰としか思えない。

そうした若干の例外があり、八年という長い時間はかかったが、力攻めを避けたために人的損失は少なかったと信長は考えている。

結果論になるが、ここに力を集中しなかったことで尾張の統一も早かった。

今では、兵糧入れは三河から長躯遠征して力戦覚悟で侵入するしかなくなっているが、それを完全に阻止せよとは指示していない。

入るときに手傷を負わせ、出るときにも伏兵を置き、できるだけ消耗させる作戦である。

もっとも敵の兵糧は取り放題と下知したので、正規兵だけでなく夜盗のような連中まで勝手に参加している。だから、兵糧入れには相当な困難があるはずだった。


——これだけ消耗が大きければ城を投げ出し、退《の》くべきではないか。

これが不思議だった。

信長の見立てでは、犠牲になるのは三河、遠江の者ばかりであって、駿河者はいない。ここに原因があるのではないかと思う。

似たような状況は、攻守入れ替えて安祥城《あんしょう》でもあった。ただ、あの城は尾張にとっては銭を生み出す大きな価値があったのだ。だから最後まで抵抗した。

だが、駿河にとって鳴海城にそれだけの戦略的な価値があるだろうか。ありはしない。

なぜなら、封建領主にとって領地の取り合いとは、詰まるところコメの取り合いだからである。

軍事拠点として敵の領内に城を確保すれば、そこから出撃して周囲の田から借り入れ前の実った稲穂を掠《かす》め取る。掠め取れなければ焼き払う。それを何度も繰り返しているうちに、根負けした百姓たちが黙って城に年貢を差し出すようになるのだ。そして、前の領主には年貢を出さなくなる。それが力で領地を奪うということであった。

安祥城と違って、かつての大垣城は、そうした城だった。織田家にとって美濃国内に確保した橋頭堡でもあったのだ。

ところが、鳴海、大高の城は違う。掠め取りや穀倉を襲うことなく外から兵糧を入れ、周辺の在地領主たちの既得権を侵すことのないよう配慮して、ようやく維持しているにすぎない。

代替わりした信長の政権を揺さぶり打倒するという今川義元の狙いははずれた。もはや城を維持する意味はない。

だから、義元が大軍を発してまで、鳴海、大高の城を防衛しに来るとは、とうてい思えなかった。

二

駿府では、あの坂井大膳《だいぜん》が得意の弁舌をふるっていたが、今川義元はできるだけ聞かないように努力していた。

虫酸《むしず》が走るほど、この男が嫌いだったのである。

これまで会ってくれと何度も懇願されたが、決して会おうとはしなかった。

それにもかかわらず、この日、駿府城に大膳を呼んだのは、ほかでもない。織田上総介信長の極悪非道ぶりを家臣団に説明するためであった。

信長の悪口を言わせたら、大膳の右に出る者はいない。

たとえば、斯波家を滅ぼした悪行を語るのでさえ、先代の義統《よしむね》を殺した自分の行為は、自衛のため領民のためほかに選択の余地のない、真にやむを得ない必要最小限度の措置だったと説明し、当代の義銀《よしかね》を追放した信長の行為は、私欲の赴くまま名君を亡き者にしようとしたあげくの悪辣非道の行為だったと言う。そんなぐあいだった。

ようやく大膳の話が終わったので、義元はただちに退出させた。

本題はこれからである。

「尾州がどのような有様になっておるのか。これでよくわかったろう。存分に切り取ったところで諸方から誹《そし》りを受けるいわれはないのだ」

と義元は、中断していた話の続きを始めた。

要は、こういうことである。

大高の城は、信長の悪政に堪えかねた国衆の反乱の拠点であって、これを今川家が見捨てることは天道に背くおこないである。もしも鎮圧されてしまえば、尾張の状況はますます悪くなって、国衆はなおいっそう苦しむことだろう。

「大高は尾州の要衝なり。勇将を選び守らしめん」

と義元は長い話を締めくくった。

鳴海と言わなかったのは、今のところ駿河衆しか駐留していないためだが、この際、細かいことはどうでもよい。

よって大高城への兵糧入れは欠かせないが、これを円滑に遂行するためには、陸上に安全な補給路を開設し、それを維持しなければならない。

そのためには、清須の信長を、そのままにしておくことはできない。信長は必ず補給路を遮断しようとするし、それを阻止することはきわめて困難だ。

つまり、鳴海、大高の城への補給路を開設し長期にわたって維持することと、信長を打倒することは、軍事的にはほとんど同じことである。

「小戦《こいくさ》を重ねても詮ないことじゃ。いっそ大軍を発して上総介を追い落としてしまえばよい。このほうが手っ取り早い。むしろ手堅い勝ち方になろう。やってしまえば造作もないことよ」

というと、義元は動員できる総兵力を投入することの利を説いた。

戦力を惜しんで小出しにすることは古来より下手な戦の見本である。総力戦で一気に決着を付けたい。そのためには長期にわたって駿河を離れる覚悟をせよと家臣団に迫った。

「わしとて年越しする覚悟で尾張に向かおうぞ。それまでかかるかどうかはわからんが、それぐらい腰を据えて、じっくりゆこう」

というと、義元は重臣たちを見わたした。

もちろん、雪斎《せっさい》こと太原崇孚《たいげんそうふ》の最期の教えは忘れてはいない。

——元に戻らぬ覚悟で大軍を押し出していくのだ。少しずつゆっくりと、足元を固めながら、駿府を丸ごと動かしていく。さすれば遠くまで版図を広げ、その間に広がる敵をことごとく平らげることができよう。

と言ったのだ。

そして、

――幸いにも太守、東は安泰じゃ。当分の間だけだがな、これは千載一遇の機会ぞ。西に出られませ。三河まではなんの心配もなかろう。さらに西へ、尾張を平定できれば、やがては京も夢ではありますまい。たとえ太守一代ではかなわぬ夢でも、子の代には夢でなくなる。

と言い遺して雪斎が亡くなってから、はや五年目だ。

――たしかに大傅《たいふ》が申されたとおり、西上するなら今しか機会はない。わしが天下に号令する身になれるかどうか。成否はこれにかかっておる。

と義元は思っている。

ただし、それを重臣たちに明かす気はなかった。

駿府を丸ごと動かすなどと言えば強く抵抗するだろうし、今の段階で上洛するなどと言えば、絵空事よと笑われるだけだろう。

――しょせん、凡人どもにはわからんのだ。大傅とわしだけよ。これが、わしの天命だ。

「案ずるな。長く留守にできん者は、途中で国に帰ってもよかろう。子細あれば許す。ただし恩賞まで期待してはならんぞ。尾張は切り取り放題、加えて先手を務める三州、遠州には欠所も出よう。されど途中で帰った者にはやらん」

　と睨みを利かせると、一呼吸おいて続けた。

「この先、大きな戦は当分ないぞ。あの時なにゆえご先祖さまは力を出し惜しみしたかと孫子の代まで恨まれようぞ。そのようなことのなきよう励め。皆の者、ようく聞け、明くる年の正月は清須で迎えようぞ」

　というと、義元はにやりと笑った。

三

　永禄三年（一五六〇年）三月、義元が大軍を発する準備を始めたことは、ただちに信長の知るところとなった。大がかりな動員指令が出たからである。

　知らせてきたのは渥美太郎兵衛友勝《ともかつ》の手の者であった。

　太郎兵衛は松平家中の者だが、一七の時に人を殺《あや》めて出奔し、尾張にいたところを織田信秀に拾われ、熱田で人質になっていた竹千代の供廻りとなった。その後、竹千代が駿府に送られる際、小姓頭の石川伯耆守数正《ほうきのかみかずまさ》の口利きで赦免され松平党に復帰して以来、駿府で成人した竹千代改め次郎三郎元信《もとのぶ》、のちに改名して蔵人佐《くろうどのすけ》を名乗る松平元康《もとやす》のそばに仕えている。

　いわば石川数正が公認した尾張との連絡役であった。

　数正から見れば、今川の尾張侵攻計画などは、松平にとっては労多くして益の少ないものである。できるかぎり犠牲を少なくしたいが、どうすればいいのかわからない。

松平元康の名折れにならないよう、できれば武功を立てたうえで、早期に停戦させたいが、そんなうまい方策があるものだろうか。


——向後も知らせがあるとは限らんな。

と信長は思った。

織田方に情報を渡すたびに、それを渡してよいものかどうか、数正と太郎兵衛は悩むことになるだろう。

ともあれ、太郎兵衛の報告によって、駿河衆の士気はさほど高くないことを信長は知った。

——さも、ありなん。腹がふくれていてはな。

大国の弊害であろう。

義元が跡目を争った天文五年の花倉の乱から十年あまり内戦がなく、三河を献上したのは松平党自身であって外征したわけではないから、今川家中の序列は固定化している。

鳴海城で頑張る岡部五郎兵衛尉元信などは義元に知行を没収された浪人であり、ほかの尾張にいる駿河者も家督を継げない二三男か庶流であった。安穏に育った重臣の後継者たちに外征する気概があるとは思えなかった。

だが、家中がそうであるなら、こうした作戦は誰の発案だろう。

雪斎亡きあと、それだけの大軍を率いることのできる大将は、今川家中には存在しない。

——あれにそんな大望があったとは。

尾張を切り取ることである。

意外であった。今川義元を侮っていたかもしれない。

戸部新左衛門と山口親子を殺したのは愚策だと思っていた。鳴海周辺の国人衆が離反するから、いわば自分のよって立つ足元を切り崩すようなものである。雪斎が生きていれば決してやらないことであろう。

だから義元は暗愚であるとさえ思っていた。

しかし、大軍を発して切り鎮めてしまう気なら、小さな問題にすぎない。むしろ身内に不協和音を奏でる邪魔者はいないほうがよい。

――すでに決意していたのだ。

たとえ国人衆が義元に反感を持っていたところで、大軍を相手に信長の勝ち目は薄いと思えば、それだけで今川に味方する動きが出てこよう。

――詰まるところ武威があれば、それで十分なのだ。

と信長は思った。


さて、逆に武威に劣る場合はどうなるか。

考えうる最も大きな打撃は、犬山城主の織田信清、黒田城主の広良の兄弟がそろって裏切った場合だ。

実績がある。わずか二年前の浮野合戦である。

岩倉城から兵三千、犬山城から兵一千の計四千にたいして、信長方の軍勢は二千余にすぎず、敵は倍の勢力があった。それが信清の裏切りによって、戦力は互角になったが、不意を突かれた岩倉勢は、じつに半数が討死するという大敗北を喫したのである。

裏切りは乱世の常であり、先の場合は信長の計略によるものとはいえ、今川を相手にして、あの兄弟を信頼できるだろうか。

——四万五千か。

今川の公称動員兵力である。意図的に流布されたものに違いないが、この数字だけがひとり歩きして、尾張東部の在地領主たちが動揺している。

四万五千には諸将の口約束も入れれば、後方支援も含めての総数であろうが、それでも前線の兵力を二万以下に見積もることは危険だろう。今川勢二万に対する織田方の勢力は六千にすぎない。それも信清、広良の兄弟の軍勢を数に入れての話だ。

予定戦場に全軍を集結させるのは、危険が大きいどころか自殺行為である。そもそも数が違いすぎる。

今川の大軍が全軍集結する前、前線の兵力が六千に届く前に迎撃しなければ、勝ち目はない。

それでも、今川を相手にして浮野合戦と同じことが起きれば、信長は壊滅的な敗北を喫するだろう。

——寄せ集めは、しょせん寄せ集めだ。頼むに足らん。なにか二、三千でやれる手はないものか。

と信長は思った。あったら不思議である。

四

五月八日、今川義元は三河守に、嫡男の氏真《うじざね》は治部大輔に、それぞれ任官された。

三河守の官位は織田信秀が天文一〇年に得て三河駐留の大義名分としていたものだが、信秀が亡くなり空位になっていた。

信秀は伊勢外宮仮殿の造替費を負担することで官位を得たのだが、同じように義元は三河国からの遷宮費徴収を確約し、さらには伊勢外宮側からの要望を容れて遠江国からの徴収も確約して、この官位を手に入れている。

増税になった三河、遠江はいい迷惑であったろう。属国になるとはこういうことであったのだ。


ともあれ、これで、いよいよ西上を開始するときが来た。

今川勢が駿府を進発したのは一二日と言われている。

――織田方の奇襲は二千がせいぜい。大勢を覆すまねはできない。

と聞いていた義元だったが、それでも万が一に備えて、自分の周りに五千の守兵を付けることにした。

何があっても、この兵は絶対に身の回りから離さない。交代制にして半数を休息させても数に優るから、これで安心である。

そもそも義元は、陣頭に立って大軍の指揮を執るなど、考えたこともなかった。

流れ矢、流れ弾の当たるようなところへ出てゆくのは危険である。自分は大軍の奥深くに鎮座していればよいのであって、一日に一回か二回、戦評定のときに諸将を指揮すれば十分であろう。

だから、三河を出るまで義元は軍装ではなかった。

そもそも民草《たみくさ》に見せたいのは、武人ではなく貴人の姿である。

この乱世に秩序を取り戻し、平安をもたらすものは、武威ではない。もちろん武威が伴わなければ話にならないが、武威だけあればいいというものではないのだ。

――それが、あの尾張のうつけには、わかっておらんのだ。

だからこそ、織田信長は打倒されなければならない。

義元は、屋形を漆塗《うるしぬ》りして仕上げた塗輿《ぬりごし》に乗り、町中では御簾《みす》を上げて、積極的に姿を見せた。武家でありながら月代《さかやき》を剃らずに公卿髷《まげ》を結い、眉を落として天上眉を描き、公家風に白塗りして歯は鉄漿《かね》で染めている。どこから見ても高位の公家である。それが数千にも連なる武士を従えて、ゆったりと行進しているのだ。

遠く平安朝の昔でもなければ、洛中の人でも見たことのない当世まれな風景であった。沿道の者の中には手を合わせて拝む者さえいるほどだ。

しかし、じつのところ好みだけで言えば、義元は公家風の装束化粧は嫌いであった。

なにせ元は禅僧だった男である。

師の雪斎は墨染めの衣を好み、人に知られないよう本音を隠してはいたが、紫衣《しい》でさえ唾棄《だき》していたのを義元は知っている。

その影響も大きかった。人前に出なくていい日があれば、化粧は落としているくらいだ。

それでもがまんして殿上人《てんじょうびと》を演じているのは、ただ一つの理由からであった。じつはそうしたつまらないことが人を統べる要《かなめ》なのだと雪斎に教わっていたのである。それで無用の殺生を避けることができるのだとも雪斎はいっていた。

――これも、尾張のうつけには、わかっておらんのだ。

最近では奇矯《ききょう》な恰好はやめたようだが、信長の言動はあいかわらず、人から侮りを受ける類のものであろう。もちろん信長は愚か者ではない。それは雪斎も知っていたし、義元も知っている。しかし、それを見抜ける者が、この世の中にどれだけいるだろう。

そのことを、信長は甘くみすぎている。首を刎ねられてはかなわないから、人は敬うふりをしてくれるが、それはうわべだけのことなのだ。信長をこのままにしておけば、何千何万という人が命を奪われることになるだろう。

だから、義元は織田信長を殺さなければならない。

もっとも、装束化粧は嫌いでも人から拝まれる気分は格別だった。

当世では、輿《こし》に乗って人の頭の上を進むなど、東海では想像もできないことである。今川義元だけが成し遂げたのだ。

駿府に落ちてきた公家は、もちろん義元より高位の者ばかりである。だが、その公家たちの惨めな暮らしぶりは、どうだろう。

義元は薄情な人間ではない。駿府に身を寄せている亡命貴族たちには、いたく同情しているし、畏敬し、捨て扶持も与えている。

しかし、それは王朝風の詩歌文芸を愛すればこそ、貴族たちの教養に敬愛の念を覚えるからこそであり、この乱世を生み出した原因である為政者の退廃と堕落については、これを激しく憎んでいた。

この点については武家も同罪なのだ。頼朝や尊氏の時代とは違う。当世、幕府などは過去の遺物、権威の亡霊にすぎない。

――しょせん、奴らは政事《まつりごと》を為す器ではないのだ。

と義元は思っている。

この一点についてのみ、義元は亡命貴族たちを蔑《さげす》んでいるといっていい。彼らが都落ちしたのは自業自得というものである。

だが、義元の楽しい気分も遠江までで、三河に入ると一変した。

自分を見るひとびとの目が厳しい。敵意を感じるほどだった。あまりのことに義元は御簾を下げてしまったくらいである。

――あの小童《こわつぱ》め。わしをなめおって。

いきおい、義元の怒りは松平家当主の蔵人佐元康に向かった。

しかし、この時の松平元康の実力は、庶人をして今川家に牙をむかせるようなたいそうなものではなかった。

なにしろ本願寺《ほんがんじ》の南無阿弥陀仏が国中を席巻している。

本山の僧たちの指導の下、宗旨替えをする寺が続出し、それらの寺が門徒の地侍の意識を変え、主従の契りはこの世のわずか一世のもの、阿弥陀如来の結縁《けちえん》は未来永劫のものと信心させるに至っている。

もちろん信心が先行したのではなく、さきに政治情勢があって累代にわたる主従関係を許さなかったということにすぎないのだが、主替《あるじが》えにつきまとう後ろめたい気持ちを信心が軽くしてくれる。それが救いだった。布教する側からすれば、そうした政治状況を利用したといえる。

地上の権威が軽くなる点では、今川義元だけでなく、松平元康も同じであった。

違いがあるとすれば、今川家の指図に従って行われた戦の費用だけでなく、駿河衆の駐留経費まで負担させられ、庶人はいまだ知らないが、官位と引き替えにした義元の密約によって伊勢外宮の遷宮費まで負担させられるという属国の民の恨みであったが、それも元を正せば松平一族の失政の結果にすぎない。

江戸時代に成立した史書の書きぶりとは大いに異なり、松平元康も義元と同じく士庶の憎悪の対象であった。

だが、そうした背景を義元は知らない。

松平「宗家」の惣領は、先代の広忠にはじめて会ったときから嫌いだった。

世良田を名乗るところからして笑止である。嫡男に生まれたというだけで家来どもに担がれてはいるが、器量に欠けるところ甚だしく、早い話が重臣たちの言いなりで、いいように操られているにすぎないのだ。これこそ世の乱れの元である。

——三河の下々の者がこれでは致し方ない。先手申しつけ、小童には死んでもらおう。灰にしてくれようぞ。

と義元は思った。

五

犬山城に信長の使者が現れたのは突然のことであったが、城主の織田十郎左衛門信清が驚いたのは、それが柴田権六郎勝家だったことである。

しかし、驚いたことなどはおくびにも出さず、

「待ちかねたわ。遅いぞ」

と大声で怒鳴った。

勝家こそは清須の織田弾正忠家における武門の第一等であったろう。威風堂々たる武将で、信清が何を言おうが臆する者ではなかった。

下座《しもざ》にて一礼した勝家が顔を上げたとたん、

「されど、手遅れというほどではないがな」

と信清がつけ加えたのは、じつのところ気押されてしまったからである。

「下野守《しもつけのかみ》どのには、上総介さまのお指図あるまで、動くべからずとの仰せにござります」

と勝家は言った。

――三郎が、わしに指図とはおこがましいわ。

と信清は思っているが、そうした不満はみせない。

幼いときは一緒に遊んだ従兄弟同士だから、信長の性格はよく知っている。言葉の使い方を知らないのだ。ささいなことである。

だが、自分は信長の家来ではなく、同盟者なのだ。指図するとはいっても、じつは要請にすぎない。頼まれたとおり兵を出すかどうかは作戦次第である。勝ち目のない戦をする気は、もとよりなかった。

「この期に及んで動くなとは、いかなる存念か」

信清は、あくまでも冷静に応じた。義元に決戦を挑む気が信長にないことだけはわかったが、確かめたいことがある。

「せっぱつまってから援兵を頼むつもりか。それこそ手遅れになってもしらんぞ」

「美濃の一色左京大夫《さきようのたいふ》を押さえよとのご沙汰にござります」

「何をたわけたことを」

信清はあきれ果てた。

今川との戦いが長引けば、混乱に乗じて斎藤義龍の侵攻もあるかもしれないが、まずは今川の大軍を食い止めることが焦眉《しょうび》の急ではないか。そのあとの心配を、さきにしてどうする。

――それとも、権六ほどの者を使者にしたからには、何か策があるのか。

と思ったが、信清には考えてもわからなかった。

勝家は黙っている。

「清須に籠もるつもりか」

「臨機応変の策になりましょう」

「口を濁すな。はっきり申せ。清須に籠もるなら、戦は那古野《なごや》あたりでやるつもりか」

清須のような城の周辺では戦えない。陣地戦にするなら、予定戦場は於多井川（庄内川）を越えたあたりだ。信長も左岸の名塚に砦を築いて戦ったことがある。

大軍を動かすなら那古野城周辺かと、信清は思った。

「鳴海までは捨てるのだな」

と念をおすつもりで訊いたが、勝家は黙ったままだ。

返答せいと怒鳴りつけようとしたとき、勝家が口を開いた。

「楽田の城をお預けするとの仰せでござる」

思いもしないことだった。

「楽田とな。なにゆえ、そのような」

「城兵を皆、那古野、守山に移しますれば、空き城お守り願いたいとの仰せでござりまする」

「そのくらいでよいのか」

思わず笑みがこぼれそうになるのを、信清はかろうじて抑えた。

――労せずして城が手に入るではないか。

「これは、この柴田の存念でござるが」

と勝家は言った。

「おそらくは、いずれご加勢を頼むことになりましょう。その折は、よしなに」

「任せよ。いつ何時でもお指図があり次第、はせ参じようぞ」

と答えた信清には余裕が生まれていた。

――ことによると、この戦、高みの見物となるかもしれん。

とさえ思ったのである。

勝家は終始、苦虫を噛みつぶしたようだった。

それを見た信清は、

――三郎、さては降るつもりか。

とも思った。

信長の性格では降伏することなどあり得ないと思い込んでいたが、意地を張って勝ち目のない戦をすることはできないのかもしれない。そう考え直したのである。

意地を張り名を惜しむのは、柴田勝家のような武辺に生きる者の考え方であって、利に聡い信長の考えるところではない。

信長は緒戦で形ばかり戦った後、降伏することもあるかもしれない。そうなれば、先のことは義元次第だが、尾張を預かるのは少なくとも評判の悪い信長ではなかろう、それは自分かもしれないと信清は思った。

六

五月一七日、今川義元は知立《ちりゆう》城に入った。

ちなみに知立は古名で、池鯉鮒《ちりゆう》という豪勢な表記が一般化したのは江戸時代になってからだという。戦国時代に、そんな難しい字を書ける者は皆無に近い。

その知立城で軍議が開かれた。

なんとも不可解なことに信長はなにもしていない。国中に動員を指令してもよさそうなものであったが、そうした気配はまったくなかった。

この先の沓掛《くつかけ》城周辺も予定戦場の一つであったが、義元にとっては残念なことに、信長は決戦を選択しなかったようだ。

もしも全軍を集結させて決戦となれば、負けた信長は清須にたどり着くことすらできないだろう。

なぜなら、信長の敗戦を知れば、尾張東部の在地領主たちがわれ先にと今川の麾下にはせ参じるに違いなく、その手土産として信長の首を取ろうと殺到するからである。

――上総介め。少しばかり長生きしおったな。

と義元は思った。

あとは徐々に大軍を尾張領内に押し込んでいけばいいだけだ。これだけの戦力差があれば、絶対に負けるはずのない戦いであった。

「蔵人佐どの、大高の城が危ないようだ。全軍がむかう前に万が一にも陥《お》ちては一大事。されど兵糧がなくては戦えぬ。ここはひとつ、武勇で並ぶ者なきお手前のこと、兵糧入れにご尽力いただきたい」

と義元は松平元康に言った。

命令ではなく、あくまでも同盟相手にたいして要請するという形式である。

じっと元康は思案している。このとき一九歳であった。

「昨年、一昨年に引き続き再三のことではあるが、手慣れておられるのでなあ」

と続けた。

――抗弁してくるか。

と義元は注視している。

明日には全軍を急派できるところまで進軍している。大高城の兵糧入れを急ぐ理由は、戦略的には皆無だった。

返事を渋った場合には殺し文句も用意している。家中の譜代衆から恨まれることのないよう配慮もしなければならないところなのだが、じつは先鋒の栄誉をさしあげたいのだと言うつもりだった。

ところが元康は、

「承知仕りました」

とひとことつぶやくように言ったのである。

――やはり阿呆だ。

と義元は思った。

元康は日頃から口数少なく、何を考えているか見当もつかない。じつはなにも考えていないのではないかとさえ義元は思っている。愚鈍にしか見えなかった。

「よく申された」

と、義元は元康の手を両手で握りしめ感謝の意を示した。

そして、元康の耳元に口を近づけ小声でささやいた。

「下知を待たず存分にしてもよいぞ。兵糧入れが済み次第、丸根《まるね》、鷲津《わしづ》の砦に取り掛かるもよし。取れるなら取ってよい。抜け駆けを許す」

丸根、鷲津の二つの砦は、今川方の鳴海、大高の両城のあいだにあって交通を遮断していた。大高城に到着したら、全軍を待たずに進撃してもよいというのだ。


この義元の指図を聞いて小姓頭の石川数正は怒りに震えていたが、味方の士気を落としかねないので、感情が表に出るのを懸命に抑えていた。

――三河一国を宰領してしかるべき大身《たいしん》の身ぞ。それを……

松平元康は、たかが小城《こじろ》を陥《お》とすのに命がけであたらなければならない小身者ではない。そんな小戦《こいくさ》で功名を争う必要はないのだ。

――抜け駆けを許すなどと、恩着せがましいことを……

数正の見るところ、大高城への兵糧入れなどは不要不急の手立てであって、無意味である。

しかも、抜け駆けを許すとは、裏を返せば、本隊の支援はあてにせずにやれと明言されたも同然ではないか。

——殿さん、おとなしいのもほどがある。

大高城への兵糧入れだけなら、これがはじめてではない。

しかし、今回は意味が違う。大軍の先鋒である。尾張侵攻の尖兵を担うという意味があるのだ。これまでと違って格段に危険度が高い。

毎度毎度の兵糧入れが危険だから、いっそのこと尾張を平定してしまおうという理屈ではなかったのか。それは言い換えれば、これまで兵糧入れを担当してきた松平党の負担を軽減するということではなかったのか。

これが数正であれば、義元に言い返さずにはいられなかったろう。

この時代の家来は誇り高い。主君であろうが、侮辱されたと思えば、その恥辱を濯《そそ》ぐために刀を抜くことも厭わない、そうした気概に満ちていた時代だ。道理に合わぬことを押しつけられても、ご無理ごもっともという態度は、ひとことで言えば愚か者、弱虫と蔑まれかねない。従順でありさえすれば、それが忠義、忠節だ、美質だと誉めてくれるようなものではなかった。

だから数正の反応は、この時代の感覚からすると、なにもおかしなものではなかった。

ところが三河気質《かたぎ》というものは違う。よく言えば律儀だが、悪く言えば奴隷根性というものであろう。

数正が自分に正直であろうとすれば、松平党の中で孤立してしまいそうだった。

他方、この点で元康は典型的な三河人であった。才気走ったところを押し出すようなことは微塵もなく、傍目《はため》には凡人といってもいいくらいだった。

ともあれ、これが織田方への内通を渥美太郎兵衛友勝に許した数正の動機である。織田方が丸根、鷲津の砦に援軍を送れば、ひとまずは、そこで戦線が膠着《こうちゃく》する。それが狙いだった。

今川方も、全軍が集結したところで戦端を開くべきであろう。いまや戦力を小出しにするべきではないのだ。全軍に攻撃目標を割り振り、分担を決めていっせいに攻撃すればよい。なにも松平党だけが危険を冒す必要はない。

七

翌一八日、義元は沓掛城に入った。

沓掛城主の近藤九十郎景春《かげはる》は、ただの居館にすぎなかった沓掛の城を整備してきたが、これは今川の手を借りてのことであった。

信長に叛旗を翻すような目立った動きをすることは、これまで皆無であったが、今回の侵攻にあわせて城を義元に明け渡し、自分は東に六〇〇メートルほど離れた薬師《やし》ヶ根《がね》城に移った。

尾張国内に入ったが、まだ戦闘は始まっていない。

なぜなら、事実上の先鋒部隊である松平元康の進軍が深夜になったからである。

——まずは、小童のお手並み拝見といこう。

と今川義元は考えていた。

夜になって丸根砦の佐久間大学允盛重《だいがくのじょうもりしげ》、鷲津砦の織田玄蕃允秀重《げんばのじょうひでしげ》から清須に連絡が入った。

敵は大高城に兵糧入れを行うだけでなく、援軍が来ないように翌朝の満潮時までに砦を陥《お》とす計画だという。

鳴海城の南を流れる黒末川《くろすえ》（扇川）の河口付近は入り海で、干潮時には丸根、鷲津の砦まで歩いて渡れる干潟になるが、満潮時には舟が要る。大軍の移動には不向きだ。

翌一九日は臥待月《ふしまちづき》である。満潮は午前八時過ぎであった。

奇妙なことに秘密であるはずの攻撃完了予定時刻が織田方に漏れていたから、援軍を送る時間的な余裕は十分にあった。

しかし、信長は援軍を送ることもなければ、撤退を許すでもなかった。放置したのである。

なんの指示も出さないまま時間だけが過ぎ、いろいろと世間話までして夜が更けると、待機中の家来どもに帰宅を許可した。

重臣たちは、これで織田家の運も尽きたと思った。

「運の尽きるときは知恵の鏡も曇るとはこのことよ」

と嘲弄《ちょうろう》しながら帰ったという。

夜明け近くになって、丸根、鷲津の砦が攻撃を受けているとの連絡が入るようになった頃、信長は幸若《こうわか》舞《まい》の『敦盛《あつもり》』を舞った。

人間五十年
下天《げてん》の内をくらぶれば
夢幻の如くなり
一度生を得て、滅せぬ者のあるべきか

信長の舞と唄は、この一節だけを繰り返す。

そば近くに仕えている者には耳慣れていたが、はじめて聞いた者は不吉だと思った。わずか五十年だ、どうせ誰でも死ぬのだからと、信長は人生を投げてしまったように感じられた。

三度舞い、床几に着くと、

「法螺貝《かい》吹け、具足よこせ」

と信長は言った。

小姓たちが手伝って具足を付けると、信長は立ったまま湯漬けを食った。

兜《かぶと》を着けて出陣である。いつものとおり行き先を告げることなく馬に乗った。取り急ぎ付き従ったのは、岩室長門守重休《いわむろながとのかみしげやす》、長谷川橋介、佐脇藤八郎良之、山口飛騨守《ひだのかみ》、加藤弥三郎の小姓衆だけだった。

行き先は熱田の源大夫社《げんだいふ》（上知我麻《かみちかま》神社）だった。

現在は熱田神宮の式内社だが、当時は現在地から一五〇メートルほど南、ほうろく地蔵のあるあたりの海岸の縁にあった。

辰の刻（午前八時頃）、源大夫社の前から海のむこうを見ると、丸根、鷲津の砦は陥落したようだった。煙が上がっている。

信長は、ここで熱田の富商、加藤図書助順盛《ずしよのすけよりもり》を呼び出した。小姓の加藤弥三郎の父である。

「町の衆に加勢を頼みたい。竹竿と布を持って来させよ。布は旗に見えそうなものならなんでもよい。それで旗差し物《さしもの》をつくり、熱田に多数おるように見せるのだ。ただし、旗を上げるのは、わしが出てからにせい。遠目にもよいところに、できるだけ多く」

「承りました」

と順盛は承諾したが、ひとことつけ加えた。

「この際、ひとつお願いしたい儀がございます」

「なんだ。早く申せ」

「弊社にて戦勝祈願を」

加藤家は熱田の神官の家でもあった。

順盛は信長が参拝に来たことがないのを知っていたのである。

もっともこれは信長に限ったことではなく、連歌仲間であった信秀でさえも、古歌の誼《よしみ》で数回訪れたことがあったかどうかというくらいだった。

当時はわかりやすく熱田大明神と称していたが、それでも武将たちには人気がなかった。

信長は神前で順盛に酌をさせると、

「今日の戦《いくさ》に勝とう」

とひとこと。出陣するときの作法と同様、盃を割って、それで自らの祈願とした。

これで順盛に不満はなかったと言えば嘘になるが、それでも、

「戦に加藤とはめでたい。これは気に入った」

と弥三郎に言った。

熱田を出たときは、主従わずかに六騎、雑兵二百。

ちょうど満潮で松巨島《まつこしま》の笠寺方面には渡れない。

信長は古い東海道の「上の道」を進んで、丹下砦《たんげ》を経て、佐久間右衛門尉信盛《うえもんのじようのぶもり》と左京亮信直《さきようのすけのぶなお》（信辰《のぶとき》）の兄弟が守る善照寺砦《ぜんしようじ》に入った。ここが集結地点になる。

――勝機は一度しかない。

信長は、じっとそれを待っていた。運が良ければ、義元の本隊の位置が掴めるだろう。

八

沓掛城で丸根、鷲津砦の陥落を聞いた義元は、

「満足これに優ぎるものはない」

というと、謡《うたい》を三番歌わせた。

すでに全軍に進発を命じている。自分は、ゆっくりと出てゆくつもりだった。

対する信長は、わずか二百の手勢を連れて鳴海方面にむかっているという。本隊は熱田に集結しつつあるという報告もあった。

――事ここに至って大物見か。

と義元は思った。大物見とは大将自ら行う偵察のことである。

そのころ、海西郡荷ノ上《にのうえ》、鯏浦《うぐいら》の服部左京進友貞が、今川方に援軍を送っていた。武者舟千艘ほどが海上にあり、その一部は満潮を利用して黒末川（扇川）河口の奥深くまで乗り入れている。

――潮が引くまで鳴海の先には出れまい。

と義元は思った。

それに鳴海城を陥とすのも一苦労するはずだ。

敵ながら哀れに思えるほど、信長はなにもしていなかった。為す術《すべ》がないとは、このことであろう。

義元は、ここではじめて軍装に改めた。鎧《よろい》、兜《かぶと》を着け、具足を付けた。

異変が起きたのは、出発しようとしたときである。

馬に乗るつもりだった。

それが不覚にも落馬してしまったのである。

義元も若い時は馬に乗っていたが、久しく乗ったことがなかった。四二歳である。筋力が衰え体重も増えていた。鎧兜を着けたことなど、ほとんど経験がなかったし、駿馬《しゅんめ》を選んだとはいえ今日はじめて乗る馬で勘が掴めなかった。

練習しておくべきだったが、乗馬が苦手だという覚えもなかったので、つい油断したのである。もちろん、不幸なことに助言してくれる側近もいなかった。

それで、やむなく輿《こし》に乗ることになった。

輿だと通れる道も限られるが、今日のところは問題ない。沓掛城を出た後は東浦街道を南下し、西に大高道を進んで大高城に至るだけである。いずれも道普請のしっかりした街道だ。一〇キロ弱、平装で普通に歩けば二時間ちょっとの行程にすぎない。


——必ず出てくるはずだ。

と、善照寺砦で信長は信じるしかなかった。

大将たる者、戦場全体を俯瞰《ふかん》できる場所に立つはずなのである。義元とて例外ではあるまい。沓掛城から出てくるはずだ。そこを急襲するしか勝つ術はなかった。

信長が到着すると、善照寺砦からは、佐々隼人正政次《さっさはやとのしょうまさつぐ》、千秋《せんしゅう》四郎季忠《すえただ》が三百を率いて、大高方面に出撃したが、敵の戦力は圧倒的で、佐々、千秋以下、五十騎ばかりが、たちまちのうちに討死《うちじに》してしまった。

　この様子を見ていた信長は、さらに前進して中嶋砦に移ろうとしたが、砦の周囲は深田で通じる道は一筋しかなく、一列縦隊でしか進めない。しかも敵方の稜線からは丸見えである。

「寡兵の容態、敵方より定かに見えまする。この移動、御妥当ではありませぬ」

と重臣たちが馬のくつわを取っては口々に諫言《かんげん》した。信長方は数に劣っている。それを敵に知られてしまう。

　しかし、信長は聞き容れず、制止を振りきって中嶋砦に移った。その数は二千に届かなかった。

　善照寺砦には柴田権六郎勝家と池田勝三郎恒興を後詰《ごづ》めとして残した。中嶋砦を進発した後、退路を確保しておくためである。また、沓掛から二村山、相原郷を経て鳴海に至る東海道（鎌倉往還）から、いつ敵が寄せてこないとも限らない。その用心は欠かせなかった。もともと、善照寺砦は鳴海城と東海道との連絡を絶つとともに、西上してくる敵への備えとして造った砦である。理に適った砦の使い方であった。

　中嶋砦で信長は、

「おのおのよく聞け。あの者ら、宵に腹ごしらえをして夜通し来たりて大高へ兵糧入れ、鷲津、丸根で手を砕き、辛労し疲れておる。こちらは新手《あらて》ぞ。小軍なりとも大敵を怖るるなかれ。運は天にあり。この言を知らんのか」

　と檄を飛ばした。

　ところが、この信長の分析ははずれていた。前面の敵は、辛労し疲れた敵ではなく、新手《あらて》だったのである。

前夜のことである。

松平勢は、丸根砦の佐久間盛重率いる一隊に迎撃された。

なぜなら盛重の見るところ、闇にまぎれて密行するというようなものではなく、むしろ堂々と行軍していて挑発的ですらあったからである。

ところが、いざ攻めかかってみると本隊のほかに遊撃隊がいたから、佐久間勢は横槍を喰らって総崩れとなる有様であった。

やっとの思いで盛重は丸根砦に逃げ帰り、松平元康は大高城への兵糧入れに成功した。

しかし、その際に西郷（松平）善四郎正親《まさちか》、松平庄左衛門重利《しげとし》、高力新九郎重正《しげまさ》、筧《かけい》又蔵正則《まさのり》その他多数が討死するなど松平方の損害も少なくなかった。


ちなみに正親は一般には西郷信貞の曾孫とされているが、享年四八歳なので信貞を自害に追い込んだ松平清康の二歳下にすぎない。信貞の子とするのが妥当と思われる。

重利は享年二四歳、二年前の寺部城攻めで弟の松平半弥助重茂《しげもち》が戦死している。

重正は、天文四年の守山崩れ後の松平一族の内戦で、父の高力備中守重長《しげなが》と兄の新三安長《やすなが》を亡くしていた。

正則は松平忠倫《ただとも》を謀殺した筧平三郎重忠《しげただ》・平十郎政重《まさしげ》兄弟の弟である。

どうやら戦死者は特定の家に集中する傾向があるらしく、戦場で危険を分担するのも決して平等ではなかったことがわかる。

用兵については松平も今川と大差なかった。もしも違いがあるとすれば、それは戦術的な合理性の有無と指揮官への信頼感であろう。

このとき松平勢は、別働隊のほかにも元康を守る警固隊を別途編成し、本隊と離れたところに置いていたから、当然のようにこの隊だけは無傷だった。どの隊に編入されるかで危険の大小は分かれていたのである。

指揮を執ったのは旗頭の石川日向守家成《ひゅうがのかみいえなり》。小姓頭の伯耆守数正の叔父になるが、年は数正のほうが一つ上であった。


さて、松平元康が大高城に入った後のことである。

沓掛城で長い評定になったというから、それは義元の発案したものではなく、松平方の意を受けて評定の場で出された提案を不本意ながら義元が了承したものであったろう。

結局、松平元康は大高城の城番となって休息に入り、元の城番であった鵜殿長照《うどのながてる》が丸根砦を、後方から投入された朝比奈備中守泰朝《びっちゅうのかみやすとも》が鷲津砦を、それぞれ同時に攻撃することになった。

丸根砦の守兵は、松平勢によって壊滅的な打撃を受けたばかりだから、あと一押しで陥落するだろう。なにしろ逃げる敵を追撃し、一度は城内に押し入って旗を立ててしまったほどであった。

しかし、そのまま居座ることなく、松平勢はすぐに引き上げていたのだった。これは蟹江城のときと同じである。

だから、鵜殿勢にとって丸根砦攻撃は楽な仕事であった。

長照の母は今川義元の妹である。つまり義元の甥が労せずして戦功を立てる絶好の機会であった。先鋒を譲るという元康の提案は、義元本人はともかく、幕僚たちには拒否しがたいものがあったろう。

朝比奈勢の前線への到着を待って明け方から始まった攻撃によって、信長が煙を確認した辰の刻（午前八時頃）前に砦の攻略は完了。これで鵜殿、朝比奈も交代することになっていた。

だから、鳴海方面、中嶋砦に進撃しようとしていた信長の前面の敵は、辛労し疲れた敵ではなく、新手《あらて》だったのである。

ただし、交代を繰り返したことで今川方の侵攻は遅くなっていただけでなく、佐々、千秋の一隊に迎撃されたことで、さらに中嶋砦への攻撃は遅れていた。

「かようなところでの長評定、よい事は起こらんな。棒山《ぼうやま》（丸根砦）を攻める攻めないの評定が長いし、城番決めの評定も長すぎだ。昨日のうちにとりあえず棒山を攻め落とし、先手を早く入れ替えておけば敵《かな》は敵うまいに、あまりにも遅れ、手ぬるいわ。これでいいわけがない」

と言ったのは石河六左衛門《ろくざえもん》である。これは本音であった。

いかつい顔に顎までかかる十文字の傷痕が凄みを増している。井田野合戦のときに受けた傷であった。

松平党の者だが、戦巧者《いくさこうしゃ》として鵜殿勢に同行して丸根砦に来ていたところ、下の谷を大勢の敵が移動していた。

標高三五メートルの丸根砦からは北北東に約二キロ、少し見おろす位置に善照寺砦が見える。その同じ方向、五〇〇メートル手前が中嶋砦である。

丸根砦から見ると、善照寺砦から出た敵がまっすぐこちらにむかって斜面を下り、浜辺近くの谷底におり立ったようであった。

「三千ほどか」

という駿河衆に六左衛門は笑いながら、

「かたがたは、ご存じないとみえる。下より上の敵を見あげれば小勢《こぜい》をも大勢に、下にある敵を上から見おろせば大勢も小勢に見えるもの。内輪に見積もっても、五千はいますぞ」

と言ったが、これは嘘だった。

上から自分にむかって駆けおりてくる敵を見れば恐怖がさきにたって多勢に見えるだろうが、遠目であれば上から見ても下から見ても同じだ。数に変わりはない。

――五千と聞いて青くなっておるわ。愚か者めが。怖ければ早く加勢を呼んでこい。

と六左衛門は思った。

――四万五千が聞いてあきれるわ。

最前線ではわずか五千の敵に脅《おび》えているのだ。

六左衛門は、

「これはよくない。そうそうに帰したまえ」

というと、足早に大高城に帰って行った。

真西に一キロ弱である。あいだに大高川を挟んで、善照寺砦よりも低いところに大高城はあった。

後詰めがあるのかどうか不明とあっては、大軍に力攻めされれば、すぐに陥落しそうに思えて心許《こころもと》なかった。

一方、前夜に前線と本陣のあいだで繰り返された使番《つかい》の往復に業を煮やした義元は、より前線に近づき、自分の眼で、じかに戦況を見極めようとしていた。

時刻は午の刻（正午）に近い。

義元は大高道を離れ、桶狭間山《おけはざま》を少し登ったところに幔幕を張って本陣を作り、大休止を取っていた。昼食休憩である。日頃の習慣を崩すつもりはなかった。

大高道を離れて北に入ってからは、道が狭く輿を通すのがやっとだった。道は台地の縁を通っているが、周りは沼地や深田に囲まれた湿地帯である。

義元はなんでこんな場所に設営したのだろうと不思議に思ったが、大人数の部隊を留めるには、このあたりしかないらしい。

「山の上は眺望もよろしく、高根山、幕山、巻山を一望にすることができまする」

と、前日から現地に入って設営を担当していた幕奉行の瀬名伊予守氏俊《せないよのかみうじとし》が説明した。

氏俊は義元を出迎えるために待っていたが、ひととおり説明が終わればただちに大高城に先発する。

「丸根、鷲津、大高は見えるのか」

「いいえ、残念ながら手前の山に隠れて見えませぬ」

――登るまでもないか。

と義元は思った。

桶狭間山は標高六五メートルほどの小山で、登りは四十メートル弱にすぎないが、山頂に登るつもりなら輿をおりて歩かなければならない。氏俊の手配で、草木を刈って道を作ってあるとはいえ、面倒だった。

佐々、千秋等の率いる軍勢を撃退したことを聞いた義元は、

「わが鋒先《ほこさき》には、天魔鬼神も、もちこたえられぬ。心地よい」

と喜び、ゆるゆると謡《うたい》を歌わせたという。

戦闘に参加していない本隊は無傷であり、半数を休息させても、なお信長より優勢だった。

「運は天にあり」

信長は叫んでいた。

ついに義元の本陣を探りあてたのである。簗田出羽守政綱《やなだでわのかみまさつな》がもたらした情報だった。

東西に長く延びた敵の側面を突く。狙うは義元の本隊だ。

ただちに中嶋砦から全軍を進発させ、まっすぐに最短距離を進む。東に約四キロの道のりだった。

「よく聞け。懸らば引け、退かば引っ付け。ねり倒し、追い崩せ。首の分捕りは許さぬ。打ち捨てろ。勝てば家の面目、末代の高名ぞ。ただ励め」

と速度優先を指示したが、行軍中の信長の元に首を持って参上する者が少なくなかった。

たとえば、前田又左衛門利家。出仕無用の沙汰となり、今は浪人の身の上であった。陣を借りての勝手な助太刀は帰参を許してもらうため、武功を立てるのが目的だから、大いに抜け駆けしたいところだ。

「首など捨てておけ」

と再三にわたって信長は、首を持ってきた者に指示を繰り返していたが、利家にたいしては、

「それは士分《さむらい》の役目ぞ」

とひとことつけ加えた。

首を持って参上するのは馬乗りの士分の者の特権であり、徒士《かち》のくせに出すぎたまねをするなという意味であろう。

捨てろと言われた利家は、黙って取ってきた首を水田に投げ捨てた。

しかし、信長が善照寺砦に入った頃から繰り返されていた抜け駆けによって敵方の斥候などは大いに倒されていたことだろう。

山の麓に入ってからは、にわかに雹《ひょう》まじりの強い雨がふり出し、西から東へうしろから前に吹く風が、遠く東の山に見える沓掛の峠（二村山峠）の松の根方にあった楠の巨木を前方に倒したほどだった。

「さては、熱田大明神の神軍か」

という者も出たのは、信長が戦勝祈願したことが口づてに広まったところに、風が熱田のある西から吹いてきたためであろう。

もっとも、実際には強い雨のために迅速には動けなくなり、ゆるゆると進んで行くしかなかった。

そのとき、雨が上がり、晴れ間が見えた。

十分に近寄っている。

信長は槍を立てると、

「さあ、掛かれ。掛かれ」

と大声を上げた。全軍が斜面を駆け上がった。

食事中に雨がふってきたので、将兵らは取り急ぎ雨を避けて木陰に場所を移したばかり。不意を突かれて、義元の本隊は浮き足だった。

――馬鹿な。

と義元は信じられなかった。

戦闘は大高の稜線付近、あるいは谷をおりて鳴海方面に移るところではないか。はるかに遠くだ。

それなのに敵が急速に接近している。

本隊は崩れ、すでに後方に逃げ出している。

――踏み止まって戦え。

という声が虚しく響く。

弓、槍、鉄砲、のぼり、旗差し物、それらを投げ出して、皆が身ひとつで潰走した。義元の塗輿も捨て置かれてしまった。

未の刻（午後二時頃）、たちまちのうちに義元の周囲は三百騎ほどが残るだけになり、丸くなって義元を囲むように退却を始めた。

しかし、追撃され打ち合い斬り合ううちに、しだいに兵が減って、最後には五十騎ほどになってしまった。

信長も馬からおり立ち、若武者どもと先を争い、敵を突き伏せ、突き倒していた。

ついに服部小平太が義元に掛かり合ったが、膝頭を斬られて倒れ伏すと、代わって毛利新介が義元を斬り倒し、顔を押さえつけたときに指を食いちぎられながらも、その首を取った。義元は享年四二歳だった。

尾張勢に追われて街道をはずれ深田へ逃れる者は多かったが、すぐに抜け出せなくなり、泥中を這いずり廻っているところを若武者どもに追いつかれてはつぎつぎに首を取られていった。

若武者たちは、いずれも二つ三つの首を持って、信長の御前に参上した。

「首はいずれも清須にて実検する」

と信長は申し渡したが、義元の首を見ては顔がほころんだ。嬉しさは隠しきれない。信長は、馬の先に義元の首を持たせると、急ぎ帰城の途についた。

気持ちが高ぶっていた。

「あれを」

と信長が指さしたほうに向けて、岩室長門守重休が前方に馬を走らせた。

雑兵どもがやるような乱暴狼藉、人さらいの類とは違うが、これも女捕《めと》りである。

重休は小姓頭だが、たまたま指さされたその方角にいたから、自分で走って捕りに行った。

女に近づいた重休は、

――なにゆえ、このような者を。酔狂な。

と思った。

若いとは言いがたい農婦である。それは遠目にも知れたことだったが、近づいて見ると、あんまりな容姿だった。たまたま野良仕事をしていたのである。まだ智多郡の中であり、当時の感覚では尾張領内とは思えない場所だった。

――夫や子もあろうに。不憫《ふびん》な。

と同情した。

重休が近づいてきたのを見て、女は地に平伏した。身体が震えている。

「おい、おんな。よく聞け。これから御前に連れてゆくが、そのとき、こう申すのだ。わたくしには夫も子もおります、お許しください。よいな。ここを逃せば、あとはないぞ。あとで泣くのがいやなら、ここで踏ん張れ。しっかり申し上げるのだぞ、よいな」

と重休は言い渡した。

そして、女を連れた重休は路傍に立ち止まり、信長が来るのを待った。

信長は女の前に来ると、一瞥して小さく頷いた。一瞬のことだった。

女はなにも言わなかった。

重休は失望した。

女は本隊に混じり、歩き始めた。そのすぐうしろを重休の馬が続く。

女の足は遅く、重休とともにしだいにうしろのほうに下がっていったが、こうなれば隊列を離れることはできない。無断で隊列を離れた者は斬り捨てる。それが軍法だった。

重休は、なんともやりきれない気持ちになった。

しかし、女の歩く後ろ姿を見ているうちに気が変わった。

――もしかすると、
進んで身を委ねる気なのかもしれない。むしろ歓迎している。なにしろ、ひとたび領主の手が付けば、一生安泰なのだ。野良仕事から解放される。女の夫や子どもの生活も保障される。それだけでなく、一族郎党にとって、上にのし上がるまたとない機会を得たことになるのだ。

それに、この時代の武将の多くが同じ考えだが、重休の見るところ、運の強さというものは優れた大将の持つ天賦の才である。

鷲津、丸根の二つの砦の守兵と、佐々、千秋ら先手の衆が捨て石にされたことは明らかだった。今川方の隊列の先鋒で常に戦闘が行われていなければ、勝機を掴むことはできなかった。そのうえでなおかつ義元の本陣の位置がわからなければ、勝つことはできなかったのである。

口に出して信長はいっていないけれども、運がなければ勝てなかった戦だ。

しかし、そうした運の強さを証明してみせたことで、信長の運気は、ますます上昇することだろう。その運にあやかることができさえすれば、どのような出であろうが関係ない。地下《じげ》の者らも出世が叶うのだ。

そう思ったとき、女に対する重休の同情は消えていた。

結──波紋

一

信長は、日が暮れる前に清須に帰城した。

翌二〇日に行われた首実検では、首数は三千余と『信長公記』は記している。『天澤寺記《てんたくじき》』によれば、戦死した騎士五八三人、雑兵二千五百余であった。

今川方の敗戦の報が流れたとたんに、様子見をしていた東部の在地領主たちが落ち武者狩りを始めた結果であろう。

義元の鞭《むち》と韘《ゆがけ》（弓用の革手袋）を持っていた同朋衆の権阿弥《ごんあみ》という者を、下方九郎左衛門尉《くろうざえもんのじょう》春親《はるちか》が生け捕りにして、信長から褒美を賜った。

信長は、権阿弥に義元の死の前後の状況を尋ねると、首の一つひとつに誰々と見知っている者の名字を書き付けさせた。そして、熨斗付きの太刀と脇差を権阿弥に与えると、義元の首を持たせ、十人の僧を付けて駿府に送り帰した。

また、清須の南、須賀口の熱田に通じる街道に義元塚を築き、千部経を読ませ、大きな卒塔婆《そとば》を立てて弔った。

義元が腰に差していた刀「宗三左文字《そうざさもんじ》」は、信長が召し上げ、何度も試し斬りを重ねたが、よほど気に入ったのだろう。常に腰に差すようになった。

しかし、はじめて手にしたとき信長は、

「このようなものを佩《は》いておったから、治部は負けたのだ」

と言った。

元は長さ二尺六寸（約七九センチ）の太刀《たち》であった。馬上で戦うために造られた古刀で、反りが高く長い。

「馬にも乗れんくせに磨上《すりあ》げもせなんだのだ。小平太の膝を斬ったが、それだけのことだ。慢心の極みよ」

と笑った。

元は三好政長《まさなが》（宗三）の太刀であったが、武田氏に贈られた後、信虎の娘が嫁した時の引き出物として婿の義元の手に渡った物であった。当世は腰に差して戦う刀《かたな》の時代だから、刀身を短くしなければ実用にならない。これを磨上《すりあ》げと言い、信長は試し斬りを重ねながら二尺二寸（約六七センチ）まで短くした。義元は、それを怠っていたのだ。

義元の援軍として、武者舟千艘ほどを率いてきた服部左京進友貞は、退却する際に熱田の港へ舟を寄せ、遠浅の浜に上陸して町に火をかけようとした。旗差し物が多く、敵の軍勢が集まっていると見たからである。

しかし、上陸したところを町衆に反撃され、数十人が討ち取られて失敗に終わり、なんの戦果もないまま引き上げていった。

他方、その偽兵となった旗差し物を手配した熱田の富商にして神官の家を守る加藤図書助順盛は、信長から褒美を賜ったので、それをすべて宮の土塀等の修理費に充てた。

頂戴した褒美で足りなければ、不足分はすべて負担する覚悟で、とにかく工事を始めたのである。

言うなれば、これは投資だ。そのうち何倍にもなって帰ってくる。

信長は戦勝祈願した。よって今川の大軍を破り敵の大将の首を取った大勝利は、熱田大明神の護神力を合《がっ》し給《たま》いしゆえのこと、疑いなしである。それゆえ信長は帰路にも神殿に詣でて礼拝し、宮の修理を残らず行うよう仰せになったのだと大いに宣伝した。


遠江の二俣城主、松井左衛門佐宗信《さえもんのすけむねのぶ》は義元の近習で、本隊の前備えとして大高、鳴海方面に前進していたが、本隊の急を聞いて駆け戻った。

何度も敵を追い払い数十人を負傷させたが、一門一党の二百人が枕をならべて討死《うちじに》したという。ほぼ全滅であった。

笠寺の砦にいた葛山播磨守長嘉《ながよし》、三浦左馬助義就《よしなり》、飯尾豊前守顕茲《けんじ》、浅井小四郎政敏《まさとし》の四人も討死している。

義元が特に目をかけていたという山口新右衛門尉益元《しんえもんのじょうますもと》は、義元討死の報に接すると、馬を乗り返して来て戦い討死した。

全軍が敗走する中で主君に殉じたという、当時としては希有な例であった。

義元に味方して沓掛城を提供した近藤九十郎景春は薬師ヶ根《やしがね》城に移っていたが、今川方総退却の知らせを受けて沓掛城に戻ったところ、敗走した将兵の多くが逃げ込んできたために、追撃してきた織田方に火をかけられた。

景春は防戦したが、沓掛城は陥落。なんとか落ちのびた景春は、なおも天神山に籠もって抵抗を続けたが、二一日になって討死したという。

沓掛城には、義元の本陣を探りあてた簗田出羽守政綱が入った。

ただの城番ではなくあわせて近藤景春の旧領を与えたという記録もあるので、事実であれば三千貫相当という第一等の恩賞となる。

しかし、その戦功は最高と仮に信長が認めていたとしても、それほどの厚遇はしなかったかもしれない。とにかく吝《しわ》いのである。

鷲津砦を守っていた飯尾近江守定宗《おうみのかみさだむね》は討死したが、子の尚清《ひさきよ》は敗走し生き残った。

同じ鷲津砦の守将であった定宗の従兄弟、織田玄蕃允秀重も生き残ったが、その後、両者の運命は分かれている。

桶狭間の一戦の直後ではないかもしれないが、同じ永禄年間のことである。

飯尾尚清が信長の馬廻衆にとりたてられていく一方、織田秀重は津田に姓を改めることになり、子の津田秀政を滝川一益に属さしめるようになった。

信長に命じられてのことだが、これでは連枝衆から被官に格下げされたかのようである。少なくとも、出自の定かでない滝川一益の配下となれば津田秀政自身がそう感じたとしても不思議はない。

これだけなら、同じ敗走でも秀重の場合、なにか咎めを受けるようなものだったかと思うところだ。

ところが、丸根砦の守将を務めて討死した佐久間大学允盛重の息、佐渡守盛昭《さどのかみもりあき》についても同じような仕置きがなされている。

盛昭は姓を奥山に変え、丹羽長秀に属すようになったのである。

こうなると、砦の陥落について守将に落ち度があって咎めを受けたとは考えにくい。仮に咎めていたとしても、それは言いがかりのようなものであろう。

つまり、これは信長の人事政策である。

信長から見れば、家来の家格などは変更可能なものにすぎないのだ。だから、有力な当主が亡くなったとか、抵抗が弱くなる機会なり適当な口実さえあれば家門を壊してしまう。

方針として、実力の伴わない当主が家格の高い家を維持していくことを決して許さない。

そうした不断の努力を信長は積み重ねていく。

これは家門血統を大事にする伝統的な領主の立場とは大違いで、これが織田家中の強みであり、怖いところでもあった。

前田又左衛門利家は、午前中に首一つを取って捨てていたが、今川方総崩れの際にも首を二つ取った。

さらに首を取ろうと奮戦していたが、すでに手傷も負っていたから傍目にも危うく、「あれでは討死してしまう」と見とがめる者が出るほどだった。

信長は、近侍の者に命じて利家を押しとどめたと伝えられている。

ただし、帰参は許さなかった。


他方、鳴海城に立て籠もっていた岡部五郎兵衛尉元信は降伏したが、これはおそらく善照寺砦の守将だった佐久間右衛門尉信盛の説得が功を奏したものであろう。

というのも戦国の世の常で、義元の尾張侵攻にさきだち今川方に降るよう、諸将の調略に元信も努めていたはずだからである。

もっとも、信盛に勧めたところで、麾下の将兵などは家の子ではなく織田家の直参がほとんどだろうから、仮に信盛ひとりが寝返ったところで善照寺砦がどうにかなるものでもない。

しかし、それでも「殺すには惜しい」とか敵将に言われれば、信盛としても悪い気はしなかったろう。

そうした経緯があったので、信盛は信長に図ることなく独断で元信に降伏を勧めてみた。

義元の首を条件に出したのは、元信のほうからであったろう。もちろんさきに同朋衆の権阿弥が首を持って帰国していたことは知らなかった。

これは信盛も同様である。なぜなら、権阿弥の一行は戦場の混乱を避けて、熱田から海路を取ったに違いないからである。

信盛から話を聞いた信長は、この元信の条件を承諾したが、誰かほかの者の首をそれらしく化粧させて元信に持たせた。

まさか偽の首とは知らない元信は、鳴海城を明け渡し、一兵も失うことなく手勢を率いて無事に尾張を脱出した。

そして、その途中に刈谷城があった。

刈谷城の話を進める前に、城主である水野氏の立場について語らなければならないが、ひとことで言えばなんとか中立を維持していた。

ただし、この中立は、織田、今川の一方だけに荷担しないというだけにすぎない。

逆に言えば、どちらにも荷担するという都合のいい立場は、両方から攻撃されかねなかった。

水野氏は智多郡をおもな本拠地としていたが、智多郡は守護が任命されていない空白域だから、尾張国の一部とはいえ独立国のようなものであった。水野氏の支配領域は愛智郡の一部に及び、刈谷城がそうであるように三河国の一部も含んでいた。

大高城の南、水野氏の領内に正光寺《しょうこうじ》砦と氷上《ひかみ》砦があった。織田方ではなく、水野氏が築いた砦である。

もっとも、砦といっても防御力はない。攻城用の付城《つけじろ》ではなく、言うなれば監視所か関所といったところだった。だから、大高城の駿河衆が、その気になればすぐに陥《お》とせる砦である。

その水野氏の二つの砦と織田方の丸根、鷲津砦、合わせて四つの砦で大高城を取り囲み、近隣の百姓や商人の出入りを監視して、兵糧の補給を妨げていた。

それでは水野は織田と同盟を結んでいるのと同じではないかと言えなくもないが、織田方のように備えが万全でなく、押し通ろうとすれば通れる。それが水野氏の砦である。

大高城が兵を出してくれれば、正光寺、氷上の砦の役人たちは決して逆らわず、手を出すことなく兵糧入れを黙認する。いよいよ危ないとなれば、役人たちは砦を捨てて逃げるのだ。

それで大高城を守る駿河衆は、自然と水野家中の者を臆病者と蔑み、その砦の存在自体をも軽んじていた。

しかし、水野の役人たちは、たとえ兵糧入れを黙認したとしても、城から出てきた百姓、商人を捕まえては、あとで代銭を没収していたのである。

それだけでなく、北から遠回りしてきた愛智郡の者や三河者、伊勢者であれば、躊躇することなく織田方の砦に引き渡していた。水野方では兵糧か代銭いずれかを没収するだけだが、織田方に引き渡された者には過酷な運命が待っている。

こうしたことを天文二一年以来、水野氏は八年にわたって続けてきたのである。

徐々に包囲の効果は出ていた。

百姓、商人たちは城に寄りつかなくなったから、近年の兵糧入れは、三河から今川方が遠征して力戦覚悟で侵入するしか方法がない。

砦のない南から大高城をめざせば、水野氏が妨げることは少ないが、そのかわり織田方が巡回しては迎撃していた。

つまり、武力行使を回避することで水野氏は直接の紛争当事者になっていないが、その領内では織田、今川の両者が絶えず争っていたのである。桶狭間の一戦も同じ構図であった。

ただし、義元は尾張侵攻の一か月前、四月一二日付けで水野十郎左衛門信近《のぶちか》あてに砦の件で協力するよう依頼していたので、信近は正光寺、氷上の砦を破却している。

だから、水野氏としては、ここに至って今川氏に攻撃されるとは思ってもいなかった。

さて、刈谷城である。

岡部五郎兵衛尉元信は、八年にわたって笠寺や鳴海で水野氏のやり方をずっと見てきた男である。いまいましいという思いでいっぱいだったに違いない。

これが今川義元であれば、大国の太守らしく、

「なあに、小国の生きる術《すべ》とは、そのようなものよ。尾州さえ平らげれば、どうにでもなる」

とでも、鷹揚になれと元信を諭《さと》したことだろう。なにしろ水野氏は一人として駿河衆を殺していないのだ。

その義元が死んで、タガがはずれてしまった。

元信は義元の首を持っているし、織田方からは道中の安全を保障されている。便宜供与を求めて正面から開門を頼めば、水野氏は断れない。

元信の手勢は百人ほどであったが、城郭内に入ると突如として城兵に襲いかかり、城の奥深くに乱入して火を放った。

そして、兄で当主の水野下野守信元が小河城に移っていたために、その留守を預かっていた信近を殺して、刈谷城を占拠してしまったのである。

ただちに小河城から援兵が駆けつけ、城と信近の首を奪回したが、もとより元信は刈谷城に居座るつもりはなかったし、居座るだけの戦力もない。長年の鬱憤を晴らしたにすぎないのだ。

元信は駿府をめざして立ち去った。

刈谷城を出た元信は東海道を避けて南下し、平坂街道《へいさかかいどう》を東下して八ツ面山《やつおもてやま》付近で矢作川を越え、室城のあたりまで来たところで、すでに義元の首が駿府に届いていることを知った。

しかし、それでも自分の持っている首こそが本物であると信じて疑わなかった。鳴海城と引き替えに首を渡した佐久間信盛に嘘はないと思ったのである。

信盛の手配があったから、堂々と行進し尾張から生きて出られたのだ。偽の首を渡すくらいなら、鳴海城を出たとたんに討ち取られていたことだろう。だます気はなかったとしか思えない。

だが、誰が持っていったにせよ、先着した首を氏真が実検して父のものと認めてしまった以上、何をいっても覆《くつがえ》らない。あきらめるしかなかった。

問題は持っている首の始末であったが、近くの東向寺《とうこうじ》（西尾市駒場）に葬ることにした。それで首塚が今に残った。

今川氏真は、岡部元信の功績を称えて没収していた彼の知行を六月八日付けで還付している。鳴海城を堅固に保ち一兵も損なうことなく無事に撤収した功績に加えて、元信の独断で行った刈谷城攻撃をも追認してしまったのだが、これについて氏真は気にもしていない。

その感状は私戦をしぶしぶ追認するどころか、今川方が全軍敗走する中でのまれな戦功と称え、これを痛快事と激賞してやむことがなかった。

要するに氏真とは、その程度の人物であったのだ。

首のない義元の遺体は、本隊が総退却した際に運び出されたが、吉田川（豊川）西岸の大聖寺《だいしょうじ》（豊川市牛久保）に埋葬され、その上に目印として手水鉢が置かれたという。

急いで埋葬したのは傷みが早かったためと伝えられているが、ことによると、梅雨時なので川留めを強いられたせいかもしれない。のちに手水鉢を礎石として胴塚が建てられた。

他方、先着した首は、はじめ天澤寺《てんたくじ》にあり、のちに今川氏の菩提寺である臨済寺《りんざいじ》（静岡市葵区）に葬られたという。

二

水野信元が小河城にいたのは、もとは合戦の帰趨《きすう》を見極めるためであったが、今は目的が変わり、今川方の中で最後まで尾張に残った大高城の松平元康を救出することに心を砕いていた。

なぜなら、諸方面から情報が届いていたにもかかわらず、この万事慎重な人物は、義元敗死の事実すら信じようとしなかったからである。

その後、義元の死は確実と思われたときでも、撤退すべきだという近習たちの進言を聞き入れようとしなかった。

「いまだ岡部どのが留まっておるではないか。城番を仰せつかった以上、城を投げ捨てて逃げられるか」

と元康は言うのである。

さらに岡部元信が引き上げたあとでも、

「ここは、駿府からの下知を待つべきであろう」

と言い張って聞かない。

そこで、説得役として選ばれたのが水野信元であった。ひそかに依頼したのは信長である。

これには、早く大高城を明け渡せという隠れた意図があった。信元にとって元康は、異母妹の於大《おだい》の子だから甥にあたる。

また、信元の使者が元康の元を訪れたのは、水野氏が退路の安全を保障するという意味もあった。

話は少し戻るが、そもそも今回の元康の兵糧入れは、水野氏の力を借り、南に大きく迂回して行ったものだった。

五月一七日、知立城における軍議が終わると、元康はわずかな供廻りを連れ、馬を駆って智多郡の阿古屋《あこや》城に向かった。

城主の久松佐渡守《さどのかみ》俊勝《としかつ》に、元康の実母の於大が再嫁していたからである。

だから、俊勝は水野信元の義弟にあたる。

その水野氏は、四月に今川義元の要請を受けて正光寺、氷上の砦を破却し、大高城の包囲を解いている。

そこではじめて、久松俊勝が元康の兵糧入れに協力できる環境が整ったのだった。

かねてより俊勝から申し入れてあったことだから、元康としても、この際これを利用しない手はない。

翌一八日の早朝、元康は三歳のときに離別したきり会ったことのなかった母と対面した。

そして、弟妹たちにも会った。

上から一〇歳、九歳の男の子と、八歳の女の子だった。それともう一人、今年の一月に生まれたばかりだという男の赤子がいた。

元康にも去年の三月に生まれたばかりの男児があったから、それよりも幼い弟ができたことになる。

母の於大は、まだ三三歳だった。子ができても少しも不思議ではないが、想像していた母という存在が急になまなましくなったように思われ、なんと言葉をかけたらいいものか見当もつかない。

「名はなんと申す」

と母がいっているが、いったいなんのことだ？

「そなたの嫡男です。やはり竹千代かえ」

「はい、代々の名乗りですから」

「息災かえ」

「はい、おかげさまで」

「大過なく育つがええねえ」

「はい」

と元康は答えた。

妻子ともに駿府にいる。竹千代（信康）は府中から外には出られない。人質である。

久松俊勝は、兵糧入れのために平野久蔵、竹内久六のふたりを貸してくれた。大高までの道案内と夜まで待機する場所の手配がおもな仕事である。

智多郡の奥深くまでは織田の軍兵も入ってこないが、物見が多数放たれているので、秘密裏に行軍するのは至難の業だった。また、地元の者であっても褒美ほしさに織田方に通報するから、信用できる者でなければ頼めないことである。

平野、竹内のふたりは、熱田にいたときに菓子や衣類をたびたび差し入れてくれたので、元康にとっては顔なじみである。懐かしく思う気持ちでいっぱいだった。

本隊に合流する直前、元康の知らない男が一人加わった。水野家家臣、浅井六之助道忠《みちただ》と名乗った。

さて、戦が終わった後の大高城である。

その浅井六之助道忠が元康の目の前にいる。水野信元の書状を持ってやってきたのだ。

しかし、あれこれと道忠が言葉を尽くし、ここで大高城を確保しても無意味だ、かえって危険だと説明しても、元康は駿府の下知を待つの一点張りだった。

――これは、まるで累代の臣のようだ。なんと律儀なことよ。駿河者以上だ。

と道忠は思った。

――主君信元が近くまで来ている。直接会って話を聴かれたらどうか。ともいってみたが、

――同じことである、ご趣旨はよくわかった、参会には及ばぬ。

といって元康は取りあわない。

まあ、伯父とはいっても初対面に近いのだから、やむを得ないことかもしれなかった。


しかし、ここが元康の凡庸ならざるところかもしれない。

というのは駿府には彼の妻子がいて、今川の人質になっている。松平の重臣たちのほとんどが同じだ。

もしも逆心ありとなれば、駿府の人質は全員が殺される。今川の譜代衆ですら逃げたのだから大丈夫だろう、などと考えるのは甘いと元康は思っている。

だから、そういうことを自分は心配していると説明すればよいのだが、家来どもにすら、そうは言わない。

なにか弱みを人に見せるようで、それがいやなのだろう。あくまでも頑固なまでに律儀な荒武者の態で押し通す。しかし、それは別に演技ではなく、本音を隠しているつもりもない。

そうした堅牢な殻を作り、内心を隠して人に接しているとは、このときはまだ本人も自覚していなかった。

信長は水野信元だけでなく、松平方からも渥美友勝を通じて逐一情報を得ていたから、

「三河の小童は、なんとまあ、馬鹿がつくほどの律儀者よ」

と嘲るような調子の物言いではあったが、ひそかに感心しただけでなく、安心もした。元康はそういう人間だと信じたのである。

ようやく元康が撤退を決意したのは、尾張の沓掛城だけでなく、三河の知立城、鴫原《しぎはら》城からの撤退に続けて、岡崎城からも駿河衆が撤退を始めたとの連絡を受けたときである。

その日、月が出るのを待ってから大高城を出た元康は、一目散に岡崎の大樹寺を目指した。道案内は水野信元が派遣した浅井道忠である。

知立城の近くまで来たとき、さきに岡部元信に強襲されて怒りに燃える刈谷の城兵たちが立ちふさがったが、道忠は刈谷城留守居役の上田平六近正《ちかまさ》と力を合わせて城兵等を巧みに制止し、無事に岡崎まで元康を送り届けた。

大樹寺に入った元康は、今川方の城番が逃げ去っていることを確認させると、

「捨て城ならば拾わん」

と大きな声を上げて岡崎城に入ることを決断したという。

もちろん念には念を入れて、その旨を駿府に知らせるために使者を送っている。

ときに五月二三日。義元の敗死から四日目、元康は一九歳であった。

余　録

義元の敗死から一年半が過ぎた永禄四年一二月一三日、照天祖鑑国師が亡くなった。妙心寺三四世、亀年禅愉《きねんぜんゆ》である。

雪斎こと太原崇孚《たいげんそうふ》とは、ともに大休宗休《だいきゅうそうきゅう》に学んだ兄弟弟子の間柄で、後奈良天皇から生前に国師号を特賜されたことは、さきに本編に書いた。

雪斎より一〇歳年上で、享年七六歳。賊のために殺害されたと『正法山誌』に記されているから、名高い老僧にしては奇妙な死に方であった。

亀年は臨寂の際、遺灰は川に流し塔は建てるなと遺言しているので、襲撃者についても語るところがあったかもしれないが、こちらのほうは記録されていない。

したがって亀年の死の真相は不明であるが、「今川氏と運命をともにせざるをえなかったものであろう」と妙心寺の僧で『妙心寺史』の著者、川上孤山（一九三二年寂）は推測している。

これより先、雪斎は、没後二年目の弘治《こうじ》三年（一五五七年）三月、宝珠護国禅師を下賜されている。同月、妙心寺開山の関山慧玄《かんざんえげん》の二百年遠忌《おんき》に際して、関山は本有円成国師を下賜されているから、これとあわせてのことであったのだろう。

死後に賜る本来の諡号は雪斎の意に反するものではないと言えなくもないし、そもそも諡号とは故人の遺志とは無関係に業績によって下賜されるものなのだと割り切ることもできる。だから、これも今川氏の処世だとすれば、雪斎も是認したであろう。しかし、本心から本人が望んでいたこととは思えない。

ちなみに、これ以降、妙心寺が徳川幕府との関係を修復してからのことになるが、五十年ごとの遠忌の際に追号することが慣例化して、関山は「本有円成一仏心覚照一大定聖応一光徳勝妙一自性天真一放無量光国師」となった。

さすがに長くなりすぎたので、一般には五百五十年遠忌の際に明治天皇が下賜した「無相大師」として知られている。

ライバルも負けていない。

これも、さきに本編に書いた大徳寺開山「大燈国師」こと宗峰妙超《しゅうほうみょうちょう》の号はさらに長くなり、「興禅大燈一正燈一高照一大慈雲匡真一弘鑑常明一円満浄光一大智性海一玄覚浩淵国師」となった。最後の号は、昭和天皇が六百年遠忌の際に加賜したものである。

臨済宗だけでなく、黄檗《おうばく》宗や曹洞《そうとう》宗も追随していった。

その生涯をただの「道元」で押し通した僧も、尊皇攘夷が吹き荒れる中で、孝明天皇から仏性伝東国師を下賜されると、明治の世には「承陽大師」となった。

さらに時代の空気が加わると、かつて国師号を固辞した沢庵宗彭《たくあんそうほう》も、没後三百年にして「普光国師」とならざるをえなかった。これは昭和一九年のことである。

さすがに雪斎も、ここまで見通せたはずがない。ただし、これらの動きは、雪斎の生きた時代に始まったのである。

そして、それは世界大戦を経てようやく終息した。人に序列を付けて統治する社会のあり方が根本的に変わったからである。

例外は昭和四七年(一九七二年)、日中国交回復の際に昭和天皇が没後三百年の隠元隆琦《いんげんりゅうき》に加賜した華光大師で、おそらくこれが最後になるのだろう。

不羈の王（ふきのおう）

2016年10月20日　第1刷発行

著者＝長澤規彦

発行＝株式会社あるむ
〒460-0012 名古屋市中区千代田3-1-12　第三記念橋ビル
Tel. 052-332-0861　Fax. 052-332-0862
http://www.arm-p.co.jp　E-mail: arm@a.email.ne.jp

印刷＝興和印刷　製本＝渋谷文泉閣

ISBN978-4-86333-109-9　C0093